# LOVE AFTER LOVE

LOVE AFTER LOVE

# 사랑 다음의 사랑

# LOVE AFTER LOVE

잉그리드 퍼소드
김재성 옮김

musintree
뮤진트리

■ 일러두기

- 이 책은 Ingrid Persaud의 《Love After Love》(Faber & Faber, 2020)를 우리말로 옮긴 것이다.
- 외래어 표기는 국립국어원 외래어 표기법에 따르되, 관습으로 굳어진 경우 관례를 따랐다.
- 원어는 필요하다고 판단되는 곳에 병기했다.
- 본문 하단의 주註는 모두 옮긴이의 것이다.

## 차례

# 제1부

LOVE AFTER LOVE

## 베티

베-티! 베-티!

그가 쓸데없이 소리를 질렀다. 이미 나는 차 뒤에서 트렁크를 열고 보냉 도시락을 찾고 있었다. 그것을 조심스럽게 꺼내 신문, 재킷과 함께 들고 운전석 옆을 지나는 나를 수닐이 서서 기다리고 있었다. 역시나 예상한 대로 그가 내 정강이에 조인트를 날렸다.

굼벵이같이. 부르면 바로 와야 할 것 아니야. 못생긴 데다 귀까지 먹은 거야?

이층에 올라가서 서둘러 그의 저녁밥을 데웠다. 럼 냄새를 풍기며 집에 들어온 그는 곧장 두툼한 잔을 꺼내고 화이트 오크 병을 땄다. 솔로는 텔레비전 앞에 앉아 있었다.

야, 이 자식아. 너는 아빠가 들어왔는데 잘 다녀오셨냐고 인사도 안 하냐?

잘 다녀오셨어요?

얼른 내 슬리퍼 갖고 와라. 이건 뭐 일주일 내내 힘들게 일을 하고 집에 돌아와서도 빌어먹을 슬리퍼 좀 갖다 달라고 사정을 해야 하니… 오늘 궁둥짝 좀 맞아봐야 정신이 들겠지?

솔로가 일어서기 전에 내가 대신 슬리퍼를 갖다 주러 달려갔다.

누가 너더러 슬리퍼 가져오래? 저 자식 좀 일어서라고 해. 밤낮 주저앉아서 텔레비전이나 보고.

솔로는 계속 텔레비전을 보고 있지만 나는 내 새끼가 겁에 질렸음을 알았다.

솔로. 뭐 하냐? 얼른 이리 오지 못하고.

이끼 낀 바위 위를 건듯이 솔로가 조심조심 천천히 걸어갔다.

이 신발 좀 벗겨라. 반짝반짝 윤이 나게 닦아 치워 놔.

짧고 뭉툭한 손가락을 떨면서 아이가 신발 끈을 풀었다. 기저귀를 뗀 지도 얼마 안 된 꼬마다. 그 또래들은 신발 끈 풀기 같은 건 아직 못한다. 그런데 실수를 저질렀다. 양말을 벗기면서 어쩔 수 없이 콧구멍을 벌름거리다가 제 아빠에게 들킨 것이다.

내 발에서 냄새나냐?

수닐이 아이의 콧구멍에 발가락을 댔다가 뒤로 빼더니 가속도를 붙여 코를 걷어찼다. 피가 보인 듯했다. 솔로가 울며 욕실로 달려갔다.

질질 짜고 도망가지 마! 어서 이리 와!

나는 그 자리에서 얼어붙었다. 내 눈물을 본다면 그는 더욱 발광할 것이다.

솔로, 당장 이리로 와. 이리 오라니까. 코피가 나게 하려던 건 아니다. 어서 와.

그가 기다렸다. 나는 그가 진정하기를 바라며 일 초, 이 초를 세고 있었다. 목소리가 누그러졌다.

솔로. 아빠가 부르잖아. 이리 와.

솔로가 콧물, 눈물이 뒤범벅된 얼굴을 닦으며 나타났다. 양쪽 콧구멍에 화장지 뭉치가 끼워져 있었다.

앉아라. 오늘 학교에서 뭘 배웠냐?

네.

바로 앞에서 듣는데도 소리가 안 들린다. 말을 할 때는 입을 벌려라. 그렇게 작은 소리로 말을 하면 뭔가 숨기는 게 있는 거야.

네.

큰 소리로 말하라니까!

큰 소리로 하고 있어요.

그가 솔로의 티셔츠 자락을 붙잡는가 싶더니 눈 깜짝할 사이에 아이가 바닥에 나동그라졌다.

무릎 꿇어라!

네.

네, 알겠습니다, 해야지. 오늘 학교에서 뭘 배웠냐?

모르겠어요.

모르…

그의 손바닥이 고개 숙인 아이의 정수리를 갈겼다.

겠어…

그의 발이 아이의 배를 디밀고 들어왔다.

요?

그의 손이 아이의 머리카락을 움켜잡았다. 솔로가 비명을 질렀다. 나도 비명을 질렀다.

아이를 놓아줘요! 수닐! 아이를 놓아주라고요. 아무 잘못도 안 했잖아요.

난 그냥 오늘 학교에서 뭘 배웠는지 물어봤을 뿐이야. 그게 그렇게도 잘못한 일인가?

나는 솔로의 방으로 달려가서 아이의 책가방을 갖고 헐떡이며 돌아와 부엌 조리대 위에 내용물을 흔들어 쏟았다.

솔로, 오늘 유치원에서 뭘 배웠는지 아버지한테 보여드려.

아이는 부엌 조리대 뒤에 쪼그려 앉아 울고 있었다. 나는 쓰기 공책을 찾아 수닐 앞으로 들이밀었다.

아이가 유치원에서 여기 이 공책 칸에다 글씨들을 이렇게 깔끔하게 잘 썼어요. 선생님도 나한테 반에서 솔로가 최고로 잘한다고 하더라고요.

수닐은 공책을 프리스비처럼 솔로 쪽으로 내던지더니 의자 등받이에 기대 술잔을 비웠다. 나는 그대로 서 있었다.

저녁밥은 어딨어?

나는 닭고기스튜, 야채 밥, 샐러드를 순식간에 차려냈다. 수닐은 포크를 무슨 삽처럼 썼다. 그가 이런 상태일 때는 무슨 일이든 말다툼으로, 무슨 말다툼이든 싸움으로 번질 수 있다.

소금값이 내렸나?

소금 거의 안 넣었는데요.

그가 의자에 등을 기댔다. 당장 쳐 죽일 기세였다.

이 닭고기 요리를 하면서 냄비에 소금 한 줌도 안 넣었단 말이야?

침묵.

그럼 이 맛은 뭐지? 입이 고장 났는지, 소금 맛이 나는군. 고혈압인 나한테 일부러 소금을 준다… 나를 죽이고 싶어? 어?

나의 부주의였다. 식기 건조대 위에 밀대를 놔둔 것이다. 수닐이 앉은 자리에서 손만 뻗으면 집을 수 있는 거리였다. 벽이나 침대, 의자를 맞힐 수도 있었을 밀대는 내게 정통으로 꽂혔다.

척골과 요골이 두 동강 났다고 의사가 말했다. 일주일 후 수널을 묻을 때 나는 팔에 깁스를 하고 있었다.

장례식에 온 사람들에게 나는 대수롭지 않다고, 사다리에 오를 때 조심성 없이 구는 버릇을 고쳐야겠다고 말했다. 그건 반만 사실이었다. 사람들이 나와 수널을 보고는 '베티는 정말 복도 많아요'라고 할 때면 지금 농담하는 거냐고 따져 묻고 싶었다. 복도 많다고? 몸으로 느낄 수 있는 사랑만을 주었지. 그가 수갑을 채웠냐고? 그게 밀월이었어. 눈에 멍 자국을 남겼냐고? 꽁무니로 닥쳐든 진정한 사랑. 손목을 부러뜨렸냐고? 그쯤은 연애편지 수준. 일주일 입원하게 만들었냐고? 사랑은 계속되리. 칼로 다리를 찔렀냐고? 죽음이 우리 둘을 갈라놓을 때까지.

## 체탄 씨

어젯밤부터 수돗물이 끊겼다. 텔레비전도 라디오도 언제 복구될지 묵묵부답이다. 학교 서무실 여직원 말이 가스파릴로에는 수돗물이 끊긴 지 일주일째라 한다. 어떻게 한다? 삼백 달러를 주고 식수트럭을 불러 물탱크 하나를 통째로 들여야 하나? 식수트럭이 집 앞까지 들어올 수나 있을지 모르지만. 양동이 세 개를 간신히 채워놓고 아껴 쓰는 중이다. 몸 씻는 데는 반 양동이면 된다. 허비하지 않으려고 조심해서 쓰면 그걸로 충분하다. 정말이다. 양치는 냉장고에서 물 한 컵 내려 쓰면 된다. 변기 물 내리는 데는 한 양동이가 통째로 소요된다. 어쩔 수 없다. 다행히 소변만 보면 됐다. 위급상황이 아니면 대변만큼은 직장에 도착할 때까지 참을 수 있다.

미니버스를 타려고 길거리에 나왔을 때는 월요일 아침 러시아워가 이미 시작되어 있었다. 나는 지각을 싫어하는 남자다. 미니버스는 하나도 안 보였다. 한참 만에 한 대가 도착하자 모두 어떻게든 타려고 앞 사람을 밀어붙였다. 교차로까지 나가면 지나가는 버스가 좀 더 많지 않을까 생각하고 있는데, 람딘 부인의 차가 속도를 늦추며 다가오는 게 보였다.

여기요, 얼른 와요. 더이상 교통을 막고 있을 수 없으니까.
람딘 부인은 뭐 괜찮다. 말수가 좀 많기는 하다. 커다란 검은 눈동자와 어깨 길이의 수수한 머리에서 소녀 적 모습을 엿볼 수 있다. 다만 내가 서무실 사람들과 친구로 지내지 않는 편을 선호할 따름이다. 눈 깜짝할 사이에 온 동네 사람들이 내 개인사에 코를 들이댈 것이 빤하기 때문이다. 그녀하고는 그냥 알고 지내는 사이다. 안녕하세요? 어떻게 지내세요? 그 이상의 친밀한 대화는 하지 않는다. 특별수업용으로 교실을 예약할 때 그녀를 통해서 하는, 그런 정도다. 남편과 사별한 지 몇 년 됐다. 장례식 날에 학교 전체가 반일 휴교했었다. 뒤차 운전자가 경적을 울리고 고함을 질렀다.

젠장, 아줌마. 운전을 할 거면 운전을 하라고!
어쩌겠는가? 할 수 없이 뒷좌석에 올라탔다.

안녕하세요, 람딘 부인. 세워주셔서 고맙습니다.

안녕하세요. 체탄 씨, 어쩐 일로 여기서 다 뵙네요.

그녀가 앞좌석에 앉은 소년을 팔꿈치로 찔렀다.

솔로, 안녕하시냐고 인사를 드려야지. 내가 예절교육을 전혀 안 한 줄 아시겠다.

소년이 뭐라 중얼거렸다. 어쨌든 상관없다. 열 살쯤 돼 보인다. 자신이 대단한 줄 알게 되는 그 나이.

여기서 뵙기는 처음이어서요. 제가 여기를 거의 매일 지나가거든요, 끔찍한 일이지만.

차를 정비소에 맡겼어요. 그리고 오늘은 제가 좀 늦었어요, 람딘 부인. 보통 지금쯤이면 학교에 가 있을 시각이거든요.

베티라고 불러주세요.

그래요, 베티 양. 대중교통을 이용할 때는 반 시간쯤 일찍 나오고요.

베티라고 불러달라니까요. 베티 양이 뭐예요, 우리가 서로 모르는 사이도 아니고요.

그렇게는 못 하죠. 예의가 아닌데요.

아이고, 무슨 말씀이에요.

차가 약간 앞으로 나갔다가 멈췄다. 트리니다드에는 도로 사정에 비해 차량이 터무니없이 많다. 가다가 서다가, 가다가 서다가. 그녀는 분명 침묵을 좋아하지 않는 사람이었다.

교통이 맨날 이 모양이니 지겨워 죽겠어요.

운전 중인 그녀에게는 보이지 않겠지만 나는 고개를 끄덕였다.

체탄 씨, 죄송해요. 몸은 좀 어떠신지 물었어야 했는데. 일전에 병가 내지 않으셨어요? 이제 괜찮으세요?

네, 람딘 부인. 아니, 베티 양. 다 괜찮아요, 고마워요. 별일 아니었어요.

나는 〈익스프레스〉를 꺼내 얼굴 앞에 바짝 올렸다. 내가 이틀쯤 휴가를 냈다 치자. 그게 왜 남의 관심사가 되어야 하지? 제기랄. 재채기 한 번 하면 파나돌 두 알 먹으라는 충고가 들어오는 곳이다.

신임 교장은 잘 대해주시고요?

이건 또 뭐지? 나는 솔직한 내 심정을 털어놓을 만큼 이 여자를 알지 못한다. 내가 '그저 그렇다'고 대답하면, 그래서 이 여자가 내 상사에게 고해바치면 어떻게 되겠는가? 나만 곤란해질 것이다. 신문으로 얼굴을 계속 가린 채 내가 대답했다.

좋은 분 같던데요. 아직 대면은 많이 못 해봤어요.

갑자기 속도가 올라갔다. 교통을 가로막던 무엇인가가 치워진 것이었다. 도로를 주시하면서 베티 양은 계속 지껄였다.

저는 모르겠더라고요. 재킷에 아직 라벨 붙어 있는 것 보셨죠? 아니, 그게 뭐예요. 좀 떼고 다닐 것이지. 돈이 많다고 교양도 높은 건 아닌 것 같아요. 그래도 아직 두고 봐야죠. 하나님은 사랑이니까요.

나는 신문을 코에 닿을 정도로 얼굴에 바짝 갖다 댔다. 눈치를 챘는지 그때부터 세인트 바르바나 칼리지 정문에 도착할 때까지 그녀는 아들과만 대화했다.

체탄 씨, 뭐 좀 여쭤봐도 될까요?

그럼요, 람딘 부인. 아니, 베티 양.

아이를 학교에 내려주고 우리 학교에 닿을 때까지 십오 분 동안 베티 양은 쉴 새 없이 조잘거렸다. 남편이 죽어서 자신과 아들 단둘이라고 했다. 그거야 나도 이미 알고 있었다. 형편이 빠듯하다고, 할머니가 물려준 낡고 큰 집에 사는데 대출금은 다 갚았지만 현금이 부족하다고 했다. 하숙인이 있다면 수입도 되고 친구도 되어 좋을 것 같으니까 지인 중에 적당한 사람 있으면 알려달라고, 성인 독신 여성이면 가장 맞춤하겠다고 해서 살펴보겠다고 했다.

*

수요일. 직원 휴게실에서 쉬고 있는 그녀를 보았다. 평소에는 내 자리에서 점심을 먹는데 오늘은 기다란 식탁의 그녀 옆자리로 가봤다.

베티 양.

차우멘을 먹던 그녀가 고개를 들었다.

베티 양, 잠깐 이야기 좀 할까요? 점심 다 드시고요.

그녀가 의자를 조금 돌리고 나를 바라보았다.

벌써 다 드셨어요?

나는 고개를 끄덕이고 앉았다. 매달 마흔 명이 살해되는 이 나라에서 내 이야기는 별로 이례적이지 않다. 집주인은 시페로 스트리트에서 헨리 약국Henry's Pharmacy을 운영한다. 강도들이 대낮에 들이닥쳐 그를 쓰러뜨린 뒤 그의 머리에 총을 대고 꽁꽁 묶었다. 그곳에는 그의 아내도 있었다. 묻지 않았지만 제발 강도들이 그녀를 건드리지 않았기를 바라고 있다. 부활절 즈음에 일어난 사건으로 신문에도 보도되었다. 아무도 죽지 않았기에 1면은 아니어도 첫 번째 섹션에 실렸다. 그들은 크게 충격을 받아 자산을 모두 매각하는 중이다. 약국과 집과 차 두 대와 가구까지 통으로 내놓았다. 장성한 자녀들이 정착해 사는 포트로더데일로 이주할 거라고 했다. 그들 집 아래층의 작은 아파트에 세 들어 산 지 사 년이 됐다. 이제 이사를 해야 한다. 마음에 드는 곳들은 내 형편이 안 되고 형편에 맞는 곳들은 마음에 들지 않는다. 원하는 곳을 찾을 때까지 당분간 베티 양의 집에서 살 수 있지 않을까 생각했다.

여자분을 원하신다는 걸 알고 그럴 만하다고도 생각합니다. 그러니 거절하시더라도 이해하고요. 다만 제 말씀을 드리자면, 제가 거기 산다는 것도 잊어버리실 거예요. 현재 집주인에게 물어보셔도 됩니다. 지금껏 아무 문제 없이 살아왔거든요. 서로 사소한 언쟁조차 없이요.

신기하네요. 며칠 전 그 말씀을 드렸을 때만 해도 거처를 찾고 계신 줄 몰랐어요. 제가 여자를 선호하는 것은 맞지만 체탄 씨는 아무 말씽 없으실 거예요. 사무실의 누구도 나쁜 소리 안 하니까요. 단 한 명도 말이에요. 어쨌든, 길게 끌 것 없이 이야기해보시죠.

고맙습니다, 베티 양. 그래 주시면 저야 좋지요.

체탄 씨, 수학을 가르치시는 건 아는데 그렇게 매사에 심각할 건 없어요. 우리 나이도 대략 비슷하고요. 둘 다 아직 마흔도 안됐잖아요. 자꾸 베티 양이라고 하면 내가 할머니가 된 기분이에요.

나이가 많다는 뜻이 아니고요, 베티 양. 예절 문제라서요. 아시잖아요.

음, 다른 사람들이 체탄 씨라고만 부르던데 저도 계속 그렇게 불러주기를 바라시는 거겠죠?

나는 그녀를 향해 내가 지을 수 있는 가장 다정한 미소를 지어 보인다. 이런 상황에서는 잠자코 있는 게 최선이다. 그녀가 알아서 결정하게 놓아두는 것이다.

하나님은 사랑이시죠, 그럼요. 부정 타지 말라고 '원숭이가 사과 한 알 먹으려다 우두둑 허리가 부러진다, 쿵 하고 방이 사라진다' 이 말을 해야 했는데 까먹었네요.

과연 우두둑이었으니, 그날 저녁에 모든 게 합의됐다. 다음 토요일에 이사하기로 했다.

*

두 차례 왕래 끝에 짐을 모두 옮겼다. 그녀의 차 트렁크가 하도 좁아 큰 여행가방 하나 넣자 거의 차버렸다. 오래된 가구 두세 점을 가져가지 않은 게 다행이었다. 매시Massy가 장마철 파격 세일을 하고 있었다. 나 자신에게 물어보았다. 체탄, 너만을 위해 뭔가 사본 게 도대체 언제였냐? 나는 시내로 갔다. 신형 침대와 안락의자가 주요 세일 품목이었다. 앞으로 어디로 이사하든 내 물건이 있어야 한다. 계산하기 위해 기다리다가 귀여운 책상이 눈에 띄어 그것도 급히 추가했다. 매시는 보통 배달이 일주일은 걸리는 곳인데 무슨 일인지 빠릿빠릿하게 움직여 당일 모두 다 배달해왔다. 베티 양에게 새 가구가 배달될 거라고 했더니 좋은 것으로 골라주고 싶어 했다. 선의인 줄 알지만 혼자 사는 사람들에게는 남의 간섭이 달갑지 않은데 이 여자는 간섭하는 유형 같다. 거리를 유지하지 않으면 덜미를 잡혀 살아가는 건 시간문제다. 내가 여자를 원했다면 오래전에 결혼했을 터였다. 나의 희망 사항 목록에 '아내'는 명함도 못 내민다.

마지막 짐을 싣고 차가 마당에 들어설 때 그녀의 아들 솔로가 검은 연철 대문 옆에서 기다리고 있었다. 베티 양이 차를 세우기도 전에 아이가 트렁크를 열고 있었다.

　체탄 씨, 체탄 씨. 제가 이 여행가방을 들어 올릴 수 있어요. 할 수 있어요.

여행가방의 크기는 아이 몸집과 비슷했고 무게는 아마 더 나갈 것이다.

　놔둬라, 얘야. 그건 내가 할 테니 너는 엄마랑 뒷좌석에 있는 짐들을 옮겨주겠니?

자기는 오 분 쉴 거니까 남자들이 알아서 정리하라고 베티 양이 말했다. 솔로가 작업반장을 자처하고 나의 입주를 지휘했다. 짐을 풀고 있는데 아이가 자꾸 나를 불렀다. 자기 방을 보여주더니 이 분 후에는 텔레비전 작동법을 설명해주려고 했다. 서랍 하나를 겨우 채우고 나자 이번엔 부엌 시찰을 고집했다. 어쩌겠는가? 친절하게 대해주고 싶어 그러는 것이었다. 솔로는 수도관에 온수가 충분하지 않을 때 온수기를 켜는 방법까지 포함하여 모든 것을 보여주었다. 베티 양 차를 타고 간 그날 아침의 아이와는 전혀 딴판이었다. 제법 수다쟁이 꼬마였다.

　체탄 씨, 그게 마지막 상잔가요?

　그래. 넌 여기 있어. 이제 더 옮길 게 없으니까. 아야. 이런 젠장, 아이고 아파라!

날카로운 콘크리트 계단 끝에 발가락을 찧었다. 옮기던 상자에서 책들이 쏟아져 뒹굴었다. 손전등이 쨍그랑거리며 계단을 굴러 내려갔다. 솔로가 도와주러 달려왔다.

괜찮으세요, 체탄 씨? 괜찮아요?

발가락이. 제기랄. 발톱에 멍이 들겠구나. 계단에 발가락을 찧을 때 손전등을 딱 거기에 떨어뜨렸어.

아이가 내려가 손전등과 책들을 쓸어 담았다.

발가락에 얼음 얹어드려요?

걱정 마. 괜찮을 거야.

이 계단은 아주 위험해요. 우리 아빠도 바로 이 계단에서 굴러떨어져 돌아가셨거든요. 바로 여기요.

정말? 바로 여기서?

저는 너무 어렸기 때문에 하나도 기억나지 않아요. 하지만 계단에서 굴러떨어졌다는 것은 알아요.

저런.

가끔 술을 마시면, 취해서 굴러떨어지곤 했어요.

아버지를 그렇게 말하면 안 돼.

하지만 그랬다고 엄마가 알려주셨는데요.

베티 양이 듣고 있지 않기를 바랐다. 창이 활짝 열려 있어서 자고 있지 않다면 들었을 것이다. 요즘 애들이란 참.

아버지는 분명히 좋은 분이셨을 거야.

어쨌든 계단에서 아주, 아주, 아주, 조심해야 해요, 아시겠죠? 술에 취해서 집에 돌아올 때는 특히나 더요.

내가 술에 취한 모습은 볼 일 없을 게다. 카리브Carib나 스태그Stag를 이따금 마시기는 해도 술을 즐기지는 않거든. 그리고 솔로, 너도 이 계단에서 조심해야 해. 아버지의 사고에 대해 알았다면 이렇게 상자들을 들고 오르내리게 하지 않았을 거야.

저는 계단에 익숙해요. 제겐 아무 일도 없을 거예요.

아이가 허리를 굽혀 커다란 비닐봉지를 주웠다.

우리 반의 어떤 아이는 냉장고에서 카리브 맥주를 몰래 꺼내 뒷마당에서 마신대요.

너는 절대 그러지 마라.

엄마가 그것만큼은 매를 때릴 거라고 하셨어요. 다른 짓은 뭐든 상관없대요.

우리 둘이서 모든 정리를 마쳤을 때는 저녁이 돼 있었다. 혼자 했다면 훨씬 더 빨리 끝냈겠지만 솔로가 좀체 나를 놓아주지 않았다. 나야 싫을 것은 없었고 아이가 쉴 새 없이 재잘거리긴 했어도 주로 혼자 하는 말들이었다. 저녁 식사 자리에서 베티 양은 솔로가 제 아버지에 대해 한 말을 못들은 듯 행동했다. 어쩐지 찜찜했다. 사람들은 함부로 입을 놀리기 좋아했고 특히 자신과 상관없는 일이면 더욱 그랬다. 이 모자에게 그런 일이 일어나길 나는 원치 않았다. 여덟 시 반경, 나는 솔로에게 오늘 못다 한 것은 내일 해도 된다고, 제발 그만 가서 자라고 애원을 했다.

솔로, 내일도 도와줘도 되지만 너무 일찍이는 안 돼. 내일은 일요일이니까.

알았어요. 그러면 방에 들어와 깨우지 않을게요.

가기 전에 귓속말로 한마디만 해줄까?

아이가 미소를 띠고 다가왔다.

사람들에게 아버지가 술을 드시곤 하셨다는 이야기는 하고 다니지 마. 특히 돌아가셨기 때문에 더욱 좋게 안 들려. 어머니를 울게 만들 수도 있어.

이번에는 아이가 내 귀에 대고 속삭였다.

엄마는 그 일로는 울지 않아요.

## 베티

금요일 저녁에는 피자를 먹으며 텔레비전을 본다. 체탄 씨와 솔로는 아주 재미있어 하고 나는 그냥 그렇다. 그들은 나에게 따분한 영화여도 상관없다는 식이다. 자동차 추격이며 총격 같은 장면이 보기 싫으면 내 방에 들어가는 게 상책이다. 체탄 씨는 애초에 몇 달만 있을 거라고 했지만 일 년이 지난 지금 그 말은 간데없다. 그래서 나도 좋다. 도움이 되어주고 안심도 된다. 남자가 여기 살고 있다는 것을 사람들이 아니까. 그처럼 잘생긴 남자가 나한테 반해서 여기 산다고 말할 수 있으면 좋겠지만 그건 단연 솔로 때문이다. 둘은 아주 친하다. 그는 아버지가 아니지만 타고난 아버지감이다.

수닐이 죽은 지도 오래돼서 나의 변함없는 친구들인 디디와 글로리아는 나가서 사람들을 좀 만나라고 밤낮 성화다. 집에만 죽치고 있기에는 아직 청춘이라는 것이다. 둘 다 도박을 밝혀 주말이면 카지노에 출석 도장을 찍는다. 나도 생각보다는 재미있었다. 우리는 슬롯머신만 했다. 지출 한계에 이르면 바로 그만두는 것이 내 원칙이었다. 캐쉬헌터, 슬롯파더, 독캐셔, 물라루지… 게임 종류도 가지각색이었다. 게임을 하다 싫증 나면 앉아서 배 터지도록 먹고 쉬었다. 오늘 밤에는 멀리까지는 안 간다. 사우스 시티 몰에 새 카지노가 문을 열었다. 친구들은 열심히 돌아다녔다. 우리는 그랜드바자, 쿠바, 페날 등을 돌면서 여러 카지노를 섭렵했다. 울브룩까지 간 적도 있다. 유일한 중국인 소유 카지노다. 어떻게 중국인들이 이 멀고 작은 나라 트리니다드까지 와서 카지노를 열었는지 나는 모른다. 뭔가 사연이 있겠지.

카지노에 있는데 팔이 몹시 쑤셨다. 팔을 비비는 나를 글로리아가 보았다.

왜 그래? 팔에 문제가 있는 거야?

뭐 약 같은 거 있니?

근육이완제 연고가 있긴 한데 여기서 바르면 냄새가 카지노 안에 온통 풍길 거야.

그럼 관두고. 여기 팔꿈치에서 손까지, 몇 년 전에 부러졌던 거 기억나지? 이따금 통증이 와. 비라도 오면 훨씬 심하고.

디디가 게임기들 사이로 우리를 향해 걸어오고 있었다. 라이브 룰렛을 구경하고 오는 길이었다.

어떤 백인 남자가 방금 만 달러를 땄어. 만 달러라고! 우리 가서 사귀자.

헛웃음이 나왔다. 우리 모두 남자가 없지만 여기서 남자를 만날 가능성이란 없었다. 요즘 제대로 된 남자 정말 보기 힘들다.

좀 땄어, 글로리아?

에이, 오늘 저녁은 운이 안 좋아. '잭팟을 기원하며'에다 골드레이더까지 했는데 전부 꽝이네. 보름달 탓인 거야. 농담 아니고 보름달이 뜬 날에는 동전 한 닢 딴 일이 없어.

일곱 시가 넘었다고 내가 말했다. 식당도 이제 문을 열었다.

베티, 재밌는 이야기 좀 해줘.

내가 앞니를 길게 핥았다. 앞니 사이로 공기를 들이마시고 침을 뱉으며 식식 소리와 함께 약을 올렸다.

파코와 파핑페퍼스와 킹캐설랏이 내 지갑 속 단돈 몇 달러를 다 가져가 버렸어. 그래도 하나님은 사랑이시지.

저녁밥을 먹다가 다시 팔을 문지르자 글로리아가 냄새 심한 연고와 애드빌Advil 한 팩을 꺼냈다. 나는 고개를 흔들었다.

그냥 둬. 의사들도 아무 방법이 없댔어. 그냥 그렇게 살래. 적어도 맨날 아픈 건 아니니까.

디디가 포크를 내려놓았다.

어떻게 여태 이 생각을 못 했지? 베티, 자라이jharay• 잘하는 사람을 찾아야 해. 누가 머리에 말조maljo를 붙였더니 손이 아프더래.

입 닫아. 누가 내게 나쁜 눈mal yeaux을 붙이겠어. 뭐, 수닐의 가족이? 어차피 반은 뉴욕에 있어. 그렇게 먼 곳에서 나쁜 눈을 어떻게 붙여.

그렇지 않아, 베티. 나쁜 눈은 쥐도 새도 모르게 붙일 수 있어.

디디와 글로리아는 너무 다정하지만 나는 입을 그만 다문다. 아프다는 소리에 곧바로 자라이를 들먹이지만, 사실 팔의 통증보다는 집안에 깃든 수닐의 혼이 훨씬 무섭다. 벽과 계단과 방마다 깃들어 있는 그 남자. 죽기 전 그가 내게 나쁜 눈을 붙인 것이 분명하다. 몇 년 전에 러치맨 목사님을 찾아가 수닐의 혼이 영원히 떠나가게 기도해달라 부탁한 적이 있다. 갓 안수를 받은 목사라서 그랬는지 가이아나인이라서 그랬는지 모르지만 어쨌든 그의 기도는 효력이 전혀 없었다.

우리 대화는 거기서 그쳤지만 나는 생각을 계속했다. 우리 아

• 누군가가 부러워하거나 악의 또는 나쁜 눈을 줄 때, 말조에 걸렸다고 하고, 자라이라는 의식을 통해 그 기운을 떼어내는 전통. 주로 전통적인 치료사들이 담당한다.

들을 제외하면 이 팔의 통증은 수닐이 내게 남긴 유일한 영구적 흔적이다. 그가 살아 있을 때도 나는 부끄러워서 아무 말도 못 했고 그가 죽었을 때는 더욱 부끄러웠다. 무슨 여자가 죽은 남편을 험담한단 말인가! 그런 데다 수닐은 잘생겼었다. 그것은 인정해줘야 했다. 피부가 희고 머리는 검은 인도인으로, 이른바 킹카였다. 아무도 말하지 않았지만 나는 그들 속마음을 알았다. 저렇게 매력적인 남자가 대체 왜 저런 보잘것없는 여자와 엮였을까?

*

토요일 오후, 집 청소를 마치고 빨래를 한 뒤 음식을 만들었다. 달콤한 미풍이 불어오는 현관 베란다에 가 앉았다. 십 분도 채 지나지 않아 디디의 차가 멈춰서더니 그녀가 운전석에서 요란하게 손을 흔들었다. 글로리아도 내려 문 옆에 섰다.

디디와 협의를 거친 결과 너에게 전폭적인 자라이가 필요하다는 결론을 내렸어. 그저 팔뿐이 아니고 머리끝에서 발끝까지 전부 다. 윌리엄스빌의 현자를 가서 만나자. 디디가 그러는데 맹세코 아주 끝내준대.

입 닫고 이층으로 가자. 얌전히 말 들으면 방금 끓여낸 닭고기 펠라우pelau를 좀 줄게. 아침에 딴 나무콩을 넣어 만든 거야.

펠라우는 가져갈게. 어서 옷 갈아입고 나와. 여기서 기다린다.

솔로는 어떡하고?

야, 정말. 솔로는 벌써 너만큼 커. 혼자 앞가림은 한다고. 우리가 무슨 이 섬을 떠나는 것도 아니고.

그들은 나를 샌퍼난도보다도 나무들과 잔디가 짙푸른 시골 마을로 데리고 갔다. 휘파람 소리를 내는 거대한 대나무 숲, 빼곡하게 늘어선 키 큰 빵나무들을 지나 차가 달렸다. 윌리엄스빌에 도착했을 때는 어둑어둑해지고 있었다. 자라이는 어차피 여섯 시가 넘어야 하는 거라고 디디가 말했다. 저녁 여섯 시 이후 아니면 아침 여섯 시 이전이니까 안심하라는 것이었다. 현자는 이층의 나무집에서 살고 있었다. 작은 집이었지만 마당 한켠에 야채들이 심어진 것이 보기 좋았다. 집 아래에는 모두 흰색인 빨랫줄이 걸려 있었고 옆에는 노란색 고물 코롤라Corolla가 세워져 있었다. 분명 누군가 집에 있었다.

디디가 앞문으로 들어갔다. 문 옆으로 단색의 삼각기들이 달린 대나무 기둥들이 잔뜩 세워져 있었다. 인도 문화를 거의 잊긴 했으나 이게 잔디jhandi라는 건 나도 알았다. 빨강, 검정, 파랑, 하양 등 여러 가지 색의 깃발들 사이에 노랑 깃발이 하나씩 끼어 있었다. 어떤 것들은 여러 달, 혹은 여러 해 동안 비와 뜨거운 태양에 시달려서 퇴색하고 찢긴 상태였다. 몇 개는 새것으로 보였다. 우리 엄마는 각각의 색이 어느 신을 모시는지 다 알았을 것이다. 깃발은 이제 트리니다드-가이아나 인구에 한정된 산업이 되어버렸다는 기사를 일요일 신문에서 읽은 적 있다. 우리 고조할머니 같은 사람들이나 인도에서 직접 깃발을 사 왔지 현대 인도인들에게는 이미 오래전에 단절된 풍습이다.

현자다! 현자!

졸려 보이는 둥근 얼굴이 창밖을 내다봤다.

현자님, 휴식 중이신가요? 디디예요. 안녕하세요?

남자의 안내를 받아 안으로 들어갔다. 디디가 내 통증을 설명해주자 현자는 자기한테 오기를 잘했다고 맞장구쳤다. 그가 나를 한번 보더니 내게 나쁜 기운이 서려 있다고 말했다. 흠, 고맙습니다, 현자님. 길고 혼란스러운 기도를 각오하고 갔는데 그렇게 나쁘지는 않았다. 현자는 흰 천을 여러 조각으로 자른 뒤 그 안에 마늘 다섯 쪽, 후추 다섯 알, 그리고 소금과 후춧가루 약간을 집어넣고 묶어서 갖고 오더니 내 몸 앞과 뒤 그리고 머리둘레에 갖다 댔다. 힌디어 기도문을 읊으며 그렇게 다섯 번을 되풀이했다. 힌디어를 모르는 내게는 그게 알파벳이었대도 똑같았을 것이다.

그가 이어서 코코야 빗자루를 집었다. 코코야 빗자루는 만들기 쉽다. 코코야자 나무의 잎을 조금 뜯어내어 가운데가 단단한 것들로 잘 묶은 다음 한쪽 끝에 매듭을 지어 손잡이로 쓰고 반대쪽 끝으로 비질을 하면 된다. 마당 쓰는 데 최고의 빗자루다. 현자는 코코야 빗자루 다섯 개를 같은 방식으로 내 몸에 갖다 댔다. 이번에도 다섯 번이었다. 기도문이 더 이어졌다. 한 가지 차이점은 한 차례가 끝날 때마다 코코야에 입을 대고 불었다는 것이다. 그게 끝나자 천 묶음과 코코야 빗자루를 바닥에 내려놓고 바지 주머니에서 성냥갑을 꺼낸 뒤 내 눈을 똑바로 들여다보았다.

딸아, 너는 성경을 아느냐?

이것이 기독교 의식도 아닌데 혹여 그가 신성모독을 하는 게 아닌가 싶어 나는 흠칫 놀랐다. 나는 고개를 끄덕였다.

네, 현자님.

롯의 처에게 일어난 일을 성경이 어떻게 전하는지 기억하느냐?

내가 다시 고개를 끄덕이는 가운데 그는 곧장 말을 잇는다.

그 여인은 소금 기둥으로 변해버렸다. 주님이 직접 이르셨다. 소돔에서 뒤돌아보지 말라고. 그러나 그 여인은 주님의 말씀을 거역했고 주님은 여인을 벌하셨다. 오늘 너는 롯의 처처럼 이곳에 온 것이다. 나는 내가 쓴 것을 모두 태울 것이다. 네게 서린 모든 악 또한 불에 타 사라질 것이다. 하지만 너는 불을 보면 안 된다. 알겠느냐? 네가 그것을 보는 순간 악이 더 강해져 돌아올 것이다. 그렇게 되면 나도 더이상 도와주지 못한다. 알아듣겠느냐?

집으로 돌아가는 길은 칠흑같이 어둡다. 어떤 정부 관료도 이 동네에 집이나 땅을 갖고 있지 않은 게 틀림없다. 아니라면 가로등을 세우고 전구들이 제대로 작동하는지 반드시 점검했을 것이다. 글로리아와 디디는 라디오를 소카soca 히트곡 채널에 맞춰 크게 틀어 놓고는 쉴 새 없이 수다를 떨었다. 나는 피로감을 느꼈다. 하지만 하나님은 사랑이니까. 그들은 나를 집 앞에 내려주고 신이 나서 차를 몰고 갔다. 왠지는 모르지만 뒷마당 계단을 올라갈 때 울음이 터져 나왔다. 눈에서 나오는 것이 아니라 가슴 속에서 치솟는 눈물이었다. 나는 차디찬 콘크리트 계단에 그대로 주저앉아 입을 막았다. 솔로가 들으면 안 됐다. 체탄 씨도 마찬가지였다. 솔직히 나는 아무리 자하리를 받아도 수닐의 혼이, 그가 나에게 붙인 그 끔찍한 나쁜 눈이 나를 떠날 것 같지 않다.

# 체탄 씨

나는 부엌 상황을 이해한다. 베티 양이 요리를 못한다는 말이 아니다. 하지만 사람마다 소질이 다른 법이다. 그녀의 음식 솜씨는 나에게 댈 수도 없다. 둘이 똑같은 직장에서 똑같이 지쳐 집에 오기 때문에 매주 세 번은 내가 요리를 맡았다. 일요일에는 왕고등어찜, 소금절인 고기를 넣은 캘럴루callaloo, 그리고 쌀밥, 아울러 솔로가 먹을 마카로니 파이를 만들기로 했다.
오븐에 파이를 집어넣고 베란다로 나갔다. 솔로는 늘 그러듯 아이패드에 머리를 박고 해먹 그네를 타고 있었다.

왜 아직 점심 준비가 안 됐어요?

뭐라고?

두 시가 넘었어요.

내가 뭐 네 종이라도 되냐?

요리를 하면 시간 안에 끝내려고 노력해야죠.

나는 숨을 가다듬으며 마음을 가라앉혔다. 십대들이란.

솔로, 나에게 그런 식으로 말하지 마라. 아니, 누구에게도 그러면 안 돼.

아이가 해먹에서 휙 뛰어내리더니 내게 가까이 다가섰다. 눈높이가 거의 같았다.

나한테 이래라저래라 하지 마세요. 우리 아빠도 아니면서.

나는 입술을 깨물고 돌아섰다. 하지만 아이의 말은 계속됐다.

왜 남자가 맨날 부엌에서 요리나 하고 아니면 앉아서 책이나 읽고 있어요? 뭐예요? 호모예요?

그건 치명타였다. 나는 부엌으로 돌아갔다. 아이의 발소리가 마룻바닥을 크게 울리다 쾅 하고 문 닫는 소리가 났다.

나는 뚜껑 달린 그릇들에 음식을 담아 두고 베티 양에게 머리가 아프다고 말한 뒤 내 방으로 들어갔다. 저 어린 녀석에게 한 방 날려주고 싶다는 충동도 일었다. 어떻게 감히 나를 이런 식으로 대한단 말인가! 그리고 호모라니, 그런 건 또 어디서 들은 소리일까? 하지만 분노는 고통의 일부일 뿐이었다. 키로 보자면 나와 맞먹지만 솔로는 아직 어린아이다. 나는 반쯤 읽은 책을 들고 오후를 위해 자리를 잡았다. 좋은 책에 푹 빠질 수 없다면 아마 나는 미칠 것이다.

깜빡 잠이 들었다가 누군가 요란하게 문을 여는 바람에 깼다. 아직 땅거미까지는 아니지만 방이 어둑한 것으로 보아 곧 해가 질 시간 같았다. 솔로가 찻잔을 조심조심 들고 안으로 들어왔다. 아이는 침대 옆 탁자 위에 찻잔을 놓아두고는 말없이 방바닥만 내려 보며 서 있었다. 차를 한 모금 마셨다. 완벽했다.

무슨 일 있는 거냐, 솔로?

아이는 여전히 고개를 숙이고 있었다.

내가 네 아버지는 아니더라도 너를 많이 아낀다. 너도 알 거다.

솔로가 주머니에 손을 찔러 넣었다.

이런 무례한 행동은 너답지 않아. 내가 아는 솔로는 그런 아이가 아니지. 어머니 말씀으로는 네가 자꾸 싸움질해서 학교에서 어머니를 불렀다던데. 무슨 일 있는 거냐? 우리 사이에 하는 말은 비밀이라는 것 잘 알지?

아이가 고개를 끄덕이고 멈칫하더니 뒤돌아서 조용히 나갔다. 걱정이 되는 것은 아이가 본래 착한 아이이기 때문이다. 대마초를 피우고 술을 마시는 소년들과 어울리는 걸 본 적이 없다. 굳이 나누자면 외톨이에 가까운 아이다. 나는 차를 마저 마시고 베란다로 나갔다. 솔로 혼자 해먹에 앉아 있었다.

엄마는 어디 계시냐?

나가셨어요. 어디 가신지는 모르겠고요.

나는 해먹을 잡아 흔들 수 있을 만큼 가까운 거리의 걸상 위에 앉았다.

내가 런던에서 집배원으로 일했다는 이야기, 해준 적 있던가?

솔로가 눈을 휘둥그렇게 떴다.

아니요.

그래, 맞아. 집배원으로 일했어. 그전에는 택시기사였고.

솔로의 얼굴이 온통 미소로 환해졌다.

검정 택시요?

응.

우와.

별별 손님들이 내 택시에 탔지. 하, 정신 나간 사람들이 얼마나 많았는지 말이야. 런던에 처음 갔을 때 형편이 정말 안 좋았어. 여기서라면 쳐다보지도 않았을 일자리들을 감지덕지 받아서 해야 했어.

'우리 때는 고생이 얼마나 심했는데 요즘 젊은 것들은 편히 살아도 고마운 줄을 몰라' 이야기는 하지 마세요. 엄마한테 늘 들으니까요.

내가 웃음을 터뜨렸다.

친구가 하나 있었단다. 이름을 절대 못 잊을 거야. 루퍼트 매클린. 백인들은 보통 나 같은 쿨리coolie•에게는 인사를

하지 않았어. 그런데 루퍼트는 항상 문 앞에 와서 나와 이
야기를 나눴지.

내가 해먹을 밀어주었다. 내 쪽으로 돌아오면 다시 살며시 밀어주었다. 무례해도 괜찮다. 내가 아이를 원하는 남자라면 바로 이런 아이를 원할 것이다.

솔직히 말해 친구가 많은 건 아니었어. 브릭스턴과 셰퍼즈 부시에는 서인도제도 사람들이 무척 많았는데 나는 보통 혼자 지냈지. 그런데 루퍼트가 도와주더라. 그곳 세상 물정도 잘 알려주고. 그 친구가 아니었다면 아직도 집배원 일을 하며 어렵게 쩔쩔매고 있었을 거야.

루퍼트가 어떻게 도와주었는데요? 돈을 줬어요?

아, 그런 건 아니고. 매일 우편물을 배달하다 차츰 대화를 나누기 시작했고 그래서 어디 출신이며 어떻게 여기 오게 됐는지 그런 것들을 내게 물었어. 그러니까 나에게 관심을 가져준 거야.

솔로가 해먹 위에서 몸을 세워 앉았다.

인정 많은 사람이었어. 열여섯 살에 학교를 중퇴했다고 하자 왜 지금이라도 다시 시작하지 않느냐고 묻는 거야. 그럼 집세를 어떻게 내느냐고 내가 항변을 했지. 파트타임으

---

• 육체노동에 종사하는 인도인 노동자를 일컫는 말.

로 공부하라면서 관련 전단을 얻어 주더라. 나하고 이야기를 해보면 내가 잘될 사람이라는 걸 알 수 있다며 항상 격려도 해주었고.

루퍼트를 떠올리자 좀 슬퍼졌다.

그래서 어떻게 했어요?

여러 해 걸렸지만 야간 과정을 듣고 결국 학위를 받았지. 어릴 때부터 수학을 잘해서 그걸로 했어. 그 친구 덕에 돌아와서 교사로 취직할 수 있었고. 루퍼트 매클린. 그를 만난 건 나의 운명이었어.

솔로가 내밀었던 고개를 거둬들였다.

왜 영국에 머물지 않았어요? 나 같으면 그랬을 거예요. 여길 떠날 수만 있다면 뭐든 했을 거예요. 트리니다드는 정말 따분해요.

나는 해먹 밀기를 그만두고 일어섰다. 뭐라고 말하고 싶었지만 말이 나오지 않았다.

체탄 씨, 그렇게 입 벌리고 있으면 파리 들어가요.

나는 입을 다물고 아랫입술을 물었다. 휘파람이 새어 나왔다.

집이란 건 말이다, 그건 중요한 거야.

뭐라고요?

집 말이야. 너의 탯줄을 묻은 곳.

## 베티

한 시 넘어서 겨우 잠이 들었다. 그런데도 다섯 시에 눈이 번쩍 떠졌다. 몸속 알람은 절대 고장 나지 않는다. 시계가 다섯 시를 치자마자 머릿속에서 녹음기가 돌아갔다. 베티, 죽으면 실컷 잘 수 있어. 주님이 네게 호흡을 허락하고 계시니 당장 일어나서 침대에서 나와. 그리고 하루를 시작해.

토요일이었지만 다를 건 없었다. 그저 반 시간만 더 자면 좋겠다 싶었다. 이불속은 아늑하고 쾌적했다. 그런데 생각해 보라, 지난 24시간 동안 얼마나 많은 규칙을 어겼는지. 하나쯤 보탠다고 별일 있겠어? 이대로 누워 있자. 뭐, 일어나서 소변을 보고 창을 열어 부드러운 바람을 들이고 바로 이불속으로 들어가자. 어젯밤 이후 나는 정신이 하나도 없다. 유부남. 그리고

나. 단숨에 이 죄악의 수준까지 올라왔다. 죄책감이 들다가 금세 황홀감에 빠진다. 대마초를 피우면 느낄 것 같은 기분이지만 피워본 적은 물론 없다. 어젯밤. 불쌍히 여기소서. 정말 나로서는 첫 경험이었다.

어떻게 설명할까? 일시적 정신이상을 주장할 수 있을지도 모르겠다. 술 때문은 아니었다. 레드와인 두 모금은 술이라고 볼 수도 없다. 머릿속에서 뭔가 오작동이 일어나 완전히 망해버린 것이다. 맙소사, 아무도 본 사람이 없길 바란다. 그는 아무에게도 말하지 않을 것이다. 아니, 남자들이란 서로 자랑하기를 좋아하니 혹시 말할지도 모른다. 이때 문자를 보내거나 혹은 전화를 걸 수도 있다. 그러다가 아내가 받으면? 월요일까지 기다리는 게 최선이겠다. 어쩌면 그가 전화를 걸어올지 모른다. 혹시 짬이 난다면. 그가 그러겠다고 말하지는 않았다. 그냥 제대로 된 남자라면 전화 또는 문자로 아무 문제가 없는지 확인할 거라고 짐작할 뿐이다. 만약 솔로가 내 전화로 그의 전화를 받는다면? 단박에 의심할 것이다. 만약 체탄 씨가 이 사실을 알아낸다면? 나는 얼굴도 못 들 만큼 부끄러울 것이다. 아, 빌어먹을.

방문이 살짝, 이어서 약간 더 열리더니 솔로가 머리를 들이밀었다. 내가 잠이 깬 것을 보자 아이는 얼굴이 환해지며 침대 위로 뛰어올랐다.

이러기에는 너무 컸다는 생각 안 들어?

아닌데.

나는 아이를 꼭 껴안았다. 따뜻한 체온이 느껴졌다. 아이의 정수리에 요란하게 입을 맞춰주었다. 아이가 이렇게 반쯤 졸려 할 때나 간신히 몇 번 뽑아낼 수 있는 입맞춤이다. 평상시에는 이런 애정표현은 다 자라버린 자신에게 어울리지 않는다고 생각한다. 교문 앞에서 안녕인사로 입맞춤을 나누던 시절은 이제 지나갔다.

예전에 널 데리고 내 친구 집에 갔을 때 너더러 몇 살이냐 물으니 네가 네 살하고 사 분의 삼이라고 대답했던 게 생각나네. 그러자 그 친구가 그러면 아직 네 살인 거라고 하자 네가 '아니에요' 그랬어. 네 살하고 사 분의 삼이 맞다고. 모두 깔깔 웃었지.

그리고 또?

네가 제일 좋아하는 장난감은 대걸레였어. 항상 대걸레질을 하며 놀았지. 딱 내 것 같은 걸 원해서 작은 대걸레를 만들어줬을 정도야. 사람들은 내가 아동에게서 노동을 착취한다고 놀렸고.

나는 아이를 다시 꼭 끌어안고 이마에 입을 맞춰주었다.

가서 자. 아직 여섯 시도 안 됐어.

엄마 침대가 더 좋아.

그러면 여기서 자.

아이가 내가 베고 있던 베개 두 개 중 하나를 끌어갔다.

어젯밤 늦게까지 안 들어왔어.

가슴이 콩닥콩닥 뛰었다.

교회 사람들 만난다고 했잖아.

굳이 따져본다면 그건 사실에 가까웠다. 굳이 따져본다면 그렇다는 말이다. 나는 정상적으로 호흡하려고, 시간을 벌어 이 대화가 어디로 흘러가는지 가늠하려고 해봤다. 하나님은 사랑이니까. 솔로가 내게 바짝 몸을 붙이고 잠에 빠졌다. 더이상의 질문은 없었다. 적어도 아직까지는. 하지만 초벌 빨래에서 지지 않은 때도 헹굼 빨래에서는 지게 돼 있듯 진실은 언젠가 어떻게든 밝혀지는 법이다. 모쪼록 우리가 이야기를 맞출 때까지 초벌이든 헹굼이든 빨래가 시작되지 않기를 바랄 뿐이다. 언제 그를 다시 보게 될까? 어떻게 그를 볼 수 있을까? 그가 여기로 올 수는 없다. 그의 집은 더더욱 말도 안 된다. 다른 여자의 침대에서 잘 생각은 없다. 차 안에서는 이제 다신 안 한다. 우리는 쉬운 표적이었다. 너절한 동네 강도 하나면 끝이 났을 것이다. 그걸 어떻게 설명한단 말인가? 게다가 둘 중 하나 또는 둘이 다 총에 맞아 죽기라도 했다면 어떻게 됐겠나! 요즘 강도들은 강도질로는 성이 안 찬다. 절대 아니다. 돈을 빼앗은 다음에는 귀금속 등을 훑고 마지막으로 머리에 총알을 박아 넣는다.

그럼 내 아들은 어쩌지? 체탄 씨가 거둬주겠다고 나설 것이다. 그것은 확실하다. 하지만 피붙이도 아닌데 나 대신 그런 짐을 지울 순 없다. 부모님도 받아주겠지만 아이를 제대로 길러낼 거라는 믿음이 안 간다. 수닐 쪽 가족들은 아무 관심도 없으리라는 것은 불을 보듯 뻔하다. 우리가 살았는지 죽었는지 전화 한 통 거는 일 없는 그런 사람들이다. 수닐 동생 하리가 그중 낫긴 했지만 솔로를 길러줄 리는 없다. 나와 수닐이 처음 이야기를 나누고 뭐 그럴 때 하리는 이미 기혼이었다. 하지만 왼손에 반지를 끼고도 아랑곳없이 온갖 다른 여자들과 놀아났다. 그뿐 아니라 우리 따윈 안중에도 없이 뉴욕으로 떠나버린 사람이다. 나야 상관없지만 솔로는 제 조카다. 생일카드나 무슨 크리스마스 카드를 사서 우표 하나 붙여 보내면 죽기라도 하나? 그건 그렇고, 어쨌든 어젯밤에 흉한 일은 일어나지 않았으니 그저 감사할 따름이다. 전혀 다른 오늘이 밝아왔을 수도 있었다.

솔로가 잠든 걸 알면서도 나는 조용조용 침대에서 빠져나왔다. 계속 누워 있으면 나의 불안한 기운이 전달될 수도 있다. 커피가 혈관을 좀 돌아주기 시작하면 괜찮아질 것이다. 길 건너 이웃도 일찍 일어나는 편이라 우리는 담장 너머로 아침인사를 나누었다. 그녀는 예술가인데 해마다 작은 카니발 악단을 들여온다. 의상을 제대로 갖춰 입은 옛날식 악단이다. 덤으로 그녀는 살짝 맛이 갔다. 맘에 드는 여자다. 그녀 집 진입로에 판자들이 깔려 있었다. 베란다 난간에 기대어 뭘 만드는 거냐고 묻자 그녀는 자기 관을 짜고 있다고, 보통 관들은 너무 따분하다고 천연덕스럽게 날 보며 대답했다. 직접 그린 꽃과 덩굴과 나무들로 자신의 마지막 안식처를 장식하겠다는 거였다. 무슨 말을 해야 좋을지 몰랐다. 아직 쉰도 안됐을 거고 어디가 아파 보이지도 않는다. 나를 놀리는 것일 수도 있지만 평소 그녀로 볼 때 정말일지 몰랐다. 무슨 미친 짓인가! 자신의 관을 짜다니, 처음 듣는 소리다.
이렇게 갓 동이 터오는 이른 아침에는 노란배딱새들의 노래가 가장 지배적인 소리다. 아침이면 늘 들리는 소리여서 언젠가부터 내가 무뎌진 건지 몰랐다. 오늘은 또렷하게 들렸다. 나의 세계 전체가 한결 밝고 가벼워진 느낌인데, 이런 일이 또 일어나선 안 된다. 무릎을 꿇고 용서를 빌 일이다. 그는 이웃 여자의 남자다. 그는 나에게 자기네 둘은 무관한 사이라고, 남들이 말하는 그런 관계가 아니라고 말했다. 그냥 한집에 살 뿐이지 서로 소 닭 보듯 지낸다고 했다. 여자도 이상하지. 그리도 친절하고 신체 건강한 남자를. 남편을 살뜰히 챙기지 않으면 다른 여자가 그 역을 대신하러 나선다는 걸 배워야 한다. 이번에는 그게 나인 거고, 다음번에는 다른 여자가 아예 영영 남자를 앗아갈지 모른다. 게다가 내가 무슨 돈 많은 아저씨를 노리는 젊은 여자인 것도 아니다. 그가 중국음식 값을 치른 건 사실이다. 하지만. 하지만. 하지만. 베티 람딘, 하는 생각마다 '하지만'이 들어 있구나. 그 남자의 아내가 사실을 알면 네 인생이 어떻게 엉망으로 망가질지 조심하는 게 좋아. 학교로 연락해서 소란을 일으키면 어떡할 거야? 아니면 집으로 찾아올 수도 있지 않겠어? 그 망신을 상상해보라고. 아니야. 그런 일은 일어나지 않아. 그녀가 어떻게 알아내? 이미 말했듯, 남자가 딴생각을 품지 않게 하려면 미리 알아서 잘했어야지. 내가 뭐 몸을 파는 것도 아니고. 오래전에 남편이 죽고 남자와 함께한 게 어제가 처음이란 걸 하나님도 알고 계시는데.

안에서 발걸음 소리가 들렸다. 체탄 씨가 일어난 거였다. 이삼 분 후에 그가 천천히 베란다로 나왔다.

안녕하세요? 커피 드려요? 지금 내리고 있어요.

고마워요.

그가 내 커피를 갖고 돌아왔다. 맹세코 딱 내가 좋아하게 타 가지고 왔는데, 진하게 내려 우유를 조금 붓고 설탕 몇 알을 넣은 듯 안 넣은 듯 던져 넣는 게 성패를 좌우한다. 우리 둘은 말없이 앉아 있었다. 말을 하고 싶어서, 어젯밤 일에 대해 변명하고 싶어서 좀이 쑤셨다. 물론 누구에게도 나를 설명할 의무는 없다. 나는 통금을 어긴 십대 소녀가 아니라 강인한 마흔 살 여성이다. 내가 어떻게 살든 그건 나만의 문제다.

어젯밤에 솔로가 안자고 기다리려고 무척 애를 썼어요. 걱정말고 가서 자라고 해도요. 엄마가 자기만의 시간을 누리는 게 얼마 만이냐고 말해줬는데. 혹시 문자 보냈던가요? 혹시요? 오 분에 하나꼴로 문자가 와서 전화기를 진동으로 해 놨어요. 엄마를 통제하겠다는 건데요. 우리 아버지도 남편도 다 죽은 마당에, 하나님 그들 영혼을 축복하시옵소서, 이제 어떤 남자의 간섭도 일체 사절입니다.

체탄 씨가 앉아서 커피를 홀짝이며 이를 드러내고 웃었다.

베티 양, 휴식은 죄가 아니에요. 좀 즐기세요. 아직 이빨이 남아 있는 동안은 그러고 살아야죠.

나는 커피를 뿜을 뻔했다.

웃기지 좀 말아요. 아직 틀니 끼려면 한참 멀었다고요. 하여간 말도 재미있게 하시네. 그나저나 외출해본 게 대체 언제예요? 책이나 텔레비전에 빠져들면 어디 가는 법이 없잖아요. 솔로가 축구 하러 가자고 졸라야 간신히 몸을 움직이고요.

커피 좀 더 가져올게요.

그가 부엌에 가 있는 동안 나는 다시 어젯밤을 떠올린다. 머릿속에 그대로 다 남아 있다. 어제 그 남자가 한 것들을 수닐은 백만 년이 지나도 했을 리 만무했다. 세상에, 나를 무슨 잘 익은 망고처럼 다뤘다. 하나님, 예수님, 성모님. 정말 새로운 경험이었다. 내 온몸이 활활 타올랐다. 어디서 목소리가 들려 기억을 잠시 중지시켰다.

설탕 떨어졌어요?

아니요. 냉장고 옆 선반 보세요.

한 번 더. 그 느낌을 한 번 더 경험해보고 싶다. 그런 다음 다 흘려보낼 것이다. 그는 내가 좋아하는 걸 알고 싶어 했다. 나는 여태껏 그런 게 있는 줄도 몰랐다. 수닐은 두 가지 체위만 알았고 그나마 순서조차 맨날 같았다. 그게 끝나면 다 끝이었다. 그리고 취하지 않고서는 절대, 절대 하지 않았다. 항상 속에 술이 들어가 있어야만 했다. 어젯밤은, 음, 완전 별천지였다. 남자는 겉만 봐서는 알 수 없다. 사람들은 그가 평범하다고 말할지 모른다. 아니다. 그 남자는 매력 덩어리다. 치명적이다. 성경공부 동료에게 허용되는 것보다 조금씩 길게 그의 손이 내 팔이나 등을 살짝 스치고 지나가기 시작한 지 몇 달째였다. 시인하기 싫었지만 아주 가볍게만 스쳐도 등뼈에 찌릿찌릿 전율이 왔다. 이제 맛은 봤으니 한 번만 더 경험하고 싶다. 죄는 죄다. 나도 잘 안다. 한 번만 더, 그걸로 끝낼 것이다. 주님, 왜 이걸 보여주셔서 이렇게 제 혼을 괴롭히시나요?

# 체탄 씨

나는 아무에게도, 한마디도 하지 않았다. 살금살금 일어나 아이스박스에 물과 맥주 두어 캔을 넣고 집안사람들이 깨기 전에 빠져나왔다. 교통이 막힌다면 두 시간 반 걸릴 수 있다. 하지만 일요일에다 여섯 시도 안 된 시간에 출발하면? 두 시간도 못 돼서 나는 마라카스 베이 바닷물에 발가락을 담그고 있었다. 여가가 생기면 찾아오는 곳이다. 바닷가도 좋지만 거기까지 가는 길 또한 환상적이다. 혹시 심약하거나 겁이 많으면 운전은 다른 사람에게 맡겨라. 노던 레인지를 감싸고 돌아가는 길이 워낙 좁고 구불구불하다. 웬 미친 운전자에 밀려 낭떠러지 아래로 굴러떨어질 걱정은 접어두고 급커브를 돌 때마다 청록색 바다에서 올라온 초목 무성한 푸른 산의 숨 막히는 절경을 즐겨라.

머리를 식히고 싶었기에 이번만큼은 가는 길이 좀 더 멀어도 괜찮을 것 같았다. 해변에는 인적이 드문드문 있었다. 오후가 되면 달라질 것이었다. 왼편에 코코넛나무들이 우거진 곳이 내 자리였다. 아이스박스와 해변용 의자를 내려놓고 앉았다. 모래밭에 발가락을 묻고 꼼지락거린 지 이 분 만에 모든 조바심과 근심이 눈 녹듯 사라지고 으르렁대는 바다 소리에 긴장이 금세 풀린다. 짭조름한 바다 공기를 한껏 들이마셨다. 이렇게 가끔 바다와 마주하기만 하면 되는 것을 모르고 사람들은 삶을 견디기 위하여 뭐가 됐든 약을 골라 삼킨다.

평소보다 썰물이 넓게 빠지며 산책하기에 안성맞춤인 해변이 되었다. 광활한 백사장 때문이든, 아니면 그림엽서 속에서 튀어나온 듯 완벽한 만과 푸른 하늘 때문이든, 하여간 뭣 때문이든, 덕분에 마음속이 잠잠해졌다. 폐가 평화로 차오르는 가운데 나는 만을 따라 걷기 시작했다. 산책하는 사람들이 몇 있지만 이 시각에 이 긴 해변을 따라 걸을 때는 친구를 사귀려는 게 아니라는 상호이해 속에서 서로 충분히 거리를 유지했다.

내가 여기 오는 이유는 여러 가지다. 재충전을 위해서일 때도 있고 대부분 잊기 위해서 온다. 오늘은 목적이 하나 있다. 마침내 최종 결정을 내릴 시간이 왔다. 어느 쪽이든 결정할 때까지 떠나지 않겠노라 마음먹으며 이 모래밭을 밟은 게 한두 번이 아니다. 아니, 열 번도 더 될 것이다. 나는 대체로 종교와 거리가 먼 인간이지만 저 하늘 위에서 대장이 정말 듣고 있다면… 부디 무엇이 됐든 신호를 내려주시길. 새벽 세 시에 눈을 떠서 천장을 노려보는 이 짓을 더는 계속할 수가 없다. 겨우 여덟 시인데 내 마음은 이미 지쳤다.

태양의 기세로 봐서 한낮이면 몹시 뜨거울 듯했다. 나는 산책을 끝내고 바닷물에 들어가 몸을 식히기로 했다. 만의 한가운데에서부터 작은 강이 바다로 물을 쏟아 비우는 왼쪽 끝을 향해 걸었다. 파도가 부서지는 굉음의 그 리듬에 나는 금세 빠져들었다. 앞에 걷는 남자의 나보다 좀 큰 발자국들이 하나의 길을 이루었고 나는 그 위로 내 발자국을 포개며 걸어 나갔다. 아이들 장난 같은 거였다. 발자국의 주인공을 보니 통밀빵색 얼굴에 어수선한 아프로 머리를 하고 있었다. 초미니 핫팬츠가 남녀를 불문하고 신경 쓰이게 할 거라는 것쯤은 그도 알 것이었다. 나이를 가늠키 어려웠다. 젊은 건 아니지만 체형은 괜찮았다. 그가 주위를 둘러보거나 바다를 내다볼 때 옆모습을 살짝 훑어보니 구레나룻과 모양을 잡아 관리한 턱수염이 보였다. 사십대 초반 정도? 깎은 듯한 광대뼈와 쇄골 위로 땀이 번들거렸다. 숱 많은 콧수염이 버찌처럼 두툼한 입술을 약간 가렸고, 나는 또다시 영원한 딜레마에 빠지고 있었다. 무릎에 힘이 빠지고 심장이 미친 듯 뛴다. 왜 나는 다른 것을 원할 수 없는 걸까? 왜 대신 집에 있는 것을 욕망하지 못하는 걸까?
내 삶은 통째로 거짓말이었다. 이 상태로 머물러서 얻는 게 무엇인가? 아무것도 없다. 영원히 혼자일 뿐이다. 내 나이의 남자가 성인으로서 제대로 된 관계 하나 없이 산다는 걸 상상해 보라. 그리고 사실 기회를 이미 놓쳤다고 봐야 옳다. 어쩌면 내 머릿속에서는 한 번쯤 그 비슷한 뭔가가 진행되고 있었을 수 있지만 구체적인 것은 없었다. 이따금 포트오브스페인•에 들르기는 했다. 샌퍼난도에서 멀지만 누군가를 만나게 될지도 모르니까. 살아 있다는 느낌, 아니 무슨 느낌이라도 느껴봤다면 식료품점이나 쇼핑몰 화장실에서의 광적이고 강렬한 몇 분 정도다. 돌이켜보면 무모했다 싶지만 그래도 어떤 충일감을, 말하자면 온전한 나를 느껴본 몇 안 되는 순간인 것만큼은 사실이다. 하지만 베티 양과라면 다른 어떤 것, 소중한 무언가를 만들어낼 수도 있다.
초미니 핫팬츠가 백사장 자기 자리에 멈춰 서서 얼굴과 털 많은 가슴에 번들거리는 땀을 타올로 천천히 닦은 다음 모래밭에 타올을 펼쳤다. 내 의자는 더 멀리 있다. 이 남자는 내가 원하는 것일지 모르지만 내게 필요한 건 아니다. 오늘은 아니다. 원하는 것과 필요한 것이 충돌하고 있었다. 나는 계속 걸으라

• 트리니다드 토바고의 수도.

고 나 자신에게 명령했다. 그냥 계속 걸으라고. 이 투쟁이 한창 일 때 그가 돌아보았다. 우리의 눈이 마주쳤다. 그는 고개를 돌리더니 한 번 더 나를 돌아보았다. 나도 그를 바라보았다. 보통 시선보다는 일이 초쯤 더 길다 싶은, 너를 향한 욕망에 타오르고 있다고 말하는 그 눈길로. 이런 공공장소에서는 그렇게 미묘한 신호도 위험할 수 있다. 그런데 이 매력덩어리가, 흑설탕처럼 달콤한 이 남자가 나의 눈길에 응답했을 때 내가 받은 충격이 어땠겠는가! 나는 걸음을 멈추고 바다 풍경을 한껏 바라보는 척했다. 속으로는 사타구니까지 입이 찢어질 만큼 좋았다. 곁눈으로 봤더니 그 또한 나를 흘긋 바라보고 있었다. 나를 말이다. 나는 이야기를 나눌 만큼 가까우면서도 개인 공간의 침범 정도는 아닐 거리로 가서 앉았다. 둘 다 한마디도 안 했다. 긴장이 고조되고 있었다. 그도 분위기를 느끼고 있을까? 내가 잘못 판단한 걸까? 내가 거기 있는 게 맞다는 무슨 말이나 동작이 내게는 필요했다. 나도 모르게 바람을 향해 입을 열었다.

오늘 아침 바다 풍경이 정말로 좋군요.

그가 고개를 끄덕이고 미소를 짓는다. 하지만 말은 없다. 제기랄. 파도가 철썩이는 소리를 일 분만 듣고 앉아 있다가 나는 물러날 생각이었다. 그처럼 물러나는 것에 워낙 소질이 있어서인지 벌렁벌렁하던 마음이 조금 가라앉았다. 어색한 순간들을 견디며 이 상쾌하고도 달콤한 남자가 이제 곧 자리를 뜰 것이라는 확신이 올라왔다. 나는 평화를 찾아 해변을 찾은 것이다. 얌전히 있다가 가는 것이 분별 있는 짓이다. 하지만 내 성기와 머리는 서로 생각이 달랐다. 그만 일어나야 하건만 오히려 아주 살짝 다가가고 있었다. 여전히 반응이 없었다. 뭐, 시도는 해봤으니까. 머리, 가슴, 성기… 나의 모든 것이 이 흑설탕과는 아무 일도 일어나지 않을 거라는 걸 받아들였다. 자리를 뜨는 순간, 그가 바람과 바다를 향해 선언했다.

네, 물에 한번 들어가 봐도 좋을 시간이네요.

그러고는 그가 일어섰다. 나는 티셔츠를 벗었다. 우리는 함께 물속으로 들어갔다. 그는 수영 실력이 좋아 단숨에 파도가 부서지는 바다 너머로 헤엄쳐 나아갔다. 나는 시원한 물속에 발을 디디고 서서 그를 지켜보았다. 그가 바로 여기로 돌아오고 있었다. 가까운 곳에는 사람이 없었다. 초미니 핫팬츠가 나를 향해 헤엄쳐왔다. 그가 미소를 짓고 다시 헤엄쳐 돌아갔다. 물속에 머리를 담그고 사라지나 싶더니 바로 내 뒤에서 커다란 물고기처럼 불쑥 튀어나왔다. 그의 두 손이 탐색을 시작했다. 그가 함박웃음을 웃었고 내 수영복이 간데없이 사라졌다. 우리는 둘 다 말없이 서로를 즐겼지만 경계를 늦추지 않았는데 우리의 죄는 카리브해의 태양으로도 가릴 수 없는 것이기 때문이다. 속에서 긴장감이 마구 올라가는 가운데 이윽고 그의 손가락이 내 엉덩이의 그 지점, 바로 그 빌어먹게 기막힌 지점에 다다랐다. 그가 해안 쪽으로 머리를 홱 돌렸다. 나는 단박에 물속에서 나왔다.

공포와 기대감과 성욕이 온몸의 핏줄 속에서 솟구치고 있었다. 나 자신에게 미소를 짓지 않을 수 없었다. 작은 평화를 찾아 마라카스에 왔으나 아무 일도 일어나지 않은 것이 몇 번이던가! 그런데 오늘 아침 평화를 찾아 여기 와보니 이렇게 내 살갗에 달콤한 꿀이 흘러내리고 있는 거였다. 이제 나는 모래밭 위에서 저항할 수 없는 낯선 남자 뒤를 좇아가고 있었다.

공중 탈의실에는 길고 널찍한 벤치가 한가운데 놓여 있었다. 양쪽 벽에 늘어선 칸막이 탈의실에는 잠금장치 없는 외짝 문이 달려 있었다. 다 닳은 고무 슬리퍼 한 켤레가 벤치 아래 뒹굴고 있을 뿐 오늘 누가 여기 들어온 흔적은 찾을 수 없다. 초조한 흥분에 들떠 나는 언제 누가 쳐들어올지 모른다고 소곤거렸다.

긴장 풀어요. 이 시간에 아무도 여기 안 들어오니까.

확실해요? 혹시 누가 들어오면 어떡해요?

괜찮다니까요. 해변이 한산했잖아요.

부드러운 목소리와 달리 내 등줄기를 타고 엉덩이까지 내려오는 손가락의 기세는 맹렬하기만 했다. 그것이 내 안에 불러일으키는 찌릿한 전류에 용기를 내고 그를 따라서 맨 안쪽의 탈의실로 들어갔다. 그가 나의 온몸에 입을 맞추고 빨아대기 시작했다. 아, 빌어먹을, 정말 훌륭한 솜씨였다. 하지만 누가 들어와서 우리를 발견하면 우리는 두들겨 맞겠지, 분명히, 분명히… 그만해야 해. 하지만 그만할 수 없었다. 아, 맙소사, 나는 쾌락에 몸을 떨었다. 절정에 이르기만 여러 차례였지만 그때마다 삐걱 또는 턱 소리에 중단되었다. 나는 계속 가고 싶었고 그래서 사정할 것 같을 때마다 몸을 움츠렸다. 하지만 긴장이 감당할 수 없게 팽팽해졌고, 마침내 내 몸을 내맡겼다. 온몸의 세포 하나하나가 이 흑설탕 신에게 감사하고 있었다. 하지만 감상을 누릴 시간이 아니었다. 나는 주위를 휙 살펴보고 귀를 기울여봤다. 이상 없었다. 이제 자세를 바꿔 내가 그에게 해주는 동안 그는 내 머리와 목을 어루만져주었다. 눈 깜짝할 사이에 그가 탈의실 옆 벽을 향해 몸서리를 쳤다. 상황이 달랐다면 나를 손상하지 않은, 내게 흔적을 남기지 않은 것에 대하여 그에게 감사했을 것이다. 하지만 지금은 아니었다. 공공시설에서 방금 섹스를 한 모르는 남자에게 그렇게 말할 여유는 없었다. 대신 우리는 빨리 샤워를 했다. 초미니 핫팬츠는 나보다 앞서 나갔다. 그때 한 남자가 불쑥 들어왔다. 하마터면 들킬 뻔했다. 서둘러 나가다가 상대와 눈이 마주쳤다. 내 눈은 죄를 지은 듯 겁에 질려 있었고 그의 눈은 매섭게 의심하고 있었다. 실로 완벽한 타이밍에 기막힌 운이었다.

나는 의자를 세워 뒀던 그늘로 서둘러 돌아갔다. 근처에 있는 리처즈 샤크 앤드 베이크Richard's Shark and Bake에서 풍기는 생선 굽는 냄새가 콧구멍을 채웠다. 샤동 베니chadon beni에 마늘소스와 고추 약간을 넣고 나도 만들어야겠다. 해변에서는 삶이 물결치고 있었다. 어린아이가 있는 가족이 도착하여 나의 코코넛나무 그늘 아래에 의자를 세우고 도시락을 꺼내놓았다. 어린 여자아이가 물가로 달려가서 발가락을 담그더니 물이 얼음처럼 차갑다고 비명을 지르면서 되돌아 달려왔다. 몸은 지치고 마음은 공허해진 나는 앉아서 백일몽을 넘나들었다. 반라의 젊은 미녀 한 떼가 내 앞을 지나갔다. 여자와의 섹스는 얼마나 다르고 얼마나 이상할까? 분명히 말하자면 여자 일반이 아니었다. 내게 가장 가까운 친구인 한 특정 여자를 가리키는 것이었다. 나는 누군가를 사랑할 수 있는 최대한으로 그녀를 사랑한다. 시간이 지나면 모든 것이 제 자리를 찾을 것이다. 우리는 가족이 될 것이다. 진짜 가족이. 그것으로 모든 게 괜찮아질 것이다.

## 베티

잉글랜드 축구팀이 친선경기를 위해 트리니다드에 와 있다. 그들의 방문에 '친선'이란 없음을 본인들이 알았으면 좋겠다. 축구를 보지 않는 나조차 우리가 슬슬 차지 않을 거라는 걸 안다. 오래전 식민지 시절의 일들은 모두 잊는다 치자. 이 나라 사람들이 절대 용서하지 못할 것은 독일월드컵에서 잉글랜드가 우리를 탈락시킨 바로 그 사실이다. 어쨌든 우리는 기다리고 있다. 체탄 씨가 솔로를 데리고 갔다. 둘은 크리스마스가 일찍 찾아오기라도 한 듯 신이 나 있다. 표를 예매하면서 함께 가고 싶은지 그가 물었다. 이만오천 명이 북적댈 해슬리크로포드 스타디움에 뭐 내가? 고맙지만 사양할래요. 그뿐 아니라 집에서 혼자 보낼 시간이 기다려졌다. 하지만 날짜를 따져보니, 11월 2일

화요일이었다. 오늘이 일요일인데 아직 파라다이스 공동묘지에 발길조차 못했다. 디디에게 문자를 쳤다. 위령의 날All Souls' Day• 얘기를 꺼내자마자 그녀가 나를 몰아붙였다.

수닐의 묘는 언제 치우러 갈 거냐고?

디디, 정말 너는 최고의 친구야. 혼자 가도 되지만 같이 가준다면 나야 좋지.

집어치우고. 오늘은 묘만 치우는 거지?

그래. 화요일 저녁에 꽃과 초를 가지고 다시 갈 거야. 미리 갖다 놓으면 도둑맞을 거니까.

도착해보니 파라다이스 공동묘지는 사람들로 붐볐다. 물론 그래도 위령의 날 당일은 더할 거였다. 축구에 빠지지 않은 사람들이 무덤 위의 잡초를 뽑고 비석에 회칠을 하는 등 전반적인 미관 개선에 한창이었다. 존중의 행위이다. 오늘 아침 교회에서 목사님이 말하길 위령의 날을 온 국민이 쇠는 건 트리니다드밖에 없다고 했다. 기독교인이건 회교도건 심지어 힌두교 신자이건 우리는 모두 무덤을 청소하고 촛불을 밝히느라 여념이 없다.

베티, 내가 중간에서부터 위로 올라갈 게 너는 중간에서부

• 여러 기독교 종파에서 지키는 축일 중 하나로, 매년 11월 2일에 세상을 떠난 영혼들을 기억한다.

터 아래로 내려가라.

이보게, 디디 부인. 내가 자네를 고등학생 때부터 알고 지내온 터이니 부디 멍청한 허수아비 취급은 말아주시게. 너 지금 잡초가 덜한 쪽을 고른 거잖아. 순 악당이야.

입 다물고 일이나 하시지.

우기에 비가 많았던 때문인지 잡초가 무성하게 자라 있었다. 대부분 손으로 뽑았는데 하나는 아주 깊이 뿌리를 박은 상태였다. 주변에 잔뜩 심어놓은 사만samaan 나무에서 떨어진 씨앗이지 싶었다.

수닐의 옆자리는 아직도 비어 있네. 임자가 누군지 궁금하다.

나야.

뭐? 네가 샀어?

수닐이 오래전에 사뒀어. 자기 것과 내 것 하나씩. 나 죽으면 여기 들어가 쉴 거야.

미쳤어? 팔아버려. 교환해. 누구 줘버려.

그럴 게 뭐 있는데?

나는 몸을 돌리고 정원용 소형 갈퀴를 이 끈질긴 잡초 뿌리에 쑤셔 박았다. 디디는 말이 없었지만 둘 사이의 공기가 무거워진 것이 느껴졌다. 우리는 몇 분간 일만 했다. 내가 땅을 보고 말했다.

그 사람 처음부터 나빴던 건 아니야.

디디는 뿌리가 있는 것은 그냥 죄다 뽑았다. 내 말을 들었음을 나는 알았다.

처음 만났을 때는 매주 싱싱한 장미 한두 송이를 들고 자랑스러운 얼굴로 나오곤 했어. 결혼식에서 만난 그의 이웃 여자 말로는 그 장미가 모두 자기 정원에서 나온 거였대. 장미를 더 줄 수 없다고 몇 번을 말해도 뻔뻔하게 자꾸만 나타나더래. 프러포즈를 할 거라는 사실도 자기가 가장 먼저 알았대. 그 주 토요일에는 한 송이가 아니라 줄 수 있는 만큼 다 달라고 부탁했다는 거야.

디디가 일어서서 허리를 폈다. 내가 그녀의 얼굴을 바라봤다.

내 말 못 믿어?

못 믿는 게 아니라.

그녀가 한숨을 쉬었다.

대체 어쩌다가 장미의 사나이가 그런 놈으로 돌변한 거래? 네가 만신창이가 되어 누워 있는 병원을 찾아가야 했던 게 여러 번이야. 죽은 사람 욕하는 건 그렇지만 정말 내 손으로 죽여 버리고 싶을 정도였어.

럼 때문이야. 술만 안 들어가면 세상 다정한 남자일 수 있었지.

그래, 하지만 네 다리를 칼로 찌른 건 어쩌고? 왜 경찰을 부르지 않았는지 나는 절대 이해가 안 돼.

디디, 여기는 그 사람의 마지막 안식처야. 그냥 잊어버려 줘. 나도 어쩔 수가 없었어. 어린 애 딸린 나를 누가 받아 주겠어? 우리 엄마까지도 키스 자국을 보면 수닐이 나를 사랑하는 거라고 했으니 말 다 한 거지. 게다가 내가 선택한 사람이니 누굴 탓할 수도 없었고.

그녀는 대답 없이 다음 구역으로 옮겨갔다. 잡초가 대체로 정리되고 나니 벌써 묘가 괜찮아 보였다. 화요일 저녁에는 솔로와 함께 촛불을 밝힐 것이다. 마당의 붉은 진저 릴리가 장식용으로 조금 꺾을 만하게 제법 자랐다. 양초 두 갑과 성냥 한 갑, 꽃을 담을 그릇을 잊지 말고 가져와야 한다. 머릿속으로 분주히 목록을 만드는데 디디가 입을 열었다.

마지막으로 딱 하나만 더 묻자.

내가 미소를 지으며 고개를 흔들었다.

딱 하나만 물을 턱이 없지. 하지만 괜찮아. 너는 내 자매나 마찬가지니까. 뭐든 물어봐.

왜 항상 그렇게 자기비하를 하는 거야?

내가 일손을 멈추고 팔짱을 꼈다.

집에 거울이 여러 개니까.

흠, 그럼 자세히 들여다봐. 그렇게 펑퍼짐한 옷은 좀 그만 입고. 애도 낳았는데 그런 몸매라니 나한테는 정말 부러울 일이야. 나는 한 것도 없이 이렇게 온통 지방 덩어리인데 말이야.

내가 깊은숨을 쉬었다.

수닐은 나를 노려보면서 우리가 미녀와 야수 같다고 말하곤 했어. 물론 미녀는 자기고 야수는 나였지만.

내 앞에서는 절대 그따위 소리 못했을 거야. 내가 주제 파악 제대로 시켜줬을 테니까.

그녀가 고개를 흔들었다.

아, 정말. 뭐, 미녀야 야수? 하도 열 받아서 이 작자의 묘를 정리해주고 싶은 생각이 싹 가시네.

그 사람을 위한 게 아니야. 아무도 내게 손가락질을 하며 온갖 잡소리들을 못 하게 네가 도와주고 있는 거지.

후딱 끝내자. 이런 중노동 후에는 네 집 해먹에 누워 좀 쉬어도 되겠지?

# 솔로

대체 무슨 꿍꿍이속인지 모르겠는데 엄마가 새로 만나고 있는 데브라는 남자는 유부남이다. 이 상황의 단연 최악은 그의 아들 둘이 나와 같은 학교에 다닌다는 사실이다. 다행히 같은 반은 아니다. 둘 중 형은 세상에서 가장 크고 둥근 머리를 갖고 있다. 정말로 화성에서 떨어진 것만 같은데 머리가 크기만 했지 텅 비어서 다들 '대가리'라고 부른다. 그 애들도 나에 관해 안다. 크리스마스에 데브가 자기들을 디즈니에 데리고 갔고 칠월에는 엄마랑 토론토에 갈 거라고 친절하게 알려주기까지 했다. 그 애들 패거리가 나를 우습게 본다는 것도 나는 안다. 한번은 대가리가 어떤 여자에게 나를 손가락으로 가리켰는데 나를 보는 품새로 보아 그 애들 엄마였다. 개똥이라도 밟은 듯 얼굴을 찡그리는 그녀을 향해 내가 뭐 잘못한 거 있냐고 묻고 싶었다. 자기 남편이 나하고 엉겨 붙어 있는 것도 아닌데 말이다. 오늘은 이번 학기 마지막 날이었다. 엄마랑 내가 교문을 나오는 그 순간에, 그래, 바로 그 여자가 들어오고 있었다. 다른 차들 때문에 나가지 못하고 앉아 있는 동안 틀림없이 싸움이 벌어지겠구나, 싶었다. 저 여자가 엄마한테 욕을 할까? 그럼 엄마도 맞서서 욕을 할까? 무슨 일이든 가능했다. 데브가 나타난 후로 엄마는 싹 변했다. 여섯 달 전만 해도 엄마가 공공장소에서 욕을 한다는 건 상상도 못 했을 텐데, 이젠 엄마가 먼저 나서서 욕을 시작할까 걱정될 정도다. 나는 양손으로 좌석 끝을 움켜잡고 있었다. 가슴이 빼근했다. 이 둘이 드잡이를 한다면 나는 전학을 갈 것이다. 그럴 수밖에 없다. 그런데 일요일마다 교회에 가서인지 주님이 가엾게 여겨주신 덕에 그 여자는 우리를 알아보지 못하고 지나쳐갔다. 운이 정말 좋았다. 엄마 말마따나 하나님은 사랑이시다. 내 호흡이 정상으로 돌아오자 엄마는 막 나가기로 작정을 한 듯 내 다리를 쿡 찔렀다.

방금 지나간 저 사람들이 데브의 가족인 거 알지?

네.

저 여자가 너더러 뭐라고 하든?

아니요.

아이들이 귀찮게 굴어?

아니요.

저 여자는 대체 뭐가 불만일까? 최신형 차를 몰고 다니면서 말이야. 몇 년째 이 고물차를 몰면서도 내가 무슨 불평하는 소리 들어봤니? 나는 아무한테 아무것도 바라지 않아.

나는 차창 밖을 내다봤다. 나와는 아무런 상관이 없었다. 데브가 아내한테 림이 업그레이드된 메탈릭실버 신형 BMW 3시리즈를 뽑아준 것이었다. 멋지군. 엄마가 나를 쿡 찔렀다.

솔로, 저 여자가 수영장이랑 자쿠지 딸린 벨에어 저택에서 사는 거 알아? 대체 뭘 더 원한대?

나도 모르게 엄마에게 소리를 질렀다. 제발, 제발, 제발 빌어먹을 입 좀 닫아줬으면 했다. 제발.

그 사람이 빌어먹을 남편도 아니잖아!

너 방금 뭐라고 그랬어, 어? 그것도 어디 고함까지 지르고. '빌어먹을' 그런 소리 하지 마라. 예의를 지켜야지. 언제부터 나한테 그런 식으로 말해도 된다고 생각한 거야? 넌 아직 어린애야, 솔로. 나는 너의 엄마고.

데브는 완전 머저리예요. 멍청한 머저리요.

너 이 자식 비누로 입 청소 좀 해줘야 하겠구나. 그 사람 우리한테 잘해주잖아.

엄마한테 잘해주겠죠.

그게 무슨 뜻이냐? 버릇없는 소리 당장 집어치워라.

나도 내 마음을 모르겠다. 대개는 그가 싫지 않다. 월요일 저녁에는 뒷마당에서 함께 축구를 했고 유월 공휴일에는 다 같이 블랜치수스 해변에 갔다. 뭐, 데브도 재미있을 수는 있다. 고약하게 굴고 싶지는 않은데 나도 모르게 뭐라고 말이 터져 나와 어쩔 수가 없다. 지난주도 그렇다. 엄마도 체탄 씨도 너무 피곤해 밥을 짓지 못하자 내가 데브랑 피자를 사러 갔다. 그렇게 친절한데 나는 화가 치밀었다. 멋대로 우리 집에 왔다가 밤에는 진짜 집으로 돌아가는 그가 참을 수 없었다. 눌러앉든지 자기 집에 돌아가서 오지 말든지 하란 말이다. 자꾸 얼쩡대며 잘해주지 마라, 이거다. 영원히 우리 것이 아닌 한 그와 놀고 싶지 않다. 엄마가 내 생각을 읽은 듯했다.

데브가 결정을 내릴 시간이야. 그 여자를 사랑하지 않으면 떠나야지. 모두를 위해.

나한테 그 아저씨 얘기 그만 해요.

우리가 가족으로 산다면 어떻게 될까 생각은 해보았다. 대가리와 동생까지 포함해서 말이다. 수영장과 자쿠지가 딸린 집에서 행복하게 살 수 있을까? 도저히 그럴 것 같지 않다. 나는 그 애들을 싫어하고 그 애들도 나를 싫어한다. 그 애들은 내가 하찮고 나는 그 애들이 한심하다. 그런데 데브와 엄마가 결혼해버리면? 어쩔 수 없다. 물론 체탄 씨도 우리와 함께 이사를 할 것이다. 그건 내가 확실히 못박을 것이다. 체탄 씨가 안 가면 나도 안 간다. 데브의 아내는 어떻게 될까? 새로 집을 지어 거기서 살게 해줄지도 모르고 아니면 우리가 살 더 큰 집을 지을지도 모른다.

솔로? 듣고는 있는 거냐?

네?

재즈 빵집 앞에 차를 세울 거라고. 들어가서 식빵 두 봉지 사 와라. 건포도 롤이나 옥수수빵 먹고 싶거든 너 먹을 만큼만 사고. 나나 체탄 씨는 그렇게 단 걸 먹으면 안 되니까.

재즈 빵집 안은 공짜 빵이라도 나눠주듯 사람들로 붐볐다. 고작 주말에 먹을 케이크와 빵을 사겠다고 밀치락달치락하고들 있었다. 키 큰 덕을 좀 봤다. 가까운 곳에서 손님을 맞는 여자가 보인 거다. 아주 예뻤다. 목이 깊게 파인 운동복 셔츠를 착 달라붙게 입은 걸 보면 자기가 예쁘다는 걸 알고 있다. 나는 앞에 선 아줌마의 머리 위로 손을 높이 올려 그녀의 어깨를 만졌다. 바라보는 눈길도 사랑스럽다.

가게를 나와 차에 다가서는데 엄마가 창밖으로 고개를 내밀었다.

빵 있든?

네.

나는 차 문을 쾅 닫았다.

네가 빵집에 들어가 있는 동안 엄마가 생각을 좀 해봤어.

데브가 떠나도 그 여자는 상관 안 할지 몰라. 사실 결혼생활이 행복하지 않아서 이 소란이 일어난 거니까. 결국 그게 두 사람 모두에게 좋은 선택일 거야.

맙소사. 엄마는 아직도 그 생각을 하고 있었다. 나는 좌석벨트가 허락하는 최대한 몸을 비틀어 창밖을 바라봤다. 눈치 좀 채요, 제발. 이 바보짓 좀 그만두고 거기 날 끼워 넣지도 말아줘요. 나는 지금 이 정신 나간 여자가 아닌 평소의 침착한 엄마를 원했다. 엄마와 나는 모든 것을 함께 했었다. 함께 장을 보았고 영화관에도 함께 갔다. 우리 둘이었고 가끔 체탄 씨가 따라붙기도 했다. 이제 엄마는 함께 가고 싶으냐고 내게 묻지도 않고 데브와 단둘이서 드라이브를 한다. 둘이 베란다에 나가 있을 때도 내게 해먹에 눕지 말라고 말을 하지는 않지만 대충 분위기가 그렇다. 내가 거추장스러운 거다. 뭐 나도 서로 손을 잡고서 데브의 바보 같은 소리에 일일이 웃어주는 엄마를 보고 싶지 않다. 둘은 토바고에 긴 주말여행을 다녀오기도 했다. 체탄 씨하고 집에서 편히 쉬긴 했지만 어떻게 나를 떼어놓고 그 사람과만 갈 수가 있나! 일 년 전에 누군가 내게 이런 일이 일어날 거라고 말했다면 나는 웃고 말았을 것이다. 그런데 지금 꼴을 봐라.

솔직히 그 여자도 말이야. 할 말 있으면 나를 만나서 직접 해야지, 맨날 뒤에서 남 헐뜯기나 하고. 나는 그 여자 하나도 안 무섭다. 내가 모르는 줄 알겠지만 몇 가지 흠을 알고 있거든. 마태복음 7장 3절. 어찌하여 형제의 눈 속에 있는 티는 보고 네 눈 속에 있는 들보는 깨닫지 못하느냐? 하나님은 사랑이니라.

동네에 접어들자 데브가 기다리고 있는 것이 보였다. 선홍색 트럭을 떡하니 집 앞에 세워놓고 있었다. 나는 그를 보기가 싫다. 언제 화를 냈었나 싶게 엄마가 이를 드러내고 웃었다.

저 사람은 왜 여기 있대요? 자기 집도 모르나? 집에 사람이 없으면 그냥 좀 갈 것이지.

조용히 해라, 솔로.

뻔뻔하기도 하지. 차 안에서 기다리는 것도 아니고. 대체 무슨 권리로 남의 집 문을 열고 우리 베란다에 앉아 있는 거야?

조용히 하라고 했다. 조용히 하라고, 이 멍청아.

꼭지가 확 돌았다. 저 사람이 아니고 나한테 소리를 지르다니!

저 사람 정말 지겨워요. 그 여자는 남편이 어디 있든 괜찮대요?

그렇게 말하지 마.

할 거예요. 왜 안 되는데요?

왜 이렇게 버릇이 없니? 친구가 좀 찾아왔다고 내가 너한테 이런 소리를 들어야 해?

집 아래 주차공간으로 들어올 수 있게 데브가 문을 열어주었다. 숫제 집주인 행세였다. 이건 우리 집이다. 그는 꺼져야 한다. 차에서 내리자마자 엄마는 한심하게도 빵 좀 사러 갔다가 늦었다고 사과를 했다. 저 작자는 돈이 좀 있다고 기분 동하면 언제든 건너와도 된다고 생각하는 것이다.

솔로, 데브 삼촌에게 인사드려.

안녕하세요, 데브.

데브 삼촌이라고 해야지.

그가 엄마에게서 빵 봉지를 받아 들었다. 이어서 둘은 나를 투명인간으로 보듯 그 자리에서 입을 맞췄다. 딱 달라붙는 운동복 셔츠 때문에 복근이 선명하게 드러나 보기 좋다는 엄마의 말소리가 들렸다. 그가 근육질인 건 맞지만 이렇게까지 해야 하나? 내가 거기 있는 걸 엄마가 문득 기억했다.

솔로, 데브 삼촌에게 아직 제대로 인사 안 드렸잖아.

삼촌은 무슨 빌어먹을 삼촌이에요?

엿이나 먹으라지. 나는 배낭과 도시락을 챙겨서 두 사람을 지나쳐 계단을 올라갔다. 계속 저러고 있고 싶으면 그러라고 해. 삼촌? 웃기고 있네. 엄마가 사과하고 있었다. 이층 거실에서 들리는 소리였다. 엄마는 최근 내게 무슨 일이 생겼는지 이해하지 못한다. 착한 아이였는데 성질 나쁜 십대가 되어버렸다 싶을 거였다. 흥! 내가 보기에는 엄마야말로 벌레 먹은 구아바처럼 썩어 문드러졌다.
다 들렸다는 것을 알려주려고 방문을 쾅 닫았다. 허튼수작은 집어치워. 이제 안 통해. 앞으로도 영원히 안 통한다고. 그래도 그는 아마 우리와 함께 저녁을 먹고 엄마 방에서 디저트까지 먹을 것이다. 구역질 난다. 이제부터 그가 집에 와 있으면 방에서 나가지 않을 테다. 내가 그 얼간이랑 한 식탁에서 밥을 먹을 거라고 엄마가 생각하고 있다면 꿈 깨야 할 것이다. 엄마 하기에 달렸다. 엄마가 야단법석을 떨면 나도 맞서서 야단법석을 떨 테다. 다, 상관, 없다! 데브도 화가 나면 일어나 그 한심한 트럭을 끌고 집에 돌아가면 될 일이다. 아무도 안 말린다.
노크 소리가 한 번 요란하게 나더니 내 방문이 열렸다. 저걸 잠가놓을 걸. 데브가 한없이 뻔뻔한 얼굴로 스포츠월드 쇼핑백을 들고 들어왔다.

너 주려고 뭘 좀 사왔다.

차마 그를 볼 수가 없었다.

스포츠월드 종업원 말이 젊은 친구들은 다 이 운동화를 신는다더라. 너한테 맞을 거야. 네 엄마가 문자로 사이즈를 알려줬거든. 영수증 있으니까 너무 작으면 교환할 수도 있고.

고개를 들지 않고도 그가 입은 청바지와 쇼핑백이 보였다. 고맙다는 인사를 듣고 싶은지 데브는 그냥 서 있었다. 나는 아무런 말도 하지 않았다.

알았다, 여기 놓고 갈게. 신어보고 잘 맞는지 알려주렴. 이미 말했듯 영수증 있으니까 안 맞으면 다른 사이즈로 바꾸면 돼.

그가 방문을 아주 살살 닫으며 나갔다. 바깥에서 두 사람의 말소리가 들렸다. 엄마가 운동화 고맙다는 말을 하고 있었다.

솔로 버릇 나빠지겠어요.

별것도 아닌데요.

뭐라고 하던가요?

아무 말도요.

고맙다고 안 해요?

그냥 놔둬요. 저 나이 남자아이들은 괴상하게 굴 수 있어요.

무슨 짓을 하는지 몰라도 속닥대는 소리에 이어서 엄마가 자지러지게 웃는 소리가 들렸다.

데브, 그만 좀 해요. 이웃 사람들이 보겠어요.

정말 고약한 사람들이다. 나와 체탄 씨 앞에서 엄마 손이 데브의 사타구니 근처 오른쪽 다리에 보란 듯이 올라가 있는가 하면 데브도 만만찮아 엄마 윗도리 속에 손을 집어넣고 있는 걸 본 적이 있다. 웩. 그렇게 막 나가다니. 역겨워 죽겠다.

스포츠월드 쇼핑백을 열고서 신발 사이즈를 확인했다. 사이즈 8. 흰색 나이키 운동화였다. 아주 비싼 거였다. 하지만 그걸 신을 수는 없었다. 절대로 안 됐다. 그의 빌어먹을 머리통에 신발을 내던지고 싶었다. 어이없게도 대가리와 그 동생 녀석에게 사준 것과 똑같은 운동화를 사 온 것이었다. 나는 그 애들과 비슷해 보이고 싶지 않다. 셋이서 똑같은 운동화를 신고 학교에 나타나면 아이들은 배꼽을 잡고 웃을 거였다. 틀림없었다.
저녁식사 시간이 되자 엄마가 나를 데리러 왔다. 모른 체하기는 쉬웠다. 엄마가 성화를 부릴수록 나는 고소해졌다.

솔로, 어서 나오라니까! 몇 번을 불러야 해? 얼른 와서 밥 먹어.

잠긴 방문 뒤에서 내가 맞고함을 쳤다.

배 안 고파요!

그건 거짓말이었다. 배고파 죽을 지경이었다. 그래서 뭐? 모두 잠들었을 때 나가서 먹으면 된다.

배가 안 고프기는… 야, 얼른 나오라고!

안 나가요. 음식도 잘 못하면서. 체탄 씨가 엄마보다 더 잘해요.

버릇없게 굴지 말고 당장 나와.

싫어요! 그리고 그만 좀 불러요!

그냥 놔두고 식기 전에 먹으라는 체탄 씨 말소리가 들렸다. 그렇게들 하셔요. 나 따위는 잊어버리고 어서 드시라고요. 당신들 하나도 필요 없으니까. 헤드폰으로 이 집안의, 그리고 이 집

안에 있는 모든 사람의 소리를 걸러낼 수 있다. 나를 데리러 온 체탄 씨의 소리도 그랬다. 아저씨가 아주 세게 노크하는 소리를 간신히 듣고서야 문을 열었다. 아저씨랑은 이야기해도 된다. 아저씨만 괜찮다.

왜요?

체탄 씨가 들어와 내 귀에서 헤드폰을 살며시 들어 올렸다.

지금 밥 먹고 싶니?

배 안 고파요.

나더러 그걸 믿으라고? 네가 먹는 걸 얼마나 좋아하는지 다 아는데.

저 사람이 집에 있는 동안은 안 먹어요.

알았다. 그럼 대신 나하고 체스 한 게임 할까?

싫어요.

그럼 도미노?

싫어요.

체커는 어때? 지난번에 네가 이겼잖아.

싫어요.

그럼 내 방에서 텔레비전 볼래?

싫어요.

아저씨가 침대 끝에 걸터앉았다.

데브 갔어.

웬일로 일찍 갔네요.

네 엄마하고 다퉜거든.

나는 아이패드를 집어 들었다.

네가 자기를 싫어하면 여기 안 오겠다고 하더라.

그 말을 믿어요? 그만 집에 가고 싶어서 핑계를 댄 거겠지.

그 사람에게 왜 못되게 구는데? 너한테 잘하잖아.

나는 아무 짓도 안 했어요.

정말로? 엄마가 울고 있고 그게 마음에 걸려 묻는 거란다.

남자가 아내에게 돌아갔다고 슬퍼서 우는 거예요.

그건 불공평한 말이야. 뭐 속상한 일 있니?

없어요.

그럼 엄마를 생각해서 예의 바르고 상냥하게 굴어봐. 부탁한다. 나를 위해서. 나를 위해서 그렇게 좀 해줘라.

머리가 아파서 관자놀이를 문질렀다.

무슨 소용인데요? 어차피 그 사람이 여기 계속 살 것도 아닌데.

그건 네가 모르는 일이지. 나도 모르는 일이고. 분명히 두 사람도 모르는 일일 거야. 사람들 간의 복잡한 문제니까.

아저씨는 엄마가 그 사람이랑 엮여도 괜찮다는 거예요?

너도 나이가 들면 인생이란 게 '일 더하기 일은 이'처럼 간단하지 않다는 걸 알게 될 거야.

그래서 그게 옳다는 거냐고요?

솔로, 이건 옳고 그름의 단순한 문제가 아니야.

그래서 어떻게 될 것 같은데요? 자기 아내를 떠날 거라는 허튼소리를 내가 못 들은 줄 알아요? 그 여자는 신형 BMW를 몰아요. 플로리다로 함께 휴가를 떠났고요. 그들이 그 사람의 가족이라고요. 우리가 아니라요. 엄마가 그 사람의 허튼소리를 믿는다면 그건 엄마가 바보인 탓이에요.

체탄 씨가 내 머리를 헝클더니 일어났다.

너는 재미있는 아이야. 아주 아기 같다가 금세 다 큰 어른처럼 굴고. 나와서 나랑 체커 한 게임 하고 밥 먹어.

나는 싫다고 말했지만 미소를 짓고 있었다.

새 아빠가 생길 거라면 그건 아저씨여야 해요. 아저씨랑 엄마는 서로 전혀 관심이 없어 보이지만.

체탄 씨가 짧게 웃고는 나를 끌어당겼다.

먹을 걸 좀 갖다 주시면 안 돼요? 네?

알았다, 이 게으름뱅이야. 실컷 부려먹으렴.

# 체탄 씨

두 잔째 커피를 마시며 오늘은 혹시 이야기를 하게 되려나 했다. 때를 보아 베티 양에게 할 말이 있었다. 솔로가 학교 소풍을 간다. 아이가 옆에 없으면 속을 좀 털어놓을지도 몰랐다. 데브와 헤어진 게 서너 달은 됐는데 아직도 회복하지 못한 듯하다. 호언장담했지만 그녀는 입장을 분명히 하고 데브에게 선택하게 할 배짱이 없었다. 그렇다고 정부로 주저앉을 스타일도 아니었는데 내 보기에는 그것도 나름대로 장점이 없진 않았다. 그는 선택하지 않았고 그녀는 타협하지 않았다. 서로 욕을 퍼붓고 법석을 떠는 일대 파탄이 벌어졌다면 나았겠다 싶기도 한데, 그럼 적어도 관계가 끝이 났을 것이었기 때문이다. 종결 말이다. 그렇게 한방 얻어맞으면 관계를 질질 끄는 것보다 빠르게 회복한다. 둘은 그 허리케인 철이 지나고 다음 허리케인 철이 올 때까지 빈사 상태의 관계를 그야말로 질질 끌었다. 찔끔찔끔, 그가 찾아오지 않게 되었다. 입에 올리지는 않지만 그 눈을 보면 안다. 베티 양은 여전히 상심이 크다.

그다음은 솔로다. 아이를 집 밖으로 내보내기는 힘든 일이다. 기중기에 묶는 게 이보다는 쉬울 터였다. 헤드폰과 아이패드를 가지고 제 방에 틀어박혀 지내는 게 제일 행복한 아이다. 토요일이지만 소풍은 학교 행사이므로 생각이 있다면 가야 한다는 걸 알 거다. 무단으로 불참했다간 혼이 날 테니까. 가엾은 아이. 적응을 어려워하고 항상 화가 나 있다. 깨우러 들어가니 코가 막힌 시늉으로 훌쩍거린다.

몸이 정말로 안 좋아요. 오늘은 절대 못 나가요.

아이의 이마에 손을 대보았다.

솔로, 너는 아프지 않아. 얼른 일어나.

정말이에요. 꾀병 아니라고요. 감기가 오고 있어요.

파나돌 두 알 먹고 샤워해. 무슨 사탕수수를 베러 가는 것도 아니고 놀러 가는 거잖아. 피치 레이크로 말이야. 해변 소풍이라고. 다녀오면 기분이 좋아질 거야.

십대가 늘 혼자 지내는 건 건전하지 못하다. 소풍 자체도 가기 싫은 데 버스가 아침 여덟 시에 교정에서 출발할 예정이었다. 아침형 인간과 거리가 먼 솔로는 징징거리며 넋두리를 해댔다.

아주 울보 아기처럼 칭얼댔다. 성장기의 한 단계라고 보지만 그게 습관으로 굳어지게 놔두고 싶지 않다. 매사에 겁을 먹고 살아가서는 안 될 일이다. 내가 잘 안다. 그건 사는 것도 아니다. 게다가 나는 아이의 소풍을 위해 새벽같이 일어나 사히나 saheena• 와 감자파이까지 만들어놨다.

솔로가 가고 나자 베티 양이 일정을 짰다. 내게 주어진 임무는 화단의 잡초를 뽑고 씨앗으로 키운 토마토 모종을 심는 것이었다. 집 뒤란에 작은 채소밭이 있다. 다시 말하면, 베티 양이 채소밭을 가꾸기 시작했고 근육이라곤 없이 깡마른 나도 중노동에 강제 동원되었다. 부정 타는 말은 해선 안 되지만 이런 날이면 우리가 가족 같은 기분이 든다.

나는 고무장화를 신고 뒤란으로 나갔다. 베티 양은 벌써 무릎을 꿇고 오크로okro•• 주위의 잡초를 뽑고 있었다. 그게 우리가 가장 먼저 심은 것이었는데 눈 깜짝할 사이에 손 크기 넘게 자랐기 때문이다. 나는 작물들을 손으로 훑으며 잎이 마르거나 벌레 먹어 구멍이 난 곳은 없는지 살폈다. 다음 달 말이면 직접 기른 오크라를 튀겨서 뜨거운 사다 로티sada roti 빵과 먹거나 캘럴루 수프에 곁들여 먹을 수도 있을 것이다. 나무콩과 피망과

---

• 트리니다드인들이 즐겨 먹는 야채 스낵.

•• 아욱과에 속하는 속씨식물.

단고추도 벌써 열매를 맺고 있다. 강철 드럼 두 개를 가로로 두 동강 내서 한쪽 끝에서 반대쪽 끝까지 깔아 놓고 백리향과 장미향초와 로즈메리와 쪽파와 나륵꽃과 마조람과 코리안더와 납작한잎파슬리 등 갖은 향신료를 심었다. 샤동 베니는 지나치게 무성해지기 전에 조금 쳐줘야 한다. 그러나 심은 것들이 전부 잘 자라는 건 아니다.

뭔가가 호박 넝쿨을 갉아 먹고 있네요, 베티 양.

나도 봤어요. 새들일까 싶어요.

무엇이 호박을 공격하는 건지 모르지만 어쨌든 시금치로 옮겨가 주면 좋겠다. 내가 어렸을 때 줄기차게 시금치를 기른 이웃이 있었다. 그들은 시금치를 인디언 식으로 초라이 바기chorai bhagi라고 불렀다. 별 게 다 기억난다. 시금치는 동네사람들뿐만 아니라 직장동료들과 나누어 먹고 장에 내다 팔아도 될 만큼 지천이다. 지금도 냉장고 문을 열면 그 망할 것으로 넘쳐난다. 베티 양의 말로는 시금치는 하늘이 고르신 작물이란다. 그녀는 누가 묻건 안 묻건 매일 시금치를 먹기 시작한 후로 피부가 맑아지고 활력이 더 넘치고 규칙적인 배변이 가능해졌다고 말해준다. 나는 아니다.

체탄 씨, 감독관처럼 뒷짐만 지고 있지 말고 일을 좀 하시죠.

베티 양은 그렇게 안달하는 게 탈이에요. 금세 끝낼 테니까 걱정하지 말아요.

그녀가 나를 보며 눈을 굴리다 싱긋 웃었다. 나한테 짜증난 듯 구는 게 나는 재미있다. 그녀가 정말로 화를 내기 전에 어서 제초작업을 시작하는 게 좋겠다.

농학자들 생각은 다르겠지만 내 경험에 따르면 잡초는 어떤 조건에서든 가장 빨리 자라는 식물이다.

한 시간 동안 작물들 앞에 쪼그려 앉아 일하고 나자 얼음처럼 차가운 카리브 맥주가 간절하다.

카리브 좀 갖다 줄까요, 베티 양?

이렇게 일찍요? 난 그냥 냉수 한잔 할게요.

음료수를 들고 와보니 베티 양이 작은 해초 비료 두 봉을 뜯는 중이었다. 나야 흔들거리는 해먹에 누워 카리브를 한 병 더 마시고 싶을 따름이다.

베티 양, 비료는 충분해요?

아껴 쓰면 될 것 같아요. 지금 굳이 더 사겠다고 차를 몰고 나갈 생각은 없어요.

내가 가줄 수도 있는데.

가긴 어딜. 잔꾀 부리지 말아요. 안 속으니까. 비료를 사러 간다고 나갔다가 길을 잘못 돌아서 어찌어찌 하다 보니 마라카스 해변이더라, 이러고 전화할 거잖아요.

그녀가 내 얼굴을 향해 손가락을 흔든다.

항상 감시 중이니 조심하세요.

알았어요, 알았어. 진정하시고. 농담 한마디 했더니 그냥.

거기 시금치 밭도 제초할 거죠?

그건 마지막에 하려고요. 잡초로 온통 뒤덮여도 시금치는 솟아나잖아요. 여기 이 예쁜 고추나무 좀 봐요. 아직 삼 피트도 안 되는데 콩고Congo 고추가 벌써 가득이에요. 이걸로 고추소스 만들자고요.

열한 시가 되자 햇볕에 목 뒤 아랫부분이 따끔거리고 중년의 몸은 고생이 심하다고 불평을 해왔다.

이봐요. 오늘은 이만하고 내일 아침 일찍 덜 더울 때 계속하기로 하죠. 칼같이 나와 있을게요.

안돼요. 지금 그만두면 주말 내내 요놈들이 체탄 씨 얼굴 다시 볼 일 없을 거니까.

야멸차게 그러지 말고요. 교회에 가 있는 동안 내가 다 끝낼게요. 맹세코.

그래요, 가요. 기력이 그렇게 없어 놔서. 런던에서 살았다더니 해만 보면 아주 벌벌 떨고. 들어가요. 괜찮으니까.

정말이에요?

일사병 얻기 전에 찬물로 좀 씻어요.

나는 방에 돌아와 고속으로 틀어놓은 선풍기 아래에서 몸을 식혔다. 고온을 견디지 못한다는 것은 트리니다드 토박이로서 인정하기 힘든 사실이다. 뜨거운 태양보다는 추위가 백번 낫다. 베티 양은 아직도 밖에서 열심히 일하는데 나는 녹초가 되어버렸다. 하루 노동량을 이미 넘었다고 허리가 성화지만 손목시계는 겨우 오전 열한 시 반을 가리키고 있었다.

*

베란다로 바람을 쐬러 나갔다. 한 시간쯤 지나 그녀가 역해보이는 그린 스무디를 들고 내 옆 해먹에 쓰러졌다.

시금치에 푹 꽂혔군요. 개구리 커밋Kermit the Frog[•]이 되지 않으려면 조심해야겠어요.

시금치와 바나나, 사과주스를 섞은 건강음료라고요. 뭐가 몸에 좋은지 안다면 당장 그 카리브 내려놓고 이거 한잔 할 텐데. 어차피 늙기야 하겠지만 그래도 버틸 때까지 버틸 거예요, 나는.

그녀가 스무디를 마시는 동안 나는 신문을 훑어보았다.

무비타운에 가고 싶어요, 체탄 씨?

별로요. 누구랑 함께 가고 싶은 거라면 가줄 수는 있어요. 뭐 보고 싶은데요?

뭘 상영하는지도 아직 못 봐놔서요.

---

• 《세서미 스트리트》 등에 등장하는 개구리 캐릭터.

그녀가 녹색 액체를 한 모금 더 들이켜더니 신문을 달라고 손짓했다.

안경도 좀 줘 봐요.

나는 안경을 벗어 주는 척하다 그녀가 만지는 순간 그것을 확 끌어당겼다. 그녀는 한숨을 쉬고 손바닥이 보이게 손을 내밀었다. 다시 천천히 내미는데 그녀가 재빨리 낚아챘다. 득의만면한 미소를 띠고 그녀가 안경을 꼈다. 갸름한 얼굴이 안경에 온통 파묻혔다.

베티 양, 조만간 검안 좀 해 봐야 하지 않겠어요? 다음 주는 어때요?

내 눈은 아무 문제 없어요. 그리고 안경은 안 낄래요. 절대 싫어요. 못생겨 보인단 말이에요. 뭐가 안 보일 때만 이렇게 잠깐 빌려 쓰면 돼요.

베티 양을 예쁘다고는 할 수 없었는데 이렇게 매일 보며 살아서인지 생각이 바뀌었다. 잘생긴 얼굴이다. 젖은 머리를 둥글게 묶고 내 커다란 안경을 쓴 지금조차 이상하게 매력적이다.

그래서 뭘 보러 가자는 건데요?

잠깐 좀 기다려요. 아직 보고 있잖아요.

베티 양, 나도 신문을 보고 있었다고요. 베네수엘라 이주 노동자들에 관한 괜찮은 기사가 있었는데.

쉿, 딱 오 분만 좀 조용히 해봐요. 그리고 베네수엘라 사람들에 대한 처우 이야기는 시작도 말아요. 그 사람들이 부지런히 일하니까 공연히 생트집을 잡는 거잖아요.

그녀가 한숨을 내쉬며 고개를 들었다.

온통 한심한 영화들만 하네요. 사실 꼭 영화를 보고 싶어서는 아니고, 좀 나가보고 싶었어요. 시간을 함께 보낼 사람이 있으면 좋겠다 싶을 때 없어요?

그러니까 뭔가요? 나는 사람도 아니라는?

무슨 말인지 알잖아요. 날 좋아하는 사람이랑 말예요.

데브 생각하고 있어요?

그녀는 대답 없이 끈끈한 녹색 액체만 한 모금 더 마셨다. 저걸 어떻게 마시는지 나는 모르겠다.

이봐요, 걱정은 그만 해요. 짚신도 다 짝이 있다는데.

그게 뭔 말이에요? 수닐이 그럼 내 짝이었다는 소린가요?

그런 다 떨어진 짚신 말고. 미안해요, 괜한 소리를 했네요.

그녀가 고개를 저었다.

우리 둘뿐이니까, 하고 싶은 말 다 해도 돼요.

그런 다 떨어진 짚신은 버려요. 시장에 가면 매주 새로 짠 짚신들이 나오잖아요. 나가서 보면 알 거예요.

컵을 비우는 그녀 얼굴에 엷게나마 미소가 서렸다.

나를 한번 봐요. 나는 종쳤어요. 이제 짝없는 짚신인 거죠.

그런 소리 말아요.

그녀가 빈 컵을 바닥에 살짝 내려놓았다.

저기 말예요, 나는 죽을 때까지 수닐이라는 십자가를 질 운명 같아요. 떨쳐낼 수 없는 존재 같다고나 할까요.

내가 들은 것들이 사실이라면 그자는 감옥에 가야 옳았어요. 세상 어떤 누구도 다른 인간을 그렇게 대할 수는 없어요. 아내도 아들도 마찬가지고요. 아니 아내나 아들이면 더더욱 그래서는 안 되죠.

베티 양은 내 옆에 있지만 눈은 저 멀리 가 있었다.

데브하고는 잘 안됐지만 그래도 그를 만나고 나서 베티 양이 허리를 쭉 펴고 더 당당히 걷더라고요. 자기관리도 더 하고요. 지금 그 머리모양 보기 좋아요.

네, 뭐.

거짓말 아니에요. 지금 보기 좋아요. 나이에 비해서요.

그녀가 신문으로 나를 찰싹 때렸다.

말조심해요. 내가 볼 때 우리 삶에 나타나는 사람은 모두 우리에게 가르침을 줘요. 데브는 이제 그쪽 방면으로는 기회가 완전히 닫혔다는 사실을 하나님이 일깨워주려고 보내셨을 거예요. 내 인생은 나하고 솔로, 그렇게 둘이에요. 그뿐이에요.

데브가 지금 당장 차를 몰고 나타나서 그 마녀 같은 아내를 떠났다고, 이제 베티 양과 새 인생을 살고 싶다고 하면요?

소용없어요.

확실해요?

그 마녀가 왕대가리 아이들과 빗자루를 타고 훨훨 날아가 버렸다고 해도 상관 안 해요.

우리는 배꼽을 잡고 함께 웃었다. 하지만 베티 양은 곧바로 우울한 얼굴로 한숨을 쉬었다.

항상 수널이 뒤에 어른거려요. 사악한 혼을 가진 남자였어요. 싫어요. 이미 말했듯 이제 연애 같은 건 더는 안 해요.

내가 해먹 위에서 몸을 세워 앉았다.

나를 좀 봐요. 내 생각은 이래요. 훌륭한 짚신인지 아닌지 볼 줄 아는 사람들이 있잖아요. 그 사람들은 기다리지 않아요. 단박에 움켜쥐는 거죠. 그래요. 그저 그런 짚신이라고 생각하는 사람들도 있어요. 대단하지도 끔찍하지도 않은 짚신인 건데 그냥 에라 모르겠다, 하고 신는 거예요. 그런가 하면 또 다른 사람들은 아예 옆에 가지도 않아요. 그런 사람들은 나이가 좀 들면 후회막심이에요. 내 짚신은 어디 갔을까? 누가 내 짚신을 가져간 거냐고? 난 한번 신어보지도 못했는데 말이야. 이렇게요.

베티 양이 자지러지게 웃었다.

늘 샌님처럼 조용하다가 한번 터지면 농담도 곧잘 해요.

그러니까 내 말은 제대로 찾아보지도 않고 나중에 늙어서 내 짚신은 어디 갔냐고 한탄하지 말라는 거예요.

오늘 아주 큰소리 대단하시네. 그러는 체탄 씨는 짚신을 뭐 보기나 했어요? 여자 친구랑 있는 걸 한 번도 못 봤는데.

나는 해먹에서 빠져나와 빈 컵을 달라는 뜻으로 손을 내밀었다.

뭐 더 필요한 거 있어요?

아니요.

나는 방에 들어가 한숨 잘게요. 저녁에 무비타운 가고 싶으면 함께 가고요.

여자 친구? 이 화제가 다시 올라오는 일은 없길 바란다. 또는 의외로 해답이 간단한 것일 수도 있다. 베티 양. 나는 계속 이 생각을 한다. 우스운 얘기지만 내가 여기 사는 동안 우리 사이에 거친 말이 오간 일이 한 번도 없다. 긴가민가했지만 우리는 무척 쉽게 죽이 맞았다. 그래서 시도해볼 만하다는 생각까지 드는 것이다. 엄밀히 말해 그녀는 내가 그런 쪽으로 맘에 든다는 기색을 보인 일이 없다. 내가 먼저 행동을 취하기를 기다리는 걸 수도 있다. 왜 항상 남자가 먼저 행동을 취해야 하는 걸까? 그녀는 고리타분한 스타일이 아니다. 나를 좋아한다면 그런 뜻을 표현할 기회가 충분했을 것이다. 매일이 기회였을 테니까. 그건 그렇고 그녀가 내게 여자 친구에 관해 물었을 때 왜 나는 아무 말도 하지 않은 것일까? 아주 쉬웠을 텐데. 하지만 그렇지 않지, 체탄. 너는 도망가 숨어야 했어. 여자만 맥없이 홀로 남겨두고.
나는 의자에 폭삭 주저앉아서 읽던 책을 집었다. 조용히 앉아 책을 읽으면 이 순간도 지나갈 터였다. 그녀도 그런 질문을 했다는 사실조차 이미 잊었기를 바란다. 마음이 싱숭생숭하여 두 단락을 세 번이나 다시 읽었다. 핑핑 도는 머리를 가라앉혀야 했다. 행복하고 안락한 삶이 지척에 있었다. 뭔가를 크게 희생해야 하는 것도 아니다. 내가 가질 수 있는 것들을 생각해 보라. 이미 준비된 가족이 있다. 솔로가 나의 아들이다. 나의 아들. 우리의 유전자는 다르더라도, 그래, 고집이 세고 침울한 아이여도 내 아들이다. 한창 자라고 있어 아이 엄마도 더이상 치마폭에 감싸고 있어서는 안 될 시기다. 그리고 내가 죽으면 내게 남은 것은 그 아이 몫이 될 것이다.
어떡해야 할지 모르겠다. 정말로 모르겠다. 이 논쟁을 나 자신과 여러 차례 해왔건만 전혀 쉬워지지도 분명하게 드러나지도 않는다. 평화가 없다. 솔로몬 호초이 고속도로에서 미니버스에 올라 거친 동네를 돌아다니는 느낌이다. 자꾸 방향을 틀고 급정차를 해대고 절대로 속도를 늦추지 않으며 혼을 빼놓는 미니버스 말이다. 내게는 여유가 필요하다.
똑똑 노크 소리에 나는 선잠을 깼다.

샌드위치 줄까요? 아니면 브라우니? 솔로가 하나도 안 가져갔네요.

그녀는 단숨에 쟁반을 들고 돌아왔다. 세모꼴로 단정하게 자른 참치 샌드위치 네 쪽과 샐러드, 신선한 라임주스까지 곁들여져 있었다.

나 골탕 먹이려고 일부러 그러는 거죠?

뭐가요?

내가 샐러드 싫어하는 거 알면서.

두 살배기처럼 굴지 말고 어서 먹기나 해요.

키 큰 유리 캐비닛에 넣어두고 특별한 때만 꺼내 쓰는 본차이나 접시들 중 하나였다. 뭐라고 말을 해야 할지 모른 척해야 할지 알 수 없었다. 그녀는 반은 들어오고 반은 밖에 머문 채 그렇게 서 있었다.

고마워요.

그래요. 그럼 편히 쉬어요.

이 다정한 여자는 이렇다. 나는 참치 샌드위치를 먹고 싶었는지도 몰랐다. 내가 깨닫기 전에 그녀가 먼저 안 것이다.

오른쪽에 금 간 곳을 메꾸고 다시 페인트를 칠해야 할 벽을 바라보며 한참을 앉아 있었다. 꼼짝 않고 앉아서 금간 곳을 메꾸고 칠을 하기를 수십 번 반복했다. 마라카스 해변에서의 그 초미니 핫팬츠 남자가 훽훽 떠올랐다. 그를 밀쳐내고 대신 베티 양을 생각해 보려고 애썼다. 뜻대로 되지 않자 가느다란 금들이 이룬 패턴에 주의를 집중했다. 튜브를 눌러 소량의 충전제를 못 쓰는 칼에 묻힌 다음 입을 벌린 틈새에 이겨 넣는 생각을 했다. 충전제가 마르기도 전에 머릿속으로 그의 얼굴 윤곽이, 그의 냄새가 밀려들었다. 그것들이 내 속을 온통 채워버렸다. 다시 그를 밀쳐내려 애쓰며 충전제 튜브 뚜껑을 열고 못 쓰는 칼에 소량을 묻힌 다음 금 간 틈새들에 대고 문질렀다. 그럴 때마다 어김없이 그가 돌아왔다. 그의 단단한 가슴, 튼튼한 다리 때문에 페인트 덧칠은 고사하고 마른 충전제 위에 먼저 거칠게 한 번 하고 이어서 부드럽게 두 번 사포질하는 단계까지도 나갈 수 없다. 근육질의 몸으로 나를 거칠게 다루던 그의 생각 때문에 도무지 집중이 안 된다. 베티 양을 생각할 때는 이와는 다르다. 그녀는 침실에서 마구 내던질 상대가 아니라 보호하고 싶은 사람인 것이다.

# 베티

노천시장에서 산 야채를 바구니에 잔뜩 담아 들고 차를 향해 가다가 '레드맨'이 떠올랐다. 지난주에 그가 약속했다. 누가 아는가? 오늘 충격적인 일이 일어날 수도 있다.

오늘은 장에 안 나오실 줄 알았는데요.

레드맨, 하마터면 못 보고 집에 갈 뻔했네요. 어쩐지 뭔가 까먹은 게 있는 것 같더라고요. 그거 있어요?

사모님, 여기 있었는데요, 사람들이 어찌나 다들 사려고 하던지… 그래서 숨겨놓았답니다. 안 그랬다면 하나도 안 남았을 거예요.

그가 발 옆의 아이스박스에서 두껍게 말린 신문지를 꺼냈다. 안에는 하나님이 만드신 가장 못생긴 물고기 열두 마리가 들어 있었다. 모두 내 손보다 작은 그 모래무지cascadoux들은 마치 공룡과 함께 멸종되었어야 했을 동물처럼 보였다. 진짜로 갑옷을 두르고 있었다. 진회색 장갑 두 줄은 금방이라도 칼싸움에 돌입할 듯 보이게 했다. 못생긴 입 양쪽으로는 기다란 뿔까지나 있었다. 웩.

내장 손질은 마쳤고요, 사모님, 머리는 남겨놓았어요. 그게 특히 맛있다는 사람들도 있거든요. 질색하는 사람들도 있지만요. 원하시면 툭툭 잘라드릴게요.

그냥 두세요. 필요하면 내가 잘라도 되니까.

지나가던 남자가 내 뒤에서 걸음을 멈췄다.

이봐요 레드맨, 아니 왜 사람 차별해요? 반 시간 전에 나한테는 모래무지가 하나도 없다고 했잖아요.

아이고, 그럴 리가요. 이건 특별주문을 받은 거예요. 이 사모님이 모래무지를 좀 구해달라고 어찌나 한참 전부터 부탁을 하셨는지. 요즘 이게 아주 귀해졌어요.

낯선 남자가 나를 향해 말했다.

아주머니, 혼자서 이 맛난 모래무지를 다 잡수시려고요? 그럼 우리는 어쩌라고요?

죄송해요. 오늘 우리 집 저녁밥으로 모래무지 카레를 할 거여서요.

이렇게 하죠. 보니까 합리적이고 좋은 분 같으셔서 그런데 내가 한턱 쏘지요.

남자가 자기 가슴을 톡톡 쳤다.

내가 물고기 값을 다 치를게요. 전부 다요. 대신 물고기를 반씩 나눕시다. 그럼 아주머니는 공짜로 가져가는 거예요. 맞죠? 수지맞는 장사잖아요. 누이 좋고 매부 좋고. 어떠세요?

할 수 없이 일단 미소를 지었다.

보자보자 하니 정말 뻔뻔하시네요. 내 물고기를 사시겠다고? 제정신 맞으세요?

진정하세요. 뭐 이렇게까지 열을 받으실까? 제안 한번 드리는 건데. 그러니까 모래무지를 나누지 못하시겠다 이거네요?

내 모래무지하고 하나님의 얼굴은 아저씨가 절대 못 볼 테니 그리 아세요.

모래무지를 먹어본 지가 정말로 오래됐다. 마지막으로 먹은 게 아마 신혼 시절이었을 것이다. 카로니 길가에서 이 진흙투성이 물고기가 팔리는 것을 보면 수닐은 꼭 사 들고 왔다. 그때는 물론 직접 손질을 해야 했지만 워낙 싱싱한 생선이라 맛있게 먹곤 했다. 솔로는 코를 치켜들고 먹지 않을 거라는 걸 안다. 세상에 정말로 지독하게 못생긴 물고기인 건 맞다. 그 달콤한 맛을 모른다면 나도 안 먹을 거다. 한 가지 문제라면 모래무지는 후

딱 요리할 수가 없다는 사실이다. 준비 작업이 필요하다.

*

솔로! 이리 좀 와봐. 도움이 필요하다, 아들아. 솔로!

저 녀석은 청력검사를 받아봐야 한다. 하기야 내가 KFC에 가자고 불렀다면 번개같이 달려 나왔을 테지만.

왜요?

왜요? '왜 그러세요, 엄마' 이래야지. 그리고 그 투덜대는 말투는 또 뭐냐?

그러니까 왜요? 숙제하고 있어요.

정원에 나가서 양념거리 좀 뜯어 와라.

엄마가 하면 안 돼요?

두 번 말하게 하지 마라. 샤동 베니 여남은 개랑 피망 두세 개면 된다.

아이가 눈을 굴리더니 몸을 돌려 나갔다. 어느 악마가 그리 사랑스럽던 아이를 이렇게 버릇없는 애어른으로 뒤바꿔 놓았을까?

그리고 쪽파하고, 아, 백리향도 가져와라. 백리향은 넉넉하게 한 줌 따오고.

아직 여유가 있어서 다행인 게, 바깥에 나간 솔로는 향초들이

자라기를 기다리고 있는 모양이었다.

여기요.

아이가 향기로운 봉지를 조리대 위에 털썩 내려놓았다. 모두 내 정원에서 기른 것이다. 이렇게 흐뭇할 수가 없다.

모래무지 요리하는 걸 옆에서 좀 보지 그러니? 언젠가 네가 직접 해보고 싶을지도 모르니까.

싫어요. 숙제하고 있는데 엄마가 방해한 거였어요. 저녁은 언제 먹어요?

아직 저녁시간 멀었어.

그래도 지금 뭐든 먹고 싶어요.

오 분에 한 번씩은 뭘 먹어야 하는구나. 오렌지나 하나 먹고 더위를 식혀봐라. 그리고 숙제해야 한다. 컴퓨터 하면서 놀지 말고. 이제 곧 시험이잖아.

알았어요, 알았어.

이번 시험 성적이 좋지 않으면 대학에 못 가. 제대로 된 자격 없이는 인생이 고달퍼진다.

아이가 싱크대 위에서 오렌지껍질을 깠다.

하리 삼촌은 그럴싸한 자격 없이도 뉴욕에서 잘 살잖아요.

그래, 네 아빠의 동생은 미국에서 자리를 잡았지. 하지만 생계를 꾸리느라 얼마나 갖은 고생을 했는지 너는 상상도 못 해. 딱 가자마자 근사한 데 취직이 되고 그렇게 저절로 풀린 게 아니란 말이야.

솔로는 오렌지를 갖고 자리를 떴다. 방 안에 들어가서 문 잠그는 소리가 들렸다. 좀 컸다고 제가 세상사를 다 아는 듯 구는 아이다. 그래, 네 맘대로 살아라. 이 어미 따위는 무시하고. 어차피 아이들은 부모가 한심하고 멍청하다고 생각하는 법이다.

라임 두 개로 한참 씻어내고 나서야 물고기에 밴 진흙 냄새가 사라졌다. 믹서기에 샤동 베니와 쪽파, 백리향, 채 썬 양파, 마늘 두 개를 넣고 갈았다. 부엌 전체에 향이 퍼졌다. 토마토 두 개를 썰어 내용물에 추가했다. 토마토는 체탄 씨가 책임지고 기른다. 처음에는 밭일을 좋아하지 않던 그가 그것들을 심더니 퇴근 후 저녁마다 나가서 돌봤다. 그리고 이제 우리는 씨앗을 뿌려 기른 달디 단 토마토를 먹고 있는 것이다. 자랑이 아니라 사실이 그렇다. 시장 토마토는 이 맛을 절대 못 따라온다. 물고기들 뱃속에 향초 양념과 토마토 썬 것을 채운 다음 냉장고에 넣었다. 이따 카레와 함께 솥에 끓이면 된다.

모래무지가 나올 때는 다른 게 주역 자리를 넘봐서는 안 된다. 카레를 빨아들일 끓인 쌀과 질경이를 좀 볶아 곁들이면 충분하다. 볶은 질경이 한 쪽이라면 체탄 씨는 사족을 못 쓴다. 두 개를 껍질을 벗기고 반으로 잘라 너무 두껍지도 않고 너무 얇지도 않게 채를 썰었다. 타지 않게 볶아야 한다. 체탄 씨가 어서 돌아오면 좋겠다. 정말 다정한 사람이다. 토요일이면 다른 용무가 설사 있어도 반드시 식료품점에 가서 가루세제와 알루미늄 호일과 냅킨과 비누 같은 걸 사 들고 온다. 내게는 큰 도움이 된다. 장보기가 끝나면 쉴 수가 있다. 운이 잘 풀린 거다. 다른 방면으로도 운이 좀 풀린다면 내 인생은 완벽할 텐데. 관두자, 그 사람은 그런 쪽으로는 내게 관심이 없으니까.

프라이팬 큰 것을 꺼내 가스레인지 위에 올려놓았다. 대부분의 요리를 이제 올리브유로 볶지만 어떤 건 일반 옥수수기름을 써야 한다. 세 번으로 나누어 질경이를 다 볶았다. 더 잘게 썰고 으깼다면 시간이 반으로 줄었을지도 모르지만 그럴 필요가 없었다. 월요일부터 금요일까지 고생했으니 오늘만큼은 여유를 갖고 뭔가 색다른 요리를 하며 기분전환을 해줘야 한다.

사실 질경이를 볶는 것 자체가 한 사람을 위한 것이다. 언제 시작됐다고 꼬집기는 힘들지만 지난 몇 년 사이에 조금씩 체탄 씨에게 호감을 갖게 된 것 같다. 그는 온유하다. 범죄와 이기심으로 그득한 나라에서 그는 부드럽기만 하다. 게다가 내 아들을 사랑해준다. 나 마시라고 스무디를 만들고 피곤한 나를 위해 집안일을 거드는 등 그가 내 삶에 더해주는 소소한 친절도 그렇다. 바보같이 아직도 나를 베티 양이라고 부른다. 기분 좋게 장난을 칠 때는 종종 B 양이라고 줄여 부른다. 어쨌든 세월이 이리 흘렀어도 우리 사이에는 아무 일도 없었다. 어쩌면 이미 기회는 날아가 버렸는지도 모른다.

갓 볶아 따뜻한 질경이 볶음은 먹을 때까지 호일로 덮어놓을 것이다. 우리가 엮이지 않은 건 안타까운 일이다. 좋은 연분인데 말이다. 아차, 쌀. 하마터면 잊을 뻔했다. 가까스로 불을 끄고 냄비를 덮어뒀다. 이미 함께 살고 있으니 그럴 만도 하다. 아침에 샤워는커녕 이도 닦기 전부터 서로를 보며 살고 있으니. 그래도 그의 부드러운 미소와 내 눈을 똑바로 보고 말하는 모습이 나는 좋다. 사랑? 남편을 나는 사랑한다고 생각했었다. 그런데 결과가 어땠는가! 나는 데브를 사랑했을까? 그를 떠올리기만 해도 아직 가슴이 콩닥거린다. 솔직히 침실에서만큼은 우리는 천생연분이었다. 욕정이었을까, 아니면 사랑이었을까? 사랑은 거론 안 하는 게 낫겠다.
모래무지는 가스레인지에서 들어내자마자 먹어야 제격이다. 곧 저녁 먹는다고 솔로에게 고함을 쳐 알렸다. 얼굴을 좀 씻고 돌아오니 체탄 씨가 뚜껑을 열고 기웃거리고 있었다.

질경이에 손대지 마요.

아주 작은 줄기 두 개가 접시로 떨어지고 있어서 구조해줬을 뿐인데요.

점잖게 굴어요. 어서 물러나요.

아끼는 무쇠솥에 채 썬 양파와 다진 마늘 두세 쪽을 넣은 다음 카레 가루와 강황, 기라geera와 가람 마살라garam masala를 두 큰술씩 넣어 볶았다. 카레 잎 한 줌이랑 잘 익은 고추 한 개, 아주

얇게 저민 피망도 두 개 넣었다. 재료들이 서로 붙으며 익기 시작하자 한데 뒤섞으려고 물을 넉넉히 부었다. 물이 솥에 떨어지는 순간이 정말 좋다. 카레폭탄이 터지는 느낌이다. 모르기는 해도 어쩌면 이웃집까지 카레 냄새가 퍼질 것이다.

이제 모래무지 순서다. 물고기에 카레를 입히는 것을 엄마는 청케이chunkay라고 불렀다. 솔로에게도 이 표현을 가르쳐야지, 안 그러면 우리 세대를 끝으로 잊히고 말 것이다. 이제 물고기만 익히면 되어서 솥을 유심히 지켜보다 팔 분 후 코코넛밀크 한 캔을 붓고 갓 삶은 나무콩을 던져 넣었다. 매콤한 향에 끌렸는지 체탄 씨가 다시 나타났다.

내가 요리할 때는 부엌에서 좀 나가 있어 달라고 말을 한 것 같은데….

아이고, 배가 고파 환장하겠는데 어쩌라고요.

그가 뚜껑을 살짝 열고 숨을 들이쉬었다.

모래무지는 어디서 구했어요?

나만의 노하우가 있죠. 좋아해요?

창피한 얘기지만 모래무지를 못 먹어봤어요.

세상에. 뭐, 오늘 바로잡읍시다.

그가 티스푼으로 소스를 건져냈다. 입맛 다시는 소리가 요란했다.

우리 셋은 식탁에 앉았다. 예상대로 솔로는 물고기를 슬쩍 보더니 손도 대려고 하지 않고 햄치즈 샌드위치 해주면 안 되냐고 했다. 내가 시범에 나섰다. 먼저 머리부터 시작했다. 비늘 아래 포크를 넣고 훑어주자 껍질이 쉽게 벗겨지면서 달콤한 속살이 드러났다. 물고기 머리가 무섭다는 아이의 말에 체탄 씨가 재빨리 머리를 잘라내어 자기 접시로 옮겨갔다.

엄마, 얼마 되지도 않는 살 좀 먹자고 뭐 이렇게 고생을 해요?

그래, 하지만 그 얼마 되지도 않는 생선살이 다른 온갖 생선을 합친 것보다 달단 말이야. 삼치, 킹피시, 붉돔, 창꼬치 등등, 하나같이 모래무지에 비하면 한참 밑이지. 그리고 솔로, 이건 특별한 생선이야. 이걸 먹으면 절대 트리니다드를 못 떠난다는 말이 있어. 혹시 떠나더라도 반드시 돌아오게 돼 있다고도 하고.

뭐 알았고요, 나는 이 못생긴 생선보다 닭고기 스튜가 훨씬 나은데요. 내일은 닭고기 먹는 거죠?

얘가 정말 인내심을 시험하네. 뭐든 해주는 대로 먹고 내일 뭐 해줄 건지 그딴 건 묻지도 마. 알았어? 내일은 부엌에 들어오고 싶지도 않을지 누가 아니?

체탄 씨가 솔로 쪽으로 몸을 기울였다.

걱정 말아라. 닭고기는 내가 해줄 테니. 하지만 모래무지도 한번 먹어봐. 엄마가 이걸 힘들게 구해 우리 먹으라고 공들여 만든 거야.

나는 체탄 씨에게 눈을 흘겼다.

그래요, 어디 애 버릇 완전히 망쳐 봐요. 누구를 졸라야 밥이 나오는지 개도 다 안다더니.

솔로는 여전히 물고기를 끼적끼적 먹지만 이제 솔직히 신경도 안 쓰였다. 이런 생선에 나이프나 포크는 걸리적거릴 뿐이다. 나는 가시를 발라내어 야무지게 빨아먹었다. 생선 머리? 그것도 빨아먹었다.

엄마, 좀 남기시지 그래요. 만약에 집에 개가 있다면 오늘 저녁에는 굶겠어요.

집에 개 없고 앞으로도 계속 없을 거다. 괜히 들여다 놓고 뒤치다꺼리는 내 독차지겠지.

솔로가 체탄 씨를 살짝 찔렀다.

목에 가시 걸리는 거 안 무서워요?

체탄 씨는 싱긋 웃을 뿐 생선 머리 먹느라 바빠 대답도 못 한다. 그 웃는 얼굴에서 그가 이 생선을 얼마나 즐기고 있는지 알 수 있었다. 카레 국물이 그의 팔에 떨어져 흘러내려서 내가 손가락으로 찍어 빨아먹다가 화들짝 기겁했다. 소스가 너무 맛있어 보여 그런 거였다. 무심결에 한 일이었다. 하나님은 사랑이시라, 체탄 씨는 그런 나를 무시하고 계속 먹기만 했다. 솔로도 눈치 못 챈 듯했다. 모두 계속 밥을 먹지만 카레보다 달콤한 뭔가를 맛본 나는 아무 말 없이… 단숨에 모든 게 바뀌어 버렸다. 그는 변화가 없구나 싶었지만 그렇지도 않았다. 날 바라보는 그의 눈길이 한결 부드러워져 있었다.
우리는 둘 다 솔로에게만 말을 걸면서 저녁밥을 마저 먹었다. 집안 규칙은 분명했다. 음식을 한 사람은 설거지를 안 한다. 체탄 씨와 솔로가 식탁을 치우고 설거지를 한 뒤 식기를 저마다의 자리에 돌려놓는 동안 나는 베란다에서 밤바람을 즐기며 빈둥거렸다. 그의 살갗을 맛본 것은 그보다는 나에게 의미가 컸을 것이었다. 그의 부드러운 눈길도 상상에 불과했을 수 있다. 과대해석이 처음 있는 일도 아니다. 아 맙소사, 그 살갗의 짭짤한 맛! 그건 현실이었다.
뱃속에서 뜨거운 열기가 올라왔는데 카레 때문이 아니었다. 안락의자에 몸을 뻗고 누우니 온몸이 서서히 타올랐다. 왁자지껄한 웃음소리와 접시 짤랑거리는 소리가 부엌에서 들렸다. 저러다 귀한 접시라도 깨면 안 되는데. 그리고 빨리 좀 끝내지. 나는 엉망진창이었다. 하나의 몸속에서 뜨거운 욕망과 깊은 두려움이 서로를 향해 화살을 쏘아대고 있었다. 어째야 좋을지 망연자실해 있는데 작은 잔 두 개와 비싼 술을 들고 그가 내 앞에 나타났다.

저번에 내 차이 럼Chai Rum 퇴짜 놨었죠.

내가 술 못하는 걸 알면서 럼을 그것도 스트레이트로 권하고 있었다. 나 자신을 진정시키고 싶어서였는지 나는 잔을 받아들고 술꾼처럼 마셨다. 그런데, 럼이 정말 맛이 달랐다. 흠, 이 정도면 마실 만하겠는데?

이 차이 럼은 어디서 난 거예요? 이런 맛은 처음이에요. 술이 부드럽게 넘어간다는 게 이런 뜻인가 봐요.

거봐요, 좋아할 줄 알았다니까. 바로 여기 트리니다드에서 만든 거예요. 자, 한 모금 더 마시기 전에 할 게 있어요. 손 깨끗하죠?

네.

좋아요. 차이 럼 두 방울을 한쪽 손바닥에 떨어뜨린 다음 양손을 비벼 봐요.

그가 하라는 대로 했다.

손에 코를 대봐요. 그 향을 맡아봐요.

콧구멍 깊이 향을 들이마셨다. 분명 럼이었지만 수닐이 들이켜던 그 고약한 것과는 달리 코가 시큰거리지 않았다. 체탄 씨는 내 손을 자기 얼굴에 대고 숨을 들이쉬었다.

이제 한 모금 마셔 봐요.

그윽하고 달콤한 액체가 목구멍 아래로 꿀처럼 미끄러져 내려가더니 몸속에서 가슴과 배와 그 밑에 불을 붙였다. 나는 빈 잔을 들어 올렸다.

아마도 안 그러는 게 좋겠지만 집이니까요. 운전을 하는 것도 아니고.

그가 술을 한가득 따랐다. 너무 많이 따르지 말라고 하지 않았다. 내게는 지금 뭔가가 필요했다. 체탄 씨가 해먹에 몸을 기대 앉았다.

이리로 와요.

나는 일어나 의자를 끌고 그의 곁에 가서 앉았다.

솔로는 어딨어요?

자기 방에서 영화 보고 있어요. 숙제는 다 했대요.

방에 틀어박혀서 무슨 짓을 하는지 누가 알아요.

십대 소년이 방문을 잠그고 뭘 하는지 정말 알고 싶어서 그래요?

우리는 웃음을 터뜨렸다.

그리고 조심해요. 조만간 여자 친구들도 나타날 테니까.

그가 내 머리에 손을 뻗어 머리카락을 손가락에 감았다. 나는 술을 홀짝대며 팔을, 머리를, 입술을 얼마큼 움직여야 할지 계산해보았다. 불필요한 동작 하나에 내 두피를 어루만지는 그의 손가락들이 멈출지도 몰랐다. 그의 손가락들이 나의 두피와 목을 오르내리는 동안 이야기를 나누었는데 몇 시간이 지나는 느낌이었다. 무슨 이야기였는지는 잘 모르겠다. 내 머리카락과 목, 가슴을 미끄러져 내리던 그의 손가락들만 기억이 난다. 세상이 진동하고 있었다. 두세 잔 더 마셨을 것이다. 그가 검지를 술잔 속에 넣더니 젖은 손가락 끝으로 내 입술을 더듬었다. 더는 견딜 수가 없었다. 나는 그의 눈을 들여다보았다.

비켜 봐요.

그가 몸을 일으켜 두 다리를 벌렸다. 내가 갈구하는 그 장소가 그 공간에 묻혀 있었다. 나는 그의 따뜻한 몸을 파고들었다. 그가 내 안에 손가락 두 개를 넣었다면 나는 금방 절정에 다다랐을 것이다. 무엇보다도 감미롭고 매혹적인 것은 내 몸을 향해 좁혀드는 그의 몸의 감촉이었다. 술과 욕정 사이에서 머리가 어지러웠다. 우리는 서로에게 익숙한 연인 같았다. 그가 몸을 기울여왔고 우리는 세상에서 가장 길고 깊은 키스를 했다. 그의 혀는 내 입 안에 있었지만 온몸의 살이 덩달아 들끓었다. 발가락들마저 파르르 떨렸다.

나는 휘적휘적 일어섰다. 술기운 탓이 아니었다. 이게 바로 졸도라는 건가보다 싶었다. 달이 없는 밤인 게 고마웠다. 지금 당장, 바로 여기서 그가 해줘야 했다. 나는 그의 손을 붙들고 그를 난간으로 밀어붙였다.

뭐가 필요한가요, B 양?

그게 뭘 거 같아요?

나는 그의 손가락들을 아래로 이끌었다.

함빡 젖었군요.

손을 잡은 채로 조심조심 그가 나를 자기 방으로 데려갔다. 솔로 방 앞을 지날 때는 입술에 손가락을 대고 우스꽝스러운 표정을 지어 가까스로 웃음을 참았다. 그가 방문을 닫자마자 우리는 옷을 벗어부치고 침대에 올라갔다. 크기가 다는 아니란 걸 알지만 그래도 확인은 해야 했다. 나쁘지 않았다. 아주 괜찮았다.

그의 키스가 녹아 흐르는 초콜릿 같을 줄을 누가 짐작이나 했겠나! 인색하기도 하지. 그런 비단결 같은 혀를 혼자만 갖고 있었으니 말이다. 나는 그를 생으로 먹어 삼키고 싶었다. 럼 향내는 어떻고! 그의 살갗에 코를 대기만 해도 도취되었다. 당장, 지금 당장 그를 들여오고 싶었다. 돌처럼 단단하기를 기대하며 손을 아래로 뻗어봤는데 웬걸, 그렇지가 않았다. 술 탓일 것이었다. 시간이 좀 걸리는 남자들도 있게 마련이고. 게다가 우리 둘 다 피 끓는 청춘은 아니었다.

나는 그를 눕히고 그의 몸에 올라탔다. 자신 있었다. 눈을 감고 누운 체탄의 얼굴에 더없이 아름다운 미소가 피어났다. 미끄러져 내려가 모래무지보다도 훨씬 더 길게 빨아댔다. 그가 내는 신음조차 너무 좋았다. 단단해진 뒤에도 나는 멈추지 않았다. 귓속에서 울려줄 그 음악을 기다렸다. 그가 나를 끌어당기더니 온몸을 핥고 깨물었다. 나는 그의 성기를 쥐고 내 성기를 어루만졌다. 그곳이 거의, 거의 눈앞이었다. 그 순간, 빌어먹을, 그게 흐물흐물 풀렸다.

술이 과했나 봐요.

괜찮아요. 급할 것 없어요.

거짓말이었다. 나는 몸이 달아 있었다. 한숨을 몰아쉬며 그가 내 몸에서 떨어져 나왔다.

좀 쉬죠.

안돼요, 자기. 쉬다니, 무슨 소리. 계속 밀어붙여야지요.

단둘, 고르곤, 예레미아, 슬레지, 퍼니셔, 빅벤, 핫비프인젝션, 슬레이어… 그걸 뭐라 부르건 이름은 상관없었다. 다만 일어서 줘야 했다. 작전이 필요했다. 수닐과 데브와의 경험, 그리고 즐겨 보던 온갖 포르노 영화를 통해 습득한 각종 잔기술들을 머릿속에 돌려보았다. 전략을 세운 다음 그의 몸 위에 엎드렸다. 금세 그의 잔잔한 신음이 내 귀를 채워왔다. 내 허벅지가 미끈거렸다. 아, 빌어먹을! 당장, 지금 당장 이 남자가 내 몸에 들어와야 했다. 그가 내 위로 올라와서 진입을 시도했다. 그러나 한 번 밀치고 나자 다시 물렁해졌다. 당혹해하는 기색이 느껴졌다. 끝났구나 싶었다. 염병할, 남자랑 자기가 이렇게 힘들어서야 어디!

내 성기를 그의 몸에 비벼대고 키스를 하고 깨물어도 봤건만 아무 반응이 없었다. 그도 손으로 시든 병사를 깨워보려 했지만 역시 소용없었다.

내가 남자랑 자본 지가 얼마나 됐는데요. 주님도 참 무정하시지…

우리는 마주 보고 웃음을 터뜨렸다. 그가 아래로 내려가만 주어도 나는 폭발할 것이었다.

핥아요.

술을 너무 했어요. 이리 올라와 내 품에 안겨 봐요.

뭐라고? 나는 주구장창 빨아줬는데도 그는 겨우 이 분도 그걸 못해준다는 건가? 이기적인 자식 같으니. 뭐야, 저 좋은 것만 취하는 인간이었나? 생각이 하나 떠올랐다. 이 남자에게는 약이 필요했다.

음, 그거 도와주는 약 같은 거 먹어요?

비아그라Viagra는 필요 없어요.

나는 시트를 목 위까지 당겼다. 핏속에 돌고 있던 차이 럼의 기운이 일시에 증발했다.

정말요? 그럼 그냥 내 탓인가요? 알았어요. 그런 거라면 시작도 말 것이지.

아니, 아니에요. 전혀 아니에요. 난 당신이 좋아요. 이건 내 문제예요. 취해가지고. 내 문제예요.

말도 안 되는 소리 말아요. 중간에 마음이 바뀐 거잖아요. 나만 바보 꼴을 만들고.

그가 몸을 세워 앉았다.

할 말이 있어요, B 양.

그래요? 뭔데요? 어디다 여자를 숨겨두고 나한테 비밀로 한 거예요?

그가 웃음을 터뜨렸다. 그러자 더욱 화가 났다.

그래요. 배꼽 빠지게 웃어 봐요.

돌아눕는 내 몸을 그가 곧바로 껴안았다. 화가 치밀었지만 그의 품에 안기자 마음이 누그러졌다. 이상하게 슬퍼 보여 부드럽게 입을 맞춰주려는데 그가 고개를 흔들었다.

하고 싶은 말이 있어요.

나는 일어나 앉아 손등으로 그의 볼을 쓰다듬었다.

음식은 다 좋지만 말은 안 그렇다는 속담이 있잖아요. 혼자만 알고 싶은 뭔가가 있다 해도 난 괜찮아요. 나도 혼자만 아는 것들이 있으니까요. 중대한 일들 말이에요.

이건 당신도 알아야 해요. 나는 동성애자예요.

공중에서 하염없이 추락하는 느낌이었다.

나는 동성애자예요. 언제나 그랬어요. 전에 여자 친구를 사귀려고도 해봤지만 잘 안됐어요. 나도 어쩔 수가 없어요. 이게 나니까요. 당신과 함께해도 고쳐지지 않는 것 같군요.

그가 두 손에 머리를 파묻었다.

정말 미안해요. 이게 되기를 바랐어요. 당신하고 내가요. 그러면 더없이 기뻤을 거예요. 당신이랑 이렇게 가까운데요.

당장 옷을 입고 싶었다. 그는 동성애자처럼 보이지도, 동성애자처럼 굴지도 않았다. 체탄 씨가, 뭐? 호모라고?

이게 무슨 허튼소리예요. 동성애자라니, 아니에요. 오늘 밤 좀 삐끗했을 뿐이에요. 그런 건 누구에게나 일어날 수 있는 일이고, 그런다고 동성애자가 되는 건 아니니까요.

사실을 말하는 거예요.

왜 그래요? 바로 지금, 바로 여기, 바로 나랑 이렇게 누워 있는데 당신이 동성애자라고요? 지금 장난치는 거예요?

이 일은 단숨에 나의 후회목록 1위로 치고 올라가는 중이다. 금방 울음이 터지거나 그의 빌어먹을 면상에 주먹을 날리고 말 것 같은 기분이었다. 둘 중 어느 쪽으로 튈지 나도 몰랐다.

B 양, 내가 당신을 좋아하는 거 알죠? 다른 누구보다도 당신을 좋아해요. 그것만은 약속할게요.

눈물이 흘러내리더니 멈추지 않았다. 그가 내 이마에 부드럽게 입을 맞추자 더욱 비참해졌다. 분노가 녹아내려 눈물과 콧물 범벅이 됐다.

혹시 남자를 떠올리며 나하고 그 짓을 한 건가요? 이러다 솔로한테 눈독 들이는 거 아니에요?

그가 충격과 고통이 담긴 눈으로 나를 바라보았다. 나도 맞서 쏘아보았다. 그의 심장을 뜯어내어 파쇄기에 넣고 돌리고 싶었다.

그 아이를 아들처럼 사랑해요.

나는 입술을 깨물고 나지막이 말했다.

그냥 해본 말이었어요.

그가 나를 끌어당겼다. 닭똥 같은 눈물이 뺨을 타고 목까지 흘러내렸다. 그는 나를 좋아하지만 원하지는 않았다. 내 몸은 늘 그랬듯, 충분하지 않았다. 내가 고함을 내질렀다.

정말로 동성애자 맞아요?

그가 내 몸을 돌리고 자신의 흐물흐물한 성기를 내려다본 뒤 다시 나를 보았다.

당신 생각은 어떤데요?

우리 둘 다 웃음을 터뜨렸다. 시트로 얼굴을 닦아보려 했다.

이거 쉽지 않아요, 알아요? 나를 좀 봐요. 이렇게 알몸으로, 잔뜩 취해가지고, 아 정말이지, 동성애자랑 섹스를 하려 했다는 거잖아요.

그가 나를 꼭 끌어안았다. 탈출구가 없는 밤이었다.

## 체탄 씨

실로 견디기 힘든 시간의 연속이었다. 그녀는 괜찮다고 했지만 나는 핏줄 속에 카페인을 좀 부어주어야 했다. 한참을 달래고 구슬려 간신히 베티 양을 이불 속에 눕힌 뒤 옷을 좀 걸쳐 입고 살금살금 부엌으로 갔다. 그녀가 정신이 들면 자기 방에 가자게 할 거고, 그러고 나면 순리대로 일이 풀릴 것이었다.

오늘밤까지 나는 나 자신에게 거짓말을 해왔다. 내가 백 퍼센트 동성애자는 아니라고. 팔십 아니면 구십 퍼센트 정도라고. 가정을 꾸려 살고 싶다는 그 동경의 공간은 이제 허공으로 날아가 버렸다. 내가 동성애자이고, 온전한 동성애자이며, 동성애자일 뿐이라는 걸 입증해줄 증인이 필요하다면 베티 양을 소환하면 된다. 가련한 그 여인은 샅샅이 알고 있다.

왜 여태 말을 안 한 거예요?

갑작스런 말소리에 흠칫 놀라 조리대에 커피를 흘렸다. 그녀가 복숭아색 잠옷을 입고 뒤에 서 있었다.

왜냐면… 아무에게도 말 안 했어요. 사라질 거라고 기대한 거죠, 우리 사이에, 그러니까, 뭔가 이루어지면.

그녀가 나를 보고 앉더니 팔을 뻗어 내 두 손을 잡았다.

내 잘못도 있어요. 왜 여자가 없는지, 궁금해하지도 않았으니까요.

그녀가 내 두 손을 입술에 가져가더니 나로서는 경험 못 해본 다정함을 담아 입을 맞췄다.

마지막으로 사랑에 빠져본 게 언제였어요, 체탄 씨?

난 당신과 사랑에 빠져 있어요.

그래요, 그건 고마운 말이지만 어차피 안 될 일이니까요.

무슨 말인지 알잖아요.

나는 한숨을 쉬고 입을 벌렸다가 다시 한숨을 쉬며 입을 다물었다. 지난 일을 왜 꿈꾸는가? 가슴에 구덩이를 파고 감정을 묻고 나면 추억을 공유하기가 쉬운 일이 아니다. 어디서부터 시작하겠나? 본연의 나를 알아버린 마당에 베티 양이 손을 털고 나를 밀쳐낸대도 어쩔 수 없다. 빌어먹을 하룻밤 사이에 너무 많은 일이 일어났다. 이런 생각들이 머릿속을 휘돌며 두통을 일으키는데 그녀가 일어나서 내 옆 의자에 앉더니 나를 꽉 안아줬다.

뭐, 시도는 해봤으니까요. 그리고 알겠지만 나도 내 딴엔 갖은 노력을 동원했고요.

내가 활짝 웃었다. 틀린 말이 아니었다.

하지만 하나님은 사랑이에요. 당신과 나는 계속 가족처럼 살아갈 거예요. 물론 당신이 섹시한 남자를 만나 떠난다면 몰라도.

그런 일은 없어요.

누가 알아요? 아직 매력 있는데. 내가 보기엔 그래요.

내가 그녀를 꼭 껴안았다. 다정한 사람. 단순하게 가는 게 최고다. 사람들은 온갖 형태의 가족을 이루어 산다. 침실은 등식에서 빠질지라도 우리는 해낼 수 있을지도 모른다.

그녀의 연민 탓이겠지만 이런저런 이야기, 사연들이 줄줄이 새어 나왔다. 동성애자라는 걸 언제 처음 알았는지. 초등학교 때였다. 다른 남자애들은 다들 양 갈래로 머리를 땋은 제니를 좋아했는데 나는 수줍은 토니에게 눈길이 갔다. 여섯 살밖에 안 됐었지만 그게 별난 것임을 나는 알았다. 진한 커피를 홀짝거렸다. 토니를 향한 감정을 시인하고 입 밖으로 내는 것만으로도 정말로 속이 시원했다. 아무도 모르는 일이었다. 그렇게 오래전 일을 기억하고 있다는 것에 나 자신도 놀랐다.

희한한 이야기 하나 해줄까요?

하룻밤 분량으로 희한한 이야기는 이미 충분하지 않은가요?

우리는 또 깔깔 웃었다. 나는 그녀에게 아버지의 친구가 나를 껴안았던 이야기를 해줬다. 아마 열 살 때였을 것이다. 그는 사향내 짙은 깊고 남성적인 향수를 썼다. 나는 단번에 이게 내가 원하는 냄새임을 알아차렸다. 이상하지 않은가? 어머니나 이모들이 쓰는 향수에서는 그런 느낌이 없었다. 세월이 이렇게 흘렀어도 그 비슷한 냄새만 맡으면 즉시 성적으로 흥분하게 된다.

사랑에 빠진 경험을 물었는데 대답 안 했어요.

사랑이 쉬운 것은 아니잖아요. 게다가 숨은 동성애자라? 말 다 한 거죠.

그런 소리 말아요. 스스로 매력 있다는 거 다 알면서. 도대체 몇 사람이나 상처 입힌 거예요?

내가요? 상처를 입혀요? 오히려 나 자신이 된통 얻어맞고 묵사발이 되는 쪽이죠.

그녀가 자꾸 건드리는 바람에 마니 이야기까지 나왔다. 우리는 중학교 때 만났다. 나는 부끄럼이 심하고 어색한 소년이었으나 마니는 반대였다. 왠지 모르지만 마니는 나를 보호해줬다. 나를 괴롭히려면 먼저 마니를 통해야 했다. 첫날부터 나는 사랑에 빠졌다. 물론 표는 내지 않았다.

마니가 첫사랑이었어요?

열다섯 살 때 마니 집에서 잤던 이야기를 해주었다. 레슬링 장난으로 시작한 것이 차츰 다른 것이, 훨씬 더한 것이 되었다. 우리는 기분이 정말 좋아지는 일들을 서로에게 해줬다.

그 애에게는 당신이 지닌 그런, 그러니까, 기술은 없었어요.

베티 양이 얼굴을 붉혔다.

그 아이가 나를 원한다는 사실만으로 평생 못 잊을 행복한 순간이 되었어요. 이제 그 애를 생각할 때면 수치심만 일어요.

아니 왜요?

쓰라린 경험이었거든요.

베티 양이 빈 컵들을 챙겨 헹구기 시작했다. 나는 깨끗한 행주를 찾아 그것들을 말렸다.

베티 양, 너무나도 수치스러운 일을 해본 적 있어요?

누구나 다 그렇죠.

말린 컵들을 치운 다음 한없이 부드러운 눈으로 나를 바라보는 그녀와 마주하는 순간, 눈에 눈물이 맺히기 시작했다. 내가 불쑥 말했다.

어머니가 마니 일을 알아차리셨어요.

나는 식탁에 머리를 묻고 아기처럼 흐느껴 울었다. 아까 베티 양이 럼에 취해 울었던 울음보다 훨씬 더 격렬한 것이었다. 그녀는 말없이 굳건하게 옆에 있어 주었다. 울면서 나는 어머니가 아버지에게 사실을 전했고 두 분이 그 일에 대한 벌로 나를 섬의 반대편 끝에 사는 먼 친척 집으로 보냈다는 이야기를 해줬다. 어머니는 나에게 '나는 네가 어떤 인간인지 안다'라고만 했다. 그뿐이었다. 가족은 이제 더이상 내게 가족이 아니었다. 베티 양이 젖은 내 뺨에 입을 맞추었다.

마니를 찾아보면 어떻겠어요?

아마 결혼해서 애를 줄줄이 낳았겠죠.

아직도 독신으로 교제할 준비가 돼 있을 수도 있죠.

나는 일어나 부엌 개수대에서 얼굴을 씻고 종이 수건으로 닦았다.

이제 왜 내가 가족을 찾아가지 않는지 이해하겠죠. 가족이 없기 때문이에요. 그 사람들이 나를 안다는 것 자체가 내게는 수치예요.

그냥 잊어요. 내가 보기에 당신은 조롱박처럼 배짱 단단한 사람이에요. 그런 걸 다 겪고도 이렇게 훌륭한 남자로 자랐잖아요.

그녀가 자기 발을 내려다봤다.

수치스러울 거 하나도 없어요. 이 방에서 수치스러울 사람은 당신이 아닌 바로 나예요.

그게 무슨 소리예요, B 양? 당신처럼 다정한 사람이 어디 있다고.

그렇지가 않아요.

말을 멈추고 벽을 보는 그녀는 온몸이 졸아붙어 접힐 것만 같았다. 아직도 몸 안에 술기운이 돌고 있었다.

나는 감옥에 갔어야 해요.

과장 좀 하지 마요. 누구를 죽인 것도 아니고.

그녀가 몸을 곧게 세웠고 우리의 시선이 마주쳤다. 힘겹게 침을 삼키는 모습이 눈에 들어왔다.

만약 그랬다면요?

그녀 이마에 떨어진 머리칼을 쓸어 올려주었다. 얼굴이 잿빛으로 변해 있었다.

수닐은 바로 여기서 죽었어요. 이 집에서요. 하지만 그냥 쓰러져 죽은 게 아니에요.

취한 거였잖아요. 세상에서 럼을 제일 좋아하는 사람을 무슨 수로 구해요?

그 사람과 사는 게 어떤 거였는지는 아무도 몰라요. 착한 수닐이 나타날지 나쁜 수닐이 나타날지 예측불허였어요. 술이 들어가면 한쪽에서 다른 쪽으로 스위치를 올리듯 옮겨갔어요. 나는 늘 두려움에 시달렸어요. 수닐은 내 팔을 부러뜨렸어요. 얼굴을 때린 적도 부지기수였고요. 가스레인지에 내 손을 지지기도 했어요. 그 사람과의 삶은 공포의 도가니 자체였죠. 나를 때리다가 지치면 솔로를 괴롭혔어요. 아직 아기인 아이를요. 나는 그 지점에 선을 그었어요. 나는 네 마음대로 해라. 나는 성인이니까. 하지만 내 아이에겐 손대지 마라.

나는 바닥을 바라보며 말하는 그녀의 손을 잡아주었다.

솔로의 다섯 살 생일이었어요. 근사한 케이크를 만들어 생일축하 노래도 불렀죠. 딱 우리 셋이서요. 제 아빠가 순식간에 돌변할 수 있다는 걸 벌써 알았던 솔로는 그래서 친구도 안 부른 거였어요. 술을 못 마시게 내가 말렸지만 아들 생일 축하도 못하는 게 말이 되냐며 막무가내였어요. 부아가 치밀더라고요. 아이에게 특별한 날이었으니까요. 하루라도 자신보다 아들을 우선할 수는 없는 건지. 뒷마당 계단 맨 위에서 한 손에는 담배를 다른 손에는 럼을 들고 난간에 기대 있더군요. 기분이 째져 보였어요. 세상 근심 없이요. 어찌 된 영문인지 나는 그를 밀쳐버렸어요. 계단 밑에 떨어졌을 때는 이미 죽어 있었죠.

정신이 멍해졌다. 흐느끼는 소리가 들렸다. 뒤를 돌아보니 솔로였다. 거기 얼마나 서 있었는지 알 수 없었으나 표정으로 볼 때 다 들은 것이 틀림없었다.

# 제2부

LOVE AFTER LOVE

# 솔로

비행기가 활주로에 닿는 순간, 피아르코 공항을 떠난 후 처음으로 미소를 지었다. 야, 이렇게 떠나왔구나! 자고 깨니 변덕이 나서 떠난 게 아니다. 분명히 말하지만 내게는 선택의 여지가 없었다. 사실을 발견한 그날 밤 곧바로 그 망할 놈의 집구석을 뜨고 싶었다. 하지만 내 이름으로 된 돈 한 푼 없는 학생 신분에 가기는 어디를 가겠는가? 이제 고등학교도 마쳤고 그동안 아르바이트로 저축한 돈에다 모자라는 비용은 엄마가 충당해줬다. 엄마는 아무것도 눈치채지 못했다. 그 긴 세월을 엄마는 나를 머저리 취급했다. 체탄 씨에게 한 이야기를 듣지 않았더라면 나는 지금까지도 진실을 모른 채 살고 있을 것이다. 아버지는 자초한 사고로 죽었다고 세상 사람들에게 말하면서 말이다. 뭐, 엄마하고 나 사이는 끝났다. 이제부터 이름만 엄마인 거다. 죽는 날까지 그 얼굴을 다시 보고 싶지 않다. 보기도 듣기도 싫고 아무것도 안 하고 싶다. 그냥 하는 말이 아니다. 엄마가 어떻게 되든 내 알 바가 아니다. 다시는 트리니다드에 돌아가지 못한다 해도 아무 상관 없다. 어차피 우리 둘이 함께 살기엔 너무 좁은 곳이다. 엄마 혼자 거기서 신물 나게 살라지.

비행기 안에서 앞줄 가족을 줄곧 지켜봤다. 아메리칸 항공은 아이들이 태어나기도 전에 주던 파스타와 닭고기 식사를 아직도 변함없이 준다고 요란스럽게 불평하는 소리가 들렸다. 이런 사람들과 어울려야 한다고 나는 생각했다. 혹시 길을 잃어도 이렇게 세상 물정을 아는 이들과 붙어 있으면 안심이 될 것 같았다. 가슴이 답답했다. 이제부터 내 몸은 내가 돌봐야 한다. 나는 두 주먹을 꽉 쥐고 발가락도 힘을 주어 오그렸다.

그들과 붙어 다닌 것은 잘한 일이었다. 왜냐하면 JFK 공항은 무지하게 넓어서 비행기에서 내려 입국심사장까지 빠른 걸음으로도 십 분은 너끈하게 걸린 것이다. 아직도 공항 안이라는 게 믿기지 않았다. 피아르코 공항에서 이 거리를 걸었다면 지금쯤 주차장이었을 것이다. 입국심사장에 도착하자 경비요원들이 승객들의 이동을 지휘하고 있었다. 미국 시민과 영주권자는 줄이 없는 쪽으로 안내되었고, 기타 사람들은 복도 너머로 굽이굽이 이어진 줄에 서서 기계를 이용해야 했다. 배낭이 어깨를 짓누르며 파고들었다. 그것을 벗어 바닥에 내려놓고 싶었다. 줄이 쉽사리 줄어들 것 같지도 않았다. 그런데 주변을 둘러보니 대부분 짐을 메거나 들고 있었다. 경비요원의 눈이 나나 배낭에 내려앉게 하면 안 됐다. 잘못했다간 무장경찰이 내 앞에 들이닥쳐 타임스 광장은 구경도 못 한 채 추방되고 말지도 몰랐다.

한 발짝 나아갔다 뒤로 물러났다 다시 나아가며 근 한 시간은 기다렸는데 세상에 놀라운 건 끼어드는 사람이 단 한 명도 없는 거였다. 욕을 하는 사람도 바닥에 앉아 있는 사람도 없었다. 누구를 달래고 누구를 앞에 세우느라 보안요원들이 안달하지 않아도 됐다. 트리니다드라면 마구잡이로 밀고 당기는 드잡이가 벌어졌을 것이었다. 한 경관이 차단막을 열고 텅 빈 시민 전용 쪽으로 사람들을 보낼 때 잠시 흥분이 고조됐을 뿐이다. 저마다 짐과 아이, 할머니 등을 챙기고 달려갔다. 그 통에 옥수수를 내 새끼발가락에 짓이기는 여자도 나왔고 프라이스스마트PriceSmart 쇼핑백으로 후려갈기는 누군가도 있었다. 이 북새통에 화가 난 여자경관이 영어와 스페인어로 소리를 지르기 시작했다. 내 귀에는 '포 파보르por favor'와 '아오라ahora', '세구리다드seguridad' 같은 몇 마디만 들어왔다. 제인 선생님 목소리와 아주 비슷했다. 그렇게 매일같이 스페인어를 가르쳐주었는데 이 정도는 알아들어야 할 거 아냐, 하는 모습이 머리에 그려졌다.

내가 스페인어에 B를 받은 건 순전히 운이였다. 게다가 여자경관의 말은 너무 빨랐다.
이 법석 탓에 따라다니던 가족을 놓쳐버렸다. 그들은 반대쪽에서 입국심사를 통과하여 희희낙락 나가버렸다. 내가 겨우 삼사야드 나아가는 동안 벌어진 일이다. 이상하게 그들에게 버림받은 기분이었다. 혼자라는 건 참 괴상하다. 아무도 나를 몰랐다. 엄마가 내게 작별 키스를 하려고 하자 나는 창피하게 만들지 말라며 거절했었다. 엄마가 무슨 일을 저질렀는지 몰랐던 때로 돌아갈 수도 없는 일이며, 어쨌든 나는 그걸 용서할 수도 없고 절대 용서하지도 않을 것이다. 체탄 씨가 다가와 꼭 껴안아줬을 때는 무섭기조차 했다. 내가 틀림없이 당황할 것이고 그러면 속셈을 들킬 것만 같아 얼굴도 쳐다볼 수 없었다. 아저씨는 뭐든 다 아니까.
차례가 거의 다가오자 경관은 옆 창구 앞의 짧은 줄로 가라고 내게 말했다. 경관들은 왜 다들 총을 들고 있을까? 나는 그게 없이도 충분히 불안했다. 옮겨간 줄이 물론 가장 느렸다. 옆줄은 수속이 착착 진행되고 있었다. 톡, 쾅, 톡, 쾅. 여권에 스탬프가 찍히면 저마다 제 갈 길을 갔다. 내가 선 줄의 돼지새끼는 그렇지가 않았다. 퉁퉁한 낯짝이 마치 더위 먹은 것처럼 뻘겠다. 우리가 거의 한 시간을 서서 기다렸다는 사실도 상관하지 않았다. 이러다 온종일이 걸릴지도 몰랐다. 여유만만하게 여권마다 페이지를 하나하나 넘기며 스탬프를 검사했다. 어디서 왔는지도 상관없었다. 멕시코와 아이티, 자메이카 등 각국에서 온 사람들이 통과되기를 기다리고 있었다. 굉장히 드물 도미니카 공화국 여권도 눈에 띄었다.

여태 잘 서 있었는데 왼쪽 다리가 갑자기 후들거렸다. 이 인간이 신뢰가 안 됐다. 그렇다고 빠른 줄로 옮긴다면 오해를 살 수 있었다. 주먹을 하도 꽉 쥐었더니 손바닥에 손톱이 박히며 통증이 느껴졌고 그 덕에 다리의 후들거림이 멈추었다. 여유만만 입국심사관을 마주하려면 고작 두 명이 남았지만 다른 줄로 치자면 네 명에 버금갔다. 침을 꿀깍 삼켰다. 목구멍도 말라 있었다. 걱정하는 빛을 보이면 안 된다. 뭔가 숨기고 있다는 인상을 줄 것이다. 내 트리니다드 여권은 다른 사람들의 것과 똑같았고 방문비자도 똑똑히 받아 놨다. 땡볕 아래 이틀을 줄 서서 기다려 받은 그것은 복수입국이 허용되는 십 년짜리였다.

드디어 내 차례가 되었다. 엄마한테 한 이야기를 그대로 하면 됐다. '아버지의 동생 하리가 명절을 맞아 초청했다. 어렸을 때 이후로 못 만난 사촌들과 시간을 보낼 것이다. 자유의 여신상 유람선을 비롯해 관광도 할 것이다. 명절이 지나면 트리니다드로 돌아갈 것이다.' 자랑은 아니지만 엄마는 속아 넘어갔다. 체탄 씨도 그랬다. 진땀이 났다. 입국심사관이 '다음'을 외쳤고 나는 붉은 금을 건넜다.

안녕하세요?

그는 눈을 들어 보지도 답례 비슷한 걸 하지도 않았다. 무반응이었다. 나는 새로 발급된 파란 여권을 건넸다. 그는 사진 페이지를 열어 스캐너를 돌린 뒤 컴퓨터 화면을 들여다보았다. 아무 말도 없다가 이윽고 입을 열었다. 나는 화들짝 놀랐다.

뉴욕 방문의 목적이 뭐죠?

엑스레이 시력을 가진 슈퍼맨 동생처럼 반짝이는 눈으로 그가 나를 노려봤다. 나는 침착하게 응했다. 늘 정중하고 공손하라고 하리 삼촌이 일러주었다. 남의 나라에 들어오려는 거고 그래서 비자가 있건 없건 인상이 마음에 안 들면 입국이 거절될 수 있음을 잊지 말라고 했다.

한 달 있을 거예요. 삼촌 집에서 명절을 쇠려고요.

삼촌 이름은 뭐죠?

하리 람딘이에요. 삼촌이 써준 편지가 있는데요. 보여드릴까요?

아니요.

그는 모두 백지인 나머지 페이지를 모두 훑어보면서 이 퀸즈 주소에는 누가 살고 있는지, 삼촌의 직업은 무엇인지, 미국에는 얼마나 체류할 예정인지, 귀국 항공권이 있는지, 미국 체류 기간 중 법적으로 일 또는 학업이 금지되어 있음을 아는지, 캐나다에 가본 적 있는지, 근래 농장에서 일한 적 있는지… 같은 질문을 연속해서 던졌다.

돈은 얼마나 갖고 왔어요?

현금이요?

네, 현금이요.

오백 달러요.

나는 증거를 보여주려고 청바지 주머니에 손을 넣었다.

지갑은 안 봐도 돼요.

그는 플립 북을 튕기듯 손끝으로 여권을 넘기다 딱 가운데 페이지를 펼쳐 톡, 쾅, 스탬프를 찍었다. 심보가 고약하다. 앞장에 다 찍기가 뭐 어려운가?

미국에 오신 것을 환영합니다. 좋은 하루 보내세요.

나중에 살짝 스탬프를 들여다보았다. 지면 한가운데 대문짝만하게 육 개월짜리가 선명하게 찍혀 있었다. 야, 솔로. 자식, 출세했는데!

여권을 돌려받자 하도 안심한 나머지 엉뚱한 방향으로 발걸음을 옮겼다. 일거수일투족을 감시한다는 말이 괜한 소리가 아니었다. 금세 보안요원이 짐 찾는 곳 방향을 가리키며 고함을 질렀다. 어느 방향인지 보기는 했으나 그래도 두려웠다. 또 엉뚱한 방향으로 향했다가 잡혀가면 어쩌지? 갈색 피부의 청년이 혼자 여행하는 걸 보면 자동으로 테러리스트를 연상한다고 체탄 씨가 경고해줬었다. 흑색·갈색 피부는 무조건 도둑·살인범·강간범·테러리스트로 몰아붙인다는, 그리고 이곳 경찰들은 일단 총을 쏜 뒤 질문한다는 것이었다.
짐 찾는 곳으로 이어지는 에스컬레이터를 타고 내려가 보니 모든 게 헷갈렸다. 우선 컨베이어벨트에 짐이 몇 개 없는 걸 보고 가슴이 철렁했다. 잘 보니 사람들이 수북이 쌓인 여행가방들 가운데 제 것을 찾아 끌어내리고 있었다. 내 가방이 눈에 들어왔다. 손잡이에 엄마가 묶어준 밝은 금빛 리본이 달려 있었다. 처음에는 내 검은 가방도 찾아내지 못할 촌뜨기로 보나 싶어서 짜증이 났었는데 엄마한테 털어놓을 것까진 없지만 그 금빛 리본이 정말 요긴했다. 그래도 누가 보나 내가 인도인이라는 걸 알 만큼 그렇게 요란하게 금빛일 필요 또한 없었다. 창피한 마음에 얼른 그걸 풀어 쓰레기통에 던져버렸다. 뭐 그것이 엄마가 내게 하는 최후의 창피한 일이 될 것이다. 이제 나와 베티 부인은 끝난 사이니까. 우리는 끝났다. 완전히 끝났다. 지난 세월 동안 사람들이 내 등 뒤에서 뭐라고 수군거렸을까? 아버지를 술에 취해 바보처럼 죽음을 자초한 주정뱅이라고 했겠지. 사실 악독한 그녀가 범인이었는데도. 베티, 하늘을 향해 침을 뱉으면 당신 눈에 떨어지게 되어 있다.
출구를 찾다 또다시 긴 줄에 다다랐다. 이런, 제기랄. 이번 것은 난투극이었다. 사람들이 짐을 실은 카트를 자동차처럼 밀어댔다. 누군가의 카트가 복숭아뼈를 두 번이나 쳤지만 아무 말도 하지 않았다. 출구 바로 옆에서 건장한 여자경관이 내 여권을 받아 들고 날카로운 눈으로 노려보면서 음식물이나 화초가 있느냐고 물었다. 나는 무구한 낯빛으로 고개를 저었다. 아니요. 그건 사실이 아니었다. 트리니다드에서 미국에 가는 사람이라면 누구나 음식물을 싸가야 한다. 엄마는 하리 삼촌에게 주라고 달푸리 로티dhalpourri roti, 망고 카레, 염소고기 카레, 오리고기 카레, 그리고 알리스Ali's에서 사온 더블 여남은 개를 싸주었다. 내 맘대로 해도 좋다면 가져가지 않을 거였지만 하리 삼촌이 원했다. 여자경관은 내 짐을 검색하고 싶어 못 견디는 눈치였으나 뒤에서 기다리는 인파가 광란 수준이었다. 그녀는 결국 나를 통과시켜주었다. 아마 괜한 고생을 하고 싶지 않아서였을 것이다. 마침내 공항 밖으로 나와서야 숨이 제대로 쉬어졌다.

하리 삼촌은 거기 없었다. 양키들의 목소리 틈으로 서인도제도 말씨가 꽤 많이 들렸으나 아버지의 동생은 아니었다. 안에서 시간이 너무 지체되자 기다림에 지쳐 가버렸을 수도 내가 엉뚱한 곳에서 찾고 있는 걸 수도 있었다. 한쪽을 먼저, 이어서 다른 쪽을 살펴보았다. 무엇보다도 길을 잃은 듯 보여서 소매치기의 표적이 되지 않으려고 노력했다. 미국에서는 항상 나쁜 일들이 벌어진다. 하물며 뉴욕은? 더 심하다. 하도 크고 분주한 도시라 강도를 당하거나 칼에 찔려도 아무도 신경 쓰지 않는다고 사람들은 말했다.

하리 삼촌의 휴대전화번호와 주소가 내 전화에 저장되어 있었고 혹시나 몰라 쪽지에 적어도 놨다. 전화기를 훔치기란 정말 쉽다. 그런데 내 전화는 신호가 뜨지 않았다. 아마 디지셀Digicel이 여기서는 터지지 않는 모양이다. 하리 삼촌을 반 시간쯤 더 기다려볼 것이었다. 그래도 못 만나면 택시를 타면 됐다. 근데 요금은 얼마고 그보다 대체 어디서 택시를 잡아야 하지? 올 거야. 공항에서 기다리는 수닐의 외아들을 잊을 리 없지. 나는 대기 구역의 벤치에 비스듬히 앉아서 그곳을 둘러봤다. 배낭은 다리 사이에 끼워 넣고 한 손으로 여행가방 손잡이를 꼭 붙들었다. 안 그랬다간 소매치기를 당할 것이다. 체탄 씨가 보고 싶었다. 아저씨는 언제나 시간을 잘 지켰다. 네 시에 나를 데리러 오겠다고 했으면 십오 분 전에 와 있곤 했다.

대기 구역을 살펴보며 십 분이 지났나 싶더니 금방 이십 분이 지났다. 그리고 반 시간이 지났다. 하리 삼촌은 나를 잊어버린 거였다. 사십 분. 사십오 분. 오십 분. 다리가 다시 후들거렸다. 하리 삼촌 마음이 변한 모양이었다. 나를 들이는 것은 너무 고역일 테고 내게 그만한 정도 없었다. 이제 미국에 착륙한 지 두 시간 반은 족히 지나 있었다. 마음에도 없는 소리를 했던 거였다. 지난 몇 달간 그렇게 문자를 주고받았는데. 엄마가 들을까 봐 밖에 나가서 통화하기도 했었다. 약속해 놓고 하리 삼촌은 대체 어디 자빠져 있는 걸까? 머리가 지끈거렸다. 하리 삼촌 나쁜 놈. 하리 삼촌 나쁜 놈.
누가 내 어깨를 두드렸다. 심장마비가 올 뻔했다. 트리니다드인으로 통할 수 있을 남자가 내게 하리의 조카냐고 물었다.

삼촌이 밖에서 기다려요. 주차를 못 한다고 밖으로 나오래요. 금방 찾을 거예요. 뚜껑이 검은 초록색 차를 몰고 있으니까요.

나는 고맙다고 인사하고 가장 가까운 출구로 달려갔다. 밖에는 노란 택시들이 줄지어 경적을 울려 대며 세울 곳을 찾고 있었다. 저만치 떨어진 차선에서 초록색 혼다를 탄 하리 삼촌이 손을 흔들었다. 사진과 똑같았다.

야, 길 건너는 네 모습에서 젊었을 적 수닐이 보이더구나. 네 아버지 딱 판박이야.

그는 여행가방과 배낭을 트렁크에 쑤셔 넣은 뒤 단숨에 4차선 고속도로에 진입했다. 거짓말이 아니라 마주 오는 차들과 충돌할 거라는 생각이 아주 잠깐이지만 들었다. 누가 뭐라든 내가 보기에 미국인들은 반대편에서 운전을 한다.

내가 너를 잊어버린 줄 알았냐?

오실 줄 알았어요. 도착하실 때까지 그냥 쉬고 있었어요.

서둘러 마쳐야 할 일이 있었어. 게다가 커다란 사무실 건물에 배선작업 중인데 두 주나 늦어져서. 어쨌든 내 이야기는 그만하고. 여행은 어땠냐? 엄마는 잘 계시지?

잘 지내세요. 여행가방에 음식이 잔뜩 들어 있어요.

오리고기 카레도 있냐?

제일 먼저 그걸 쌌어요.

세관에서 압수하려고 안 하던?

검색을 안 했어요.

운이 아주 좋았네.

그가 나를 보면서 내 다리를 찰싹 쳤다.

이렇게 만나니 정말 기쁘구나. 수닐의 아들이 뉴욕엘 다 오고.

뭐라고 해야 할지 나는 몰랐다. 내게 그렇게 말해주는 사람은 없었다. 나는 그냥 미소를 지었다.

전에 JFK 공항을 나오는데 그 사람들이 내 가방을 열더니 음식물을 갖고 입국할 수 없다지 뭐냐! 내가 따졌지. 마라벨라의 모나스Mona's에서 산 맛있는 오리고기 카레를 갖고 가지 못한다는 말이냐고. 아이들에게 물어봐라, 내가 거짓말하는 건지. 공항 바닥에 주저앉아 다 핥아 먹었단다. 그 세관요원들은 압수해간 걸 쓱싹하는 사람들이야. 하지만 이 인도인은 그들에게 아무것도 주지 않았지.

차는 다 똑같아 보이는 적갈색의 고층아파트 단지들을 여러 개 스쳐 갔다. 대형 광고판들은 최신 자동차들을 보여주고 있었다. 링컨 내비게이터, 쉐보레 볼트처럼 한 번도 못 들어본 차도 있었다. 그리고 모든 게 지나치게 컸다. 버섯을 잃어버려 몸이 줄어든 슈퍼마리오Super Mario 같은 기분이었다. 한 대 더 얻어맞으면 게임종료일 터였다. 일반 자동차들은 길게 늘어져 보였고 SUV들은 마치 역기를 들어 몸을 부풀린 것 같았다.

이미 말했겠지만 너의 숙모와 나는 헤어졌단다. 이제는 친구 셰리랑 살고 있고. 사촌들은 못 알아볼 거야. 서로 안 보고 산 게 여러 해니까. 캐서린은 지금쯤 집에 와 있겠구나. 반려동물 가게에서 일하는데, 동물 관련한 거라면 뭐든지 좋아하지. 이언은 샌님으로 컴퓨터 수리라면 모르는 게 없단다. 일이 많은 회사에 소속되기도 하지만 주로 독자적으로 일하고 있어.

그럼 숙모는 어디 사세요?

멀리 이사해 살아. 자기 언니 사는 곳에서 가까운 뉴저지로. 아이들에게 한번 데리고 가주라고 해주마.

고속도로에서 벗어났다. 차들은 아직 지나치게 크지만 건물들은 이층 정도로 정상에 가까웠다. 저 멀리 반짝이는 마천루들은 뉴욕의 반대편이었다. 이곳은 전혀 반짝이지 않았다. 가게들 꼴이 지저분했고 판자를 친 곳들도 많았다. 걷는 사람들이나 차에 탄 사람들이나 전부 흑인이었다. 하리 삼촌은 에어컨을 끄고 차창을 내렸다. 쓰레기 썩는 냄새가 곧바로 들어왔다.

삼촌은 신경 안 쓰는 눈치였다. 갑자기 그의 휴대전화가 몹시 요란하게 진동했다. 하리 삼촌이 긴 한숨을 쉬었다.

단 오 분도 가만있을 수 없구나.

그가 스피커폰 버튼을 눌렀다.

셰리, 무슨 일 있어? 지금 포크 불러바드야.

전형적인 트리니다드 말씨의 여자는 기분이 별로 같았다.

불쑥 공항에 간다더니 이제 돌아오는 거예요? 어디 갔다 왔어요? 비행기가 연착이라도 했어요?

JFK 공항이 얼마나 붐비는지 알고도 그래? 그리고 여기 솔로하고 지금 돌아가는 길이야. 십 분 후 도착.

그가 전화를 끄고 팔꿈치로 나를 밀었다.

공항에서 기다렸다는 소리는 하지 마라.

저요?

그가 한눈을 찡긋했다.

우리 람딘 가 남자들끼리 한데 뭉쳐야 하지 않겠냐?

듣기 좋았다. 람딘 가 남자들. 뭐랄까, 신선했다.

대로에서 내려 주택가로 접어들었다. 근사하지 않았다. 집들은 들쑥날쑥 문드러져 보였고 울타리들은 녹이 슬어 있었다. 이 동네 사람들은 잔디 깎는 기계도 없는지 함부로 자란 잔디가 무성했다. 현관문에는 색칠이 안 돼 있고 앞마당조차 없는 연갈색 주택 앞에 차를 세웠다. 이층 창에는 판자가 덧대어져 있었다. 여기에 대면 트리니다드의 우리 집은 저택이었다.
전화 목소리로 예상한 셰리는 어쩐지 나이든 여자였는데 아니었다. 생각보다 젊고 예뻤으며 오래 떨어져 지낸 조카라도 되는 듯 나를 끌어안아 주었다. 사촌 캐서린과 이언은 간단히 안녕, 하고는 금세 각자의 방으로 들어가 버렸다. 나는 평소보다 수줍음을 탔다. 그들은 내가 마음에 안 들거나 내가 여기 지내는 걸 원치 않는 듯했다. 셰리가 좁고 가파른 계단 위의 방을 손가락으로 가리키며 조심하라고 했다. 맥주 몇 캔 했으면 발이 걸려 고꾸라졌을 거였다. 위장이 뒤틀리며 목구멍으로 쓰고 역한 맛이 올라왔다. 그녀 잘못이 아니었다. 아버지에게 무슨 일이 일어났었는지 그녀야 알 리가 없었지만 내 눈에는 트리니다드 집 뒷마당의 계단만 들어왔다. 그게 지상에서의 마지막 순간이 될 것을 짐작도 못 한 채로 아버지는 거기 서 있었다. 그 망할 놈의 계단을 밟을 때마다 똑같은 생각이 떠오를 줄은 나도 미처 몰랐다.
내 방이 된 그 방은 창에 판자가 쳐져 낮이 밤이나 다름없었다. 셰리가 벽을 더듬어 스위치를 찾았다. 알전구 하나에 불이 들어왔다. 침침한 것이 십오 와트짜리가 분명했다. 길고 천장이 낮은 방의 한쪽 끝에 침실이 만들어져 있었다. 반대쪽에는 각종 낡은 상자들, 크리스마스트리, 사슬 톱이 멋대로 쌓여 있었다. 그런가 하면 부서진 유모차도 보였다. 그런 물건들이 왜 거기 있는지 참 이상했다. 빈 책장 옆에 놓인 기다란 간이침대가 내 침대였다.

편하게 쉬어. 저 창은 고칠 건데 이번 주에 삼촌이 바빴어. 욕실은 들어올 때 보여준 거 기억하지?

나는 고개를 끄덕였다.

천천히 해. 준비되면 내려오고.

계단 꼭대기에서 하리 삼촌의 머리가 빠끔히 들어왔다.

네 여행가방.

나는 달려가 그걸 받았다.

트리니다드처럼 크진 않지만 그래도 집이란다. 여기 이층은 네 방이고. 아무도 올라와 귀찮게 굴지 않을 거야.

내색은 안 했지만 우리 집에서 나는 퀸사이즈 침대와 책상과 커다란 선반들을 갖고 있었다. 차고 옆의 창고도 이보다는 나았다. 나는 여행가방을 열어 어머니가 싸준 음식들을 그들에게 건넸다. 하리 삼촌 눈이 휘둥그레졌다.

야, 이건 뭐 독립기념일, 추수감사절, 크리스마스가 한꺼번에 찾아온 셈이구나. 셰리, 조금 꺼내 데워봐.

엄마의 음식을 싸 들고 오기 싫었지만 지금은 그러기를 잘했다 싶었다. 트리니다드의 가정식 카레에 하리 삼촌이 저렇게 기뻐할 줄 누가 알았겠는가!

그들이 내려가자 나는 알 수 없는 기분으로 침대 위에 앉았다.

내 머릿속 뉴욕은 반짝이는 마천루들과 휘황한 네온 불빛 가득한 빅애플이었다. 형편이 어렵다고 하리 삼촌이 말하기는 했어도 이 정도일 줄은 몰랐다. 열심히 일만 하면 새로운 삶을 꾸릴 수 있다고도 했었다. 뭐, 이제 이렇게 이곳에 왔다. 월요일 아침에는 사회보장번호가 있냐는 등등 이것저것 캐묻지 않는 조촐한 일자리를 알아볼 계획이다. 뉴욕아, 내가 왔다.

## 베티

피아르코 공항에서 집에 돌아오는 길, 체탄 씨도 나도 두어 마디 이상은 하지 않은 것 같다. 정신이 하나도 없었다. 오래전, 내가 아주 어렸을 때는 토바고에 가는 것조차 큰 행사였다. 누가 여행을 간다 하면 공항 환송 홀에 줄지어서 배웅하곤 했었다. 아버지가 남자형제 둘과 나를 그런 데 데려간 적이 몇 번 있었다. 우리는 환송 홀에 앉아 산들바람 속에서 뜨고 내리는 비행기들을 지켜보았다. 기적처럼 우리도 비행기를 타게 되면 어디로 갈지를 놓고 대판 논쟁이 벌어지기도 했다. 나는 언제나 영국이었다. 그 나라의 켄트라는 곳에 사는 친척이 있다. 오빠는 캐나다에 가고 싶어 했는데 용케도 지금 에드먼턴에 산다. 한번 떠나서 돌아오지 않았다. 남동생은 트리니다드 밖으로 나가본 일도 없을 것이다. 대마초로 머리가 맛이 다 갔다.
공항 신축과 함께 환송 홀이 사라졌다. 오늘은 터미널에서 작별인사를 했다. 나는 내 아들이 게이트를 제대로 찾아가서 부디 팀북투행 비행기에 오르는 일이 없게 해달라고 기도를 올렸다. 똑똑한 녀석이니 그런 실수는 안 했겠지만. 그리고 혹시 헷갈려 비행기를 놓쳤다면 이미 전화했을 거였다. 하지만 아이와 만났다는 하리 전화를 받기 전까지는 마음이 갈피를 못 잡을 것 같다.
솔로는 보통 내가 볼 수 있는 곳에 있다. 하지만 이제 어른이 되어간다. 숨 막히도록 적막한 집에 익숙해져야만 할 것이다. 밤낮 아이패드에 머리를 박고 있기는 할망정 적어도 이 집 안에 살던 아이인데, 어떻게 해야 좋을지 모르겠다.
자유의 여신상, 엠파이어스테이트 빌딩, 센트럴 파크… 내 아기가 그것들을 볼 것이다. 삼촌과 사촌들을 만난다는 사실에 잔뜩 부풀어 있었는데 모쪼록 다들 아이에게 친절히 해주다 무사히 보내주길 바랄 뿐이다. 미국은 내 아이에게 온갖 나쁜 짓을 저지를지 모를 악당들로 가득한 곳이다. 하지만 하나님은 사랑이시라 우리 기도모임이 솔로를 기도대상에 포함해주었다. 며칠 전에는 프롬나드의 천주교회 앞을 지나다 살짝 들어가 촛불을 밝히기도 했다. 신의 중재에 관해서라면 누구의 신이라도 좋다. 동정녀 마리아의 축복을 받아 나쁠 게 무엇인가!

그리고 누가 푸자puja•라도 한다면 나는 맨 앞줄 가운데 앉아 브라마, 크리슈나, 비슈누에게 내 아들을 보살펴 달라고 기도할 것이다. 아이가 안전하게, 양키 말씨 같은 게 들러붙지 않은 채 돌아와 주었으면 좋겠다.

물론 눈 깜짝할 사이에 돌아오겠지만 마음이 싱숭생숭하다. 체탄 씨를 한참이나 끌어안고 거창하게 작별 입맞춤도 해준 아이가 뒤이어 다가간 나는 밀쳐냈다. 내가 창피했던 거다. 나이 탓도 있지만 그게 다는 아니다. 솔직히 그런 행동이 놀랍지도 않았다. 제 아버지 일을 알게 된 후 일 년 남짓한 기간 동안 아이는 내게 허를 찔리지 않는 한 나와 껴안거나 하지 않았다. 아들에게 엄마에 대한 일말의 정이 남아 있다면 그건 보이지 않는 곳에 숨겨져 있을 것이다. 세상을 좀 더 보고 오면 삶이 어떤 것인지 이해하게 되리라 기대해본다. 그리고 시간이 흐르면서 차차 치유될 수도 있다. 우리에겐 치유가 정말로 필요하다.

한 시간이 못 되어 우리는 샌퍼난도의 고요한 집에 돌아왔다. 체탄 씨는 물을 한잔 마시고는 방에 들어가 문을 닫았다. 나는 정원을 살펴보러 나갔다. 몇 달 전에 볕이 좋은 차고 옆에 익소라ixora를 심었다. 대부분 붉은 익소라를 심지만 그건 내 취향이 아니다. 내 익소라는 밝고 밝은 주황색 꽃을 며칠씩 예쁘게

• 힌두교의 예배.

피워낸다. 그런데 이파리 한두 개에 노란 반점들이 보였다. 비료 한 줌이면 다 나을 것이다. 벌레 먹은 이파리들을 줍는데 아기 웃는 소리가 들렸다. 옆집에 손님이 온 모양이었다. 말소리는 잘 안 들렸지만 몇 초에 한 번꼴로 아기가 웃음을 터뜨렸다. 말도 못 하게 귀여운 소리였다. 세상 최고의 소리를 고르라면 나는 단연코 아기 웃음소리를 고를 것이다.

어쩌면 내 아기가 이제 청년이 되어 그렇게 크게 웃지 않기 때문일지도, 솔로가 자꾸 오로지 혐오의 눈빛으로만 나를 바라보기 때문일지도, 아이가 이제 떠나버렸기 때문일지도 모르겠지만, 갑자기 눈앞이 흐려졌다. 눈물이 솟구치며 뺨을 적셨다. 솔로를 집으로 데려온 그날은 오늘처럼 무척 청명했다. 2.8 킬로그램의 체중. 우리는 이 조그만 아기를 어떻게 돌봐야 할지 전혀 알지 못했다. 첫 한 주 동안 수닐은 혹시 솔로가 숨을 멈출까 봐 겁이 나서 눈도 감지 못했다. 당시 찍은 사진이 있다. 아직 생후 한 달도 안 된 솔로는 완벽 자체다. 조그만 양말이며 조끼는 인형 옷에 다름없었다. 사진 속에서 수닐은 한없이 자랑스러운 표정으로 아기를 안고 있다. 매일 일을 마치자마자 집으로 달려와 옷을 갈아입히고 산책을 데리고 나갔었다. 자기를 빼닮았다며 이웃 사람들에게 보여주기를 그 무엇보다 좋아했었다. 아아, 그때는 삶이 그리 뒤바뀔 줄은 상상조차 못했다. 다시 눈물이 맺혀왔다. 허름한 플라스틱 의자를 체넷chenette 나무 아래 끌어다 놓고 어둑해질 때까지 거기 앉아 있었다. 나도 모르게, 누가 듣고서 드디어 미쳤구나 하지 않도록, 나지막한 소리로 노래를 부르기 시작했다.

자장자장 귀여운 아가야
엄마는 아가 주려고
알사탕을 사러
시장에 나갔단다

내 꼴을 보라. 남편은 죽고 아이는 홀로 세상으로 나갔다. 베티, 이제 넌 어떻게 살래?

## 솔로

출근 준비로 쿵쾅대며 집안을 오가는 소리가 들렸다. 이언과 캐서린은 누가 화장실을 더 오래 썼나를 놓고 티격태격하고 있었다. 셰리는 맨해튼의 의사 집안 보모 일자리에 가느라 법석을 떨면서도 하리 삼촌에게 맨날 늦게 들어온다고 바가지를 긁었다. 만약 지나가는 여자에게 눈길이라도 주다 걸리면 뼈도 못 추릴 것 같았다. 하리 삼촌은 반박하지 않았다. 다만 오렌지 주스 큰 통을 사온 게 겨우 어제였는데 좀 마시려고 냉장고를 열었더니 한 방울도 안 남았더라는 불평이 전부였다. 여덟 시쯤 노크와 함께 하리 삼촌이 내 방문을 열었다.

얘야, 잘 잤냐?

네, 삼촌.

우리는 모두 출근하니까 집에서 푹 쉬어라.

일자리를 알아보고 싶은데요.

서둘지 말고. 내가 좀 알아보마. 걱정 말아라.

그가 한 발짝 들어와서 방안을 둘러봤다.

필요한 거 더 없고?

네, 없어요. 아주 좋아요.

이따 산책 좀 해라. 나가서 어디 뭐가 있는지 봐 두면 좋지. 스톱앤숍Stop&Shop, 지하철, 우체국, 그런 곳들 말이야. 멀리는 가지 말고.

집 밖으로 나가서 왼쪽으로 꺾어요? 아니면 오른쪽으로?

어느 쪽으로 가든 조금만 걸어가면 대로가 나올 거야.

알겠습니다.

그리고 이미 말했지만 네 집이라고 생각하고 편안하게 지내라. 냉장고에 먹을 게 있고 텔레비전도 있어. 며칠 지나면 자리가 잡힐 거야.

현관문이 네 번째 쾅 닫혔다. 몸이 느슨해졌다. 그렇게 긴장하고 있었나, 나 자신도 깜짝 놀랐다. 그 집 식구가 모두 나가고 없었음에도 나는 왠지 살금살금 집안을 훑어봤다. 배가 고프지도 않았지만 냉장고도 열어보았다. 하리 삼촌 말마따나 오렌지주스는 없었고 대신 아래 칸 안쪽에 저당 크랜베리주스가 있었다. 괴상한 주황색 치즈가 썰려 있었다. 우리 집에서는 '뉴질랜드 체다'라고 적힌 노란색 덩어리 치즈를 먹었다. 이 집 사람들은 우유도 다양하게 사서 먹고 있었다. 두유, 이 퍼센트 저지방 우유, 딸기 맛 우유까지 있었다. 우리 집에서는 고온살균 우유만 먹었다. 분홍색 딸기 맛 우유를 조금 맛보았는데, 웩, 역겨웠다. 나는 입을 두 번 헹궜다.

코딱지만 한 거실로 가서 소파 위에 앉았다. 어젯밤에는 모두 여기 모여서 〈로 앤 오더Law&Order〉를 보며 엄마가 싸 보내준 음식을, 주로 이 집 식구들이, 먹었다. 나는 엄마가 만든 것에는 손도 안 댔다. 뭔가 다리를 찔러서 보니 소파의 천을 뚫고 용수철이 튀어나와 있었는데 잘못하면 제대로 베일 수도 있었다. 게다가 실내는 온통 먼지투성이였다. 세간도 여기저기 너무 많았다.

백 개는 될 채널을 넘겨보았다. 나오는 소리마다 움찔 겁을 먹었다. 왠지 일주일은 자야 할 만큼 몸이 피곤했다. 사람들은 일터를 찾아가고 있는데 나는 엉금엉금 내 간이침대로 기어들어갔다.

*

온종일 집에만 있었다고? 문을 열고 나가서 뭘 보지도 않았어? 왜 그러는데? 누가 너한테 해코지라도 할까 봐 그래?

나는 대답하지 않았다. 셰리가 냉장고를 열고 각종 야채를 꺼내기 시작했다.

엄마에게 전화는 드렸어? 삼촌이 그러라고 하는 것 같던데.

아니요. 체탄 씨가 전화를 해와서 통화 좀 했는데 엄마하고는 안 했어요. 내일 해보려고요. 지금은 집에 안 계셔요.

월요일 저녁 여덟 시에 집에 안 계신다고? 되게 미인이신가?

월요일에 교회모임이 있는데 절대 안 빠지세요. 본인보다 엄마가 교회 대장이라고 목사님이 그러셨어요.

그리고 그 체탄 씨, 하리 말이 세입자라던데 맞니?

가족이나 다름없어요.

엄마하고 애인 사이야?

아니요.

확실해?

네.

네 마음에는 들고?

네.

뭔가 숨기는 것 같은데. 네 엄마 애인 맞네.

전혀 그런 거 아니에요.

네가 아니라면 아니겠지.

*

하리 삼촌 얼굴에 답답한 빛이 어렸다. 오늘은 꼭 동네를 돌아 보겠다고 했지만 정말이지 바깥 풍경이 너무 마음에 안 들었다. 마지못해 목욕을 하고 운동화를 신었다. 창밖을 내다보니 길 건너편에 경찰차가 서서 내가 모르는 무언가를 기다리고 있었다. 또 다른 경찰차가 지나갔다. 집 안에 처박혀 있는 것이 안전하다 싶었다. 하리 삼촌이 입가를 찡그렸다.

경찰차를 한 번도 못 본 듯 구는구나. 이곳은 사방이 경찰 차야. 그렇다고 다짜고짜 너를 잡아가기라도 할 것 같으냐?

우리 동네에서는 나쁜 일이 생겨야만 경찰차가 나타난다고 말하고 싶었다. 길모퉁이 큰 주황색 집에 도둑이 들었던 그때처럼.

여기서 이십 년을 산 사람으로 장담하는데 트리니다드보다 안전한 곳이란다. 그래, 예전에는 아니었지. 스톱앤숍에 가면 눈을 내리깔곤 했으니까. 이젠 아니야. 안전하거든. 게다가 경찰차가 지나다니며 점검해주면 말썽부리는 범죄자들도 꼬이지 않고 오히려 좋은 거야.

셰리가 휴대전화를 보다 눈을 들었다.

하리, 그러지 말고 애를 데리고 나가 스톱앤숍이 어디 있는지 보여줘요. 그거는 알고 있어야지.

길 끝에 닿기도 전에 부서진 아스팔트에 엄지발가락을 두 번이나 찧었다. 가로등이 절반 넘게 작동하지 않는 것 또한 놀라웠다. 미국처럼 부자 나라에서는 전구가 나가자마자 정부가 고쳐주는 줄 알았다.

대로에서는 파란색 버스들이 쌩쌩 달렸다. 버스로 다녀야 하니 특히 근처에 정차하는 Q8번과 Q24번을 잘 봐두라고 하리 삼촌이 말했다. 트리니다드에서는 한 번도 버스를 타보지 않았다. 단 한 번도. 친구들도 마찬가지였다. 버스는 심지어 싸구려 중고 일본차조차 없는 사람들이나 타는 거였다. 그러나 그러는 게 여기 사람들 방식이라면 뭐 어쩔 수 없었다. 이제부터는 버스를 타는 거다.

그렇게 함께 돌아다니며 하리 삼촌이 이것저것을 내게 보여주었다. 휘황하게 불 밝힌 카페 앞에서 삼촌이 손을 잡아끌었다.

쫄깃한 계피빵 먹어본 적 있냐?

내가 고개를 가로저었다.

우리 여기 왔다고 식구들에게 이야기하지 마라. 당뇨가 있어서 사실 이런 단 음식 먹으면 안 되거든.

당연한 말씀이죠.

내가 입에 지퍼 잠그는 시늉을 해보였다.

셰리가 원하는 대로 가면 붉은 고기도 독주도 빵도 오렌지 주스도 죄다 못 먹는 거야. 하지만 나는 맘껏 이야기하고 웃고 행복하게 살라고 하나님이 우리를 이 땅에 내려놓았다고 생각하거든. 비참하게 백 년을 사느니 몇 년 덜 사는 편이 낫지.

계피빵이 하도 커 하나를 나눠 먹을 줄 알았는데 오산이었다. 하리 삼촌은 다른 것은 몰라도 먹을 건 절대 나누지 않는다고 말했다. 화나면 어쩌는지 보고 싶거든 자기 접시에 손을 뻗으라는 거였다.

마야로의 제과점에서 사 먹던 당의빵하고 맛이 비슷해. 네 아빠하고 내가 캠핑 간 이야기 들어봤냐?

내가 고개를 흔들었다.

아버지에 대해서 아는 게 별로 없어요.

내가 열네 살이었으니 네 아빠는 열일곱쯤 됐을 때야. 어떻게 부모님을 설득했는지 모르겠는데 어쨌든 캠핑을 가도 좋다고 허락하셨어. 우리 둘만 말이야. 아직도 내 인생 최고의 한 주로 떠올리곤 한단다. 해변에 텐트를 치자마자 근처 집에 와서 지내던 웬 미국 소녀들을 만났어. 자매 둘이었는데 일주일 내내 그 애들과 놀았지. 그 집에 저녁식사 초대를 받아 가기도 하고. 여자애와 처음으로 혀로 키스도 했지. 돌아갈 때는 어른이 다된 느낌이었어.

아버지 이야기를 하고 있자니 기분이 묘했다. 궁금한 것이 백만 가지였지만 어디서 시작해야 할지 몰랐다.

수닐이 그 소녀 중 하나와 텐트에서 단둘이 시간을 꽤 보냈거든. 그런데 아무리 캐물어도 같이 잤다는 말은 안 하지 뭐냐!

하리 삼촌이 계피빵을 한입 물었다.

내 생각은 말이다, 솔로. 첫 경험이라 내게 말해주지 않았을 거야. 지금 생각해 보면 그 소녀는 경험이 좀 있었어. 수닐은 아니었지. 어려서부터 정말 미남이었어. 그 뭐냐, 발리우드 스타 같았다니까.

아버지의 얼굴을 머릿속에 떠올리려 해보았다. 나, 엄마, 아버지가 언덕을 오르는 모습이 들어왔다. 샌퍼난도 힐 같다. 달콤한 미풍이 불고, 푸르디푸른 잔디밭도 보였다. 꼭대기에서 엄마가 사진을 찍자 했다. 아버지가 나를 꼭 끌어안았다. 머리가 아버지의 다리에 닿는 꼬마인 나는 아버지의 무릎을 잡고 매달렸다. 우리는 행복했다. 틀림없이 행복했다.

삼촌과 나는 둘 다 계피빵 먹기에 집중했다. 손가락에 묻은 당의를 핥았다.

맛있냐? 정말로 맛있다고 내가 그랬지?

묻지도 않았는데 하리 삼촌이 뉴욕에 이주했던 시절 이야기를 해줬다. 서류 수속이 빠른 요즘과 달리 시간이 오래 걸렸다고, 세인트 빈센트St Vincent 동업자가 사회보장국에서 일하는 여자를 제대로 구워삶았다고, 모든 게 컴퓨터로 관리되는 지금은 있을 수 없는 이야기라고, 오백 달러가 들었는데 요새 돈으로 오천 달러는 되겠지만 평생 최고의 투자였다고, 아직까지도 그 때 그 사회보장번호를 사용하는데 아무렇지 않다고, 캐서린과 이언은 미국에서 태어났으므로 걱정 없다고 했다.

처음 왔을 때 도와주는 사람이 하나도 없었단다. 물론 트리니다드에 있는 사람들에게 내가 말은 안 해도 굉장히 힘들었어. 내가 닦은 변기를 다 세어보면 어마어마할 거야. 청소 일, 주방 일, 잔디 깎기, 가리지 않고 한 끝에 정착할 수 있었다.

하리 삼촌, 저도 무슨 일이든 두려워하지 않고 해낼 거예요.

그건 두고 봐야지. 여태 넌 곱게만 자랐으니. 얼마나 편안하게 산 건지 넌 몰라. 다시 말하는데 너는 지금 신분이 없어. 양복 빼입고 사무실 같은 데서 일할 거라는 생각은 버려.

알아요.

그리고 너희 모자 사이에 무슨 일이 있었는지 모르지만 서두르지 말고 우선 뉴욕이 마음에 들기나 하는지 살펴봐.

여기 머물기로 마음을 정했어요.

그건 지금 생각이고. 강추위 한번 겪어보고 말하자.

하리 삼촌은 며칠 굶은 듯 게걸스럽게 계피빵을 먹었다.

네 아빠도 아닌데 훈계한다고 생각할지 몰라도 수닐이 살아 있다면 네가 학업을 마치기를 원할 거라고 생각해. 나는 형만큼 머리가 좋지 않아 다른 길을 택해야 했지만. 여섯 달 지내면서 돈을 좀 모은 다음 집에 돌아가 자격증을 따는 게 최선일 거다.

몰라서 하는 소리지. 나는 창밖으로 지나가는 사람들을 바라보았다. 모두가 목적이 있었다. 어디로 갈지 다들 알고 있었다. 하리 삼촌 말고는 누구에게도 나는 세상에 없는 사람이었다.

저는 트리니다드에서 살 수 없어요. 지금은 그래요.

하리 삼촌이 혀로 입술을 핥았다.

미국도 만만한 곳이 아니야. 물가도 비싼 데다.

가슴이 철렁 내려앉았다.

일해서 돈을 벌면 바로 방세를 낼게요.

그가 이빨 틈에 낀 빵조각을 보이며 미소를 지었다.

잘 들어라. 나는 너에게서 아무것도 원하지 않아. 너는 내 조카고 아들이나 다름없어. 내 집에 사는 동안 단돈 일 센트도 낼 생각 말아라. 누가 뭐라든 내 생각은 변하지 않는다.

그가 손가락을 핥으며 싱긋 웃어 보였다.

너를 볼 때마다 수닐이 떠올라. 정말로. 특히 눈이. 너무 닮아서 소스라칠 지경이라니까.

어린 시절 아버지 사진 갖고 계신 거 있어요?

사진첩이 어디 있을 텐데, 글쎄, 어디 있을지 모르겠구나. 본 지가 하도 오래돼서 말이야.

하리 삼촌이 그걸 꼭 찾아 보여주게 할 테다.

그건 그렇고 동업자 데니스와 이야기를 해봤단다. 조카 녀석이 찾아왔는데 중노동은 해본 적 없고 하지만 어디서든 시작은 해야 하지 않겠느냐고 말이다. 걱정 말라더구나. 건축일 마무리 중인데 페인트칠 할 인부가 필요하다고. 해보고 싶으냐?

페인트칠요? 지난 크리스마스에 우리 집 페인트칠을 누가 했는데요!

그의 눈썹이 올라갔다.

정말이냐?

내가 고개를 끄덕였다.

제법이네. 집안일도 돕는다니 좋은 일이야.

사회보장번호를 요구할까요?

에이, 아니야. 그런 거 필요 없어. 일당 칠십 달러야. 현찰로.

그가 내게 손가락을 흔들었다.

절대 말썽은 부리지 마라. 사람들이 시키면 뭐든 다 하고.

당장 내일 아침에 시작할 수 있어요.

너 스타일 마음에 든다. 아 참, 그 체탄 씨라는 사람 이야기 좀 해봐라. 베티하고 그렇고 그런 사이냐?

*

금요일에 급료를 받았다. 나흘 치 수당, 미화 이백팔십 달러를 현찰로. 두둑한 돈이었다. 체탄 씨에게 문자를 쳤다. 내가 일을 한다니 아저씨가 놀랐다. 그냥 명절 동안만 하는 거라고 대충 넘겼다. 흠, 어깨가 무척 쑤셨지만 그만한 보람이 있었다. 그리고 왠지 일이 맘에 들기도 했다. 손목이 아프고 어깨가 돌덩이처럼 뭉치지만 아무 생각도 나지 않았다. 트리니다드, 엄마, 심지어 체탄 씨조차 머릿속에 들어오지 않고 정신이 그냥 백지 같았다. 데니스는 나를 그레나다인과 함께 일하게 묶어주었는데 다행히 그 사람도 말이 많지 않았다. 아침에 라디오를 켜서 온종일 1980년대 음악을 들으며 일했다. 위층 인부들과 한 조가 안 된 게 얼마나 다행인지. 그들은 아주 큰 소리로 늘 욕설을 해댔다. 하나같이 서인도제도 사람들이었다. 그러고 보니 여기 와서 백인은 한 명도 못 만났다. 우리가 사는 동네? 거긴 더했다. 주로 트리니다드인과 자메이카인들이었고 이따금 바베이도스 말씨도 들려왔다.

솔로, 데니스가 얼마 주니?

대답이 나오기도 전에 하리 삼촌이 손을 들어올렸다.

셰리, 참견이 너무 많군. 아이가 얼마를 받건 개인적인 문제야.

흠, 그럼 뭐 식대도 방세도 안 거드는 거예요?

이 집주인이 난 줄 알았는데 아니었나?

저렇게 다 큰 애를 왜 내가 보살펴야 하는데?

지금은 아냐, 셰리.

지금은 아냐, 셰리? 왜 지금은 아닌데? 아이가 명절 쇠러 온다고 그러더니 막상 도착하고 나니까 얘기가 달라지잖아요. 여섯 달을 살 거면 방세하고 식대 정도는 내야 맞지. 내 말 틀려요?

네, 셰리 숙모.

너는 빠져라, 솔로.

봐요, 애가 나서서 좀 내겠다고 그러잖아요. 공짜란 없는 나라라는 걸 얘도 아는 거예요.

하리 삼촌의 얼굴이 구겨졌다. 그가 자리에서 일어났다.

셰리, 방으로 좀 와.

텔레비전 보고 있어요.

방으로 오라니까.

왜 쓸데없이 폼을 잡고 저런대?

그녀가 눈을 굴렸다.

알았어요, 알았어. 기다려. 지금 가요.

나는 발소리를 죽이며 내 방으로 올라갔다. 그들의 방문을 지나며 귀를 기울여봤는데 아무 말도 알아들을 수 없었다. 겨우 밤 아홉 시였지만 잠자리에 들었다. 지난 한 주 동안 쌓인 피로가 온몸을 덮쳤다.

이튿날 아침 아래층에 내려가 보니 캐서린이 부루퉁한 표정으로 달걀 스크램블을 만들고 있었다. 이른 아침이었고 부스스한 머리를 질끈 묶었지만 보조개도 그렇고 귀여운 모습이었다. 줌바Zumba 중독이라고 했다. 이언과 하리 삼촌이 아침식사를 기다리고 있었다.

안녕히 주무셨어요?

잘 잤냐, 솔로? 여기 앉거라. 시간에 잘 맞춰 왔구나.

이언이 나를 째려봤다. 트리니다드에 살았다면 절대 이언이라고 불리지 않을 거였다. '슬림스' 또는 '슬림맨'일 거였다. 먹성은 상당한데 야윈 체격이었다. 살짝만 부딪쳐도 반 동강 날 것 같다. 나도 그런 소리를 듣는 걸 보면 집안 내력인 모양이다.

도와줄까, 캐서린?

식탁에 포크들을 좀 놔줘. 맛있는 냄새 나지?

내가 미소 지었다.

셰리 숙모는 어디 있어? 숙모 것도 놓을까?

캐서린이 달걀을 접시 네 개에 나눠 담았다. 아무도 말이 없었다.

아직 주무시나요?

하리 삼촌이 한숨을 내쉬었다.

셰리는 집에 없단다. 어디 갔는지 나도 모르겠구나.

## 베티

일찍 잠에서 깼다. 머리가 지끈거리고 콧물이 줄줄 흘렀다. 버스에 치이기라도 한 듯 몸이 천근만근이었다. 설상가상으로 솔로가 아기로 나오는 끔찍한 꿈을 꿨다. 아무리 달래도 줄기차게 울어댔다. 내가 엄마 자격이 없다며 어떤 여자가 아이를 데려가려고 했다. 나는 침대 옆 탁자 위를 더듬어 전화기를 찾았다. 전화기가 없었다. 일어나자 몸 안의 뼈 마디마디가 쑤셨다. 어쩌다 전화기가 침대와 탁자 사이에 빠진 건지 나도 모른다. 바닥에 납작 엎드린 끝에 그 망할 것을 간신히 꺼냈다.

문자가 세 개 떠 있었으나 솔로 것은 없었다. 무슨 꿍꿍이속인지 하나님만 아신다. 코를 세게 풀었더니 고맙게도 왼쪽 귀가 뻥 뚫렸다. 어젯밤까지도 체탄 씨에게 솔로가 문자를 보내왔는지 물었다. 아니라는 대답이었다. 그 남의 나라에서 그냥 살 수 있다고 생각하는 것인가? 당장 뉴욕으로 날아가 데려와 앉혀 놓고 싶지만, 그럼 더 나빠질 뿐이라고 체탄 씨가 말렸다. 맞는 말일 것이다. 솔로도 이제 다 컸다. 아무것도 강요할 수 없다.

아이쿠, 머리가 깨질 듯 아프다. 욕실까지 몇 발짝 옮기는데 까무러치는 줄 알았다. 감기약 병은 거의 비어 있었다. 세면대 옆에 보통 물컵을 놓아두는데 그게 없었다. 부엌에 갖다 놓았던 모양이다. 방에서 나갈 힘은 도저히 없다. 수도꼭지에 입을 대고 알약을 삼켰다. 수건은 어디 갔지? 이렇게 나는 오늘 무능력자다. 잠옷자락으로 입과 손을 닦았다. 정녕코 하나님은 사랑이시라 쓰러지지 않고 침대로 돌아올 수 있었다.

특히 짜증스러운 것은 아무것도 할 기운이 없는데도 잠조차 제대로 자지 못한다는 사실이었다. 밤새도록 뒤척인 탓인지 이불이 몸에 돌돌 말려 있었다. 방이 몹시 추워서 봤더니 아니나 다를까 밤새 창문을 열어놓은 거였다. 쇠창살로 보강은 되어 있어도 위험한 일이었다. 요즘 도둑들은 쇠창살을 뜯는 장비를 갖고 다니거나 틈새로 총을 들이밀어 열지 않을 수 없게 만든다. 일어나 창문을 닫고 싶었지만 그럴 기운이 없었다. 정의의 신령이 알아서 닫아줬으면 좋겠다는 마음으로 나는 창을 노려보았다.

다시 잠에 빠져들었던지 말소리들에 잠이 깼다. 체탄 씨가 어떤 남자에게 나지막한 소리로 말을 하고 있었다. 두 명의 초등학생들처럼 키득거리며 발걸음을 옮기는 소리가 들렸다. 열쇠가 딸랑거리더니 현관 앞 보안 문이 끼익 소리를 내며 열렸다. 뭐라고 하는지는 알아들을 수 없었다. 내가 귀머거리가 되어 집 안에 남자를 들여도 모를 줄 아는 모양이다. 혹시 나도 아는 사람인가 궁금해질 즈음에 체탄 씨가 노크를 하고 문을 열었다.

나 때문에 깼어요?

아니에요. 들어와요.

신나서 깡충거리며 들어온 그가 내 꼴을 보고 얼굴빛이 변한다.

아직도 아파요?

아주 지겨워 죽겠어요. 이틀째 열이 떨어지질 않아요. 머리도 아프고, 콧물도 나고요.

파나돌 먹었어요?

조금 전에 누구랑 얘기하고 있었어요?

약은 먹은 거죠? 그냥 친구예요.

두 알 남은 파나돌 한 시간 전에 먹었어요. 누구 들어오는 소리 못 들었는데.

걱정 마요. 꿀이랑 레몬 넣고 생강차 새로 끓여올게요. 마운트 세인트 베네딕트 수도원에서 가져온 그 고급 꿀 있잖아요.

그가 침대 끝에 걸터앉아 내 이마에 이어 양쪽 뺨과 양쪽 목에 손을 댔다.

불덩이처럼 뜨겁네요.

추워 죽겠는걸요.

안 되겠어요. 열을 확실히 뿌리 뽑아야 해요. 하루쯤은 그러려니 하겠는데 너무 오래 가잖아요.

그가 일어났다.

찬물로 몸을 좀 씻어요. 나는 약국에 가서 뭐 다른 약이 있는지 알아볼게요.

미쳤어요? 지금 내가 일어나서 찬물로 샤워할 기운이 있는 줄 알아요?

열을 다스려야만 해요. 자 어서, 어서요.

나는 한숨을 쉬고 그의 손을 잡았다. 욕실에서 그가 샤워기를 틀고 물줄기에 손을 대본 다음 나를 바라보았다. 다시 한번 사정을 했다.

아 진짜, 샤워는 나중에 할게요. 열이야 이제 알아서 내리겠지.

그가 묻지도 않고 내 잠옷을 머리 위로 조심스레 벗겼다. 겨드랑이 제모를 언제 마지막으로 했는지 모르겠지만 콧구멍이 막혔어도 빅스 베이포럽Vicks VapoRub•이 땀과 범벅된 고약한 냄

---

• 기침 억제제로 쓰이는 연고.

새가 났다. 기운이 하도 없어 그조차 신경이 안 쓰였다. 팬티는 직접 벗었다. 그것까지 그에게 맡기고 싶지 않았다. 아픈 가운데서도 신기한 것은 가슴속의 찌릿한 감각이었다. 홀딱 벗은 내 알몸을 봐도 그는 아무렇지 않은데 말이다. 거북하지도 않고 괜한 짓을 했다는 후회도 없다. 나는 눈을 감고 샤워기 아래 몸을 숙이고 섰다.

맙소사! 지금 나 죽이려고 이래요? 물이 얼음장이잖아요.

찬물이 열을 내리는 데 효과적이에요.

말이야 쉽지.

그는 비누칠을 하는 동안에도 옆에서 얼쩡거리다 내가 샤워기를 끄자마자 보송보송한 새 수건을 갖고 달려왔다.

죽지는 않았어요. 내가 닦을게요.

그가 조심조심 내 등을 닦았다.

다시 들어가 눕기 전에 내가 침대 좀 정리할게요. 무슨 레슬링 시합이라도 벌어진 것 같아요.

아직 쑤시고 부들거리는 몸이었지만 적어도 냄새는 사라졌다. 새 잠옷을 꺼내입고 천천히 침대에 누웠다. 그는 생강차를 끓여다 준 다음 약국에 갔다. 아까 그 친구라는 사람은 누구였을까, 머리를 굴리다가 스르르 잠에 빠져들었다. 일 분이나 지났을까 싶었는데 어느새 체탄 씨가 돌아와 나를 일으켜 앉히고 노란색과 빨간색 캡슐 두 개를 식은 차로 삼키게 했다. 무슨 약인지 묻지도 않고 그냥 삼키고 담요를 덮은 채 곯아떨어졌다. 고맙다는 말도 안 했을 것이다.

잠깐 깼다 다시 잠들기를 온종일 반복했다. 오후 늦게야 간신히 눈을 제대로 뜨고 봤더니 체탄 씨가 램프 옆 낡은 모리스 Morris 안락의자에 앉아 〈선데이 뉴스데이〉를 읽고 있었다. 시트도 베갯잇도 모든 게 축축했다. 잠옷은 비라도 맞은 듯 푹 젖어 있었다. 아직 기운이 없었지만 전만큼 아프지는 않았다.

몸 좀 어때요? 완전히 나가떨어졌던데.

코 골았어요?

그냥 곤 정도가 아니라 죽은 사람이 놀라 일어날 만큼 요란하게 골았죠.

아, 도대체 무슨 약을 준 거예요? 사람을 기절시키고 말이야. 몇 시예요, 지금? 온종일 잔 거예요?

네 시 거의 됐어요. 이렇게 곤히 자는 모습은 처음 봤어요.

나는 침대에서 빠져나오려고 담요를 밀어냈다.

일어나려고 하지 말아요. 배고파요?

옥수수 수프 좀 데워주겠어요? 일어날 거예요. 옷 축축한 거 보이죠? 시트도 다 젖었고. 전부 다 축축해요.

땀으로 열을 몸 밖에 내보냈으니까요.

그가 방을 나가자 나는 수건으로 몸을 닦고 낡은 실내복을 입었다. 천천히 시트를 벗겨내어 빨래바구니에 던져넣었다. 위장이 비명을 질러댔다.

우리 둘은 부엌에 앉아 밥을 먹었다. 그의 성적 취향을 드러내주는 명백한 증거를 놓친 게 있었는지 아직도 종종 뜯어본다. 음식을 잘 만든다는 사실에서 눈치를 챘어야 옳았을까? 아니, 그것은 그 정도의 단서는 못되었다. 흐물흐물한 성기가 바로 그것이었다.

많이 먹어요, B 양. 내 앞에서 쓰러지지 말고. 샌퍼난도 종합병원에서 일요일 저녁을 보내기는 싫으니까요.

당신이 애인이라도 생겨 떠나버리면 어떻게 살지 모르겠네요.

왜 그런 생각을 해요?

그냥 요새 좀 소외된 느낌이 들어서요. 당신에게는 남자가 드나드는 것 같고.

그가 얼굴을 붉히며 눈길을 돌렸다.

우리 사이에는 아무도 들어오지 않아요.

나는 미소를 지으려 했다. 그걸 오롯이 믿은 적이 있었다. 지금은? 안심할 수가 없다. 그는 내가 모를 어딘가에서 시간을 보내다 밤늦게 들어오곤 했다.

알았어요. 나는 다시 들어가 누울게요.

체탄 씨가 내 빈 그릇을 집었다.

감기약 두 알 더 먹어요. 뭐 더 필요한 거 있어요? 생강차 더 줄까요?

아니, 됐어요. 고마워요.

오늘밤 외출할 생각이었는데 안 나가도 괜찮거든요.

잘생긴 남자랑요?

아니, 잠깐. 지금 질투해요?

조금요. 이따금요.

번들거리는 내 이마에 그가 입을 맞췄다.

당신이 언제나 제일 우선이에요. 알아들어요?

그래요. 자 나가서 좋은 시간 보내요. 뭔 일 있으면 전화할 게요.

약속?

약속.

## 체탄 씨

이틀 연속 장대비가 쏟아지는 바람에 아파트에 갇혀 따분하게 지냈다. 이사를 나온 것은 잘한 결정이었으나 타이밍이 좀 별로였다. 하기야 언제든 좋은 타이밍은 없을지도 몰랐다. B 양과 나는 자유롭게 다른 사람들을 만날 수 있어야지 그렇지 않았다간 섹스 없는 결혼에 사로잡힌 것이나 다름없을 터였다. 우리 둘 다에게 숨 쉴 공간이 필요했다. 솔로의 속셈을 알면 그녀도 나도 좀 더 편안할 텐데. 벌써 몇 달 전 돌아왔어야 할 아이였다. 모쪼록 다시 보게 되기를. 아이 엄마야 당연히 애가 애타게 그립고 나 역시 그 애가 보고 싶지만, 그래도 나는 연락이나마 주고받는다.

평소와 같이 인터넷에서 놀다가 그 얼굴을 접하고 충격을 좀 받았다. 조금 더 늙어 보이기는 했지만 그가 맞았다. 턱 한가운데 고혹적으로 파인 그 홈이 눈에 띄었다. 틀림없이 그였다. 포인트포틴에서 태어나 이슈마엘 고등학교를 나오고 그처럼 섹시한 턱을 가진 마니 부두싱이 페이스북에 또 있다는 헛소리는 하지 마라. 감이 좋았다. 서인도제도대학 세인트 오거스틴 캠퍼스에서 공부했구나. 그렇지. 카리브 맥주회사에서 일하고. 것도 그럴 법하다. 관계 상태는? 답변이 없다. 참, 본래 잘생긴 녀석이었지만, 지금은 우와! 멋진 콧수염 하며 제대로 손질된 저 턱수염은… 화면에 입을 맞출 뻔했다. 나와 동갑임에도 훨씬 젊은 나이로 거뜬히 통할 얼굴이었다. 체격 또한 그렇다. 헬스클럽과 아주 친한 것이 분명하다. 나도 운동을 좀 시작해야겠다. 또 하나 틀림없는 사실은 현재 직업에 무척 만족하고 있다는 거였다. 올린 사진의 거의 전부가 카리브 맥주와 관련된 것이었다. 카리브 맥주를 마시거나, 카리브 맥주 티셔츠를 입거나, 심지어 흥청망청 술판이 한창인 카니발 행사에서 마첼 몬타노Machel Montano가 무대 위에 서 있는 사진에서는 카리브 맥주 행주를 흔들어대고 있었다. 꽤 신나게 사는 듯했다.

공연한 사달을 일으키지 말아야 한다는 건 알지만, 세상에, 이건 포인트포틴 출신의 그냥 아무개가 아니었다. 이건 마니, 나의 마니였다. 사랑에 빠져 상사병을 앓게 했던 바로 그 마니였다. 갓 고등학교에 들어와 으쓱해져 있던 무렵 우리는 포인트

아피에르의 야생조류 보호원으로 학교 소풍을 갔다. 그날 온종일 아주 가깝게 지냈던 것이 아직도 기억난다. 손끝만 살짝 스쳐도 가슴이 터질 것만 같았다. 마니와 나는 고등학교에 다니는 내내 등하교 짝꿍이었다.

정작 궁금한 내용들은 소셜미디어상에 공개되어 있지 않았다. 상하좌우로 스크롤하며 타임라인을 살펴봤지만 전면에 내세운 여자나 아이는 없었다. 그것만 해도 상당한 정보였다. 아주 짧은 머리에 꼭 끼는 옷을 입은 여자가 자주 나타났다. 헤이즐이라 태그되어 있었다. 아주 성가신 여자아이로 기억에 남은 여동생 헤이즐인 모양이었다. 우리가 뭘 하고 있든 항상 놀아달라고 귀찮게 굴었었다. 그건 그렇고 헷갈리는 건 꽤 여러 사진에 등장하는 장신의 흑인 남자였다. 패트릭 머피라고 태그되어 있었다. 헤이즐과 찍은 것도 있었지만 마니와 찍은 것도 제법 되었다. 헤이즐의 남자 친구일까? 흠, 그건 아니다. 혹시 그럼 마니의 빌어먹을 남자 친구? 대체 이 패트릭이란 자가 마니의 삶과 어떤 연결점이 있는 건지 알아내려고 포스팅과 사진과 '좋아요'들을 모두 뒤져보았다. 그를 만나보지도 못하고 환상을 깰 수는 없었다. 이게 정말 남자 친구라면 마니의 첫 경험에 대해서 알고 있을까? 내가 그 자리에 있었으니 소상히 알려줄 수도 있다. 열다섯 살, 욕망에 가득할 뿐 서툴렀었다. 먼저 입을 맞춘 건 그였다.

마니에게 친구 신청을 보냈다가 누군지 아예 기억 못 하는, 또는 기억은 하되 관심은 없는 더, 비참한 상황에 빠지고 싶지 않다. 이렇게 그를 찾은 후로 함께 이야기를 나누고 웃고 키스를 하고 섹스를 한 게 몇 번인지 셀 수도 없을 정도다. 물론 다 꿈속에서였지만. 인간은 도피할 수 있어야 한다. 머릿속에서 연거푸 되돌려본 시나리오는 우리가 길을 가다 만나서 그가 나를 뜯어보고 나도 그를 뜯어보다가 그가 나더러 혹시 누구 아니냐고 묻고는 오랜만에 만난 것에 떨 듯이 기뻐하고 긴 시간 동안 대화를 나누다가 결국 섹스로 끝나는 게 가장 자연스러운 일이었다. 한심하고 유치한 망상이었다. 하지만 누구에게도 피해를 안 주는데 상상이야 내 자유 아닌가.

베티 양이 놀러 왔기에 마니를 찾았다고 말해줬더니 당장 페이스북을 열었다. 반응을 기다리는데 삼가는 눈치였다.

어때요?

괜찮네요.

그냥 괜찮아요?

헬스클럽 타입을 좋아한다면 나쁘지는 않아요.

나쁘지 않다고요? 베티 양, 이 정도면 최상급이죠.

반가운 기색이 아니었다.

좋은 사람처럼 보이지 않나요?

자, 이건 페이스북이에요. 좋은 것만 과시한다는 건 강아지도 알아요.

내가 한숨을 내쉬었다. 늘 그러듯 정곡을 찌르는 말이었다.

그건 그러네요. 인정해요.

실제로 만날 때까지 기다려요. 어떤 사람인지 달리 알 길이 없잖아요. 번드레한 셀카들만 잔뜩 전시했을 뿐인데. 그건 겉치레예요. 그렇게 사는 사람은 없어요. 철부지 시절 이후 본 적 없는 사람을 놓고 지금 정신이 빠져 있는 거예요.

내가 랩톱을 닫았다. 우리는 그녀가 짜갖고 온 싱싱한 패션프루트 주스를 들고 마주 앉아 화제를 바꾸었다. 우리 사이의 일이 과거사긴 하지만 이스턴 메인 로드 소재 카리브 맥주 본사의 최고 매력남이 분명할 어떤 남자에 대해 내가 신나 지껄이는 게 그녀로서 편치만은 않을 것이었다. 그런 일이 없었다면 그녀와의 관계가 이보다 훨씬 단순했을 텐데. 어쩌겠는가, 사는 게 그런 거지.

며칠 전 열 시 반이 넘은 시각에 B 양이 전화를 걸어 비명을 질러댔다. 솔로에게 무슨 일이 일어난 줄 알았다. 그런데 알고 보니 부엌에 전갈이 나타나서 겁에 질린 거였다. 산전수전 다 겪고 살아남은 여인이 고작 조그만 전갈 하나에 울며불며 법석을 떨었다. 차를 몰고 달려가면서 그 망할 놈의 작은 전갈을 상상하며 욕을 해댔다. 그런데, 아이쿠, 아니었다. 험상궂고 커다란 녀석이었다. 내가 그것을 잡자 그녀는 얼른 죽여 밖에 내던지라고 고함을 질렀다. 징그럽긴 했으나 나는 우리를 죽이지 않는 것을 죽이는 사람들을 이해할 수 없다. 그놈은 우리를 물지도 않았다. 커다랗고 험상궂다는 이유로 동물을 죽여대면 이 지구상의 생명체 절반은 사라질 것이다. 그녀를 진정시키려고 밖으로 갖고 나가 죽이겠다고 말했다. 그리고 덤불숲에 멀리 던졌다. 그녀가 죽은 줄로만 아는 그 전갈에게 눈치란 게 있다면 지금쯤 카로니 강 이북으로 도망쳤을 거다.

체탄 씨, 내가 지난번 왔을 때 이후로 뭐 집에 손본 거 있어요?

침실이요. 벽에 페인트를 칠하고 이것저것 좀 고쳤어요. 집주인이 나를 아주 좋아해요. 페인트값만 대면 일은 내가 다 하니까요. 다 끝나면 집이 정말 근사해질 거예요. 갑자기 집세를 올리겠다고만 안 하면 일하는 것쯤은 괜찮아요.

나는 '고요한 골짜기 길'이라고 이름 붙여진 차분한 담청색의 벽을 그녀에게 보여주었다. 커튼을 새로 갈았고 '고요한 골짜기 길'의 바로 그 파란색이 들어간 페이즐리 문양의 아름다운 침구도 그랜드 바자에서 샀다.

이상하네요. 왜 우리 집에서는 전혀 고치지 않았어요?

나는 시선을 돌렸다. 아무리 허물없는 사이였어도 그 집은 그녀의 집이었다. 집주인 여자에게 집을 이렇게 손보고 저렇게 꾸미라고 훈수를 둘 수는 없었다.

이봐요, 지금 통보하는 거예요. 우리 집 거실 고칠 준비가 되면 체탄 씨가 색깔이랑 그런 것들 골라주는 거예요, 알았죠?

창가로 걸어가며 그녀가 침대 옆의 탁자를 바라보았다. 램프와 읽고 있는 책 말고 딱 하나 더 놓아둔 게 있었다. 본래 그녀의 책장에 놓여 있던 그 액자에 크리스마스트리 앞에 서 있는 나와 베티 양과 솔로의 사진을 끼워두었다. 참으로 세월은 쏜살 같다.

여기에 내 사진이 있다니 다행이군요.

손대지 말아요. 이제 내 거니까. 당신하고 솔로가 가까이 있어 좋아요.

그녀가 액자를 들고 좀 더 젊은 우리를 들여다봤다.

전화고 문자고 이제 지쳤어요. 아무것도 안 해요. 얘가 내 문자를 쳐다보기라도 할까요?

나는 고개를 흔들었다. 괜히 거짓말할 필요가 없었다. 솔로는 그녀를 깡그리 무시하고 있다. 하지만 아직 어려 고집을 부리는 거다. 가련한 제 엄마와 평생 절연할 거라고는 생각할 수 없다. 분노가 체내를 돌다가 결국 빠져나갈 것이다. 베티 양은 당장 울음을 터뜨릴 기색이었다. 내가 다가가 끌어안아 주었다.

너무 속 끓이지 말아요. 시간이 많이 있으니까. 자, 와서 부엌이 어떻게 달라졌는지도 좀 봐요. 선반을 더 올려야 하는데 침실 작업을 끝내고 조금 게으름을 피웠어요.

우리는 밥을 먹고 이야기를 나눴다. 여섯 시가 되어가자 그녀가 어두워지기 전에 그만 가봐야겠다고 말했다.

요즘 시국이 야간운전은 위험하게 됐어요. 레인지 파크 사건 뉴스에서 봤죠? 진입로로 들어오는데 강도들이 숨어서 기다리고 있었다잖아요. 게다가 이제 개나 소나 다 총들을 갖고 다니고.

부부가 총에 맞은 그 사건 말인가요?

그래요. 집을 다 털고 집안에서 사람들을 쏘아 죽인 거예요. 소문으로는 내부자 범행이라 피해자들이 경찰에 정체를 확인해줄까 봐 부득이 죽였을 거라네요.

우리는 함께 바깥으로 나갔다. 대문 옆에서 그녀가 내 팔을 꽉 잡았다.

카리브 맥주에 전화해서 당신이 너무나 좋아하는 마니 바꿔 달라고 해요.

뜻밖의 말이었다.

안돼요. 나를 기억도 못 할걸요. 거의 이십오 년 전의 일이에요.

그럼 편지를 써요. 아니면 다른 뭐든. 스토커처럼 그러지 말고.

내가요? 스토커요?

그녀가 웃음을 터뜨리며 내 팔을 문질렀다.

만나고 싶은 거잖아요. 아직 이빨 있을 때, 틀니 해 넣기 전에 그렇게 해요.

## 솔로

주중에는 일하고 집에 돌아오고 먹고 자기가 정신 차릴 틈 없이 계속된다. 생각 같은 것은 할 기운도 없다. 그러다 일요일에는 단숨에 느슨해져 어떻게 시간을 보내야 할지 난감하다. 하리 삼촌은 보통 점심시간에 집에 있고, 그래서 온 가족이 점심을 함께 먹는다. 오늘은 이언이 볼로네제 스파게티를 만들었는데 파르메산 치즈로 떡칠을 하면 먹을 만하다. 여기 사람들은 파스타에 환장을 한다. 나도 일주일에 서너 번은 라자냐, 라비올리, 스파게티 따위를 먹는 셈이다. 체탄 씨에게 내가 먹어온 파스타 사진들을 문자에 실어 보냈더니 그러다 곧 이탈리아인이 되겠다고 했다.

우리 집 일요일을 생각하지 않을 수 없다. 닭구이, 팥스튜, 야채밥, 질경이튀김, 마카로니 파이, 야채샐러드를 배불리 먹었다. 체탄 씨도 옥수수빵이나 스위트브레드나 퍼지 같은 걸 자주 만들었다. 글로리아 이모나 디디 이모가 점심에 맞춰 들이닥치면 대여섯이 베란다에 모여 앉았다. 방문을 닫고 내 방에 앉았어도 이모들이 엄마와 함께 요란하게 웃어젖히며 나누는 이야기가 전부 들렸다. 관자놀이를 문질렀다. 이 모든 빌어먹을 기억이 사라지게 해주는 마법 같은 건 없나? 이제 여기가 내 집이다. 나는 여기에 있고 싶다.

식사가 끝나자 이언이 캐서린을 보고 말했다.

누나, 내가 요리했으니까 말 안 해도 알겠지?

내가 의자를 밀고 일어나 빈 접시들과 더러운 포크 따위를 집으며 말했다.

캐서린, 내가 할게.

함께 하자. 부엌 꼴 봤지? 엄청 지저분해.

캐서린이 남은 음식을 정리하는 동안 나는 식기세척기를 채웠다. 그러고도 손으로 씻어야 할 것들이 꽤 됐다. 내가 문질러 씻으면 그녀가 물기를 닦고 말렸다. 아무 생각 없이 라디오를 켜 달라고 부탁했다. 집에서도 설거지는 내가 씻으면 엄마가 말리는 것이었고 103.5 메가헤르츠 하트비트 채널에 라디오 주파수가 맞추어져 있었다.

어느 채널로 할까?

아냐, 괜찮아.

내 플레이리스트 틀자.

캐서린의 음악은 이언의 팝보다 나았다. 언더그라운드 인디록 밴드들이었는데 꽤 괜찮았다.

오늘밤 애들이랑 미니골프 치러 갈 건데 너도 갈래? 재미있을 거야. 친구도 사귀고.

어떻게 치는지 모르는데.

타이거 우즈 그런 골프 아니야. 이상한 구멍들에 공을 쳐 집어넣어. 디제이도 있어. 멋질 거야.

아니, 난 됐어.

넌 맨날 그러더라.

캐서린이 내가 방금 씻은 체를 말리기 시작했다.

트리니다드에서는 뭐 하고 놀았는데?

아무것도 안 했어.

뭐라고? 어떻게 아무것도 안 해?

할 말이 없었다. 나는 집에서 놀기를 좋아하는 아이였는데 그날 밤에 모든 것이 변해버린 거였다.

캐서린이 체를 선반에 올려놓은 다음 젖은 플라스틱 그릇을 집었다.

그러지 말고 나랑 가자. 이번만. 재미없으면 앞으로는 안 가면 되고.

다음 주말에.

못 믿겠는데.

내가 성호를 긋고 말했다.

천지신명에 맹세할게.

그녀가 나를 보고 웃음을 터뜨렸다.

그래도 못 믿겠어. 여기 온 후로 내내 다락에 틀어박혀 있잖아.

다음 주말에 같이 놀러 가. 정말, 정말로.

캐서린이 몸을 구부리고 아기한테 그러듯 내 볼을 꼬집었다.

어이구, 어째 숫기가 그리도 없냐… 혹시나 해서 알려주는데 내 친구들 다 착해.

얼굴이 후끈 달아올랐다. 나는 고개를 숙이고 주걱을 씻어 식기건조대 위에 올려놓았다. 곁눈질로 살짝 보니 캐서린은 식기 하나하나를 아주 천천히 닦고 있었다. 다음번에는 무슨 핑계를 댈까 고심하는데 불쑥 하리 삼촌이 다가왔다.

복권 사러 나간다. 메가밀리언 당첨자가 안 나온 지 꽤 돼서 상금이 이제 십억이 넘어. 십억 말이야. 동업자한테 방금 전화 왔는데 줄이 아주 길대. 빨리 가야 해.

아빠, 인터넷으로 해도 되는데.

야, 그건 안 돼. 진짜 복권을 내 손안에 쥐어야 제맛이지. 두고 봐라, 당첨될 거니까. 나만의 방식을 세웠거든. 우리 모두의 생일에다 셰리 생일까지 합치고 메가볼은 내가 태어난 달로 할 거야. 그러면 그게…

그가 지갑에서 종이를 꺼냈다.

자, 하리 람딘의 행운의 번호는 6, 22, 19, 10, 30 그리고 7.

너희들도 복권 필요하냐?

아뇨, 됐어요, 아빠. 필요 없어요.

나도 고개를 흔들었다.

알았다, 메가밀리언 막차 뜬다. 지금 간다고.

삼촌이 느릿느릿 부엌에서 나가더니 현관문이 쾅 하고 닫혔다.

자, 솔로. 너 먼저다. 만약 복권에 당첨되면 넌 어떤 사치품을 살 거니?

아무것도.

그러지 말고.

정신을 쏙 빼놓는 여자다.

그래, 나부터 할게. 나는 블루밍데일에 가서 머리끝에서 발끝까지 완전히 바꿀 거야. 화장에서 구두까지 전부.

내가 입술을 깨물었다.

너도 원하는 게 있을 거 아니야.

모르겠어. 작은 아파트 같은 거?

수백만 달러에 당첨되는 건데 엄청 큰 아파트여야지.

그래, 그럼 느긋하게 휴식하며 음악을 들을 방과 대형 텔레비전이 있는 방이 딸린 큰 아파트로.

그렇지, 나도 홈시어터 좋은데.

물침대도 있으면 좋겠네. 내 친구네 엄마아빠 방에 있거든. 정말 근사해.

캐서린이 웃음을 터뜨렸다.

물침대? 진짜? 그런 거 이제 만들지도 않는 줄 알았는데.

물어봐서 대답하는 것뿐이야. 나는 킹사이즈 물침대로 할래.

너 되게 웃기는구나.

그녀가 부엌을 나가더니 사용한 그릇과 컵 몇 개를 갖고 돌아왔다.

누가 텔레비전을 보며 이걸 쓰고는 거실에 그대로 두고 갔지 뭐야.

난 아니야. 어젯밤 이언하고 하리 삼촌이 그런 거야.

내가 컵들을 씻기 시작했다.

만약 너에게 아파트와 물침대가 생긴다면….

거대한 스테레오 시스템이 장착된 홈시어터도.

알았어, 그것들 다. 그러면 건축일은 더 안 할 거지?

당연하지, 절대 안 하지.

그럼 뭐 할 건데, 메가밀리언 당첨자님?

몰라.

난 일을 그만두고 굉장히 고급스러운 애견 스파 호텔을 열

테야.

왜 그런 쓸데없는 짓을?

야, 모르는 소리 마. 이건 진짜야. 반려동물 가게 손님들은 자기 동물아기들을 위해 돈을 펑펑 쓴다고. 정말들 그래. 나도 뭐 뉴욕에서 가장 맛있는 트리니다드 식당을 하나 열 수도 있지. 체탄 씨가 와서 운영하고. 요리 솜씨가 대단한 아저씨야.

트리니다드 이야기 나온 참에 물을게. 너 우리가 갔던 거 기억해?

아니, 미안. 아주 어렸을 때니까.

내가 여섯 살이었으면 넌 세 살이나 네 살? 너희 집에 가서 이언이랑 내가 그네를 몇 시간이고 탔어.

아직도 뒷마당에 그 그네 있어.

베티 숙모가 나한테 이언하고 번갈아 타라고 했어. 널 계속 안고 계시면서. 도무지 내려놓질 못하게 하는 거야, 네가.

겨우 여섯 살이었는데 그걸 어떻게 다 기억해?

그녀가 어깨를 으쓱했다.

그 그네하고, 엄마한테 매달리던 네가 기억에 남아있어.

난 엄마한테 매달리지 않았어.

너 매달렸어. 완전 마마보이였다고.

나는 씻던 프라이팬을 유독 세게 긁었다. 내가 엄마의 다리에 매달리면 안아주는 장면이 그대로 떠올랐다. 가슴이 울컥 아려왔지만 눌러 삼켰다. 엄마를 그리워하지 않는다고 자신에게 다짐해야만 했다.

베티 숙모는 요즘 어떻게 지내시니? 최근에 통화해봤어?

저 말이야, 캐서린. 나도 모르고 알고 싶지도 않아. 나는 미국에서 엄마는 트리니다드에서 둘 다 그럭저럭 지내는 것일 뿐. 나는 낮은 목소리로 간신히 대답했다.

잘 지내시겠지, 뭐.

아직도 뉴욕에서 맞고 다닐까 걱정하시니? 아빠가 그러더라, 네가 강도 같은 거 당하지나 않을까 몹시 불안해하신다고.

나는 고개를 가로저었다. 엄마는 어떻게 하면 걱정 않고 살 수 있는지 스스로 알아내야 한다. 간섭도 그만둬야 한다. 허리를 곧게 펴고 내가 말했다.

내가 뭐 내 한 몸도 책임 못 질 줄 알고 그러는 거야. 여기가 아마 트리니다드의 어떤 지역보다 더 안전할걸.

엄마니까 그러시는 거지.

음, 뭐, 난 신경 안 써.

마침내 개수대가 비었다. 내가 고개를 들고 말했다.

끝났다.

뜻밖에도 그녀가 한없이 다정한 미소를 지으며 나를 바라보고 있었다.

이리 와, 한번 안자.

그녀가 나를 꼭 끌어안자 누군가에게 안겨본 것이 한참만이라는 생각이 들었다. 발가락에서 머리까지 따뜻하고 안전한 느낌이 들며 아주 잠깐이나마 온몸의 긴장이 탁 풀렸다. 하지만 바로 중심을 되찾았다. 뉴욕에서 성공하려면 절대 나약해서는 안 됐다. 그녀가 놓아주자마자 내 방으로 달려 올라가 문을 잠갔다. 월요일이 눈앞에 다가오고 있었다.

## 베티

솔로에게 전화를 백 번은 걸었을 것이었다. 단 한 번도 받지 않았다. 전화를 그만 걸어야 할지 어째야 할지 모르겠다. 나이가 찼으니 제 맘대로 살 수 있다. 그건 받아들여야 한다. 아이를 만들고 낳고 길러낸 다음에는 그저 잘되길 바랄 따름이라는 것을. 하지만 정말이지 성년이 되었다고 지각과 경험을 갖춘 게 아니라는 건 바보천치도 안다. 게다가 고집불통인 그 아이는 철이 좀 더 들어야 한다. 거기서 누가 아이를 도와줄 수 있을까? 하리가?

며칠 전. 그냥 앉아 있었다. 집은 언제나 한없이 고요하다. 편지 쓴다는 게 고리타분한 일이란 건 안다. 이제 크리스마스 카드나 생일축하 카드를 보내는 사람들도 거의 없다. 트위터나

스냅챗을 쓸 수도 있겠지만, 한 가지, 편지는 무시해 넘길 수 없다는 장점이 있다. 삭제 버튼을 확 누를 수도 없다. 집배원이 편지를 놓고 가면 뭐라고 씌어 있는지 알고 싶다. 나는 그걸 노린다. 몇 마디를 쓰기 시작했다. 한 줄 쓰고 나서 지웠다. 또 한 줄을 쓰지만 영 바보 같은 소리다. 쉽지 않았지만 계속해봤다.

> 사람들이 잘 대해주고 혹사당하지 않는 그런 일자리를 얻었기를 바란다. 너는 늘 사람들 앞에서 수줍음을 탔는데 그런 걸 누가 이용해먹지 않을까 걱정된다. 너에게 웃는 낯을 보여준다고 다 좋은 사람이라고 생각하면 안 된다. 그걸 반드시 기억해라. 이렇게까지 나를 완전히 네 삶에서 도려내지 않으면 좋겠구나. 네가 무척이나 보고 싶다. 널 생각할 때마다 나는 울음이 터진단다.

솔로는 나를 조금도 봐 주지 않았다. 내 사정을 믿지 않았다. 편지 내용도 조심하는 게 좋다. 삶을 흑백논리로 보는 아이다. 벌을 모면한 살인범으로 나를 볼 터였다. 어떻게 죽일까 주도면밀하게 조사하고 계획한 다음 수닐을 살해한 듯, 쥐약을 사서 음식에 탄 듯, 그라목손Gramoxone•을 들이켜게 만든 듯 말이

---

• 제초제의 일종.

다. 그건 눈 깜짝할 사이에 일어난 일임을, 이후 내가 한순간의 유예도 없이 무거운 죄의식을 어깨에 지고 살아왔음을 하나님은 아신다. 모면? 난 모면하지 못했다. 하나의 지옥에서 또 다른 지옥으로 이동했을 뿐이다.
제가 맞을 매나 들을 욕을 내가 막아주려고 얼마나 애를 먹었는지를 기억하기에 솔로는 그때 너무 어렸다. 아기에 가까웠다. 내 옷이 마음에 안 든다는 이유, 또는 내가 자기를 노려봤다는 착각에 제 아빠가 저와 나를 온종일 방에 가두었던 사실도 물론 모른다. 나야 어떻게 되든 적어도 솔로만큼은 지켜냈다. 그것만은 알아줬으면 좋겠다. 게다가 교육은 또 어쩌고? 제대로 된 자격증 없이 아이는 아무것도 쉽게 이룰 수 없을 것이다.

> 아들아, 네 생각은 이제 알겠다. 그러니 이 어리석은 짓은 이제 끝내자. 어서 돌아와 UWI(University of West Indies)나 UTT(University of Trinidad and Tobago)에 입학신청서를 내고 뭐든 학위를 하나 받아라. 그리고 너는 지금 위법행위를 하고 있어. 잡범들처럼 추방당해서 우리 집안을 망신시키고 싶니? 내 마음이 어떨지 생각이나 해봤어?

아이는 오로지 제 생각만 하고 있었다. 정말 그 성미 고약한 주정뱅이 아빠 밑에서 자라고 싶었다는 말인가? 수널이 살아 있었다면 십대에 접어든 솔로는 매일같이 얻어터졌을 것이다. 오직 나만이 아이를 최우선으로 생각했다. 이 남자 저 남자가 번갈아 드나들고 그들을 아버지라고 부르라 하는 상황을 막은 것도 그렇다.

나는 커피를 내리러 일어섰다. 솔로 방 앞을 지나는데 참을 수가 없었다. 들어가 보니 아직 아이의 자취가 느껴졌다. 언제든 돌아올 것에 대비하여 내가 이 방을 얼마나 근사하게 손봐 놓았는지 모른다. 어서 돌아와 주면 좋겠다. 새 커튼이며 멋진 크림색으로 새로 칠한 페인트 같은 것들이 기다리고 있다고 아이에게 말해줘야지.

어쩌면 외아들이라 지나치게 오냐오냐하며 키운 건지도 모른다. 더구나 십대 시절은 정말이지 동기간이 있어야 했다. 나는 자식이 더 있었으면 했고 그래서 온갖 수단을 동원했다. 완전 채식주의 식단 덕에 임신했다는 디디의 언니 말을 듣고 여섯 달 동안 완전 채식주의자로 살기도 했으나 아무것도 통하지 않았다. 뭐가 문제인지 모르겠다는 의사에게 수닐이 내게 가한 못된 짓들을 고해바칠 수는 없었다. 주먹질과 발길질을 고스란히 다시 당하는 것처럼 수치스러웠을 것이다.

사내라고 잘난 체하는 수닐은 당연히 의사와의 상담을 거절했다. 아무것도 자신의 잘못일 수는 없었다. 밤낮 그렇게 술을 퍼마시는데 정자도 맥없이 곯아떨어질 게 놀랄 일이 아니었다.

잽싸게 헤엄칠 생각은 안 하고 축 뻗어 있었을 것이다. 이제 와 불평한들 어쩌겠는가. 주님은 내게 한 아이를 주셨고 나는 감사할 따름이다. 하나님의 계획을 의심하는 건 기독교도답지 못한 짓이지만 이렇게 단 하나의 자식을 앗아가실 것이었다면 집에 남아줄 다른 자식을 하나 더 주셨어도 좋지 않았겠나 싶다.

솔로 생각을 하면 펑펑 울고 싶은 것과 녀석의 멱살을 틀어쥐고 싶은 게 반반이다. 이 집에서 나갈 때 이미 계획을 세워놓은 거였다. 명절을 쇠러 뉴욕에 간다? 흥, 얼어 죽을 소리. 시험에 지쳤으니 그래도 된다 생각했던 내가 노망이었다. 나도 뉴욕에 한 번 안 가봤는데 그래도 아이에게 비행기 표를 사줬다. 그걸 알기나 할까? 뒤에서 하리와 짜고 내 앞에서는 웃는 낯으로… 이런 걸 다 썼다가 아이의 화만 돋울 것이다. 입 닫자, 베티.

나 대신 체탄 씨가 압력을 좀 넣으면 솔로가 마음을 바꿔줄까? 체탄 씨가 저를 무척 보고 싶어 한다고 쓰자. 그게 사실이니까.

솔로, 난 네가 걱정된다. 그리고 나도 체탄 씨도 네가 무척이나 보고 싶어. 체탄 씨에게 네가 어서 집에 돌아오게 기도하라고 했더니 너의 안전한 귀환을 위해 매일 밤 기도한다고 하시더라. 하루도 빠짐없이 너를 인도하고 지켜주시라고 하나님께 기도하고 있어.

한심한 소리든 뭐든 상관없이 세 페이지를 썼다. 합리적이고 참을성 있는 편지를 보내 우리 솔로 씨의 기분을 맞춰주고 싶었다.

편지를 다시 읽어보니 나 자신에게 화가 났다. 살살거리며 아양이나 떨다니! 빌어먹을, 될 대로 되라지. 수닐이 언제 폭발할지 알 수 없었다는 진실을 아이도 알아야 한다. 멀쩡하게 앉아서 이야기를 나누다 느닷없이 내 얼굴에 대고 온갖 쌍욕을 퍼부으며 잘 알지도 못하는 남자랑 바람을 피운다고 뒤집어씌우기 일쑤였다. 간신히 매를 피해 솔로와 함께 차를 몰고 달아나서는 이제 잠들었기를 바라며 돌아오기도 했다. 아내가 아니라 펀치백이 필요한 인간이었다.

출가한 딸이 남편한테 당하고 산다고 하소연하며 친정으로 돌아갈 수 있겠는가? 수닐이 때린다고 하자 어머니는 남편에게 빳빳하게 굴지 말고, 그저 순종하라고 내게 말했다. 본인은 안락한 가정생활을 했으면서 내게 왜 그리 차가워야 했는지 이해할 수 없다. 아버지도 바람을 피운 건 사실이지만 어머니 앞에서 대놓고 그러지는 않았고 폭력행사는 전혀 없었다.

디디와 글로리아는 지금만큼 가까운 사이가 아니었는데도 내게 아이를 데리고 떠나라고 유일하게 격려해준 이들이었다. 나는 떠나고 싶지 않았다. 수닐이 변하기를 바랐다. 권위를 지닌 누군가가 수닐과 대화하여 정신이 들게 해주었으면 했다. 그런데 기가 막히게도 교회 장로들은 나를 믿지 않았다. 수닐 람딘이 아내를 때린다고? 에이, 설마. 그럴 리 없어. 선량하고 강직한 남자를 험담하는 세력인 거겠지. 인도계 사람들은 흑인들이 소문을 퍼뜨렸다고 수군댔다. 아내를 패는 남편을 제지하기보다는 흑인들이 더 나쁜 거라는 쪽으로 몰고 가는 게 속 편한 것이었다. 교회에서 어떤 여자가 날 빤히 바라보며 남편이 가끔 손을 좀 봐주는 건 사랑의 증표라는 어처구니없는 소리를 해대던 걸 결코 잊을 수 없다. 부상을 치료하러 수닐이 나를 데려가던 병원의 그 돌팔이 의사는 또 어떻고. 그자는 돈만 중요했던 것일까? 단 한 번도 나에게 '람딘 부인, 왜 그렇게 자주 넘어지시죠? 이번 달만도 벌써 세 번째인데 남편께서는 젖은 타일 바닥에서 미끄러졌다고 하더군요'라며 묻지 않고 수닐의 말을 그대로 파일에 옮겨 적기만 했다. 정말 양심이라곤 없는 인간들이다.

나와 영영 절연하기 전에 솔로는 이것들을 알아야 한다. 전에도 이야기를 꺼내려고 했지만 제대로 알아듣는 것 같지 않았기에 글자로 박아 두는 것이다. 전부 다 썼다. 나중에 읽어내려가면서 '아니야, 그래도 아이 아버지인데 이렇게까지 낱낱이 알려줄 것은 없어. 내가 비정하게 제 아빠를 죽인 게 아니라는 것만 이해시키면 돼. 나머지는 언젠가 기회가 찾아오면 그때 하자'라고 마음을 바꿔 먹었다.

아무도 우리를 도와주려 하지 않았어. 왜 내가 걸핏하면 넘어져 멍이 들거나 뼈가 부러지는지 묻지 않았어. 결국 자기들 살기 바빴고 나는 알아서 살라고 내버려 둔 거였지. 수날이 럼을 하도 마셔서 우리 모자를 죽이는 날이 언젠가는 올 거라고 생각하며 살았단다. 너는 하도 꼬맹이여서 사태가 얼마나 나빴는지 기억을 못 해. 나는 내가 저지른 일이 대죄라는 걸 알고 평생 그 짐을 지고 살지만 너를, 나의 천사를 잃는다는 건 그 어떤 고통보다 두렵구나. 이 세상에 나에겐 너뿐이니까. 아들아, 부디 너그럽게 어미를 용서하고 돌아와 주렴. 사랑해.

엄마가.

# 체탄 씨

몇 달째 소셜미디어에서 마니를 관찰했다. 계속 관찰만 했어야 옳았는데, 그러고 있노라니 그와의 달콤한 기억들이 되살아나는 게 문제였다. 우리는 아홉 달을 함께 보내다 키스하는 모습을 어머니에게 들켰다. 몹시 겁이 났지만 어머니는 일언반구도 하지 않았다. 몇 주, 몇 달이 그렇게 흘러갔다. 때를 기다리던 그녀는 유월 시험이 끝나자 아버지에게 고해바쳤다. 어느 날 아버지가 일찍 집에 돌아오더니 뒷마당에 있던 나를 불렀는데 그 목소리만으로 금방 알 수 있었다. 도망쳐야 한다고 생각했던 기억이 난다. 하지만 어디로? 그가 내게 다가오며 소매를 걷어 올렸다. 그리고 바로 그 마당에서 이웃들이 다 보는 가운데 나를 자빠뜨리고 커다란 장화 신은 발로 바닥에 짓누르며 고래고래 소리를 질렀다.

호모 아들을 둘 수는 없다. 알아듣겠냐? 내가 고작 호모가 되라고 너를 길렀단 말이냐? 어? 대답해라. 궁둥이나 갖다 바치라고 너를 길렀냐는 말이야. 오늘 내가 널 정신이 번쩍 들게 패주마. 이 더러운 변태 새끼야. 추잡한 계집년 같은 놈아. 차라리 죽여 달라고 빌 때까지 패주마.

나는 도와 달라고 비명을 질렀다. 아버지는 나를 짓누르고 어머니는 그런 그에게 밧줄을 건네줬다. 둘은 합심하여 나의 바지를 벗기고 팔다리를 묶었다. 단검이 내려오는 걸 보고 이제 죽는구나 싶었지만 죽이지는 않았다. 하지만 단검의 측면으로 맞아보지 않으면 그게 얼마나 아픈지 짐작조차 못 한다. 남남과 다름없는 친척 집으로 쫓겨났을 때 오히려 다행이라고 생각했다. 솔직히 오늘날까지도 나는 그 고통과 굴욕감을 지니고 산다.

마니의 등장은 그것이 아직도 얼마나 내 숨통을 죄고 있는지, 얼마나 주눅 들게 하는지, 그리고 사람들이 수군댈까 봐 얼마나 눈치 보게 하는지 일깨워줬다. 진즉 결혼해서 아이와 강아지를 데리고 살아야 할 나이인데 애완용 금붕어 하나 없이 독신으로 살고 있으니 어차피 수군대고 있을 것이다. '마니와 나'는 완전한 환상이다. 실현 가능성이 전혀 없다. 그냥 인터넷이나 하며 만족하라고 나 자신을 달랬다. 내가 좋아하는 사이트는 성경 이름이 붙어 있다. 아담은 이브에게 관심 없었다. 에덴동산에 숨은 다음 아담을 찾고 있었다. 짠, adamlookingforadam.com은 서로 추파를 던지고 메시지를 주고받는 남자들로 성황을 이룬다. 나야 프로필 사진을 올리진 않았지만 다들 나처럼 수줍어하지는 않는 것 같다. 그중 최고는 학교에서 본 학부형이다. 지난주까지 아내와 세 자녀를 거느린 자상한 아빠로만 보였던 그가 이 사이트에 올린 사진은 완전 노골적이다.

학교 이야기가 나왔으니 하는 말인데 토요일은 빌어먹을 직원 크리스마스 파티 날이다. 장소가 세인트 조셉 빌리지의 아담한 호텔인 건 그나마 다행이다. 거기 음식은 맘에 드니까. 하지만 얼근하게 취한 아저씨들을 견딜 수 있을 정도는 아니다. 이번 주 내내 그럴싸한 핑계가 없을까 머리를 쥐어짰다. 특히 최악은 누군가를, 누가 됐든, 데리고 가야 한다는 거다. 심지어 베티 양도 상대가 있다. 아름다운 그녀를 이런 식으로 말하면 안 되지만. 글로리아가 여기서 은퇴할 목적으로 영국에서 건너온 독신 사촌을 소개해준 것이다. 그 남자는 까놓고 늙어 밑도 못 닦을 그 날을 대비하여 잠도 같이 자주는 간호사를 찾는 것임을 베티 양이 깨달았으면 좋겠다.

험담은 아니지만 어떤 여선생은 수년째 학교 행사마다 남편도 아닌 남자와 함께 온다. 왜 남편이 못 오고 대신 이 친절한 신

사분이 단지 선의로 동반해주는지 늘 핑계가 준비되어 있다. 아무도 안 속는다. 바람을 피우는 거라는 걸 모두 다 안다. 이쯤 됐으면 남편도 알 것이다. 그런데 내가 마니처럼 괜찮은 남자하고 나타난다면 어떤 소동이 벌어질까? 포트오브스페인에서 벌어지는 게이프라이드 행진 같은 것들은 반가운 일이지만, 카로니 강 이남에서 그런 짓을 한다면 술병들이 날아들 게 분명하다.

*

크리스마스 파티는 딱 예상한 대로였다. 그 늙은 주름투성이 얼간이와 시시덕대는 베티 양의 모습이 보기 싫었다. 아무리 접고 들어가도 그보다는 나은, 아니 한참 나은 남자여야 했다. 파스텔pastelle•을 먹고 럼이 한참 부족한 블랙케이크까지 조금 맛본 다음 빠져나왔다. 그런데 출구를 잘못 찾았는지 나와 보니 객실 구역이었다. 경비원이 본관 출입구로 가는 길을 가르쳐주었다.

같이 가드릴게요.

고맙습니다.

---

• 트리니다드 토바고의 크리스마스 음식.

집이 머세요?

아, 아니에요. 덩컨 빌리지예요.

정말이에요? 저도 덩컨 빌리지 가까이 사는데요.

그가 날 한참 바라보더니 달콤한 눈빛으로 더없이 귀여운 미소를 지었다. 나는 주위를 둘러보았다. 사람들이 많았고 학교 동료가 언제 지나갈지 몰랐다. 하지만 의심의 여지가 없었다. 그는 내게 신호를 보낸 거였다.

이게 제 차예요.

우리의 시선이 다시 마주쳤다.

어디선가 본 것 같아요.

그가 고개를 가로저었다. 그리고 호텔로 돌아가기 위해 뒤돌아서며 공간이 충분한데도 나와 팔을 스쳤다.

그랬다면 당신을 기억했을 거예요. 어쨌든 날 찾으려면 이리로 오면 돼요. 행사가 있는 주말에 경비업무를 봐요.

나는 집으로 달려가 곧장 컴퓨터를 열었다. 그렇다. 전에 어디선가 봤었다. 그럴 줄 알았다. 봐라, 여기 있지 않은가! 잭해머77, 바로 이 남자다. 그에게 내 사진을 보냈다. 이제 그에게 달렸다. 나는 기다려줄 수 있다.

## 솔로

하비브? 하비브 칸?

세 번째 부르려는 순간, 내가 자리에서 일어났다. 그 여자가 부르고 있는 것은 나였다.

여기요.

아, 안녕하세요? 이걸 왼쪽 눈에 두 방울씩 하루에 세 번 넣으세요. 눈이 나아지는 것 같더라도 닷새 동안은 꼭 하세요.

나는 눈에 뭐 넣는 걸 싫어한다.

방법을 가르쳐줄 수도 있지만 유튜브로 보는 게 나을 거예요. 안약을 넣는 최고의 방법에 관한 영상들이 무척 많아요. 잘할 거예요.

나는 작은 가방에서 이십 달러 지폐를 꺼내 그녀에게 주었다.

정가가 십이 달러니까 팔 달러 거슬러드릴게요. 좋은 하루 보내세요.

약이 들어야 한다. 눈을 깜박거리면 눈알이 긁히는 느낌이다. 그 건축현장에서 넉 달간 흙먼지를 뒤집어썼다. 눈이 충혈되고 쓰라려도 놀랄 일은 아니다. 하리 삼촌의 건설업자 친구 데니스는 최소 한 달은 쉴 거라고, 일이 재개되거든 그때 연락하겠다고 했다. 어서 그렇게 되길 바라고 있다. 당분간은 킹스 몰 안의 블루 패럿에서 허드렛일을 한다. 시급 오 달러짜리 주방 보조 일이지만 내 손으로 일해 버는 정직한 돈이라고 하리 삼촌이 말했다. 체탄 씨에게 문자로 알렸더니 집에 살 때는 먹고 난 그릇들을 개수대에 넣어만 둬서 자기가 잔소리를 해대곤 했다며 재미있어하더니 저녁 다섯 시부터 자정까지 설거지 일을 일주일에 엿새를 하는 게 대단하다고 했다. 아저씨도 이제 내가 고된 일을 두려워하지 않는 걸 알았으니 잘됐다. 왜 일을 하느냐는 질문은 더이상 하지 않는다. 그는 잘 알고 있고 그래서 귀찮게 굴지 않는 것이니, 좋은 일이다. 엄마가 언제 내 소식을 듣게 될지 궁금해한다고는 했다. 소식 전할 생각은 전혀 없다. 실컷 궁금해하라고 해라.

이 일자리에 쓸 수 있게 위조 신분증을 구해준 건 이언이었다. 알고 보면 괜찮은 친구다. 인터넷 관련된 것이라면 아는 게 제법 많다. 하도 감쪽같아서 마음에 들지 않으면 한 달 내에 환불까지 보증하는 사이트를 내게 연결해줬다. 문제는 비트코인으로만 결제할 수 있다는 것인데 오 달러에 그것을 해결해주는 친구도 소개해줬다. 이틀 만에 신분증을 우편으로 받았다.

내가 하비브 칸 같아 보여?

이언이 몸을 굽혀 주먹 인사를 했다.

야, 이거 근사하다. 아마 어떤 죽은 사람의 사회보장번호를 따왔을 거야. 정말 굉장해.

블루 패럿에서는 나를 하비브 칸으로만 아는데 나는 그게 나란 걸 자꾸 까먹었다. 누가 세 번, 네 번을 불러야 간신히 '이런, 나 부르는 거잖아'라고 깨달을 때도 있었다. 매니저는 어쩌면 내가 못 듣는 체한다고 생각할지 모른다. 그래서 자꾸 설거지 속도가 느리다고 잔소리를 하는 것일 수 있다. 화장실 갈 시간도 안 주는 사람이다. 여기 온 지 오래된 자메이카 출신은 그게 위법이라고 했다. 그야 어쨌든 나는 당장 뭐가 나오는 상황이 아닌 한은 십 분간의 휴식 시간을 묵묵히 기다린다. 그만둘 수 있는 처지면 당장이라도 그러겠지만 다른 일자리가 기다리고 있는 것도 아니다. 어떻게든 돈을 벌면 된다.

*

하리 삼촌, 데니스 씨한테서 아무 소식 없나요? 무슨 건축일 있다고요.

아이고, 데니스 말이 경기가 얼어붙었다더라.

아무래도 블루 패럿 일은 오래 못할 것 같아서요.

어쩌겠냐? 사는 게 다 그런 거지.

정말 지겨운 곳이에요. 성미도 다들 고약하고요.

좀 기다려라. 건축일 하는 친구가 더 있거든. 내 한번 물어 보마.

고마워요, 하리 삼촌.

말이 난 김에 하나 묻자. 엄마에게 전화는 드렸냐?

문자 쳤어요.

거짓말인 줄 빤히 아는 삼촌이 내 얼굴에 손가락을 흔들었다.

네가 연락을 끊고 지내면 내가 욕을 먹는다. 일전에 네 엄마 진정시키느라 혼났어. 어처구니없다만 날 유괴죄로 경찰에 고발하겠다고 베티가 그러더라. 유괴? 내가 그랬다. 어른이 된 아이를 내가 무슨 재주로 유괴한다고 이래요? 솔로 나이가 열아홉인데 저 원하는 대로 갈 수 있는 거고 비행기표도 형수 손으로 사줬잖아요. 이게 무슨 꼬마 이야기가 아니다 이거예요. 얘가 내일이라도 트리니다드에 돌아가겠다고 그러면 내가 두말없이 공항까지 데려다줘요.

웃어야 할지 울어야 할지 알 수 없었다. 그냥 엄마다웠다. 체탄 씨와 나무콩을 까면서 하리 삼촌에게 전화해서 외아들을 빼돌린 것에 한마디 하겠노라고 벼르는 엄마가 눈에 보일 지경이었다. 체탄 씨는 상심하지 말라며 엄마를 말리려고 해봤겠지만 실패한 것이다.

엄마는 경찰을 부르지 않아요. 거기까지는 안 갈 거예요. 혹시 또 유괴 이야기를 꺼내면 내가 집을 나온 진짜 이유를 물어보세요. 뭐라고 하나 보게요.

그래, 그 진짜 이유가 뭐냐, 솔로?

일 초도 안 되는 짧은 순간, 말해버리고픈 충동이 일었다. 삼촌이 알면 어떤 난리가 날까? 자기 형이 그렇게? 그야말로 경찰을 부를 일이다. 나는 엄마가 밉고 다시는 못 볼 거라고 해도 아무렇지도 않다. 감옥에 처넣는다? 솔깃하기는 하다. 하지만 그렇게는 못 한다.

그냥 엄마의 손아귀를 떠나서 내 인생을 살 수만 있으면 된다.

*

일요일 아침. 시계를 보니 거의 여덟 시였다. 누가 현관문을 쾅쾅 두드리고 있었다. 셰리가 고래고래 하리 삼촌을 부르는 것 같았다. 내가 여기 살기 시작하면서 두 사람 사이가 끝장난 거였으니, 음, 나는 내 방에 얌전히 틀어박혀 있었다. 그래도 호기심이 일었다. 나는 방문을 살짝 열고 귀를 기울여봤다.

하리, 이 빌어먹을 문 좀 열어요. 문 열라니까. 열쇠를 놓고 간 거 알고 있잖아.

하리 삼촌은 집에 있었다. 캐서린도, 이언도 집에 있었다. 하지만 아무도 문을 열어주지 않았다.

하리, 진짜 이 빌어먹을 문 좀 열라고.

문고리를 잡고 흔드는 소리가 내 방까지 들렸다.

문 열어. 당신 차 있는 거 보면 집에 있는 게 맞아. 내 검정 구두 가지러 왔어. 옷장에 뒀던 걸 잊어버렸다고. 하리, 문 열어.

온 동네가 다 들었을 것이었다.

하리, 안에 있는 거 알아. 이 염병할 문 좀 열어. 당장 열란 말이야. 매춘부를 데리고 있어도 난 상관 안 해. 구두를 가지러 왔다니까. 장례식이 있어서 검정 구두가 필요하단 말이야.

하리 삼촌의 방문이 삐걱하고 열렸다. 움직이는 소리가 들리는가 싶더니 하리 삼촌이 내 방으로 난 이층 계단을 올라오고 있었다.

솔로? 깼냐?

네, 저 깼어요. 웬일이래요?

빨리 옷을 입어라. 말라를 올려보낼 테니까. 그리고 나는 밖에 저 미치광이 여자를 해결해야지. 그놈의 구두 없이는 꿈쩍도 안 할 태세 아니냐.

말라가 대체 누구지? 간신히 청바지와 티셔츠를 꿰어 입자마자 캐서린보다 겨우 몇 살 더 많을 여자가 잠이 덜 깬 얼굴로 살금살금 들어왔다. 블라우스가 구겨져 있고 착 붙는 청치마는 지퍼가 채 올라가 있지 않았다. 하리 삼촌은 무슨 재주로 이렇게 매력적인 여자를 만난 것일까?

미안해요.

괜찮아요.

하리가 아내 이야기는 전혀 해주지 않았어요.

아버지뻘 남자와 사귀기에는 생긴 게 너무 아깝다고 말해주고 싶었다. 대신 바깥에서 저 소란을 떠는 여자는 하리 삼촌의 아내가 아니라고만 살짝 말해주었다. 아래층에서 하리 삼촌이 서랍과 벽장들을 열고 있었다. 캐서린에게 혹시 셰리가 두고 갔다는 검정 구두를 보았냐고 묻는 소리도 들렸다. 말라는 내 침대에 다가와 걸터앉았다. 그녀의 맨다리가 내 다리를 스치자 맹세컨대 전기가 쫙 올라왔다.

여기까지 올라오지는 않겠죠?

그럼요. 여긴 안전해요.

여자가 자기 팔을 내 팔에 살짝 올려놓았다. 나는 얼어붙었다. 그녀는 따뜻했고 지독하게 좋은 냄새가 났다. 아래층에서 하리 삼촌이 현관문을 열자 셰리가 큰소리를 치면서 쳐들어왔다. 말라가 내 팔을 꼭 잡았다. 나는 가슴이 두근거렸다.

아니, 왜 대답을 안 해, 어? 여자가 안에 있나? 어느 매춘부와 잔다고 내가 눈이나 깜짝할 것 같아요? 어디 숨어 있지, 어? 어디 있냐고? 당신 방에?

정말 미쳤군. 있기는 누가 있다고 그래? 그리고 일요일 아침에 이게 웬 난리야? 이봐, 무슨 구두를 갖고 이 야단인지 모르겠지만 어서 가지고 나가. 가라고. 공연히 소란 피우지 말고.

한바탕 쿵쿵거리며 돌아다니는 발소리, 문짝을 쾅 여닫는 소리들이 들렸다.

그놈의 신발 갖고 얼른 나가라니까. 어서, 어서. 창피하지도 않아? 온 동네가 다 듣게 무슨 개망나니처럼 법석을 떨어대고.

분명히 누가 있는 거야. 감이 딱 오걸랑. 그 잡년 어디다 숨겼어, 어? 야, 야 이 년아! 너무 겁먹지 마라. 두들겨 패진 않을 테니까.

이 한심한 짓 좀 그만둬. 아, 진짜. 좋은 말로 할 때 내 집에서 나가. 난리 그만 부리고.

야, 야! 어디 숨었냐? 내가 여기 살아봐서 집안 구석구석 내 손바닥같이 다 알거든. 너 금방 찾아. 이 빌어먹을 잡년 같으니라고.

정신 좀 차리라니까.

내 몸에 손대지 마.

아, 이런, 등에 손 잠깐 스친 걸 갖고.

내 몸에 손가락 끝이라도 대는 날이면, 하리 람딘, 맹세코 너 경찰에 끌고 간다.

경찰을 부르겠다고? 그래, 여기 내 전화 있다. 자, 걸어봐.

경찰이 출동하면 잡혀가는 건 너니까. 치안방해에 무단침입 죄로 말이야.

발을 질질 끌며 걷다가 우는 소리가 들렸다. 대성통곡이었다. 말라를 힐끗 보자 입에 손을 대고 고개를 가로젓고 있었다. 무슨 말인지 알겠다는 뜻으로 내가 고개를 끄덕였다. 이 여자는 셰리에게 저런 고통을 안겨줄 의사가 전혀 없었던 거다.

나를 이렇게 형편없이 취급해도 된다고 생각하는 모양인데, 하리 람딘, 가만히 두지 않을 거야. 두고 보자고. 아직 끝이 아니야.

현관문이 쾅 닫혔다. 온 집안이 다 흔들릴 정도였다. 이어서 차 문 닫는 소리와 시동 걸리는 소리가 들려왔다. 하리 삼촌은 간신히 재앙을 모면했다. 다정한 우리 삼촌. 운도 더럽게 좋았다.

*

입국심사장에서 받은 육 개월짜리 스탬프의 기간이 십칠 일밖에 남지 않았다. 추수감사절이 바로 그날이다. 그게 끝인 것이다. 그날 이후로 미국이란 나라에 하루라도 더 머물면 폭스뉴스가 그토록 걱정하는 불법 이민자가 되고 만다. 그들 보기에 우리는 등골 빠지게 일하는 노동자가 아니라 사회보장제도를 좀먹는 테러리스트이다. 나는 여기에 남을 것이다. 일단 불법체류자 신분이 된 후에 이 나라를 떠나면 구제방법이 없다. 다시는 돌아올 길이 없다. 간단하다.
하리 삼촌은 나더러 잘 생각하라고 했다. 뭘 잘 생각하란 말이지? 그래도 중요한 결정이라 체탄 씨에게 문자를 치긴 했다. 아저씨도 같은 말을 했다. 아저씨야 내가 집에 돌아오길 바라는 사람이다. 트리니다드에 보고 싶은 사람이 있다면 아저씨뿐이라고 내가 말했다. 나는 선택의 여지가 없다. 내가 문자를 치지 않자 엄마는 편지를 보내오고 있다. 그 편지들을 보면 화가 치밀어 올라 살갗을 뚫고 솟구칠 것만 같다. 억누를 수가 없다. 어느 밤에는 주먹을 너무 세게 쥐어서 피가 다 났다.
뒷마당 계단. 긴 세월 동안 날마다 그곳을 오르내리면서 거짓말을 하다니. 그 빌어먹을 계단이 맨날 꿈에 나온다. 게다가 내 생일이었다. 생일이 아니었다면 일어나지 않았을 수도 있었다. 하필 왜 그날이었을까? 그리고 대체 어쩌다 그랬을까? 둘이 싸웠던 걸까? 누가 먼저 때렸던 걸까? 사고일 수도 있었겠지만 아닌 것 같다. 고의였다는 느낌이 든다. 십계명의 제1계명을 범하고도 교회에서 생글거렸던 엄마를 상상하면… 나는 여기에 남을 것이다. 그게 설령 불법체류자가 된다는 뜻이라도 무슨 방법이든 찾아낼 거다. 그렇게 살아가는 사람들이 수없이 많다. 차고 넘친다. 하리 삼촌이 아는 가이아나 남자는 삼천오백 달러에 진짜 출생 증명서를 샀다. 캐서린의 친구는 신분을 얻으려고 동성애자 남자와 혼인신고를 했다. 얼만지는 모르나 돈거래가 있었다. 이 경우 최소 삼 년은 혼인상태를 유지해야만 한다. 오 년이 걸릴 수도 있다. 나는 결혼은커녕 여자와 사귀어본 일조차 없다.

데니스는 아직도 무소식이다. 집을 지으러 그레나다에 가서 사월에나 돌아올지 모른다고, 하리 삼촌이 전해주었다. 블루 패럿에서 자그마치 여섯 주를 버텨냈으나 그 끔찍한 곳에는 웬만해서는 돌아갈 생각이 없다. 나뿐만이 아니다. 같은 날 동료 둘이 함께 집어치웠다. 그중 하나는 푸에르토리코인 매니저에게 백인 행세는 그만두라고, 진짜 백인은 그를 포함해 우리 모두를 똑같이 취급한다고 일깨워줬다. 내게는 생소한 말이었다. 그러니까 미국에는 백인들과 백인처럼 보이지만 완전 백인은 아닌 사람들이 있다는 것이다. 정말이지 괴상한 나라다. 그래서 나는 Q10 버스와 F 버스를 타고 베이 센터 청소원 일을 나가게 되었다. 두 종류의 대걸레를 카트에 밀고 다니며 몰 바닥에 떨어진 청량음료와 토사물과 껌 따위를 치우는 일이다. 지긋지긋한 껌은 사방에 깔려 있다. 나도 전에는 껌을 씹었지만 이 일을 시작한 뒤로는 껌 씹을 생각이 영원히 사라졌다. 세 시간에 한 번씩 화장실 청소도 해야 한다. 몰을 돌아다니는 돈 많고 점잖은 사람들도 화장실에만 들어가면 혐오스럽게 돌변한다. 자기 집 화장실도 그렇게 쓸지 궁금하다. 쓰고 난 화장지를 바닥에 버리고 변기 시트에 오줌을 눈다? 누군가는 그걸 치워야 하는데, 그 누군가가 바로 나다.

블루 패럿보다 여기가 나은 한 가지는 매니저가 나를 굉장히 좋게 본다는 사실이다. 첫날 그녀가 내 앞을 지나가며 안녕하세요, 인사를 했다. 내가 뭐라고 답변했는지 기억이 안 나는데, 그녀는 내 말씨가 정말 맘에 든다고 연신 칭찬을 했다. 트리니다드 말씨는 엉터리 영어처럼 들리는 자메이카 말씨와 달리 정말 매혹적이라는 것이었다. 그리고 내 귀에 대고 자메이카인들이 하는 소리는 반도 못 알아듣는다고 농담하면서 그런데 내 말씨는 귀엽다고, 그것도 너무나 귀엽다고 했다. 굉장하지 않은가?

오늘 그녀는 내게 눈을 찡긋하면서 내가 말씨만 귀여운 게 아니라고 했다. 맹세코 진실이다. 징그러워라. 엄마 나이까지는 아닐 테지만 자글자글한 주름을 볼 때 그 근방일 것이다. 이름은 카니 오라일리. 자꾸 더 들이대면 어떡해야 좋을지 하리 삼촌에게 물었더니 그냥 배꼽을 잡고 웃기만 했다.

솔로, 미국 여권이 절로 네 앞에 떨어진 격이구나.

하나도 안 웃겼다.

이언은 집에 돌아오자마자 내 방에 올라와 캐물어 댔다.

연상과 사귄다니 못 믿겠는걸? 왜 아빠에게만 말하고 나한테는 말 안 했어? 이 연륜과 지혜 넘치는 사촌을 놔두고서 말이야. 여자들을 어떻게 다루어야 하는지 훈수 좀 해줄까?

사귀기는 누가 사귄다고 이래?

그럼 그렇지. 그렇다면 나하고 더블데이트 나갈래? 가이아나 자맨데, 머리도 길고 얼굴도 아주 예뻐.

아냐. 괜찮아.

걔들 만나고 나야 괜찮은 거지.

이언, 나 일찍 일어나야 해.

너 한다고 걔들에게 문자 친다.

아니야. 그러지 마.

알았는데, 너만 손해야. 잘 자라, 사촌아.

나는 머리 위까지 담요를 끌어 올리고 몸을 웅크렸다. 그저 자고만 싶었다.

## 베티

나는 체탄 씨의 헐벗은 방에 서 있었다. 그의 흔적이라곤 실오라기 하나 없이 사라진 지 꽤 됐다. 그 많은 날을 그가 정말 여기 살았었나, 믿기지 않을 정도였다. 향수, 옷, 낡은 책 한 권 남지 않았다. 아무것도, 정말, 정말 아무것도 남지 않았다. 달콤한 체취도 사라졌다. 이 고독에 익숙해지지 않는다. 집안을 걸어 다녀보면 나 하나뿐인 이 공간에 어떤 생기도 느껴지지 않는다. 너무도 고요하여 사람들이 들고 날 때는 들리지 않던 소리가 깜짝 놀랄 만큼 크게 들려온다. 솔로에 이어 체탄 씨까지. 모두 떠나고 나만 남았다. 이번 주말에는 침대에 처박혀 이틀 연속으로 울었다. 솔로가 뉴욕으로 떠난 뒤에야 아직도 내 가슴에 상처 입을 자리가 남아있다는 걸 알았다. 체탄 씨에게도 내게도 옳은 일이었다. 그건 잘 안다. 이 남자 저 남자 눈독 들이느라 바쁜 사람과 계속해서 한 지붕 아래 살 수는 없는 노릇이었다. 그에게 '프라이버시'가 필요한 때였다. 이건 다만 머리로 하는 소리고, 가슴으로는 '글쎄올시다'이다. 그가 다른 남자들과 어울리는 것은 보기 싫을지 모르지만 그래도 옆에 있어주면 좋겠다. 로맨스는 잊었다. 그건 불가능함을 안다. 난 그저 나의 벗이 당장 여기로 돌아와 주길 바랄 뿐이다.

그가 이사를 가고 난 후 나는 요리를 하지 않는다. 나 혼자 먹으려고 음식을 만들고 싶지 않다. 체탄 씨는 정말로 요리 솜씨가 좋았다. 요리를 하며 긴장을 풀기를 좋아했다. 이제는 닭고기 스튜를 한 냄비 끓이면 일주일 내내 질리게 먹다 보니 내가 암탉이 되어버릴 것만 같다. 음식을 만들어 얼려놓고 필요할 때 조금씩 꺼내 전자레인지에 돌리는 방법을 특히 디디가 곧잘 알려주는데 그건 저나 그러라고 해라. 식빵과 뉴질랜드 체다치즈가 동나면 난 그냥 굶을 테다. 매년 찌고 빠지기를 되풀이하는 십 파운드에 영원한 이별을 고할 좋은 방법 아닌가!

요즘 나의 생활은 일하고 집에 돌아와 자는 게 전부다. 전에는 늦잠 자는 여자가 아니었는데 이제 올림픽 수면 종목 금메달감이다. 디디도 글로리아도 뭔가를 해보라고 자꾸 부추기지만 대체 무엇을 하란 말인가? 교회에는 이미 시간을 많이 쓰고 있다. 다른 사람들이 거드는 게 맞다. 화초와 채소밭이 있기는 하다. 며칠 전에는 이웃 사람이 향신료 작물을 전문적으로 재배하여 음식점들에 공급하면 어떻겠냐고 묻기도 했다. 향초를 기르는 것, 좋다. 그쯤은 눈감고도 해낼 수 있다. 하지만 그걸 내다 팔라고? 그건 못한다. 게다가 그런다고 집안이 덜 휑하지도 않을 것이다.

디디와 글로리아는 금요일 밤에 함께 놀자고 카지노로 나를 끌고 갔다. 농담 아니고, 심판의 그날, 그녀들이 카지노를 빼먹은 금요일보다 교회를 빼먹은 일요일이 더 많았다는 사실이 밝혀질 것이다. 나는 그런 데 가서 놀고 싶지 않다. 온갖 잡담과 웃음소리도 나와는 아무 상관이 없는 듯 느껴진다. 여러 질문에 대답하기도 귀찮기만 해 그냥 행복한 베티, 사랑스럽고 듬직한 베티 표정만 지어 보일 뿐이다. 그게 때로 얼마나 외로운 건지 사람들은 관심도 없다. 그렇다고 '나 외로워요'라고 광고하며 다닐 수도 없다. 과부 처지에 자식조차 집을 떠난 내게 그건 또 하나의 수치로 들러붙을 것이다. 그래서 속이 아무리 괴로워도 행복한 베티 얼굴로 나다닌다.

안타깝게도 글로리아와 카지노의 화장실에 갔을 때 행복한 베티 얼굴 가면이 벗겨지고 말았다.

베티, 왜 그래? 영 너답지 않아. 혹시 그 호모 남자가 보고 싶어서 그래?

그 사람이 동성애자라고 알려준 게 후회되려고 해.

에이, 그냥 농담하는 거야. 그건 너랑 나랑 디디 사이의 비밀이야.

그럼 호모가 어쩌고저쩌고 자꾸 그러지 마. 이름 있잖아. 이름을 불러.

목소리가 갈라지면서 두 줄기 눈물이 뺨을 타고 흘러내렸다. 나는 눈물과 함께 공들여 바른 화장 절반을 닦아냈다.

미안해. 나쁜 의도는 아니었어. 나도 체탄 씨 좋아하잖아. 다정하고 착한 사람인데 너는 마치 천한 망나니 말하듯 험담만 하고.

미안해, 베티. 정말 농담이었어.

눈물이 좀체 멎지 않았다.

아, 베티. 그만 울어.

우는 사람 앞에서 왜 사람들은 그만 울라고 할까? 난 울고 싶다. 그냥 울고만 싶다.

베티야, 너무 슬퍼하지 마. 놀러 오지도 않아? 먼 데 사는 것도 아닌데. 외국에 나간 것도 아니고.

집이 너무 적막해.

내 말 들어봐. 너는 전에도 혼자서 잘해왔고 앞으로도 계속 그럴 거야.

그때는 솔로라도 있었지. 이젠 나, 나 혼자뿐이야.

말해도 믿지 않았을 거고 굳이 말하고 싶지도 않았지만 체탄 씨가 떠난 그 날이 집안에서 나 홀로 잠을 잔 첫 밤, 내 평생 최초의 밤이었다. 결혼 전에도 혼자 자지 않았고 결혼 후에도 그랬다.

화장 고치고 나와. 드라큘라 마누라 같은 얼굴로 사람들과 섞여서 슬롯머신을 어떻게 해?

그렇게 말해줘서 고맙다.

물수건을 꺼내 얼굴을 좀 닦은 다음 파운데이션을 살짝 덧바르기 시작했다.

글로리아, 내가 정말 힘든 게 뭔지 알아?

뭔데?

평생 사람들 뒷바라지를 하고 살았어. 수닐을 보살폈고 솔로를 보살폈고 체탄 씨에게도 조금은 그런 면이 있었지. 그런데 지금의 나를 좀 봐. 나이 사십 줄에 내놓을 게 하나도 없어. 이제 효용이 다해 아무 쓸모도 없어진 존재 같아.

그렇지 않아.

정말? 내게 누가 있는데? 아들은 나를 상대조차 하지 않고, 체탄 씨는 유유히 자기 인생을 살아. 행복하게 말이야. 그런데 나는? 이제 나는 혼자서 모든 걸 대면해야 해.

야, 너한테는 아무도 필요치 않아. 그리고 무슨 사양길인 것처럼 그러지 좀 마. 너 자신에게 기회를 주란 말야.

파우더를 좀 두드려 바른 다음 립스틱을 칠했다.

그래, 앓는 소리 말아야지. 나보다 백배는 불행해도 꿋꿋이 살아가는 사람들이 많은데.

괜찮아. 나랑 놀자. 화요일 일 마치고 더티와인dutty wine 댄스 강습 가자. 리듬에 맞춰 엉덩이를 좀 흔들다 보면 아무것도, 아무도 생각이 안 날 거야.

나는 고개를 돌리면서 눈을 굴렸지만 도와주고 싶어 저러는 것임을 잘 안다. 화요일이 다가오면 나와 더티와인 댄스와는 본래 친하지 않았으며 앞으로도 친해질 생각 없다고 일깨워주면 된다.

## 체탄 씨

며칠에 한 번씩 트위터와 인스타그램과 페이스북을 훑으며 마니를 뒤쫓았다. 마이애미의 한 술집에서 카리브 맥주를 손에 들고, '이걸 찾았음'이란 캡션을 달아 올린 게 가장 최근 포스팅이다. 나는 지난주까지 이제 그가 나를 찾아내 주기를 소망하고 있었다. 하지만 잭슨이 등장하고 상황이 바뀌었다. 온라인으로 보낸 내 메시지를 그가 받아 든 순간부터 우리는 일사천리였다. 지난 한 주는 매일 밤 통화와 문자를 나누었다. 그의 목소리를 들으면 온몸의 긴장이 스르르 풀린다. 경찰이 아니라면 폰섹스도 매우 잘했을 거라고 내가 말하자 같이 연습을 해도 되겠냐고 물었다. 만난 지 정확히 일주일이 되는 토요일 아침, 나는 제모를 하고 향긋한 냄새를 풍기며 흰색 리넨 셔츠에 좋아하는 청바지를 받쳐 입은 스마트한 옷차림으로 미스터 섹시를 맞을 준비를 완료했다.

그도 무척 만나고 싶다 했지만 어디서 만날 것인지를 놓고는 약간의 협상을 해야 했다. 남부에서는 만나고 싶지 않다고 했다. 동성애자이고 경찰이라는 직업이라 부담이 두 배였다. 조직 내에 동성애자가 있다는 가능성조차 인정하지 않는 것이 경찰이다. 나도 매 순간 그런 불안감을 안고 살기에 그를 충분히 이해한다. 사소한 눈길이나 손길 하나만 조금 이상해도 사람들은 수군거린다. 피곤한 생활이다. 우리는 사람들이 관찰하고 있다는 느낌 없이 편하게 대화할 수 있을 만큼 사적인 공공장소가 필요했다. 수많은 조정 끝에 걸프뷰링크 로드의 아담한 커피숍으로 정했다.

그를 보자마자 현기증이 왔다. 기억 속 모습보다도 멋있었다. 나보다 조금 큰 것으로 보아 아마도 육 피트일 신장. 탄탄한 몸에 가지처럼 검고 매끄러운 피부. 이 한 조각 검은 대리석은 내가 상대할 체급이 아니었다. 그런데도 우리 사이에는 어색한 순간이 하나도 없었다. 이 멋진 킹카와 데이트를 하고 있는 게 나, 덜떨어진 나라는 사실이 믿어지지 않았다. 나는 마니를 염원하며 외로움을 거둬가 달라고 우주를 향해 기도했었다. 그런 면에서 이것은 약간 차선이었다. 나의 첫 번째 진정한 데이트가 끝나지 않았으면 했다. 앞으로는 어떻게 될까? 다시는 못 볼지도 모른다. 내가 마음에 드는 것 같았지만 아무것도 알 수 없었다. 우리 집에 가자고 청해야 하나? 이건 보통 데이트와는 달랐다. 오해는 하지 말길. 그와 섹스를 무척 하고 싶었다. 다만 기다려야 하는지 아니면 그 방향으로 나아가야 하는지 몰랐다. 세 시간 반 후에 우리는 오랜 친구처럼 웃고 농담을 하며 커피숍을 나섰다. 다시 만나자는 이야기는 두 사람 다 없었다. 그냥 악수를 하고 가볍게 포옹을 나눈 게 다였다.

나는 차 안에 멍하니 앉아 머릿속에서 우리의 대화를 재생시켜보며 소리 내어 웃을 때 그의 눈빛을 기억에 담아 두려고 했다. 그때 전화벨이 울렸다. 잭슨이었다.

체탄, 오늘 만남 정말 즐거웠어.

응, 나도 그래.

또 만나야지.

그럼, 당연하지.

침묵. 숨이 제대로 쉬어지지 않았다. 묻고 싶었다. 그가 선수를 쳤다.

내가 사는 곳 보여줄까? 대단할 것은 없어. 나 가난한 놈이거든.

지금 어디야?

내 차 세운 곳 봤지? 아직 거기야. 따라와.

*

그날 나는 그를 따라갔다. 이튿날도, 그다음 날도, 또 그다음 날도 마찬가지였다. 우리는 바늘과 실처럼 떨어질 수 없었다. 오직 일하고 섹스하고, 섹스하고 일하기를 반복했다. 점심시간에 후딱 만나 섹스하기도 했다. 한번은 입을 대려고 하자 그가 말렸다.

그러지 마. 차 안이잖아.

아무도 안 보는데.

그게 중요한 게 아니야. 차 안에서 섹스를 하면 차가 고장을 일으킨다는 소리 못 들어봤어? 이봐, 엔진 고치느라 천 달러를 썼다고.

웃음이 터지려고 했지만, 웬걸, 우스갯소리가 아니었다. 너무 귀엽다.

베티 양은 피곤한 내 몰골을 보고는 유행하는 바이러스에 걸린 줄만 알고 음식을 갖고 와서 보살펴주려 했다. 못 오게 갖은 핑계를 대야 했다. 그건 단연코 평생 최고의 시간이었다.

## 베티

하리, 거짓말하지 말아요. 솔로가 나를 상대하지 못하게 막고 있는 사람이 당신인 거 다 아니까.

아니, 아니에요. 전혀 아니에요. 오히려 내가 어머니께 전화 드리라고 밤낮 타이르고 있어요.

아이를 뉴욕으로 빼돌려놓고 나더러 그걸 믿으라고요?

솔로는 다 큰 어른이라고 몇 번을 말해야 알겠어요?

짜증나게 자꾸 이러네. 뒤에서 받쳐주니까 솔로가 그러는 거잖아요.

베티, 조카 놈이 찾아와 함께 지내도 되겠냐고 물어서 그러라고 했어요. 그뿐이에요. 솔로와의 문제는 둘이서 해결해요. 나와는 무관한 일이니까.

오래전부터 나를 싫어했어요. 그래서 나 골탕 먹이려고 솔로를 데려간 거잖아요.

베티, 당신은 말이에요, 사람을 조종하는 사악한 여자예요. 이제 나 좀 그만 괴롭혀요.

딸깍. 그가 전화를 끊었다. 눈곱만큼도 변한 게 없다. 그나저나 솔로에게 술을 먹이려 들면 정말로 큰일이다. 수닐도 하리와 술을 마시면서 그렇게 됐다. 둘이 나가서 놀았다 하면 수닐은 새벽 서너 시에나 집에 돌아왔다. 결혼을 하고 아이까지 생겨도 소용없었다. 하리는 수닐이 여전히 술을 처마시며 놀기를 원했다.

생후 일 년 반이 지나도 솔로는 엄마 곁이 아니면 잠을 자지 못했다. 수닐은 밤새 술을 마시고 돌아와서는 자지도 않고 소란을 피워댔다. 나야 당연히 매사에 수닐보다 아이가 우선이었다. 수닐과 나는 이제 한 침대에서 자지 않았다. 나는 늘 아이가 깰까 조마조마했는데 그랬다 하면 밤잠은 물 건너간 거였다.

어서, 이리 좀 와봐. 와서 등 좀 문질러 주라, 응?

아이가 깨지 않게 나는 그를 따라 침실로 돌아갔다. 그러면 수닐은 내 몸에 올라와 수작을 부렸다.

이러지 마요. 럼 냄새나 풀풀 풍기면서.

당신도 원하잖아.

어서 자요.

안 졸려. 자, 그러지 말고.

싫어요. 주정뱅이랑은 안 해요.

찰싹. 얻어맞은 뺨이 얼얼했다.

방금 나를 뭐라고 불렀어?

충격으로 턱이 꽉 잠겼다. 아무 말도 할 수 없었다. 이번에는 손이 보였다. 얻어맞을 준비를 했다.

찰싹.

다시 말해봐.

턱이 여전히 잠겨 있었다.

찰싹.

대답 안 하면 계속 때린다.

찰싹.

너는 매를 자초한 거야.

그는 그러더니 내 몸에서 떨어져 나가 일 분도 안 돼 베개를 혼자 베고 트럭 지나가듯 요란하게 코를 골며 잠이 들었다. 그날 정신이 돌아와서는 자기가 그런 것이 아니고 럼이 그런 거라고 변명을 했다. 그날부터 럼을 끊겠다고 다짐도 했다.

당신은 나의 타마린드볼tamarind ball•이야. 당신도 잘 알잖아. 내가 얼마나 사랑하는지.

하리는 술친구를 순순히 포기하지 않았다. 나를 도와 아기를

---

• 카리브해 지역에서 즐겨 먹는 달콤한 간식.

돌봐야 한다는 술친구의 핑계는 더더욱 무시했다. 전쟁이 시작됐다. 나의 무기는 아기를 제 아빠가 세상 최고의 아빠인 줄 아는 귀여운 애교덩어리로 만드는 거였다. 몇 달간은 나와 애교덩어리가 금요일 밤의 전투에서 승리를 거뒀다. 크리스마스가 다가오자 하리가 파스텔과 럼 펀치 라임을 만들어 가족, 친척들에게 돌렸다. 다 괜찮다가 수닐이 알코올 안 들어간 펀치를 마시는 게 하리의 눈에 띄며 사태가 바뀌었다.

형, 우리 집에 와서 주스를 마시다니, 그게 무슨 짓이야?

수닐이 나를 쳐다봤다.

신경 쓰지 마. 난 이게 좋아.

그건 아니지. 내 럼 펀치라면 다들 사족을 못 쓰는데.

나도 알아, 전에 마셔봤으니까.

하리가 들고 있는 잔을 수닐이 바라보고 있었다. 기다란 잔에 럼 펀치를 채우고 넛메그를 흩뿌린 다음 앙고스투라 비터즈와 명절 펀치를 천천히 뒤섞은 것이었다. 더는 참지 못할 것 같아 내가 말했다.

하리, 이만 갈게요. 내일 출근해야 하거든요.

하리는 내 말을 못들은 체했다.

형, 이리 와서 한 잔만 해.

음, 슬슬 화가 치밀었다.

하리, 간다는 소리 못 들었어요? 아이 목욕도 시켜야 하고.

하리는 여전히 대꾸가 없었다. 내가 핸드백을 집었다.

수닐, 키 갖고 있죠? 그럼 모두 좋은 밤 보내세요.

셋이서 집에 돌아왔다. 하지만 맙소사, 그걸로 끝이 아니었다. 물론 시작도 아니었다. 새해, 새로운 출발. 트리니다드는 크리스마스와 카니발 사이가 촘촘하게 이어져 있다. 축일이 끝없이 계속된다. 하리는 놀러 가자고 수닐을 들볶았다. 아주 달달 볶았다. 결국 동생에게 항복했다.

내가 어쩌면 좋겠어, 베티? 하리는 내 동생이라고. 가끔 찾아가 만나기는 해야지.

재의 수요일이 되자 목요일부터 일요일까지 술을 마시기로 계획이 세워졌다. 나는 가슴이 미어졌다. 수닐에게 사순절만큼은 마시지 말아 달라고 부탁했지만 물을 포도주로 바꾸신 분이니 예수도 자기가 술을 마시기를 원할 거라며 거절했다. 사순절의 첫 금요일에 하리가 보는 앞에서 나는 수닐의 허리를 붙잡고 매달렸다.

여보, 내가 타마린드볼이라면서요? 나를 사랑한다면서요?

그가 내 눈을 들여다봤다.

나는 타마린드볼 좋아하지도 않아.

그날 밤 그는 술에 취해 들어와 싸움을 걸고 손바닥으로 내 얼굴을 후려쳐 입술을 터뜨렸다. 이후 손찌검이 그치지 않았다. 전쟁은 하리의 승리로 끝났다.

## 솔로

왜 그래? 너, 집에 안 올 거야?

안 가요.

대체 왜 그래?

뭘 왜 그래요?

아, 정말, 이틀 후면 네가 말한 육 개월이야. 지금 이게 뭐든 이쯤에서 그만두고 집에 돌아와.

싫어요.

왜 싫어, 솔로?

왜 싫은지는 잘 알잖아요.

아무런 대꾸 없이 힘겹게 숨 쉬는 소리만 들렸다. 나는 전화를 끊고 싶었다.

좀 돌아와. 돌아와서 내년에는 대학에도 가야지. 성적도 좋으니까 학위를 하나 받아. 그러고 나서 미국에든 캐나다에든 마음껏 가. 지금은 공부를 해야 해.

나는 공부는 끝이에요.

아니 뭐라고? 그러면 평생 설거지나 하면서 살 거야? 페인트칠이나 하면서? 네 동창 중에 그러고 사는 애가 너 말고 더 있어? 어? 다들 더 앞서가려고 기를 쓰는데 너는 그렇게 네 인생을 내팽개칠 거야?

낮게 흐느끼는 소리가 들렸다.

아들아, 네가 나한테 화난 거 이해해.

이제 엄마의 목소리가 떨리고 있었다.

그건 그렇고. 하지만 그렇다고 네 인생을 망가뜨려선 안 돼.

돈도 제법 벌어요.

얼마나 버는데? 방세나 내? 청구서들은? 먹고살 돈이 되는 거야? 하리가 쫓아내면 혼자 어떻게 살래? 게다가 신분도 불법체류자잖아. 대답을 해봐.

나는 아무도 필요 없어요. 그리고 하리 삼촌은 날 쫓아내지 않아요.

뭐 각서라도 받아 놨니?

우리는 혈육이에요. 삼촌은 거짓말할 사람도 아니고요.

나라면 못 믿는다. 그 긴 세월을 생일축하 카드도 너절한 크리스마스 선물도 없이 지내놓고서 이제 와 아들이라도 대하듯 왜 그런대? 너도 생각이 있겠지만 과신은 말아라.

그건 반만 맞는 소리였다. 엄마는 내가 친가 사람들과 연락하고 지내는 것을 원하지 않았다. 트리니다드에도 친척이 살지만 왕래는 전혀 없었다. 거리에서 만나도 친척인 줄 모르고 지나쳤을 것이다. 하지만 이런 소리를 지껄이다 후회할 말을 할지 몰랐다. 엄마가 뭐라 하든 나는 상관없다.

솔로, 지금까지는 네가 너무 어렸기 때문에 그 사람들과 연락하고 지내지 못하게 했던 거야. 이젠 너도 다 커서 터놓고 이야기하는 거고. 내가 체탄 씨에게 한 말을 네가 들었던 그날 밤 이후로….

가슴이 두근거리기 시작했다.

네가 들은 소리가 온전한 진실이 아니라고 여러 번 설명을 해주려고 했지만 너는 들으려고도 안 했어. 너는 엄마를 잘 알 거야. 폭력적인 사람이 아니라는 걸. 공연히 누군가를 괴롭히려고 드는 사람도 아니라는 걸. 너 어렸을 때 사는 게 정말 힘들었어. 네 아빠가 어떤 사람이었는지 너는 기억 못 하겠지만 그렇게 어린 너도 네 아빠를 무서워했지. 럼만 들어가면 미치광이가 됐거든.

그만. 하리 삼촌이 내가 몰랐던 아버지 이야기 많이 해줬어요. 어렸을 때 나를 온갖 곳에 데리고 다녔다고 했어요. 축구나 크리켓 경기에도 많이 데려갔대요. 어디 놀러 갈 때마다 그렇게 지성으로 아이를 데리고 다니는 아빠는 본 적 없다고 사람들이 입을 모았대요.

세상 짐을 다 진 것처럼 엄마가 한숨을 내쉬었다.

그래, 그런 말을 다 믿는다면 내가 뭐라고 하겠냐? 하지만 나만 맞은 게 아니었어. 그리고 바로 거기에 나는 선을 그었지. 별의별 짓을 겪었지만 너는 기필코 지켰다. 네 생일 날 밤에도 너를 지키고 있었던 거야.

흥.

나는 전화기의 통화종료 버튼을 누르고 왠지 모르게 나 자신을 패기 시작했다. 그것도 아주 세게. 오른손 훅이 턱에 내리꽂혔다. 다시 날린 주먹은 귓가에 정통으로 꽂혔다. 얼얼한 그 부위에 다시 한 방을 날렸다.

더 세게.

다시.

더 세게.

다시.

나 자신을 얼마나 세게 때릴 수 있을까?

다시.

한 번 더.

다시.
손이 너무 아파서 이제 손 측면으로 벽을 치기 시작했다. 쾅, 쾅, 쾅. 칠 때마다 통증이 느껴졌지만 정말 희한하게도 그 통증이 좋았다. 그만두지 않을 수 없을 때까지 얼마나 견뎌지는지 알아보고 싶었다. 다른 건 아무래도 좋았다. 이전에 느꼈던 모든 것, 엄마가 말한 모든 것, 전부 다 사라졌다. 나는 오로지 주먹질에 신경을 쏟았다. 엄마가 한 말도 그리 쓰라리지 않았다. 나는 빌어먹을 계단을 기어서 내 방으로 올라갔다. 머리는 통증으로 핑핑 돌았고 귀도 얼얼하게 아팠으며 손도 화끈거렸지만, 그랬지만, 정신만큼은 맑았다. 나는 푹 잤다. 일요일이 월요일이 되어버렸다 해도 까맣게 몰랐을 것이다.
침대에 올라갔을 때는 어두웠던 것이 이튿날 아침에 일어나자 약간 밝아져 있을 뿐이었다. 교대근무 시작이 일곱 시였다. 전화기를 확인하는데 턱과 목부터 어깨로 내려와서 다시 위로 머리 측면까지 통증이 찌르듯 덮쳐왔다. 카메라를 셀카 모드로 뒤집어 들여다봤다. 아이쿠. 흉측했다. 부기도 부기지만 눈 밑의 푸르스름한 보라색에서 귓가의 진홍색까지 무지갯빛 멍이 얼굴을 채우고 있었다. 만져봤더니 너무 아팠다. 전날 밤에는 이 정도로 아프지는 않았었다. 누가 본다면 퀸즈의 웬 악당과 싸움을 해서 졌구나 싶었을 것이었다. 어떻게 아무에게도 안 들키고 이 집을 나가지?

다행히 다들 잠에서 깨기 전에 집을 나왔다. 하지만 카니 오라일리가 출근하는 나를 보고 말았다. 과연 나의 너무나 귀여운 트리니다드 말씨 덕에 별 탈 없이 지나갈 수 있을까? 눈이 붓지만 않았어도 다정한 눈웃음을 날려줄지 몰랐다.

노상강도 당했어요?

아니에요, 오라일리 씨. 현관문이 번쩍 열릴 때 마침 그 뒤에 서 있다가 얻어맞은 거예요.

그녀가 한숨을 내쉬었다.

몰에 찾아온 손님들에게 이런 모습을 보여줄 순 없어요. 미안하지만 집에 돌아가 주겠어요? 이런 모습으로는 일할 수 없어요.

해고하는 건가요, 오라일리 씨?

아니에요. 멍이 다 빠져서 얼굴이 정상으로 돌아오면 그때 와요.

부탁합니다. 고개를 숙이고 일할게요. 아무도 못 보게요. 스카프를 두르면 멍 자국이 안 보일 거예요.

하비브, 나도 상사에게 곤란을 겪어요. 이런 모습으로 몰에 들였다가 나까지 해고될 수 있어요.

나 자신이 정말 한심했다. 하리 삼촌은 뭐라고 할까? 당장 짐 싸서 나가라고 할지도 몰랐다. 나를 위해 그렇게 애를 써주었는데 이런 꼴이 되다니! 이게 다 멍청한 엄마 잘못이다. 엄마가 그런 짓만 저지르지 않았어도 내가 이런 밑바닥 일을 하고 있을 리 없었다.

잠깐, 하비브. 생각이 하나 떠올랐어요.

나는 숨을 죽였다.

오층 청소 팀에 올려보낼 수 있을지 몰라요. 일요일에는 사무실들이 비어 있으니까요. 야근도 괜찮다면 야간 교대 근무로 옮길 수도 있고요. 밤 열 시에 출근해서 아침 다섯 시에 퇴근. 어때요?

그 순간 나는 그녀에게 키스를 해줄 수도 있었다. 생각하지도 못한 소리가 입 밖으로 튀어나왔다.

하나님은 사랑이시네요. 정말 감사합니다.

엄마가 늘 쓰던 말이었다. 나는 머릿속에서 엄마를 쫓아냈다.

고맙습니다. 말도 못 하게 고맙습니다. 어느 시간이든 상관없습니다. 그리고 이런 일 다시는 없도록 할게요. 저 싸움질 안 해요, 오라일리 씨.

그녀가 눈을 찡긋했다.

여자 친구 있어요, 하비브?

아니요.

여자 형제는?

없어요.

음, 그럼 하나 알려줄게요. 월마트 화장품 섹션에서 파운데이션을 찾아봐요. 온갖 색조로 나와 있는데 본인 피부색에 가까운 게 좋아요. 멍 자국에 조금 바르면 안 보일 거예요. 아주 감쪽같아요.

이 경험을 통해 교훈을 얻었으리라고 생각할 것이다. 자신을 두들겨 패다 일자리를 잃을 뻔했으니 말이다. 하지만 그것을 통해 다른 것도 얻었다. 그것도 내가 무척 원하던 것을. 나는 그걸 또 했다. 그리고 다시 했다. 차이점이 있다면 멍 자국을 감추는 법을 금방 배웠다는 것이다. 그로 인해 살기가 어떻게 쉬워졌는지 어떻게 설명할까? 매질로 내면의 평화를 얻는다는 것은 어불성설이지만 나는 그랬다.

*

체탄 씨에게 전화를 걸어서 긴 대화를 나눴다. 고물차가 마침내 고장 나 동료 교직원 누군가에게서 혼다를 살 생각이라고 아저씨는 말했다. 매질 이야기를 나누고 싶었다. 매질뿐만 아니라 자해절단도 시작한 상태였다. 하지만 그런 이야기를 어떻게 꺼낸다는 말인가? 화를 낼지 몰랐다. 엄마가 아빠 이야기를 더 들려주더냐고 아저씨가 물어서 단칼에 잘라냈다. 둘이 이야기를 나눈다는 것쯤, 나도 알았다. 하지만 그따위 개소리는 듣고 싶지 않았다.

추수감사절 전날, 엄마는 전화를 열 번쯤 걸었다. 차단했어야 했는데 깜빡했다. 전화 연결이 안 되자 문자로 넘어갔다. 빌어먹을 똑같은 소리를 반복해댔다. 제발, 체류 기간을 초과하지 말아라, 트리니다드에 돌아와라, 너를 기다리는 집으로 어서 돌아와라. 엄마의 세계에는 나밖에 없다. 나는 온종일 그 광란의 행위를 깡그리 무시했다. 그렇게 잘 넘어갔는데 버스 정류장에서 집으로 걸어오는 길에 갑자기 전화를 걸고 말았다. '여보세요'도 생략하고 단도직입적으로 말했다.

물어볼 게 있어요. 내가 우연히 듣지 않았다면 언젠가 내게 진실을 말해줄 생각이었어요?

거친 숨소리가 들렸다.

말할 거였어. 하지만 네가 이해할 만큼 나이가 들 때까지 기다려야 했단다.

그게 정확히 몇 살인데요?

제발, 아들아. 내 편에서 한 번만 봐주겠니?

대답 안 하고 못 넘어가요. 내 질문 잘 들어요. 내가 몇 살이 되면 엄마가 아빠에게 한 짓을 이해할 것으로 생각했어요? 스무 살? 서른 살? 마흔 살?

우리 둘 다 말없이 이 대화가 어떻게 결론 날지 궁금해하고 있었다. 서로가 입을 열기를 기다리며 나는 옷 속에 손을 밀어 넣었다. 따뜻한 살의 온기가 느껴질 때까지 스웨터와 셔츠와 조끼 속으로 손을 넣었다. 그리고 세게 꼬집었다. 엄마의 숨소리만 들렸다. 더 세게 꼬집었다. 손톱이 살갗 밑을 파고들 때까지 그 지점을 계속 할퀴었다. 손을 꺼내어보니 피가 묻어 있었다. 엄마는 미안하다는 말을 되풀이하며 울고 있었다. 나는 대꾸하지 않았다. 할퀸 상처의 얼얼함에 엄마의 목소리가 묻혔다. 그리고 나는 이제 밖에 나와 있었다. 나는 전화를 끊고 안으로 들어갔다.

힘겨운 밤이었다. 트리니다드 비행기 표는 끊지 않았다. 몇 시간마다 잠에서 깨어 시간을 확인했다. 돌아가고 싶은 생각도 없지는 않았다. 엄마 때문은 아니었다. 체탄 씨와 산다면 괜찮을 것 같았지만 몽상일 뿐이었다. 나는 뉴욕에 산다. 그렇게 말해보면 근사하게 들린다. 이 방 꼴을 보기 전까지는. 괜찮은 직업을 찾을 가능성도 없었다. 합법적인 신분을 얻는 데까지 몇 년이나 걸릴까? 나는 배에 돋는 딱지를 할퀴었다. 할퀴고 할퀴다가 잠이 들었다.

그건 습관으로 굳어졌다. 이제 나는 반 시간쯤 팔을 긋거나 다리에 주먹을 박아 넣지 않고는 잘 생각도 안 한다. 그래야 머리가 맑아진다. 그래도 조심은 한다. 이언과 마당 청소를 하다 하마터면 들통 날 뻔했다. 어쩌다가 트레이너를 끌어올렸는데 배에 긁힌 자국을 보고 이언이 어쩌다가 그랬냐고 물었다. 별 것 아니니 수선 떨지 말라고 내가 말했다. 하지만 캐서린은 쉽게 물러날 성격이 아니었다. 반창고 붙이는 걸 깜빡하는 바람에 피가 스며나왔다.

솔로, 너 티셔츠 앞에 피 묻은 거 알아?

그녀가 티셔츠 끝을 올리려고 하자 나는 깜짝 놀라며 끌어 내렸다.

왜 이래, 비켜.

상처가 깊어. 다음번에는 여자 친구에게 살살 다뤄달라고 해봐.

하리 삼촌도 가세했다.

솔로, 여자 친구가 있으면 나한테도 말을 했어야지.

캐서린이 놀리는 거예요. 여자 친구 없어요.

아빠, 이거 거짓말이에요. 거기 상처는 원인이 딱 하나야.

한번 보자, 바람둥이야.

물론 그저 장난이었지만 나는 뒷걸음쳤다.

왜 그래? 욕망의 절정에서 그녀가 너에게 남긴 상처를 좀 보여줘. 비명도 즐겨 지르는 타입이겠지?

캐서린, 애 부끄럽게 그만해라. 이제 겨우 미국여자들 다루는 법을 배우고 있을 텐데.

그들이 자지러지게 웃는 동안 나는 이층으로 올라가 방문을 잠갔다. 내가? 여자 친구를? 그렇게 생각해줘서 고맙다고 해야 할지 모르겠지만 그건 환상이었다. 내가 대체 어떻게 여자를 사귄다는 말인가? 자기 친구들을 소개해주려고 했지만 그 중 하나도 만나지 않았다는 걸 캐서린은 잘 안다. 그리고 나는 밤에 일하고 낮에 자는데 여자를 만날 시간이 어디 있겠나? 나는 사람들이 일어날 때 집에 돌아가 면도날로 발바닥이나 배나 팔을 되는대로 그어가며 긴장을 푸는 인간이다. 나의 부끄러운 비밀을 사람들은 모른다. 자기 살을 베다니, 그것은 금기였다. 더욱 부끄러운 거라면 그렇게 살을 베노라면 이따금 거기가 서고 그럼 그 짓도 한다는 사실이다. 왜 내 살을 벨 때면 긴장이 풀리고 심지어 성적흥분까지 느끼게 되는 걸까? 나는 정말 유별난 괴물임에 틀림없다.

캐서린과 하리 삼촌은 아직도 아래층에서 나를 놀리며 웃고 있었다. 소리가 다 들렸다. 언젠가 진실을 발견할 것이고 그러면 아무도 웃지 않으리라. 모두가 알아채는 일은 감당할 수 없다. 손가락으로 귓구멍을 막아도 그들의 목소리가 새어들었다. 벽에 걸린 작은 거울 앞을 지나갈 때는 몸을 굽혔다. 살을 긋기 시작하면서 거울을 피하게 되었다. 하비브 칸이라고 불리는 솔로 람딘을 나는 보고 싶지가 않다. 그놈이 나는 밉다.

## 베티

디디 언니의 동네에 들어서는 순간, 달아오른 분위기가 느껴졌다. 거리 양쪽에 차들이 늘어서 있어 지나가기가 힘들었다. 집에 도착하기 전부터 고음의 작은 심벌즈들과 함께 리듬에 맞춰 울리는 드럼 소리를 들을 수가 있었다.

아주 대대적인 힌두교식 결혼식이네. 우리의 뿌리를 찾아서, 뭐 그런 건가 봐?

아니야. 보고도 모르겠어? 그냥 과시하는 거라고.

디디 조카가 결혼하는 여자는 이빨 모양이 우스꽝스러웠다. 입에 비하면 너무 긴 데다 앞니 두 개에 흰 줄이 드리워져 상대적으로 다른 이빨들이 누렇게 보였다. 왜 부모가 치과에 보내 미백치료를 받게 하거나 적어도 전체적으로 색깔이나마 통일

시켜주지 않았는지 모르겠다. 사랑에 빠지면 이빨 색깔이 서로 다른 것쯤은 문제가 되지 않겠지. 어쩌면 그게 귀엽게 보일 수도 있다. 하지만 칠 년, 팔 년 지나면 이야기가 달라진다. 이빨에 신경 쓰지 말라고 글로리아가 말했다. 최소한 애가 밤낮 섹스만 밝히지는 않을 것 아니냐는 거였다.

이빨보다 더 문제는 신부의 종교였다. 디디 가문은 장로교를 믿는데 그것도 평범한 장로교도들이 아니다. 디디의 조부모는 지역 장로교를 세우는 데 혁혁한 공을 세웠기 때문이다. 디디의 조카는 트리니다드 토바고 전역을 샅샅이 뒤지며 신붓감을 찾았다. 그런데 참한 장로교도 처녀가 아니라 사흘에 걸친 힌두교 결혼식을 요구하는 우스꽝스러운 이빨의 힌두교도를 신부로 택했다. 디디 가족은 신랑이 도티와 터번을 쓰고 결혼하는 것을 원하지 않았다. 스리피스 정장의 신랑과 흰 드레스를 입은 신부가 카밀스에서 맞춰온 삼단 케이크 앞에서 사진을 찍어야만 했다. 그 기준에 미달하는 한 에린 빌리지 장로교회 신도들은 이 순간부터 주님의 나라가 임하는 그 순간까지 뒤에서 험담을 그치지 않을 것이었다.

오늘 밤의 마티코•는 우리 여자들이 시시껄렁한 춤을 추고 멍청한 이야기를 나누며 배터지게 먹는 자리였다. 사원에서의 정

---

• 힌두교 결혼 예식의 공식 시작을 표시하는 의식.

식 혼례는 일요일 아침 일찍 시작하는데 그게 끝나면 모두 클랙스턴 베이의 호텔에 가서 디디 가족이 여는 피로연을 즐기기로 되어 있다. 마하비르 목사가 축도를 할 예정이다. 신랑은 정장으로 빼입고 신부도 하늘하늘한 흰 웨딩드레스로 갈아입을 것이다. 모두 다 함께 마지막 춤을 추고 나면 신랑 신부의 부모는 원을 다 푸는 셈이 된다. 내 아들이라면 아들과 새아가에게 등기소에 가 혼인신고에 서명하게 하고 집에서 조촐한 축하 자리를 만들어줄 것이다. 사흘간의 요란한 결혼식보다 그 비용을 젊은 신랑 신부에게 줘서 집과 땅을 사는 데 쓰게 하는 게 훨씬 낫다. 내 아들이라면 말이다. 하지만 솔로와 나는 결혼식을 교회에서 하느냐 사원에서 하느냐 모스크에서 하느냐를 놓고 말다툼을 하는 일은 아예 없을 것 같다. 이미 결혼했는데 나만 모르는 것일 수도 있다.

힌두교식 예식을 하지 않을 수 없음을 알고 나서 오히려 사돈네보다 더 힌두교식으로 돌아선 디디 가족은 차구아나스 거리를 돌며 필요한 예복들을 사들였다. 트리니다드 사람들은 본래 차려입기를 좋아하는 데다 같은 옷을 두 번 입지 않는다. 나도 급하게 은빛 페이즐리가 수 놓인 예쁜 보라색 사리를 한 벌 샀다. 정식 결혼식 날에 입을 것이다. 디디는 금색 자수가 놓인 묵직한 녹색 실크 사리를 샀다. 발리우드 그 자체였다. 그런데 왠지 집에 돌아와 그걸 다시 들여다보더니 마음을 바꿨다. 색깔이 캘럴루 수프 속에서 헤엄치다 나온 것 같다고 했다. 아무 말 안 했지만 교환해온 노란색 사리는 아예 노란 콩 속에 빠져 죽는 것 같다.

마티코에 참여하려면 앞마당에 모인 한 무리의 인파를 헤치고 들어가야 했다. 사람들이 득실거렸고 드럼이 길길이 악을 썼다. 집안 한쪽에 쳐둔 텐트에서는 사람들이 손으로 음식을 집어 열심히 먹어대고 있었다. 인도 결혼식 음식보다 맛난 것은 없다. 차나 카레channa curry와 알루aloo와 호박과 보디bodi와 제철이라면 샤테인chataigne과 망고 카레와 달과 쌀과 달푸리 로티 같은 것이다. 음식에 눈독을 들이는 날 보고 글로리아가 팔을 잡아끌었다.

예의 좀 지키자. 양가 사람들에게 인사는 하고 로티를 먹어야지.

초청장에 쓴 대로 정확히 오후 다섯 시, 트리니다드 시간을 감안하면 여섯 시경에 슬슬 행사가 시작됐다. 드럼 주자들 뒤에서 길가 쪽으로 기다랗게 난 줄의 맨 앞에서는 어린 소녀가 머리에 커다란 쟁반을 올려놓고 중심을 잡고 있었다. 다섯 명의 여자가 소녀를 둘러싸고 있었다. 디디의 언니와 어머니와 이모, 사촌 아이샤, 그리고 나는 처음 보지만 단장 역할을 맡은 여자, 이렇게. 나머지 사람들은 뒤로 물러서 있었다. 손을 흔들자 디디가 웃으며 소리쳤다.

안 오는 줄 알았어. 이제 예식 시작이야.

우리는 디디 옆에 붙어서 거리 쪽으로 나아갔다. 이 사람들이 그 점잖다는 장로교도일 줄은 짐작도 못 할 것이었다.

오늘 밤 예식은 어떻게 하는 건지 알기나 하니?

야, 우리 언니가 폭군을 하나 고용했어.

머리에 오르니orhni를 뒤집어쓰고 그 끝자락을 허리띠 아래 밀어 넣은 나이 든 여자 하나를 디디가 가리켰다.

식 진행을 총괄할 하리디알 양이야. 나는 그냥 일러주는 대로 하면 돼.

드럼의 진동음에 내 몸이 절로 들썩거렸다. 짊어지고 다니던 모든 외로움을 망치로 깨부수는 느낌이었다. 리듬에 발을 맞춰 우리는 계속 길을 걸어 올라갔다. 차 한 대가 속도를 늦추고 드루파티Drupatee 노래를 틀고 옆에서 따라오자 드럼이 더욱 흥을 띄웠다.

보라색 집 앞에서 드럼 주자들이 멈춰 섰다. 대문 옆에 삼각형 깃발인 잔디jhandis가 세워져 있는 것으로 보아 기독교로 개종한 가짜 인도인들이 아닌 제대로 된 힌두교도의 집이 틀림없었다. 중년 여자 하나가 기다리고 있다가 드럼 리듬에 손뼉을 치고 술을 마시며 맞이하더니 앞마당의 작은 파이프로 데리고 갔다. 야자수에 물을 주러 호스를 연결할 때 쓸 만한 낮은 파이프에서 물이 콸콸 쏟아져 나왔다.

저것 좀 봐. 물을 저렇게 낭비하다니. 얼른 파이프 닫으라고 누가 말해줘야 해.

디디가 눈을 굴렸다.

너 정말 몰라서 그래? '시타와 라마Sita and Rama'의 결혼 이야기에 따르면 다섯 개의 강에서 물을 끌어와 신랑을 씻어야 한다잖아. 하리디알 양 말이 다섯 개의 강은 없으니 그 대신 힌두교도 이웃집에서 파이프로 물을 끌어 쓰자는 거야.

힌두교도 이웃집이 없었다면 어쩔 거였대?

그녀가 다시 눈을 굴렸다.

트리니다드에서 힌두교 이웃집이 하나도 없는 게 어떻게 가능한데?

그건 그러네.

하리디알 양은 산스크리트어 기도문을 외우며 뭔가를 시작했다. 잘 보이지는 않았지만 디야diya 램프에 불을 밝히고 결혼한 여자들의 이마에 붉은 신두르sindur 점을 찍었을 것이었다. 디디의 언니는 집주인 여자가 건넨 호미로 흙을 조금 파냈고 하리디알 양은 그것을 나뭇잎에 싸서 쟁반에 얹었다. 그러면서도 기도문을 계속 외웠다. 디디의 언니는 또 작은 놋쇠 컵에 수돗물을 조금 받았다.

갑자기 드럼 소리가 멎나 싶더니 금세 다시 시작하는데, 정말이지 엄청난 리듬이었다. 그걸 신호로 나이 든 여자들이 요란스러운 춤을 추었다. 나는 깜짝 놀랐다. 허리가 진동했고 드레스 자락이 올라갔다. 이렇게 점잖은 여자들이 이처럼 방종할 수 있으리라고는 생각도 못 했다.

저 할머니 좀 봐. 술에 곤죽이 되어 저 다른 할머니하고 하마터면 잘 뻔했다더라.

이따 두어 잔 들어가면 어떻게 되는지 한번 보자.

글로리아가 나를 쿡 찔렀다.

우리도 술 좀 할까?

야, 나는 남의 집 마당에서 춤은 못 춘다.

엉덩이를 씰룩대며 글로리아가 말했다.

베티, 이게 두르가 푸자durga puja라는 거야. 원래 저렇게 요란하게 해야 해.

처음 듣는 말이라 그냥 그녀를 멍하니 쳐다봤다.

신랑신부가 무사히 성혼하여 자손을 많이 보라고 축원하는 춤이야. 그게 푸자의 일부라고.

글로리아가 내 허리에 손을 두르고는 엉덩이를 탁 쳤다.

야, 얼른 해봐. 젊은 신혼부부를 위해서.

저 할머니들이 다른 사람들 몫까지 다 해줄 것 같은데. 뭐.

말은 그렇게 해도 몸은 따로 놀았다. 드럼 비트가 가슴속에서 쿵쿵거렸고 살갗 밑으로 파고들었다. 몸이 흔들렸지만 참아보았다. 그러자 디디가 다가와서 우리 둘에게 팔을 두르고 술을 건넸다. 그녀들은 더이상 참지 않았다. 토요일 아침마다 텔레비전으로 보는 인도영화들 속의 등장인물들처럼 허리를 흔들었다. 나도 가담했다. 젊은 신혼부부를 위해. 젊은 신혼부부의 행복을 기원하며 나도 춤을 추었다.

## 체탄 씨

잭슨을 깨우지 않으려고 살금살금 침대를 빠져나왔다. 그는 지난 한 주간 포트오브스페인을 오가며 훈련을 받았다. 샌퍼난도에서 출발하여 여덟 시에 포트오브스페인에 도착하려면 다섯 시 전에 운전대에 앉아야 시간에 쫓기지 않고 갈 수 있다. 아예 모터보트를 타면 오십 분 만에 도심에 도착하니 훨씬 더 낫다. 내 가련한 연인은 그래도 일찍 일어나 여섯 시 반 모터보트를 타야만 했다. 우리 집에서 자면 내가 터미널까지 태워다주고 또 픽업까지 해주겠다고 내가 말했다. 저녁부터 아침까지 잭슨의 차가 아파트 밖에 서 있지 않도록 조치를 취했다. 조용한 거리라 사람들이 금방 눈치를 챈다. 게다가 두 집 건너 이웃 여자는 남의 일에 관심이 많아도 너무 많다. 실제로 무슨 일이 일어나기도 전에 알아버리는 그런 차원이라고 집주인이 경고를 해주었을 정도다. 사전경고는 곧 사전무장인 법. 잭슨과 나는 아파트 밖에 함께 나가지도 않는다. 동성애자 커플임을 알아차린 이웃에게 구타당한 남자 둘의 기사를 신문에서 읽은 바도 있었다.

비단 섹스 때문이 아니라 그가 여기서 자는 게 나는 좋다. 물론 그 경우 섹스야 보장되는 것이긴 하다. 그리고 그건 아침에 일어나면 재개되는데 정말 그 때문만이 아니다. 화장실에서 내 옆에 서서 그가 이를 닦는 것. 그런 작은 것들로 이 공간이 완전하게 느껴진다. 선반에 놓인 그의 방취크림과 향수와 빗을 가지런히 정리한 다음 샤워기를 틀어 뜨거운 물로 내 살갗을 적셨다. 나는 라벤더 향의 샤워 젤을 가장 좋아하여 늘 그걸 사는데 이제 잭슨의 체취를 병에 담을 수만 있다면 단연 그걸로 목욕을 할 것이다.

침실에 돌아가니 그가 깨어 있었다.

　왜 이렇게 일찍 화장실을 썼어? 토요일인데 나만 놔두고.

　일찍 장을 본 다음 하루를 쫙 비워두려고 그랬지.

　지금 갈 거야?

　응. 가격도 반값인 데다 훨씬 싱싱하니까.

　오늘이 무슨 날인지 기억 못 하는 모양이네?

　자기만 기억하는 줄 알아? 우리 만난 지 석 달 되는 날인

　거 당연히 알지.

그의 눈에 미소가 서렸다.

　어서 다시 들어와. 아주 행복한 기념일을 만들어줄 테니

　까. 자, 어서, 이 귀염둥이야.

우와, 금세 타월이 바닥에 떨어졌다. 장보기는 좀 이따 해야겠다. 잭슨은 샌퍼난도 힐로 기념일 소풍을 가자고 했다. 나는 '바다의 사원'에서 보내고 싶었지만 잭슨의 뜻이 이미 굳건했다. 한 가지 깨달은 건 그가 아주 고집이 센 사람이라는 사실이다. 뭔가 마음을 정했다면 도무지 바꿔놓을 수 없었다. 내가 실망한 기색을 보이자 사 개월 기념일에는 바다의 사원에 가겠다고 했다. 괜찮다. 남자 친구가 원하는 것이라면 나도 원하는 것이니까.

샌퍼난도 힐 가는 도중에 찰리스Charlie's에 잠깐 들렀다. 그 집의 따끈한 홉스 빵과 블랙푸딩은 기가 막히다. 거기에 차가운 스태그 맥주도 몇 병 집어 샌퍼난도 힐로 달려갔다. 그곳이 얼마나 평화롭고 산정에 올라가면 얼마나 멀리까지 보이는지 다 잊고 있었다. 도시 전체와 그 너머가 우리 발밑에서 뻗어나 있었다. 안타깝게도 소풍 온 사람들이 우리 말고도 더 있었다. 남의 눈에 안 띄면서도 포인트아피에르 너머 파리아 만을, 그리고 날이 화창한 덕에 베네수엘라까지 내다볼 수 있는 벤치를 한참 만에 찾았다.

남의 눈에 안 띈다는 것은 사람들의 호기심 어린 시선을 피해 이야기할 수 있다는 뜻이었지 딱 붙어 앉을 수 있다는 뜻은 아니었다. 나는 맥주가 든 차가운 가방을 둘 사이에 내려놓았다. 언제라도 불상사가 닥칠 수 있었지만 적어도 위험을 최소화하려는 것이었다. 요새는 개나 소나 총을 갖고 다니며 누가 기분 나쁘게 쳐다보는 것만 같아도 냅다 방아쇠를 당길 태세가 되어 있었다. 잭슨이 경찰에 몸을 담고 있다는 사실도 고려해야만 했다. 호모가 경찰이라? 돌아버린 거 아냐? 삼 개월 기념일에 내 아름다운 애인의 손을 잡고 그의 목에 입을 맞추며 주황색 태양이 파리아 만 너머로 지는 모습을 함께 보지도 못하고 어쩔 수 없이 그는 벤치의 한쪽 끝에 나는 반대쪽 끝에 앉아 있어야 했다.

하늘을 주황, 빨강, 분홍, 노랑으로 물들이면서 일몰이 펼쳐졌다. 나는 잭슨에게 말했다. 우리 보라고 저리 찬란한 거라고. 하늘조차 우리의 사랑을 축하하는 거라고.

참 잭슨, 해가 수평선 너머로 떨어지기 직전에 초록색으로 번쩍이는 걸 본 적 있어?

그런 건 들어보지도 못했는데.

잘 봐, 해가 넘어갈 때까지. 계속 보고 있으면 운 좋게 보일지도 몰라.

노랑과 분홍이 보라와 파랑으로 깊어지는 가운데 우리는 하늘이 바다와 닿아 있는 선을 지켜보았다. 스태그가 두 병 들어간 탓인지 거기 그렇게 잭슨과 앉아 있는 게 완벽하게만 느껴졌다.

체탄?

그가 속삭이고 있었다. 나도 그에게 속삭였다.

왜, 자기?

사랑해.

내가 더 사랑해.

나는 수평선에서 눈을 떼고서 그를 아주 똑똑히 바라보았다. 이 사람은 정말인 걸까, 아니면 신이 나를 놀리고 있는 걸까?

항상 같이 있으면 좋겠어.

나도.

함께 살 곳을 찾아야 해.

과연 그럴 수가 있을까?

그렇게 겁먹지 마. 방 두 개짜리 집을 얻으면 그냥 독신남 둘이 함께 세 들어 사는 것으로 보일 거니까.

매일 아침 함께 일어나고?

그만 가자, 체탄. 자기에게 굉장히 무례한 짓을 해주고 싶은 기분이야.

경찰님, 저를 거칠게 좀 다뤄주실래요?

그가 나에게 윙크를 했다.

아니, 좀 기다리자. 자기가 아까 말한 그 초록색 빛을 보고 싫어.

에이, 그거 별 것 아니야. 항상 그러는 것도 아니고. 내가 이 자리에서 성폭행을 저지르기 전에 어서 서두르라고.

알았어. 진정하고. 그럼 이제 집에 가는 거야.

그날 밤부터 잭슨과 나는 함께하는 삶을 계획했다. 아주 진지하게, 세부로 들어가는 그런 계획이었다. 그는 아리마나 다바디 등 어디든 동부로의 전출을 알아볼 것이었다. 그 지역에 초등학교가 열아홉 곳 있으니 나도 수월하게 일자리를 찾을 터였다. 어디가 살기 좋을지 우리는 차를 타고 돌아다니며 살펴보았다. 부동산 중개인 몇몇과 전화로 상담도 했는데 괜찮은 작은 집을 세로 얻을 수 있을 것 같았다. 아무도 우리를 모르는 곳. 거기서 새로 시작할 것이었다.

잭슨이 우리 집에서 자지 않으면 내가 그리로 갔다. 자주 있는 일은 아니었다. 그 동네 사람들을 별로 좋아하지 않는 느낌이다. 그가 우리 집에 오면 나는 커피를 끓이고 유니폼이 제대로 다려졌는지 얼굴이 비칠 만큼 구두코에 광이 나는지 모두 살펴본다. 그는 그냥 먹고 목욕하고 옷 입고 출근만 하면 된다. 침대를 정리하고 컵을 씻어야 할 필요도 없다. 아무것도 안 해도 된다. 그런데, 뭐, 귀염둥이 애인에 대해 불평하는 건 아니지만 내가 그 집에 가면 이야기가 다르다. 그는 십대 소년처럼 산다. 장을 제대로 안 봐 빵이 없기 일쑤라 아침이면 둘이 함께 먹을 걸 찾느라고 부산을 떨어야 한다. 그리고 나는 그의 아파트에 혼자 있으면 안 돼서 그가 출근할 준비가 되면 나도 나가야 한다. 내가 뭘 어쩔까 봐 그러는 걸까? 어쨌든 불평은 하지 말자. 처음으로 제대로 된 관계인지라 조금 과민한 것인지도 모른다. 내 잘못이다.

며칠 전에는 페이스북에 한번 들어가 봤다. 근래 웬만해서는 들어가지 않았고, 잭슨은 워낙에 소셜미디어를 안한다.

페이스북에서 뭐 누굴 보려고?

아무도. 그냥 맘에 드는 포스팅이 조금 있어서. 내가 직접 올리는 건 없어.

그가 화면을 들여다봤다.

숭스Soong's 앞에서 폼을 잡고 있는 저 스티브는 누구?

체육선생이야.

흠.

그 '흠'은 뭐야?

아무것도 아니야.

나는 하나도 숨길 게 없어. 자기가 봐도 돼. 나는 텔레비전이나 볼래.

그가 랩톱을 받아들었고 나는 넷플릭스를 켰다. 잠깐 훑어만 보고 질투할 일이 없다는 걸 깨닫고 랩톱을 돌려줄 줄 알았다. 아니었다. 더 못 기다리고 내 페이스북에 무슨 그렇게 흥미로운 게 있냐고 따져 물었다.

마니 부두싱이 누구야?

뭐?

검색기록을 보니 이 이름 하나뿐이네. 마니 부두싱, 그게 누구야?

포인트포틴에서 같이 자란 사람인데 아마 날 기억도 못 할 거야.

그 사람하고 사귄 거야?

내가 눈길을 돌렸다.

당연히 아니지. 그땐 어렸는데. 나를 어떻게 보고 그래?

뭐, 친구로 추가하지 그래.

아니야.

해. 친구로 추가해.

싫어. 안 하고 싶어.

봐, 내가 친구로 추가했어.

믿을 수가 없었다. 그가 나를 대신해 마니에게 친구 신청을 보냈다. 나는 파리가 들어갈 만큼 입이 턱 벌어졌다.

왜 그래, 체탄? 왜 나를 그렇게 봐?

하도 화가 치밀어 말이 나오지 않았다.

진정해.

이 남자에게 무슨 말을 해야 맞을지 머리를 뒤져보았으나 계속 말이 나오지 않았다.

이 사람하고 아무 일도 없었던 거라면 왜 그렇게 난리야? 아마 기억도 못 할 거라고 자기 입으로 말했으면서. 정말 그러면 친구 신청을 삭제하겠지.

숨을 고르게 쉬려고 의식적으로 노력을 해야 했다. 텔레비전에 집중하고 그를 무시하는 게 상책이었다. 그는 아직도 랩톱을 돌려주지 않았다. 그냥 확 낚아채고 싶었다. 그러면서도 성깔 부리는 것으로 보이고 싶진 않았다. 몇 분이 더 지나도 랩톱은 돌아오지 않았다.

랩톱 그만 닫아줘.

왜 그래, 귀염둥이?

그냥 좀 닫으라고.

화났어? 어, 귀염둥이가? 자기 컴퓨터에 있는 걸 나한테 보여주고 싶지 않아서?

더이상 참을 수가 없었다.

내 빌어먹을 랩톱 이리 내. 어서.

하지만, 음, 음, 왜 이렇게 화를 내는 건데? 자, 자기 망할 놈의 컴퓨터.

나는 그걸 받아서 탁자 위에 올려놨다. 잭슨이 입을 쑥 내밀며 휘파람 비슷한 소리를 내더니 일어나 운동화가 놓인 현관으로 갔다. 그리고 운동화 끈을 매고는 문을 열고 나가버렸다. 우리 애인 잘 있으라는 인사 같은 것은 없었다. 이후 꼬박 두 주간 아무 연락도 없었다. 그렇게 우리는 시간을 쪼개며 만나던 사이에서 서로 모른 체하는 사이로 변해버렸다. 참 힘들었다. 그가 내 심장을 뜯어내어 칼로 파슬리 썰 듯 썰어버린 기분이었다. 데이트 하는 것과 함께 사는 것은 전혀 다르다는 걸 힘겹게 배워가는 중이다.

## 솔로

콜럼버스 서클 지하철역에서 나오자마자 해가 눈에 들어왔다. 무척 평화롭고 근사했다. 눈에 덮인 센트럴 파크는 눈부시게 희었고 하늘은 청명했다. 마치 지독한 추위를 보상이라도 하듯 모든 게 너무나도 예뻤다. 여기서 이미 겨울을 나본 터라 아름답고 맑은 하늘은 곧 도시를 포근하게 보듬어줄 구름이 없다는 뜻이라는 걸 나는 안다. 한 시간만 지나면 이곳도 완전히 달라질 것이다. 교통량이 늘어나고 택시 운전사들은 경적을 울리기 시작할 것이다. 바닥의 눈은 지각하지 않으려고 서둘러 출근하는 인파에 밟혀 갈색으로 변할 것이다.

체탄 씨는 겨울을 못 견딘다고 했다. 나는 셀카를 찍고 '엉덩이까지 시려요'라고 썼다. 아저씨에게 문자를 칠 때마다 어김없이 엄마 생각이 난다. 일이 초 정도, 아주 잠깐. 엄마는 눈을 본 적이 없다. 어쩌면 이제는 봤을 수도 있다. 누가 아는가? 대화 없이 지내는 사인데. 이따금 편지가 날아온다. 답장도 쓸데없는 짓이다. 엄마도 나도 각자의 결정에 책임을 져야 할 뿐, 새삼스럽게 다시 말을 트는 건 괴상하기만 하다.
미드타운에 놀러 온 게 아니다. 건설현장은 월스트리트 아래쪽이다. 솔직히 34번 스트리트 밖으로는 나오는 일이 없고 일이 끝나면 끔찍한 러시아워가 닥치기 전에 도망치기 바쁘다. 그런데 칩스가 9번 애비뉴와 50번 스트리트의 식당에서 아침 미팅을 하자고 했다. 새로 들어온 트레버가 아니면 칩스라는 이는 알지도 못했을 것이다.
월스트리트 공사를 완공하기 위하여 데니스가 충원한 인력이 트레버였다. 나이가 조금 든 축으로 아마 사십대 후반쯤일 것이다. 커다란 용접 구역에 페인트를 칠하는 일인데 트레버는 눈에 잘 띈다. '마운트 게이 럼Mount Gay Rum'이라고 씌어 있는 낡고 색 바랜 노란 모자를 항상 대머리 위에 쓰고 다닌다. 농담을 주고받다 이게 완전히 해지기 전에 새 모자를 사라고 내가 말했다.

이봐, 트리니 친구. 함부로 말하지 마. 이 모자를 파는 가게는 이 세상에 없거든. 피프스 애비뉴의 으리으리한 가게들에도 없어. 마운트 게이가 스폰서인 항해 레이스에 참가

해야만 얻을 수 있는 거야.

배를 몰 수 있어요?

배를 몰 수 있냐고? 이봐, 도미니카에서는 내 소유의 보트가 있었어. 이름은 사야만다. 자네도 배 타 본 적 있어?

아니요.

도미니카에 와. 내가 보여줄게. 내 보트가 속력깨나 냈었는데. 한번 볼래?

그가 아이폰을 꺼냈다. 액정이 깨진 화면으로도 비싼 보트 앞에서 포즈를 취한 트레버의 사진들은 근사했다. 그런 보트는 값이 얼마나 할지 나로서는 짐작도 안 됐다.

그런데 왜 이런 데서 이렇게 고생해요, 트레버?

허리케인 마리아 때문이었어. 도미니카가 아주 납작해졌지. 거기서 생고생을 하는 것보다 여기서 기회를 보는 편이 나아. 나 같은 소상공인에게는 상황이 힘들거든.

허리케인이 지나갈 때 나는 뉴욕에 있었는데 하리 삼촌은 무슨 모금 활동에 참여도 했다. 사람들이 전 재산을 잃었다고 트레버가 말했다. 그런데도 그는 늘 미소 짓는 얼굴로 모든 사람과 웃으며 잘 지내는 좋은 사람이다. 잡화점에 가 소다를 사 오면 나한테도 하나 챙겨준다. 일요일에 점심을 같이 먹게 꼭 한번 오라고 해서 결국 간 적도 있다. 당연히 브루클린이었다. 달리 어디겠는가? 트리니다드 출신 인도인들은 퀸즈면 만족한다. 트레버 주변에는 자메이카인들과 바베이도스인들과 기타 작은 섬 출신들이 살았다. 확실히는 몰라도 트레버의 아내는 바베이도스인일 것이다. 만나지는 못했다. 병원 교대근무를 추가로 선다고 했다. 그렇게들 사는 것이다. 아이들은 어디 생일 파티에 가고 없어 아파트에는 그의 부모만 있었다.

내가 그곳에 있는 내내 그들은 텔레비전 앞에 진을 치고 있었다. 이따금 트레버가 나를 보고 말했다.

트리니 친구, 편하게 있어. 맥주 하나 더 줄까? 음식도 좀 더 먹어. 수박 줘?

할머니가 닭고기 펠라우pelau를 만들어주었는데 미안한 말씀이지만 우리 집에서라면 그건 펠라우로 쳐주지도 않을 거였다. 대체 양념을 하긴 한 건가? 나는 체탄 씨가, 그리고 엄마가, 만드는 걸 보며 배웠다. 우리 집 펠라우는 샤동 베니와 피망과 쪽파와 백리향과 납작한 파슬리 잎에다 통통한 콩고 고추로 향미를 배가한 냄비 속에서 보글보글 끓는다. 내가 갑자기 맘이 동해 펠라우를 만들겠다고 하면 하리 삼촌은 어느 여자를 집적대고 있더라도 당장 관두고 집으로 달려온다. 그런데 뭐 브루클린에는 닭이 품귀인 건지 간신히 두 조각을 건져낼 수 있었다. 게다가 험담은 하지 말아야 하겠지만 아니 세상에 음식을 종이 접시에 담아 내오지 뭔가! 내 낯빛을 봤는지 할머니가 설거지물 비용을 아끼려고 그런다는 식으로 변명을 했다. 퀸즈에서는 손님에게 절대 종이 접시에 일요일 점심을 담아내는 일은 없다. 가난하기는 해도 최소한 예의는 지켜야 한다는 생각 때문이다. 맙소사, 이제 내가 엄마 같은 소리를 한다.

행동거지 또한 그렇다. 엄마는 깔끔치 못하다고 내게 핀잔을 주며 항상 어질러진 것들을 치우고 집안을 정리했다. 캐서린과 이언이 그때의 나고 지금의 나는 엄마가 됐다. 물론 엄마가 내게 그랬듯 사촌들을 닦아세우지는 않는다. 하지만 까놓고 말해서 식사 후에 그릇이며 컵들을 식기세척기에 집어넣는 것이 뭐 그리 어렵다는 말인가! 게다가 내가 가끔 진공청소기를 돌리지 않으면 온 집안이 먼지 구덩이가 되어 질식사할 지경이다. 한 가지가 더 있다. 여기는 양념이며 향초가 비싼 곳이다. 쪽파를 살 때마다 뒷마당에 나가 필요한 양만큼 잘라올 수 있었던 그때가 떠오른다. 거기에 비교할 수는 없지만 나는 부엌 창틀에 향초 화분들을 세워놓았다. 로즈메리와 바질과 민트와 파슬리가 아직은 죽지 않고 자라고 있다. 체탄 씨가 지금은 따로 살아서 우리 집 정원 이야기는 듣지도 못하고 그렇다고 물어보지도 않는다. 이렇게 몇 해 떨어져 지냈으니 점차 더 쉬워질 줄 알았는데, 전혀 오산이었다. 어찌 보면 아직도 그날 밤 그 부엌에서만큼 아프다. 그저 그것을 내 온몸을 뒤덮은 제2의 피부라고 여기고 받아들이게 되었을 따름이다.

식당에 들어서자 칩스가 바로 나를 알아보았다. 하는 일도 그러니 정장차림에 왠지는 모르지만 농구선수처럼 체격도 건장할 줄 알았는데 전혀 그렇지가 않았다. 칩스는 유행을 타는 콧수염에 입 둘레에도 수염을 기른 작은 체구의 말쑥한 흑인이었다. 그가 나를 불렀다.

트리니 친구! 그쪽 사람들은 척 보면 알아요.

칩스?

유일무이한 칩스 맞죠. 커피 한잔 할래요?

종업원이 컵에 커피를 따라주었다. 칩스는 오렌지주스를 주문했다.

왜 그런지 딱 꼬집어 말할 수는 없는데 나는 트리니다드 사람들이 좋더라고. 아마도 가이아나 사람들보다 잘 섞여서 그런 것 같아요. 무슨 말인지 알죠?

무슨 뜻인데요?

가이아나인들은 말이지, 얼핏 괜찮아 보이지만 말씨가 하도 이상해서 여기 적응하기 어렵다는 걸 금방 알아요. 그리고 인도나 파키스탄에서 온 사람들은 정말 최악이거든. 아예 노력도 안 하니까. 흑인인 내가 무슨 인종차별주의자가 아니라는 건 잘 알겠죠? 하지만 어떻게 뉴욕에서 영어도 안 하고 막 그렇게 사냐, 이거예요.

나는 커피가 식기 전에 한 모금 들이켰다.

그런데 그쪽 사람들은 여기 와서 잘 섞이더군요. 무슨 말인지 알죠?

나는 억지로 미소를 지어 보였다. 이제 본론으로 들어갔다.

오천 달러가 들어요. 현찰로. 비싸지만 그만한 가치가 있죠.

한꺼번에요?

그럼, 선불로다가.

사촌 친구는 그 반값에 했어요. 그러니까, 삼 년 전에요. 맞아요. 제가 막 도착했을 때니까 삼 년 전쯤이에요. 음, 이천오백을 주고 했댔어요.

이봐요, 트리니 친구. 여기는 미국이야. 원하는 상대하고 거래할 자유가 있지. 난 이천오백에는 도와줄 수가 없어. 그건 안 되겠어요. 삼 년 전에는 상황이 달랐다고. 한결 쉬웠죠. 그런데 이젠 이민세관단속국이다 뭐다 하도 설쳐서 그쪽이 원하는 걸 주려면 자금이 더 필요해. 고도의 컴퓨터 보안 시스템을 우회해야만 이런 서류를 만들 수 있거든요. 그러려면 제대로 된 연줄이 필요하고. 무슨 말인지 알죠?

그가 재킷 깃을 여몄다.

나는 비즈니스맨이지 동네에서 얼쩡거리는 그런 치들과는 달라요. 그런 자들은 나타났다가 언제 다시 사라질지 몰라. 오늘은 보였다가 내일은 사라지니까. 그쪽이 삼개월, 육개월 후에 전화를 걸어 '칩스, 출생증명서가 잘못돼서 사회보장번호가 안 나온대요'라고 하면 내가 어떻게 할 것 같아요?

그가 요란하게 후루룩 소리를 내면서 오렌지주스를 마셨다. 엄마라면 식사예절 교육이 필요하다고 했을 것이다.

나는 문제를 고쳐줄 거야. 그게 아니면 환불을 해주던가. 이런저런 군소리 없이. 내가 그런 사람이에요. 그쪽이 일단 이곳 시스템에 진입하면 그건 평생을 가는 거야. 무슨 말인지 알죠?

'좋은 것은 싸지 않고 싼 것은 좋지 않다'라는 트리니다드 속담이 있어요.

바로 그거예요. 딱 짚었어. 그 누구의 눈에도 그쪽 출생증명서와 내 출생증명서는 다른 점이 보이지 않을 거예요. 그리고 여기서 태어난 것처럼 컴퓨터 시스템에 기록이 떡하니 들어가 있게 되는 거예요. 나는 브루클린에서 태어나 자랐지만 아무도 그쪽 출생증명서와 나의 증명서가 다르게 생겼다고 의심하지 않는다 이거지. 무슨 말인지 알죠?

전화벨이 울리자 그가 전원을 꺼버렸다. 금세 다시 울리자 그가 일어나 자기 몸을 더듬었다. 알고 봤더니 또 다른 전화기가 울리는 중이었다.

어, 미안해요. 전에도 말했지만 손님 결정에 달렸어. 애써 번 돈을 어떻게 쓸지 손님이 제일 잘 알 테니까. 어디 더

싼 데를 찾았다면 알아서 결정해요. 그런데 이천오백 주고 만든 출생증명서가 가짜면 어떻게 할 건데요? 이천오백 달러를 완전히 허비한 거잖아요. 게다가. 게다가! 이민세관단속국에서 소문을 듣고 나서면 JFK 공항에서 추방 비행기에 오르는 건 시간문제예요.

나는 커피를 마저 마셨다. 선택지가 많지 않았다. 출생증명서를 손에 쥐면 정상인처럼 내 이름으로 나온 사회보장카드를 신청할 수 있다. 게다가 미국여권까지 얻을 수도 있다.

좀 생각해볼게요.

좋아요. 생각 그거 해봐요. 내가 해주고 싶은 말은 지금은 큰돈처럼 보이겠지만 이게 다 미래를 위한 투자다 이거예요. 주식이나 채권에 투자하는 것처럼. 사다리에 발을 올려놓는, 그런 거예요. 무슨 말인지 알죠?

알겠는데요, 좀 생각해본 다음 연락드릴게요.

그렇게 해요. 아직 다이어리에 빈칸이 있는 금주 안으로 절차를 시작하면 빠르게 갈 수 있어요. 나중에는 어떻게 될지 장담 못 하고.

현장에 가니 트레버가 기다리고 있었다. 칩스가 믿을 만한 자인지 확신, 또 확신하냐고 내가 물었다. 오천 달러면 내 전 재산이었다.

나도 그 사람이 고쳐줬어. 전부 합법적이야. 칩스는 진짜 실력자야.

삼촌하고 먼저 상의해야 해요.

왜?

삼촌이기보다는 내게 아버지 같은 분이거든요. 뭐 내가 멍청해서 그러는 건 아니고 정말 중대한 일이니까요.

자기 서비스에 대해 여기저기 떠들고 다니면 칩스가 별로 안 좋아할걸. 무슨 말인지 알지? 자네는 성인이야. 누구의 승인도 필요하지 않지.

승인이 필요하진 않지만 체탄 씨에게 전화를 걸어볼까 싶었다. 문제는 내가 여기 눌러앉으려 한다는 것을 아저씨가 알고 나면 엄마 귀에도 들어갈 수 있다는 사실이었다. 대단한 충격일 것도 없겠지만 말이다. 아저씨는 우리 대화를 엄마에게 옮기지 않는다고 하는데 내가 거기 없으니 사실인지 알 길이 없다. 엄마는 엄마 일을 한 거고, 이제는 나도 내가 해야 할 일을 해야만 한다. 나 자신과 나의 람딘 가족에게 집중할 시간이다. 그것뿐이다.

*

그 주 내내 거의 못 잤다. 내 몸을 그을 때만 신경이 조금 느슨해졌다. 그래, 안다. 자해절단은 해서는 안 될 나쁜 짓이고 정신건강 전문가의 도움을 청해야 하고, 어쩌고저쩌고…. 다른 방법을 알고 있다면 나도 긋지 않는다. 어떻게 해야 모든 것에서 조금이라도 놓여날 수 있단 말인가? 그리고 나는 사람들이 알아차리지 못하게 조심한다. 긴 소매 옷과 긴 바지를 입는 것 말고는 눈에 띄는 실마리는 없다. 한번은 어리석게도 캐서린의 친구들과 어울렸다. 긴장이 됐다. 하지만 여자는 여유가 있었다. 순조롭게 가고 있었는데 내가 티셔츠 자락을 올리면서 어긋나고 말았다. 마치 스위치를 켜는 것 같았다. 내 팔을 한번 보고 이런 건 감당 못 한다, 뭐 그런 말을 하더니 단번에 끝장내는 거였다. 절대 다시는 그런 짓을 하지 않을 테다.

자해절단도 차츰 덜해질지 모른다. 팔월 한가운데의 가장 더운 날일 수도 있는 오늘도 나는 긴 소매 옷을 입고 있다. 어제도 그었지만 심하게는 아니었다. 밴드에이드Band-Aid, 붕대, 폴리스포린Polysporin, 면도날 등의 장비들을 작은 세면도구용 가방에 넣어 아무도 못 보게 내 팬티들 사이에 보관해뒀다. 어젯밤에는 폴리스포린 살짝 뿌리고 밴드에이드 두 개 붙이면 됐다. 오늘 밤에는 밴드에이드로는 부족해 붕대까지 감았다. 집에서는 일하다가 다쳤다고 하면 통하고 일터에서는 집에서 다쳤다고 하면 통한다. 그거면 된다.

칩스 일로 가뜩이나 골치 아픈 마당에 사건이 하나 더 생겼다. 전처를 만나러 간 하리 삼촌이 어찌 된 영문인지 위스키병을 들고 부엌에 딱 나타난 것이다. 캐서린은 나도 십 달러를 뜯긴 무슨 자선 줌바 마라톤 행사를 위해 헬스클럽에 갔고, 이언은 외출했다. 콜롬비아 아가씨에게 완전히 사로잡혔는데 전체적으로 꽤 예쁘다. 컴퓨터광이 제법 아닌가! 그는 세련된 옷차림에 한 블록 밖에까지 냄새가 풀풀 나게 애프터셰이브를 들이붓고 집을 나섰다.

커피 드려요, 하리 삼촌?

아니다. 나는 쌍둥이 조니와 워커면 돼.

그다지 좋은 친구는 아닌 것 같은데요.

나는 네 아버지와 달라. 주량이 세거든.

가슴이 철렁 내려앉았다. 커피머신 소리가 유독 요란하게 느껴졌다.

미안하구나. 그냥 해본 말이야. 나는 술을 마셔도 언제 멈춰야 할지 아는데, 네 아버지는 그냥 필름이 끊길 때까지 마시곤 했어. 가엾은 사람. 우리 가족은 아무 일도 없는 듯 시침 떼고 살았어. 아무도 수닐에게 과음에 대해 지적할 용기가 없었지. 나를 포함해서 말이야. 나조차 한마디도 안 했으니까.

나는 고개를 끄덕였던 것 같다. 말을 안 한 건 틀림없다. 목소리가 완전히 잠겨 있었다. 나는 커피를 들고 달아나고 싶었다.

그것만 빼면 네 아버지는 좋은 사람이었다. 너와 네 엄마에게 잘했어. 우애 좋은 형이기도 했고. 머리도 무척 좋았단다. 나한테는 그 머리가 내려오지 않았지. 무슨 상이든 수닐이 독차지했으니까.

나는 커피를 한 모금 마셨다. 하고 싶은 질문이 백만 개는 되었지만 턱이 꽉 잠긴 채로 심장만 미친 듯이 뛰었다.

내가 남아서 수닐을 도울 수 있었을까, 이따금 궁금해져. 내가 떠나고 나서 나도 모를 무슨 일인가로 누나들이랑도 사이가 틀어졌지.

하리 삼촌이 위스키 반 인치를 따르고 코를 대고 킁킁거리더니 한입 마셨다.

왜 네 앞에서 이런 쓸데없는 이야기를 하고 있는지 모르겠구나. 네 아버지는 쉬운 사람은 아니었지만 나에 관해서라면 달랐어. 내가 중학교에 들어갔을 때 네 아버지는 삼학년이었거든. 나를 괴롭히면 안 된다는 걸 다들 알았지. 누가 살짝만 건드려도 수닐이 사정없이 패줬으니까. 어떤 형들은 동생하고 어울리지 않으려고 들지만 수닐은 아니었어. 어디든 나를 데리고 갔고 나를 위해 무슨 일이든 해줬지.

하리 삼촌이 위스키 잔을 보던 눈길을 들어 올렸다.

얼음 있던가? 여기 두 개만 넣어주겠냐?

내가 일어나 냉동실에서 얼음을 꺼내 작은 그릇에 담았다. 스푼을 찾으려는 내 팔을 하리 삼촌이 잡았다.

앉아라, 앉아. 내가 하마.

조금 전에 그었던 딱 그 지점을 티셔츠 소매 위로 잡혔다. 젠장.

네 아버지가 우리 조부모님과 살았던 것은 아냐? 우리 집에서 살지 않았어.

왜요?

할머니가 병들었을 때 이미 누나들 셋이 태어나 있었단다. 할머니 병이 몇 달째 접어들자 할아버지가 도움이 필요했어. 아버지는 집이 좁아 할머니를 들이지 못한다고 하셨지. 그래서 어떻게 되었냐면, 어머니가 주중에 누나 셋을 데리고 부모님 댁에 가서 살다 주말에 돌아오셨단다. 알겠냐? 혀 좀 축이고.

삼촌이 한 모금을 마셨다.

그렇게 일이 이어지다 수닐이 태어났어. 문제는 수닐이 우리와 영 다르게 생겼다는 거였어. 우리 아버지는 피부색이 검었어. 어머니도 검었고. 그런데 웬일인지 아기 피부가 하얀 거야. 너는 희고 나는 검은 거 보이지? 그거 네 아버지가 물려준 거다.

그럼 형제들이랑 다른 아버지 핏줄이란 거예요?

그런 말이야 아무도 안 했지만 어쨌든 아기 때부터 수닐은 우리 조부모님과 살았어. 상황을 맞춰보면 뭐 답이 나오지 않냐? 조부모님 동네의 어느 남자였다는 말을 수닐이 들었어. 어머니의 결혼 전 남자 친구였던 모양이야. 그런데 진짜 슬픈 건 뭐냐 하면….

삼촌이 고개를 뒤로 젖혀 남은 위스키를 털어 넣고 얼음조각을 빨아먹었다.

수닐이 겨우 서너 달 되었을 때 그 남자가 사고로 죽어서 아무도 진실을 알 수 없게 되어버린 거였어.

삼촌 어머니는 아무 말씀 없으셨어요?

제정신이냐? 남편 아닌 남자랑 잤다고 고백할 여자가 어디 있어? 절대 안 되지. 게다가 두 분 사이에 무슨 일이 있었는지 모르지만 괜찮아졌어. 내가 이어서 나온 걸 보면 알지.

나는 그저 아버지가 불쌍했고 내가 그 입장이라면 어떻게 했을까 싶기만 했다. 그렇게 힘든 사정이 있었으니 술을 마신 것도 당연했다. 하리 삼촌이 일어나 나를 꼭 끌어안아줬다.

잘 들어라. 어느 가정이나 그 나름의 문제를 안고 사는 법이야. 겉으로는 어떻게 보이건 안을 들여다보면 다 골치 아픈 일들이 있어. 자, 이제 그만 자자.

원래 계획은 칩스 문제에 대해 하리 삼촌과 상의하는 거였다. 이제는 아니었다. 반은 취해서 나온 소리였지만 어쨌든 알게 되어 잘된 일이다. 아버지가 견뎌냈듯이 나도 혼자서 견뎌낼 테다. 나는 경험으로 배웠다. 여하튼 나는 언제나 혼자라는 사실을.

## 베티

수년째 이따금 트리니다드를 찾아오는 글로리아의 영국 거주 사촌을 나는 한 번도 진지하게 본 적이 없다. 나보다 최소 십 년은 연상이다. 못생기지는 않았고 멍청한 것도 아니다. 차 문을 열어주고 그렇게, 매너도 아주 좋다. 그런데, 아, 맙소사, 세탁기 사용설명서만큼이나 따분한 사람이다. 지난 몇 차례 트리니다드에 왔을 때는 여기서 은퇴할 생각인데 내가 도움이 될지 모르겠다고 글로리아가 귀띔을 해줬다며 전화를 걸어왔다. 내가 무슨 도움이 될지 모르지만 글로리아를 생각해서 함께 땅을 좀 보러 갔다. 어딜 가든 그 지역에 대해 내가 아는 것들을 말해주었다. 그는 토르투가를 마음에 들어 했다. 정착하기 좋은 곳이라고 나도 동의해줬다. 센트럴 레인지 고원인데 거기 사는 레슬리 삼촌은 이 나라를 통틀어 전망도 산들바람도 단연코 최고라고 입이 마르게 칭찬을 한다.
지난 성 금요일에 그가 멋진 리넨 셔츠를 차려입고 향수를 들이부은 듯 독한 향을 풍기며 나를 찾아왔다. 이번에는 만자닐라로 땅을 보러 가는데 함께 가주기를 원했다. 왠지는 모르지만 따라나섰다. 공휴일인데 심심하기도 했고 만자닐라 가는 길은 항상 아늑해서이기도 했다. 그래서 차에 탔다. 조심하지 않으면 나도 모르는 사이에 체탄 씨가 붙여준 일명 '미스터 잉글랜드'랑 엮일지도 모른다.
해안도로를 따라 달리며 코코넛 나무들이 줄지어 선 길고 긴 해변의 아름다움을 만끽했다. 작년만 해도 오백 건에 달한 살인사건만 없다면 이 나라는 낙원이리라.

경찰서가 가까워지네요, 베티. 안내판 나오는지 좀 봐줄래요? '토지 매물' 뭐 그런 거요.

우회전이요. 보이시죠?

위치가 좋은 매물이었다. 차로 오 분만 달리면 해변이었고 근처에 경찰서가 있으니 강도들이 함부로 드나들지 못한다. 내가 손바닥 들여다보듯 훤히 잘 아는 곳이었다.

근처에 친척이 살아요.

정말요?

명절이면 여기 올라와서 이웃의 코코아 정원이며 코코넛

정원들을 돌아다녔던 기억이 나요.

그때부터도 벌써 예뻤을 것 같아요.

증조할아버지가 저 아래 사는 미군들 이야기를 해주곤 하셨어요. 바로 여기 덤불 숲에서 밀림전투 훈련을 했대요.

그런 줄 몰랐어요.

미스터 잉글랜드가 피크닉을 즐기고 해수욕도 하고 가자고 제안해왔다. 우리는 한 손에는 파트라주에서 사온 닭고기 카레로티를, 다른 손에는 청량음료를 들고 코코넛 나무 아래에 자리 잡고 앉았다. 이 짭조름한 바닷바람은 나에게 곧 어린 시절이었다. 나는 해변 사진을 하나 찍었다.

누구에게 보내려고요?

체탄 씨한테요. 그러면 뉴욕의 내 아들에게 보내줄 거거든요.

왜 직접 안 보내요?

나는 푸른 바다를 바라보았다. 뉴욕은 멀고 멀었다.

말하자면 긴데요…. 서로 대화가 끊겼거든요.

어떻게 당신에게 말을 안 하는 사람이 있을까요?

식사를 마친 그가 셔츠를 벗고 내게도 함께 바닷물에 들어가자고 해서 이 수영복은 해변에서 그냥 보여주려고 입은 거지 물속에는 못 들어간다고 선을 그었다. 파도가 거칠었고 조류도 위험했다. 오늘이 무슨 날인지도 모르는 걸 보면 확실히 나가

산 지 너무 오래된 사람이었다.

성 금요일에 해수욕을 하면 안 되는 거 모르세요? 특히 저녁 여섯 시 전까지는 안돼요.

물속에 들어가면 물고기가 된다는 그런 헛소리를 믿어요?

그건 멍청한 소리지만 매년 성 금요일에 익사자가 나와요.

뭐 나는 이 바다가 좋고요, 그래서 들어갑니다. 함께 가요.

안돼요. 게다가 바다에는 뒷문도 없다고요.

어서 들어와요. 내가 지켜줄 거니까요.

싫어요. 전 여기 있을래요. 그냥 구경할게요.

여기까지 와놓고 물에도 안 들어간다고요? 그건 말이 안 되죠.

그냥 모래밭도 좋아요. 정말이라고요. 원하시면 들어가세요.

미스터 잉글랜드는 계속 지분거렸다. 그렇게 말씨름하느니 그냥 발가락이라도 담그는 게 나을 것 같았다. 함께 물속에 들어갈 때 그가 손을 잡으려고 했다. 나는 앞으로 팔짱을 끼고 그에게서 떨어져 섰다. 그가 헤엄을 쳐서 앞으로 나아갔다. 나는 무릎까지 물이 올라오는 데 서서 그 얼간이가 연신 파도에 맞아 내동댕이쳐지는 모습을 구경했다. 그래도 즐거운 것 같았고 허우적대며 물에 빠져들지도 않은 게 다행이다. 다만 성 금요일의 저주를 완전히 모면한 건 아니었던지 돌아가는 길에 차를 긁고 말았다.

당신을 보느라고 도로에서 눈을 떼다 차를 긁은 거예요.

이상한 소리 좀 그만해요. 바다에 들어간 벌이에요.

문제는 그 이상한 소리가 싫지 않은 거였다. 내게 관심이 있는 사람과, 그게 누구든, 단둘이 시간을 보내는 게 너무 오랜만이었다. 그리고 그만하면 괜찮은 사람이었다. 나를 집 앞에 내려준 다음 그는 함께 보낸 시간이 얼마나 즐거웠는지, 그리고 이런 시간을 얼마나 다시 갖고 싶은지를 긴 문자에 담아 보내왔다. 나는 고맙다고, 나도 즐거웠다고 회신 문자를 쳤다. 음, 그는 그걸 '녹색 신호등'으로 받아들였다. 과장이 아니라 하루에 문자를 세 개씩은 보낸다. 아침에 잘 잤는지 오늘은 뭘 할 건지 묻고, 낮에는 점심으로 뭘 먹을 거고 누구랑 연락을 나눴는지 묻고, 저녁이 되면 텔레비전을 보는지 일찍 자러 갈 건지 언제 또 찾아와도 되는지 긴 문자로 묻는다. 심지어 글로리아에게도 자기 뜻을 펼쳐 보였다. 나는 남자를 찾고 있지 않다고 전해달라고 글로리아에게 부탁했다.

아, 베티, 정말 왜 그러는데? 지금 너하고 완전히 사랑에 빠졌다고.

좋은 사람이기는 한데 느낌이 전혀 안 와.

느낌도 노력하면 올 수 있는 거잖아. 혹시 내가 모르는 남자가 있어 내 사촌을 쳐내는 거 아니라면 말이야.

뭐라고, 글로리아? 왜 그리 그 남자를 나한테 들이미니,

너? 나 혼자도 행복하다고 내가 그랬잖아.

너 안 행복해.

그래, 뭐 조금 외롭긴 하지. 하지만 그뿐이야.

네 문제는 헛된 자존심이 너무 세다는 거야. 남자가 그렇게 너 좋다고 목을 매는데 고상한 척하느라 바쁘지.

글로리아 말대로 자존심이 너무 센지도 모른다. 대체 나는 뭘 기다리고 있을까?

## 체탄 씨

이해할 수가 없다. 잭슨은 그렇게 멀쩡하게 내 집에서 나간 뒤 이 주 동안 연락이 없었다. 침묵이었다. 지난 화요일 퇴근 준비를 하고 있는데 그가 집으로 오겠다고 문자를 보내왔다. 신선한 코코넛워터를 들고서 아무렇지도 않게 들어왔을 뿐만 아니라 일언반구 사과가 없었다. 그동안 수많은 밤을 개떡 같은 기분으로 잠자리에 들었었다. 우리는 끝났다고 확신했었다. 그런데 잭슨은 아무 일도 없었다는 듯 눈을 반짝이며 나를 바라보는 것이다. 그러면 나는 쓸데없이 그렇게 눈 빠지게 운 거였을까? 뭐라고 한마디 하려는데 그가 나를 소파에 밀어붙이고 청바지의 지퍼를 내려 나의 아픔을 말끔히 씻어갔다.

이건 경험해보지 못한 스트레스였다. 그렇게 별 이유도 없이 변덕을 부리는 사람을 나는 알지 못했다. 그리고 그는 그것을 더는 거론치 않을 것이다. 그에게는 이미 지난 일이었다. 그가 아는 유일한 사과는 행동뿐이다. 자기 집으로 날 부르더니 모닝커피와 함께 침대 위에서 나를 안았다. 이제 빵도 사다 놓았고 내 발을 마사지해주며 텔레비전을 본다. 내 목에 키스를 수 없이 해주고, 떨어져 있을 때는 꾸준히 문자를 쳐 주로 내게 해주고 싶은 일을 전한다. 아주 최고다.

동거 이야기도 재개했다. 잭슨은 전출 신청이 어떻게 되고 있나 타진하는 중이다. 전출이 특히 힘든 일이다. 그쪽이 정리되면 나도 교육청에 들러 진행 상황을 확인할 예정이다. 살 집은 아직 정하지 못했지만 동네는 세 군데로 압축됐다. 문득문득 내가 남자와의 미래를 계획하게 될 줄은 생각도 못했다는 자각이 든다. 그럼에도 마치 천생연분인 듯 자연스럽게 느껴지는 것이다. 이게 다 아직 사 개월 기념일도 오기 전의 일이다.

이번에는 지난달에 미뤄뒀던 바다의 사원이다. 나는 가본 적 있지만 잭슨은 이상하게 한 번도 못 가봤단다. 거대한 하누만 Hanuman 동상을 꼭 보여주고 싶다. 그것과 육지의 사원을 본 다음에는 거기 나란히 앉아 석양을 바라보고 싶다. 주위에 아무도 없으면 그의 귀에 대고 혼자 힘으로 벽돌 한 장 한 장을 쌓아 바다에 그 최초의 작은 사원을 지은 남자의 이야기를 속삭여줄 것이다. 이번에는 초록색 빛을 놓치지 않게 수평선에서 눈을 떼지 않을 것이다.
다가온 기념일은 침대에서의 뜨거운 시간을 포함하여 순조롭게 시작되었다. 돌아누우며 몇 시에 바다의 사원으로 출발하면 좋을지 묻는 나를 그가 무슨 뚱딴지같은 소리냐는 얼굴로 바라보았다. 계획이 그렇게 확정되었다고 그는 생각하지 않았던 것이다. 그는 나를 조부모 집에 데리고 가고 싶어 했다. 당연히 내가 누군지 밝힐 수는 없지만 가족에게 데려가는 남자는 내가 처음이라고 했다. 그렇게 나오는데 토라질 수는 없었다. 연애 관계는 강공책이 최선이 아니라는 걸 나는 배워가는 중이다. 얼굴에 화난 빛이 올라왔는지 잭슨이 안아주며 다음 달 기념일에는 반드시 바다의 사원으로 가겠다고 약속했다. 다만 오늘은 피프스컴퍼니 빌리지를 향해 남쪽으로 달려야 한다.
부끄럽지만 나는 우리가 가는 곳이 어디쯤인지 얼른 찾아봐야 했다. 지도 위에서 피프스컴퍼니 빌리지는 조그만 점이었다. 눈 깜빡하는 사이에 놓칠 수도 있었다. 그러나 이제 콜럼버스의 최초 상륙 장소로 여전히 알려져 있는 모루가 근방이라는 건 알게 되었다. 그런데 사실 그는 우리 땅을 밟은 적도 없었고, 오로지 금을 찾아 남미로 가던 길에 바깥을 내다보며 '라이슬라 데 트리니다드'라는 이름을 이 땅에 불쑥 붙여주고 항해를 계속했던 것이다. 수 세기 동안 진실이라 믿은 것이 가짜뉴스였음을 깨달은 모루가 사람들의 심정이 어떻겠냐고 잭슨에게 물었다. 그가 웃었다.

그냥 그런 말은 하지 마. 콜럼버스 욕을 했다가는 우리 조
부모님에게 좋은 점수 못 받으니까.

나는 미소 지었다. 물론 노인들을, 그것도 초면에 성가시게 굴
생각은 없었다.

알았어, 잭슨. 그런데 우리 빈손으로 갈 수는 없잖아.

도중에 뭘 좀 사야지.

에이, 시어른 뵈러 가는데 안 되지.

자기 원하는 대로 하자. 나는 세차 좀 할게.

그가 양동이와 비누를 가지고 밖으로 나가자 나는 기막히게 맛있는 코코넛 스위트브레드를 세 개 구웠다. 하나는 가져갈 것, 하나는 집에서 먹을 것, 하나는 베티 양에게 줄 것이었다. 내 스위트브레드가 끝내준다고 말하는 사람이다. 비결이라면 설탕에 절인 과일과 건포도를 코코넛과 균형을 맞추는 데 있다. 거기서 빗나가면 너무 달거나 덜 달거나 뭐 코코넛이 모자랐냐는 소리를 듣게 된다. 그녀를 떠올리자 양심이 편치 않았다. 안부도 묻지 않고 지낸 게 여러 달이다. 잭슨과 너무 행복해서다. 내일 이 스위트브레드를 갖다 줄 테다. 가엾은 솔로 역시 내가 사랑을 찾은 후 뒷전으로 밀려났다. 간단한 문자라도 보낸 게 벌써 두세 주가 지났다. 녀석을 생각하면…. 뉴욕에 눌러앉아 건축 일을 한단다. 머리가 나쁜 것도 아니다. 학위를 따

는 것이 상식에 맞는 일이다. 분노에 속을 죄다 뜯어 먹히면 그렇게 된다. 불쌍한 자식. 삶은 녹녹하지 않다. 이번 주에는 전화를 해야겠다.

면도를 말끔히 하고 로션을 듬뿍 바른 뒤 향수도 평소보다 좀 더 뿌렸다. 괜찮다. 퀴퀴한 냄새를 풍기며 가는 것보다는 그러는 것이 안전하다. 빨간 셔츠와 제일 나은 청바지를 입고 나갔더니 잭슨의 얼굴이 부루퉁해졌다. 빨간색이 별로라고 했다.

음, 그럼 내가 뭘 입으면 좋을지 자기가 골라줘.

좋아.

그는 하늘색 폴로셔츠를 골랐다. 누구 다른 사람이 내가 입을 옷을 골라준 것은 기저귀 떼고 처음이었다. 하지만 그에게 이런 기회를 다시 줄 거라고는 장담 못 하겠다.

마른 수건에 싼 따끈한 스위트브레드와 그의 할아버지께 드릴 럼 한 병을 챙겨 우리는 길을 나섰다. 그분들은 우리 관계를 몰라도 우리는 알기에 우리는 늙어서도 이 날을 기억하며 이야기를 나눌 것이다. 가는 길에 잭슨은 쓸데없는 소리를 늘어놓았다. 새로 들어온 동료가 동성애자가 분명한데 자신에게 아무 관심이 없다는 것이었다. 수작을 거는 줄 알고 멀리하는 거라고 내가 말했다. 경찰에 동성애자가 또 있다고? 그럴 리는 없었다. 그런데 내 귀여운 애인은 다정하게 바라만 봐도 나를 포함한 남자들이 무릎을 꿇고 애걸하는 데 이골이 났다. 애인의 수만 따져 봐도 어마어마하여 나는 거기에 대면 차라리 성자에 가까우리라.
페이스북과 마니에 대해 물어볼 거라는 생각에 기다리고 있는데 아직까지는 아니다. 때를 봐서 마니가 친구 신청을 수락했다고 말해주려고 한다. 메시지까지 받았다고 털어놓기에는 그의 성미가 너무 예측불허다. 나를 기억한 마니가 만나자고 했는데, 운때가 안 맞았다. 기나긴 가뭄처럼 고갈돼 있던 나의 인생에 예상 밖의 열대 장대비가 닥쳐오고 있었다. 전에 하도 자주 생각했기에 마니를 만나고 싶긴 했다. 그것은 불에 기름을 붓는 것일까? 잭슨은 불쾌해할 것이고 이번에 또 박차고 나가면 다시 돌아오지 않을지 모른다.
모루가에 진입하자마자 도로의 파인 구멍에 차바퀴가 빠져 박혔다. 곧바로 잭슨은 화를 터뜨렸다.

이 망할 놈의 정부가 도로를 보수하겠다고 말한 게 얼마나 오래됐는지 알기나 해? 바로 이런 게 가난한 사람들이 견뎌내야만 하는 불의야. 이 나라에서 여기 말고 도로가 이 모양인 곳이 어디 또 있겠어?

진정해. 나아지겠지.

그가 나를 노려보았다.

잘 봐. 이건 약과야. 도로 상태에 반발한 사람들이 교통을 가로막고 섰던 거 기억하지? 신문에 났으니까. 엎친 데 덮친 격으로 산사태까지 나서 집 한 채가 무너지고 도로가 훼손됐어.

이후 수 마일을 쿵쿵 부딪치고 덜거덕대며 달리는 동안 잭슨은 차의 서스펜션이 손상을 입는다며 빌어먹을 정부에 수리비를 청구하겠다고 이를 갈았다. 일리가 있는 말이었다. 모루가 도로에서 벗어나 작은 언덕길을 오를 때는 속이 울렁거렸다. 잭슨이 내 다리를 문질렀다.

미안해, 귀염둥이. 이제 왜 내가 여기 자주 오지 않는지 알겠지?

그가 울린 경적을 신호로 함께 차에서 내리자 금방이라도 스러질 것만 같은 지주 위에 위태롭게 서 있는 구식 목조주택이 눈에 들어왔다. 현관 앞 베란다에 덧댄 콘크리트 계단 다섯 개만이 간신히 집을 땅에 고정해주고 있었다. 가슴이 말랑말랑해졌다. 아주 오래전 동네의 누군가가 손으로 깎아 박아 넣었을 마룻장들이 뒤틀리고 지붕 격자가 뜯겨 나간 이런 집들을 나는 알고 있었다. 그 동네 사람은 교활한 악마가 지붕 틈으로 내려오지 못하게 지붕의 앞과 뒤에 징도 박았을 것이다. 그걸 모르고 내려오다가 반 동강이 나게 말이다.

베란다 안락의자에 앉아 있던 노파가 천천히 일어났다.

잭슨? 거기 너지?

이가 반은 빠진 얼굴에 코카콜라병 모양 안경을 끼고는 있었지만 잭슨의 무언가가 들어 있다 싶었다. 아마도 얼굴형이나 코 같았다.

아직 눈이 완전히 멀지는 않아 다행이구나. 아이고, 내 손주, 이게 대체 얼마만이냐! 그새 얼마나 컸는지 어디 발 한번 재보자.

노파가 눈에 눈물이 그렁그렁해져서 잭슨을 꼭 안았다. 그때야 내가 보인 모양이었다.

친구 데리고 왔어?

할머니, 여기는 체탄이라고 해요.

그녀가 나를 보고 다시 잭슨을 보더니 나도 경찰이냐고 물었다.

아니에요, 할머니. 수학선생이에요.

나는 허리를 굽혀 그녀와 포옹했다.

만나 뵈어 반갑습니다, 할머니. 제가 할머니 드리려고 스위트브레드 좀 구워왔어요.

그녀가 잭슨에게 몸을 돌렸다.

이게 정말이라니? 빵을 구울 줄 알아?

내가 빵을 건네주었다.

오늘 아침에 구웠어요. 할머니 드리려고요.

우리는 구석에 포개져 있는 흰 플라스틱 의자 두 개를 끌어왔다.

네 할아버지는 정원 산책을 나가셨다. 올해 여든다섯인데 아직도 팔팔하시구나. 이제 곧 돌아오실 거야.

그녀가 나를 바라보았다.

내가 몇 살인지 알겠수? 한번 맞춰 봐요.

모르겠어요. 무척 젊어보이시는데요.

늙은이한테 아첨은 고만 떨고. 작년에 여든셋이었으니 올 십일월이면 여든넷이라우. 하나님이 허락하시면.

할머니, 건강하신 거죠? 요새 어떻게 지내셨어요?

전처럼 기동이 쉽지 않아서… 그래도 정원에 나가 둘러보기도 하며 지내지.

내가 이때다 싶어 끼어들었다.

저도 정원이 꽤 넓은 집에 살았거든요. 오크로okro, 시금치, 콩 같은 걸 기르면서요.

그녀가 내 말을 잘랐다.

여기서도 온갖 걸 길러요. 웬만한 건 전부 다. 고구마, 얌, 타로토란, 카사바cassava, 무화과. 그리고 또 뭐더라, 잭슨? 저 뒷마당에 또 뭘 심었지?

흠, 글쎄요, 시계꽃이랑 라임이랑 파파야. 그리고 늘 양념식물도 기르시잖아요. 닭도 키우셨는데? 지금도 있어요?

아니야, 오래전에 가금류 사육은 그만뒀어. 골치가 너무 아파. 몽구스가 달걀을 훔쳐가지를 않나, 아무튼 온갖 탈이 많아서. 뭘 좀 마셔라. 차 오래 몰아서 목마를 텐데.

나는 조그만 베란다에서 얼굴을 매만지는 산들바람을 즐기며 울퉁불퉁한 노면을 달리느라 지친 몸을 쉬었다. 누가 태어나고 누가 죽었는지, 누가 애를 뱄는지, 누가 아픈지, 누가 감옥에 가고 누가 마을을 떠났는지, 누가 바람을 피우고 누가 칼을 맞았는지, 누가 일자리를 잃었고 누가 아직도 여기서 버티는지, 누가 아직도 그대로인지… 잭슨과 할머니가 나누는 이야기를 듣고 있는 게 천국 같았다.

그때 키 큰 노인이 집 옆에서 나타났다. 잘 익은 빵나무 열매를 들고 있는 노인을 보니 잭슨의 아름답게 빛나는 가짓빛 검은 피부가 어디서 나왔는지 알 수 있었다.

괜한 소리가 아니라 멀쩡하게 길을 걷는데 갑자기 집에 누가 왔다는 생각이 들더구나. 그런데 이것 봐라. 네가 왔구나.

할아버지, 오랜만이에요.

잭슨? 야, 멋지구나. 경찰 일이 잘 맞나보다.

할아버지가 스무 살은 젊은 사람의 동작으로 가뿐히 계단을 올라왔다.

친구하고 함께 왔어요. 체탄, 여기 우리 할아버지. 동네 사람들에게 파파 엘리엇이라고 불리시지.

악수를 한 뒤 내가 럼을 건넸다.

잭슨, 이 친구 벌써 마음에 든다.

술이 흐르기 시작하자 파파 엘리엇과 할머니는 가여운 잭슨을 무자비하게 몰아붙였다. 대체 너는 언제 여자를 찾아서 손주 녀석들을 안겨줄 테냐, 그리고 말이 나온 김에 자네는 왜 결혼을 안 한 건가, 혼기가 찬 딸이 여럿 있는 프린시즈 타운의 여자를 이 할미가 아는데 전화번호 줄 테니 잭슨 너는 당장 찾아가 맘에 드는 처녀가 있는지 알아보거라…. 파파 엘리엇도 뒤질세라 신선한 아이디어를 내놓았다.

잭슨, 장가드는 데 혹시 애로사항 있거든 이 할아비에게 털어놔라. 은퇴를 했는데도 사람들이 찾아와 치료를 청한단다. 오늘 아침에도 메이나드 양에게 산초차를 제조해주었다. 독한 감기가 들었는데 의사가 준 항생제가 전혀 듣지 않는다더라.

나는 소리를 지르지 않으려고 이를 악물었다. 잭슨은 벌써 결혼했어요. 내 남자예요. 내 남자, 내 남자, 내 남자요!

더이상 총각으로 지내다가는 여자들이 싫다고 할 거야. 너도 그렇고 네 친구도 신부를 볼 수 있도록 약용유藥用油를 만들어주마.

할머니가 자리에서 일어났다.

안에 불을 켜야겠어요.

할아버지가 몸을 돌려 나를 바라봤다.

체탄, 나는 오래전 치유의 기술을 배웠다네. 잭슨에게 물어보면 알아. 저 아이가 어렸을 때 나는 무척 바빴지. 온갖

> 근심거리를 안고 찾아와 약용유를 만들어달라거나 기도를 올려달라는 사람들이 많았어. 아버지는 할아버지에게, 할아버지는 증조할아버지에게, 그렇게 우리 집안 대대손손 배워 내려온 비법이야. 그런데 요새 사람들은 크게 관심이 없어. 우리 자식들도 배우지 않았고. 나 죽고 사라지면 이제 우리 집안의 치유 기술은 맥이 끊어지겠지.

나는 여기 데려와 준 게 고마워 잭슨을 건너다보았다. 파파 엘리엇에 따르면 오래전 미대륙에서 출발하여 1816년에 바로 이 마을에 정착한 이 집안의 일부가 되고 싶었다. 그렇게 먼 옛날까지 가계도를 거슬러 올라갈 수 있다니 상상이 잘 안 됐다. 내게 차례가 주어지면 나는, 이 쿨리 출신의 호모는, 잭슨에게 무슨 말을 들려줄 수 있을까? 우리 조부모님께 데려가 다섯 세대 위 조상이 인도에서 신의 승리를 가리키는 파트 알 라자크Fath Al Razak호에 몸을 싣고 건너왔으며 고조할머니는 여기서 십 마일 거리인 코코넛 과수원에서 일했다는 이야기? 그들에게 나는 오래전에 죽은 사람이었다.

## 솔로

아버지가 나와 비슷하게 가족과 갈라져 있었다는 사실은 정말 놀라웠다. 희한할 정도였다. 람딘 가문의 작은 부분이나마 내게 남아있어 다행이다. 그런데 나는 지금 사실 하리 삼촌 모르게 칩스와 일을 벌이고 있다. 만일 일이 어그러지면 삼촌 볼 낯이 있을지 모르겠다. 나를 위해 그렇게 애를 써주었는데 말이다. 하지만 이 위조 서류와 위조 신분증에는 돈이 많이 들었다. 갱신 때마다 이백에서 삼백 달러가 들었을 뿐만 아니라 이민세관단속국에서 들이닥치지나 않을까 걱정이 된다. 제대로 된 서류를 확보해야 할 때라고 캐서린이 말했다. 삼 년은 아무것도 아니고 오 년이나 육 년이 평균에 가깝다고 했다. 평균이 그렇다는 것이다. 십 년이 걸려 서류 문제를 해결하는 사람들도 있는데 그래도 많은 돈이 든다고 했다.
트레버와라도 이야기할 수 있어 다행이다. 어른인 데다 이미 이런 고난을 거쳤다. 조언 상대로 단연 최고다. 재미있는 건 고향에서라면 다른 섬 출신 사람들을 못 만났을 터였다. 이곳에서는 그레나다인이건 바베이도스인이건 트리니다드인이건 아무 상관이 없다. 우리는 모두 한 가족이다. 그리고 고향을 떠나 타지에서 사는 것의 부담을 트레버는 잘 안다. 칩스는 나를 엿먹이지 않는 게 좋을 것이다. 삼 년간 고생해서 벌어 푼돈을 아껴가며 악착같이 모은 돈이다. 내 방에 가서 가진 걸 살펴봐라. 신발 세 켤레가 전부다. 지금 입고 있는 코트도 처음 도착했을 때 이언이 준 것이다.
가진 걸 모두 털어 일주일 후에 칩스에게 전화를 걸었다. 트레버가 사는 곳 인근이라는 브루클린 주소로 현찰이 배달되어야 했다. 그런 거금을 쥐고 버스와 지하철을 타는 건 '나를 털어라'라고 가슴팍에 써 놓는 것과 다를 바가 없었다. 함께 은행에 가 돈을 찾아서 그 돈을 직접 칩스에게 전달하는 게 최선이다.
돈을 담을 용도로 패드가 덧대어진 갈색 봉투를 샀다. 그랬는데도 봉투가 불룩 튀어나왔다. 내 평생 그렇게 큰 현금은 처음 보았다. 더 안전하게 봉투를 식료품 봉지 안에 집어넣었다. 헌 옷을 입은 채 스톱앤숍 봉지를 들고 은행에서 나오는 날 보고 이런 거금을 들고 있으리라고 추측할 사람은 없을 것이었다.

트레버, 반드시 칩스 손에 직접 쥐여줘야만 해요. 다른 누구를 통해 전달하면 안 돼요.

트레버에게 봉지를 건네줬다.

거기 오천 달러가 들어 있어요.

그가 고개를 끄덕였다.

걱정 마. 칩스가 아닌 어느 누구에게도 주지 않을 테니까. 지금 곧장 갈게.

차를 몰고 떠나는 그의 눈빛을 보았다. 뭐랄까, 그것은 복권에 당첨된 사람의 기뻐 어쩔 줄 모르는 눈빛이었다. 나는 인도에 서서 꼼짝할 수 없었다. 너무나 감이 안 좋았고 발은 납덩이인 듯 떼어낼 수도 없었다. 구역질이 나왔다. 아니야, 내 돈을 가져갈 리 없어. 아닐 거야. 부들부들 떨리는 손으로 전화기를 꺼내 번호를 눌렀다. 돌아오라고, 내가 직접 칩스에게 돈을 갖다주겠다고 하려고 했다. 하지만 전화는 음성녹음으로 직행했다. 이후 십 분에서 십오 분간 나는 은행 주차장에 서서 트레버의 번호를 끊임없이 눌렀다. 먹통이었다. 전화기를 꺼놓은 모양이었다. 헐레벌떡 지하철에 올라 그의 아파트를 찾아갔다. 할머니가 사슬을 풀지 않은 채 문을 살짝만 열고 내다보았다.

트레버? 트레버 여기 없는데요. 집에 있겠지.

여기 안 살아요?

그럼. 자기 집 따로 있지. 그 식구를 다 거둘 방이 여기 없잖아.

주소는요?

그녀가 한숨을 내쉬었다.

알려주고 싶지만 나도 몰라요.

모른다고요? 에이, 할머니, 그러지 마시고요. 제발요. 중요한 일이에요. 제 돈을 갖고 있다고요.

그녀가 성호 긋는 동작을 했다.

걔가 어디 사는지 나도 몰라요. 이사를 하도 자주 다녀서.

휴대전화번호는 갖고 계세요?

제기랄. 내가 아는 번호랑 똑같은 것이었다. 다른 번호 있냐고 물어봤지만 당연히 없었다. 이번에는 할머니 전화로 걸어줄 수 있냐고 물어봤지만 적립액이 동나서 발신이 안 된다고 했다. 남편 분은 어떠냐고 묻자 해줄 수 있을지 모르지만 지금 도미노게임 하러 나가고 없다고 했다. 도와줄 수 없어서 미안하다며 문이 쾅 닫히더니 이중 잠금장치가 걸렸다.

몸속에서 열이 솟구치며 살갗이 불에 타듯 뜨거워졌다. 살을 그어 열어젖히면 열이 빠져나갈 거였다. 손톱으로는 불충분했다. 면도날이 있어야 했다. 집으로 돌아가는 러시아워 지하철에서는 할 수 있는 게 많지 않았다. 부족한 대로 새끼손가락의 뭉툭한 손톱을 잘근잘근 씹어 내려갔다. 내릴 역을 놓칠 뻔했다가 문이 닫히기 직전 간신히 빠져나갔다.

지하철역 밖에서 전화기를 꺼내 신호를 살펴봤다. 부재중 전화 한 통. 트레버였다.

## 체탄 씨

솔로가 셀카를 하나 보내왔다. 거짓말 않고 인생의 쇼크였다. 굶고 다니는지 앙상하게 말라 있었다. 아이 말로는 저절로 살이 빠졌단다. 아니, 굶지 않고서 어떻게 그렇게 빠질 수가 있단 말인가? 혈색도 파리하여 백인이라 해도 믿을 것 같았다. 겨울철이라 그런가 생각도 해보는데, 정말 속상한 것은 아이 눈이다. 동공이 껌껌한 게 정신 나간 사람의 눈빛이었다. 먼저 머리를 스친 것은 마약을 복용하는 건가, 하는 생각이었다. 전화를 걸어 오래 통화를 했다. 끊기 직전에 단도직입적으로 물었다. 솔로, 너 마약 하냐? 그런 거 안 한다고 했다. 대마초를 조금 해봤는데 뭐가 좋다는 건지 모르겠더라는 대답에 둘이 깔깔 웃었다. 몇 모금 빨고 가만히 앉아 뭔가 고차원적인 접속을 경험하길 기다렸건만 배만 엄청 고파져 도미노 피자 큰 거 한 판을 혼자 먹어치웠다는 말이었다.
하지만 그 모든 농담이며 시시한 잡담 속에서도 아이가 뼛속 깊이 외로워한다는 사실이 느껴졌다. 당장이라도 비행기를 타고 가 아이를 데려오고 싶었다. 전에도 여러 차례 말했듯 언제든 내 집에서 살아도 된다고 다시 한번 말해주었다. 여전한 대답이 돌아왔다. 제 엄마가 살아 있는 한 트리니다드 땅은 새끼발가락으로도 밟지 않겠다는 거였다. 솔로는 까다로운 아이다. 고집도 몹시 세다. 나가서 사람들과 어울리지도 않으리라는 것을 나는 잘 안다. 틴더 앱에 얼마나 많은 사람이 데이트하자고 줄을 설지 상상해보라. 그게 싫다면 체스클럽에 가입하거나 축구를 해도 좋다. 뭐든 즐기고 놀 수 있는 것이면 된다. 하지만 솔로는 아니다. 모든 게 두렵기 짝이 없다. 그게 어떤 것인지 정확히 아는 나는 그래서 더욱 아이가 달라지길 바란다. 이따금 사촌들이 데리고 나가 놀아주지 않으면 주말마다 방안에 틀어박혀 지낼 것이다.
적어도 이따금 문자라도 치고 지내니 다행이기는 하다. 우리가 아직 연락을 주고받는다는 것에, 베티 양을 그랬듯 나도 제 삶에서 쳐내버리진 않았다는 것에 마음이 뭉클해진다. 한동안 소식이 끊길 때면 그 생각이 먼저 떠오른다. 나도 쳐내버린 거구나. 내가 낳은 아이가 아니라는 건 말 안 해도 알지만 할 수 있는 한 아빠 노릇을 해주고 싶다. 어쨌든 기분이 좀 나아졌는지 오늘 이른 아침에 머리가 핑핑 도는 문자를 던져왔다.

첫 번째 여자 친구는 몇 살 때 사귀었어요?

나는 그 문자를 들여다보았다. 그 문자를 읽었다. 다시 읽었다. 한 번 더 읽었다. 전화기를 껐다 다시 켰다. 문자는 사라지지 않았다. 간단한 질문이라 생각하고 했겠지만, 솔로, 야, 이건 정말 어려워. 여자를 하나 만들어내서 허황한 이야기를 들려주고는 손을 털 수도 있다. 또는, 이런 생각을 하는 자신이 믿기지 않지만, 사실대로 이야기할 수도 있다. 솔로는 어린애가 아니다. 집을 떠나 먼 타국에서 혼자 힘으로 살아왔다. 세상 물정을 안다. 이제 비밀과 이별할 순간일지 모른다. 잭슨에 대해 아이에게 말해주고 싶다. 함께 산 지 일 년이 다 돼 가는데 어떤 경찰관에게 생으로 삼켜버릴 수 있을 만큼 홀딱 반했다는 사실을 솔로에게 아직도 털어놓지 못한 거다. 대수롭지 않게 받아들일지도 모른다. 우리 때처럼 한심하고 꽉 막힌 세대가 아니다.

아니면 그게 우리 사이의 마지막 대화로 남을지도, 그렇게 나도 내쳐져 버릴지도 모른다.

제 엄마와 그처럼 깨끗이 절연했다면 아무 관계도 아닌 나야 얼마나 쉽겠는가! 아무리 안 해야 할 일을 한 엄마라지만 이렇게 나이를 먹고도 그 입장이 되어 주지 못하는 녀석이다. 그 주정뱅이에게 두들겨 맞아 병원을 얼마나 드나들어야 했는지를 안다면 이제 마음을 풀고 용서해줘야 옳다. 그런데도 안 하고 있다. 적어도 아직은.

아이가 동성애자들을 모욕하는 걸 들은 적이 없지만 트리니다드에서 자란 햇수는 무시하지 못한다. 온갖 편견으로 머릿속이 이미 꽉 차버렸을지도 모른다. 박사학위에 직업도 좋은 지식인들이 아이들 주변에 동성애자들을 두지 않도록 조심하라고 말하는 걸 내 두 귀로 들은 적이 있다. 그게 다가 아니다. 나아가 나와 함께 보낸 시간을 돌아보면서 내가 저에게 흑심을 품었던 건 아닐까, 아이가 의심할지 어찌 아는가? 나와의 모든 기억이 별안간 역겨워질 것이다. 동성애자들은 불결하여 질병을 퍼뜨리고 수간을 즐기는 등 머리가 정상이 아니라는 성직자들의 설교도 들어봤다. 그리고 또? 악하다고 했다. 동성애자들은 주님 보시기에 순전한 악이자 가증스러운 부정물이라 했다. 일전에 우리 학교의 어느 동료 교사가 동성애자들을 처치하게 총을 달라고 했다. 알겠나? 총 말이다. 구금되어야 맞을 텐데 아무도 교육청에 신고하지 않았다. 내가 동성애자인 걸 알면 어떻게 나올까 궁금하다. 총을 쏴 죽여 버릴까?

온갖 생각이 이렇게 머릿속을 떠도는데도 솔로에게 진실을 말하려는 생각이 사라지지 않았다. 온종일 세탁건조기처럼 머리가 빙글빙글 돌았다. 괜찮을 수도 아닐 수도 있었다. 처음에는 찜찜했다가 차차 돌아올 수도 있었다. 두 가지의 선택 사이에서 끝없이 오고 갔다. 그래, 말하자. 아니야, 입 닥치고 있어. 저녁이 다가와도 아직 회신을 못 했다. 베티 양이 떠오르며 그녀 생각은 어떤지 물어보고 싶었다. 문제는 솔로가 나와 연락하고 지내는 게 안심되면서도 한편으로는 질투도 나는 그녀의 내심이었다. 아니다. 여기에 그녀까지 끌어들이면 괜히 더 골치만 아프고 혼란스러워진다.

이틀 후, 아이에게 털어놓기로 마음을 굳혔다. 하지만 어떻게 말해야 좋을까?

나는 동성애자야.

나는 줄곧 동성애자였어.

지워버렸다. 다시 써본다.

나는 동성애자야.

내가 그런 사람인 걸 나도 어쩔 수 없어.

지나치게 사과조다.

나는 여자 친구를 사귀어본 적이 없어.

나는 동성애자일지도 몰라.

긴 시간을 끙끙댄 후에 최종안이 나왔다.

나는 동성애자야. 그런다고 네가 여태 알아 온 그 사람과 다른 사람이 되는 것은 아니야. 아무것도 변한 건 없어. 남들에게는 말하지 않으면 좋겠다. 트리니다드 토바고가 어떤 곳인지 너도 잘 알 테니까.

솔로에게 털어놓은 후의 안도감이 벌써 느껴졌다. 뜨거운 볕 아래 하루를 보낸 뒤 들이켜는 시원한 냉수 한 잔 같았다. 차가운 물이 목을 적시고 몸 전체로 퍼지며 팔과 가슴과 배와 다리를 식혀주면서 타오르는 태양에 지쳐버린 육신을 회복시켜주는, 그 느낌.

그때 잭슨이 들어왔다. 내가 뭘 하고 있었는지 말하자, 맙소사, 이건 난리도 보통 난리가 아니었다.

> 이게 웬 수선이야, 체탄? 미친 거 아냐? 경찰서 동료들이 내가 동성애자라는 걸 알면 무슨 염병할 일이 일어날지 짐작이나 해? '아 그랬구나' 이러면서 그냥 둘 것 같아? 어? 말 좀 해봐. 경찰조직에 호모가 있다는 걸 발견했을 때 그자들이 어떻게 나올 것 같아?

그의 야단은 계속됐다. 솔로에게 털어놓으면 솔로가 다른 누구에게 전하지 않는다는 보장이 어디 있느냐? 누구 한 명에게 전하면 그게 또 다른 누구에게 전해질 거다. 인간은 남의 일에 참견하기를 즐긴다. 그 이야기가 트리니다드까지 들어오면 절대로 안 된다. 사람들이 우리 몰래 속닥거릴 것이다. 체탄이 호모라고. 그러면 이내 계산이 나오지 않겠는가? 온 동네 사람들이 나설 것이다. 잭슨이라는 경찰관 알지? 그 사람도 호모야. 맞아, 분명해. 그게 아니면 왜 맨날 그 인도인 호모하고 같이 놀겠어?

솔로는 조용한 아이야. 우리 이야기를 퍼뜨릴 친구 같은 것도 없다고.

점점 더하네. 왜, 밤사이에 더 멍청해지기라도 하는 거야? 그걸 자기가 대체 어떻게 확신하는데?

그가 내게 얼굴을 바짝 들이밀었다.

내가 어떻게 되든 상관없다면 본인 생각을 해봐. 세상에 어떤 장로교나 천주교나 침례교 이사회가 어린아이들이 동성애자한테 배우는 걸 허락하겠어? 대답 좀 해봐. 눈 깜짝할 사이에 쫓겨나고 만다고.

잭슨, 좀 앉아. 안절부절못하고 왔다 갔다 하니까 내가 머리가 다 아프다고. 그리고 내 얼굴에 대고 삿대질 좀 그만해, 제발.

그가 팔짱을 끼고 뒤로 물러나 나를 노려보았다.

아, 저런. 머리가 아프다니 정말로 미안하군. 가여운 귀염둥이. 뭐, 파나돌이라도 두 알 갖다 줘?

그가 씩씩대며 욕실로 향하자 나는 전화기를 꺼내어 써놓았던 문자를 지우고 이렇게 써 보냈다.

나는 출발이 늦었단다. 나를 본보기로 삼지 말길. 곧 누군가를 찾게 될 거야. 그게 누구든 너와 만나는 여자는 복 받은 거야. 그럼, 잘 자라.

욕실에서도 잭슨은 불평을 계속했다.

내가 구타는 물론 성폭행을 당해도 신경 쓰지 마. 실직도 마찬가지. 우리 가족은 어떡하지? 어? 내가 가족에게 절연을 당해도 괜찮아? 고생하신 할아버지 할머니가 편히 돌아가시지도 못하게 이런 일 터뜨려야 속이 시원하겠어? 자기 가족이 자기를 원하지 않는다고 나까지 가족과 연을 끊어야 하는 건 아니잖아.

잭슨은 한없이 지껄여댔지만 어느 순간부턴가 제대로 머릿속에 들어오지 않았다. 솔로는 내 아들도 아닌데 왜 그렇게 애착하는지 이해가 안 된다고 하는 듯했다. 마음만 먹으면 얼마든지 연락을 끊을 수 있는 것 아니냐고. 동성애자로 사는 것만으로도 이미 힘든데 커밍아웃을 해서 뭘 얻으려고 하는 거냐고. 괜히 잘난 체하다 난처한 상황을 자초하는 나 같은 사람들이 이해가 안 된다고. 그가 고함을 치고 욕을 하는 가운데 나는 갑자기 사바나 평원에서 장거리 경주라도 뛴 듯 피로감을 느꼈다. 잭슨은 계속 실내를 쿵쾅쿵쾅 돌아다니며 나에게 악을 썼다. 나는 자꾸만 작아지고 작아져 마침내 조그만 공이 되어버리는 느낌이었다.

# 솔로

칩스에게 돈 전달했음. 일주일 후에 연락 예정. 장모님 사망. 심장마비. 플로리다 장례식에 감. 트레버.

이 빌어먹을 문자를 받자 오히려 더욱 불안해졌다. 장모님 좋아하네. 나도 그 정도 물정은 안다. 이래 봬도 내가 할머니를 두 번 돌아가시게 만든 놈이다. 한 번은 워싱턴 DC의 친구들에게 놀러 가는 이언을 따라갈 때 써먹은 거고, 일터에서 나를 괴롭히던 자가 노동절 연휴에 일하러 나오라고 해서 미안하지만 상을 당해서 안 되겠다며 할머니를 한 번 더 팔아야 했다.

트레버의 전화는 계속 불통이었고 문자가 배달된 게 보이는데도 한 개도 읽지 않고 있었다. 그날 밤은 자지 않고 깨어 있으려 했다. 혹시 문자나 전화를 놓쳐서는 안 됐다. 새벽 세 시 십오 분쯤에 문자 도착 알림이 울렸다. 바로 눈을 뜨고 가슴 위에 떨어진 전화기를 확인해봤다. 트레버는 아니고 칩스가 회신을 보내왔다.

트리니 친구. 천 달러 입금됐군요. 잔금 속히 보내줘요. 칩스.

뭐야? 딸랑 천 달러? 나머지 사천 달러는 어디 가고? 그건 내 전 재산인데. 회신 문자를 쳤다. 칩스가 바로 보고 재확인해주었다. 정확히 천 달러예요. 밀봉된 갈색 봉투 속에요? 그래요. 우리 만나서 얘기해요. 오후 두 시, 그 식당에서. 그게 가장 빠르게 그를 볼 수 있는 시간, 장소였다. 보통 소음을 일으키지 않으려 주의하는 편인데 지금은 그럴 수가 없었다. 침대 옆 목재탁자에 머리를 마구 박다 나가 떨어져버렸다. 대가리가 깨져야 하는데. 제발 깨져라. 이 멍텅구리. 죽어도 싼 머저리. 두개골을 톱으로 썰어내는 것 같은 끔찍한 통증에 시달려도 싸다. 눈이 침침해졌다. 이게 다 멍청하고 덜떨어진 바보 천치인 벌이다, 솔로. 이제 널 누가 구원해줄 것 같아?

*

다음날 내가 어떻게 9번 애비뉴와 50번 스트리트의 그 식당까지 찾아갔는지 나도 모른다. 머리가 빠개지는 두통을 참아내며 간신히 도착했다. 주문한 커피가 차디차게 식을 때까지 마실 생각도 못 했다. 그래, 이렇게 되고 말았다. 돈도, 여자 친구도, 내가 인간임을 증명해줄 개뿔도 없이.

트리니 친구! 괜찮아요? 자는 거 아니죠? 손을 흔들었는데 못 보더라고.

그랬어요?

길 건너에서 보고 손을 흔들었어요. 시선이 그냥 나를 관통하는 것 같았어.

그렇게 멀리는 안 보여요.

칩스가 오렌지주스를 주문했다. 나는 물 한잔을 청했다.

돈 받았어요. 왜 그리 걱정하는지 모르겠네. 보통 할부로는 안 받지만 어쩌겠어요. 괜찮아. 하지만 전액을 보내줘야 일을 시작해요. 무슨 말인지 알죠?

그게 문제라니까요, 칩스. 직접 전해달라고 트레버에게 오천 달러를 줬어요.

오천? 아닌데. 이것 봐요, 그래서 내가 문자를 그렇게 보낸 거지. 오천 못 받았으니까. 이미 말했듯 트레버는 천 달러 주면서 나머지는 그쪽이 곧 보낸다고 그랬어요.

순 거짓말이에요.

나더러 거짓말쟁이라는 건가?

아니, 아니에요. 그쪽이 아니라, 트레버요.

이봐요, 나는 비즈니스맨이에요. 평판도 있고. 그쪽에게 사기 칠 이유가 전혀 없어요. 돈을 받았다면 내가 왜 이렇게 만나고 있겠어요? 여기 이러고 있을 이유가 없지.

나는 그에게 사건 정황을 차례대로 자세하게 들려줬다. 그러는 나를 그가 똑바로 바라보았다. 주스를 마시면서도 눈을 떼지 않았다. 나도 그를 노려보았다. 그는 한마디 말도 없이 내 말을 들으면서 손가락을 하나씩 앞뒤로 꺾어 딱딱 소리를 냈다.

칩스, 내 말 듣고 있어요? 뭐라고 말 좀 해요.

그가 한숨을 내쉬었다.

친구, 이거 곤란하네요. 전화를 몇 군데 걸어야겠어요.

내 말은 믿는 거죠?

그쪽 말을 믿는다는 것도 안 믿는다는 것도 아니고. 좀 이따 얘기하죠.

언제? 언제 얘기하자는 건데요? 내 전 재산이에요. 전부라고요. 말했잖아요. 이제 난 빈털터리예요.

트리니 친구, 이따 얘기하자니까요. 오늘은 아니더라도 내일 어때요? 아니면 모레. 늦어도 모레까지는.

아무리 애원해도 칩스는 입을 닫았다. 기다리는 수밖에 없었다. 집에 돌아가는 길에 CVS에 들러 타이레놀과 반창고 한 박스를 샀다. 일주일 내에 아물고 이등 제품보다 효과가 두 배라는 광고문구가 붙어 있었다. 나 스스로 만든 상처를 보살펴야 했다. 고름이라도 나면 결코 좋은 일이 못 되고 의사를 찾아 항생제를 처방받을 돈이 없다는 건 하늘이 다 알았다.
그 비겁한 개자식 트레버에게, 음, 어쩌면 트레버와 칩스가 합작한 것일 수도 있었고 트레버 혼자 벌이는 사기행각일 수도 있는데, 이렇게 감쪽같이 당하지만 않았어도 나는 지금쯤 침대에 누워 여유만만 주말을 즐기고 있었을 것이다. 그건 그렇고, 데니스를 화나게 해서도 안 될 일이었다. 일자리마저 잃으면 큰일이다. 거의 삼 년을 정규 작업반의 일원으로 꾸준히 일해왔다. 팀장에게는 예를 갖춰 대해야 한다.
물론 트레버는 현장에 나오지 않았다. 점심시간에 혹시 연락받은 사람 없냐고 지나가는 투로 물어보자 데니스가 그걸 듣고는 실망이 담긴 한숨을 내쉬었다.

> 쉰여섯 내 인생에 내 직감은 한 번도 틀린 적이 없었어. 그래도 이 일을 빨리 끝내자는 생각에서 한번 믿어본 건데, 이것 봐, 작업이 아직 한창인데 느닷없이 필라델피아로 날라버리고. 무슨 어머니가 병이 들어 입원했다는 터무니없는 변명이나 늘어놓으면서. 어머니는 멀쩡하다고 내가 장담한다.

토할 것 같은 기분이었다. 어머니가 입원하기는, 순 개뿔! 그리고, 뭐? 필라델피아? 대체 언제부터 브루클린이 필라델피아에 박혀 있었다는 말인가! 나는 불과 이틀 전 그 할머니와 이야기를 나눴고 내가 보기에 그 여인은 황소처럼 튼튼했다는 사실을 법정에서 증언할 수도 있다. 사기꾼 새끼. 개 같은 악당. 인간의 탈을 쓰고 고생하는 다른 인간을 이렇게 날로 벗겨 먹다니, 이해할 수가 없다.
칩스는 며칠간 조용했다. 문자 한 통 없었다. 가슴속 깊이 가망 없는 일임을 나는 알았다. 칩스는 환불은 안 하는 주의 같았지만 들어온 돈은 일단 착수금 명목으로 필요에 따라서는 몇 년도 유지된다고 했다. 이건 비즈니스예요. 무슨 말인지 알죠? 그래, 미국이란 나라에서 비즈니스가 어떻게 진행되는지 이제 비로소 눈을 떠가고 있다. 정말 미치고 팔짝 뛰겠다.

## 베티

디디의 조카와 결혼한 그녀는 디디의 질부이다. 그런데 글로리아와 나는 한참을 '이빨 못생긴 여자'라고 부르다 결국 진짜 이름을 잊어버렸다. 무슨 꽃 이름이었는데. 로즈였나? 아님, 재스민? 로즈가 웬지 낯익게 들린다고 글로리아는 말한다. 어쨌든 우리 둘 다 무안하게도 그녀가 친구 분들, 그러니까 베티 이모와 글로리아 이모랑 가시라며 카로니 조류보호구역 입장권 석 장을 디디에게 준 거다. 로즈인지 재스민인지 이빨 못생긴 여자인지 어쨌든 고마운 일이지만 사양하겠다고 내가 말했다. 디디는 들으려고 하질 않았다.

베티, 안 가겠다는 합당한 이유를 대봐. 그럼 끌고 가지는 않을게.

간단해. 나는 내 집에 있는 게 좋아서야. 발 뻗고 앉아 넷플릭스 볼 거야. 화초에 물 주고. 나무콩 까먹고. 그럼 나는 행복해.

안식일에 주님 이름 불러대게 하지 마라. 바로 그게 우리랑 가야 하는 이유야. 우리랑 노는 거랑 텔레비전 앞에 앉아 있는 거랑 어떻게 같아?

그리고 나 뱀 무서운데 카로니에는 뱀이 득실댈 거야.

거기가 조류보호구역이지 무슨 파충류보호구역이냐? 게다가 다른 사람들이랑 가이드랑 보트를 타고 도는 거야. 안전하다고. 내가 보증해.

사실을 말하고 싶지 않았지만 거기는 나로서는 가기 힘든 곳이다. 하지만 디디와 글로리아가 합세해서 들들 볶는 통에 방충 스프레이를 챙겨 그들과 함께 차에 오르게 되어버렸다. 내 속사정을 낱낱이 알려줄 건 없었다.

보트에서 누구와 마주치게 될지 디디 부인께서 아셨다면 그냥 나하고 집에 죽치고 앉아 영화 두 편을 때렸을 것이었다. 우리 앞에는 디디의 옛 남자 친구 존이 앉아 있었다. 그것도 그냥 남자 친구가 아니라 대대적인 결혼식 직전에 파혼을 선언한 남자였다. 그랬던 그가 단란한 가족을 거느리고 그곳에 있었다. 그 일로 디디는 아직도 독신이고 앞날의 약속 같은 것에 알레르기 반응을 보인다. 우리는 어색한 인사를 나누고 투어에 들어갔다. 디디의 귀에 대고 내가 속닥거렸다.

긴장하지 마. 결국 저따위 추녀한테 걸렸네. 네가 열 배는 더 예쁘다.

살짝 고개를 끄덕일 뿐 그녀는 구속복을 입은 듯 꼼짝달싹 못했다. 불쌍한 것 같으니. 앞으로 두 시간에서 두 시간 반 사이는 오도 가도 못 하고 잡혀 있어야 했다. 글로리아가 끼어들었다.

이 투어 해봤는데 그렇게 길지 않아.

디디가 눈을 굴리면서 손가락을 입술에 댔다.

쉿! 가이드가 조용히 하랬잖아.

두둑마다 검푸른 맹그로브 나무가 높이 자라 있었고 그 가지들이 서로 맞닿아 아치를 이루었다. 도중에 가이드가 뒤엉킨 나무뿌리와 가지 틈에 숨은 새들이며 동물들을 가리켜 보여줬다. 내 눈에 제대로 보인 것은 작은 곰 인형처럼 나뭇가지를 보듬고 앉은 개미핥기가 유일했다. 디디는 야생동물에는 아무 관심도 없이 등을 보이고 아내와 어린 딸에게 여기저기를 손으로 가리키며 보여주는 옛 남자 친구의 뒷모습만 쳐다보았다. 그걸 보기가 몹시 짠했다. 이제 여기 다시 오자고 할 일도 없으리라.

나도 마음이 복잡했다. 예전에 수닐과 함께 이곳에 왔었다. 이십 년이 훨씬 넘은 일이다. 사실상 첫 데이트였다. 좋았던 때를 이렇게 떠올리는 일은 괴롭다. 그는 아버지 차를 몰고 나를 데리러 와서 비용을 모두 댔다. 열아홉도 채 안 된 나는 어른이 된 기분이었다. 보트를 타는 내내 그는 나를 꼭 껴안았다. 사람들이 다 보는 앞에서. 우리는 바로 공식 커플이 되어버렸다. 그 얼마나 낭만적인가! 내 옆에 디디와 글로리아가 있는데도 고독감에 가슴이 아렸다. 가이드가 느닷없이 고함을 내질렀다.

저 위요. 모두 보아뱀 보이시죠? 저 나뭇가지에 돌돌 말린 채로, 자고 있어요. 다들 보고 계세요?

이제 디디가 나를 구조할 차례였다. 당장이라도 물속에 뛰어들어 차라리 카이만 도마뱀에 운명을 걸 태세였으니. 그녀는 그 끔찍한 뱀이 머리 위로 떨어질 수 없을 만큼 보트가 흘러나갈 때까지 자기 어깨에 얼굴을 묻고 있게 해줬다. 글로리아도 보듬고 들어왔다.

어머나, 아직 투어가 반도 안 끝났는데 뱀이 두 마리나 나왔어. 하나는 저기 보트 안에. 하나는 나무 위에.

디디가 마침내 미소를 지었다. 이제 제대로 숨이 쉬어지는 모양이었다. 가이드가 엔진을 끄고 보트를 커다란 늪지 한가운데에 묶었다. 이후 반 시간 동안 보트에 탄 열다섯 명의 사람들은 숨을 죽이고 밝은 주홍빛 홍따오기 무리가 우리 머리 위로 날아가 인근의 나무들에 내려앉는 모습을 지켜보았다.

수닐과 함께 탔던 보트도 이 근처에 멈췄을 텐데 기억 속에서 나무들은 이보다 컸다. 다들 새들을 주의 깊게 쳐다보았지만 수닐은 나만 바라보고 있었다. 그러다 한 손을 내 윗도리 속에 집어넣고 보트가 거기 서 있는 동안 줄곧 내 몸을 더듬었다. 몸이 젖어 들면서 무언가를 원했다. 그것 또한 내게는 처음이었다.

디디를 바라보았다. 견디고 있었지만 침묵과 샤워는 빛과 물, 그리고 우리 위를 날아다니는 아름다운 새들의 낭만까지, 모두가 그녀에게는 버거웠다. 이렇게 세월이 흐른 후에 전 남자 친구를 만나야 했다면 토요일 아침 붐비는 슈퍼마켓 같은 곳이어야 맞지 않았을까? 부부는 서로 뾰이 나 있고 아이는 그 옆에서 떼를 쓰는 그런 장면 말이다.

어느덧 땅거미가 내리자 홍따오기 수백 마리가 우리 쪽으로 날아와 나무 위에 앉으며 마치 붉은 크리스마스 장식을 떠올리게 했다. 다시 수닐 생각이 났다. 말없이 이 모든 걸 바라보다가 거의 칠흑 같은 어둠에 휩싸여 돌아가는 길에 몸을 기울이더니 내가 너무 좋다고 속삭였었지. 그러고는 물었어. 타마린드볼 좋아하냐고.

네, 타마린드볼 좋아해요. 왜요?

당신은 나의 타마린드볼이에요. 달콤하고 부드럽고 또 매콤하기까지, 모든 게 당신 안에 들어 있으니까요.

그리고 차에 타서는 키스가 더욱 뜨거워졌다. 숫처녀냐고 그가 내게 물었다. 물론 나는 숫처녀였다. 그러자 자신이 나의 첫 상대가 되기를 원하느냐고 물었다. 대답이 필요 없는 질문이었다.

일 년 후 우리는 결혼했다. 나는 스무 살, 지금 솔로보다도 어렸다. 그러니 인생에 대해 무얼 알았겠는가? 하지만 기다리고 싶지 않았다. 우리는 서로를 갈망했다. 그게 사랑이라고 굳게 믿었다. 내가 원한 건 독립이었고 결혼은 부모님에게서 탈출할 수단일 뿐이었음을 지금은 안다. 수닐과의 결혼은 수닐만을 뜻하지 않았다. 내 집 열쇠와 나의 가족, 그리고 새로운 삶이었다.
솔로가 나의 전철을 밟아 너무 이른 나이에 누구랑 눌러앉지 않은 건 다행이라 생각한다. 집을 떠나고 싶어 하긴 했으나 어쨌든 살아나가고 있다. 그래도 내가 아들에게 바란 것과는 한참 멀었다. 새삼스럽게 아이가 걱정된다. 이 친구들이 집 앞에 내려주면 곧장 체탄 씨에게 전화를 걸어야겠다. 솔로의 최근 소식을 들었을지 모른다. 제아무리 솔로가 어른이 되어 제 앞길을 헤쳐가고 있다고 해도 여전히 내 새끼라는 사실에는 변함이 없다.

## 체탄 씨

도대체 이해가 안 되는 게, 샌퍼난도 전체 인구가 잘해야 오만 오천에서 오만육천으로 차구아나스 같은 곳보다 한참 적은데, 어쩌면 헤어진 남자하고 한 번이라도 마주치는 일이 없는 것일까? 마주치기는커녕 운전을 하다 거리를 걸어가는 그가 눈에 띄지도, 몰을 돌아다니다 먼발치서 그를 보지도 못했다. 몰은 잭슨이 즐겨가는 곳인데도 그랬다. 트리니다드는 너무 좁아 오래 안 보이기가 쉽지 않은 나라다. 며칠 전에는 책과 맥주 두세 병을 들고 혼자서 해변에 다녀왔다. 마라카스 베이 주차장에 차를 세우며 리처즈에서 먹을 걸 좀 사가자 싶었다. 차에서 내리는데 베티 양의 두 집 건너 이웃 부부가 보였다. 이렇게 섬의 반대편에서 피쉬샌드위치 하나 살 때조차 아는 얼굴과 마주치는 곳이다. 잭슨만은 예외다.

우스운 소리지만 오비obeah 신령의 조화로 잭슨을 못 만나는 건가 싶을 정도다. 사람들은 몸이 달아올라 애인을 되찾고 싶을 때 오비 신령에게 기도를 올린다. 혹시 잭슨이 역 주문을 건 것은 아닐까? 멍텅구리 체탄이 제 인생에서 사라지게 해주시옵소서, 아니 아예 마주치지도 않게 해주시옵소서, 뭐 그렇게 말이다. 파파 엘리엇도 그렇다. 약초 전문인 건 맞지만 잭슨 말로는 그게 전부가 아니었다. 왕년에 트리니다드 전역에서 사람들이 파파 엘리엇을 찾아왔는데 발이 아프다, 두드러기가 낫지 않는다, 등의 이유였다. 그는 존경받았고 심지어 두려움의 대상이기도 했다.

치유의 한 영역은 신령과 조상에게 도움을 청하는 것이었다. 사안에 따라 이른바 향초욕이라고 불리는 성수욕 재료들을 손에 들려 돌려보내기도 했다. 가장 인기가 높았던 것은 머니 드로잉, 존 더 캉커러, 그리고 언크로싱 또는 리버서블 목욕이었다. 약용유는 만드는 족족 팔려나갔다고 잭슨은 회고했다. 맨트랩, 보스픽스, 인플루언스 오버 이블, 제저벨, 그리고 내가 가장 맘에 들어 했던 비위칭Bewitching같은 약용유 이름들을 놓고 우리는 함께 낄낄거렸다. 요새로 말하자면 나는 아무도 홀리지bewitching 못하는 실정이다.

어제는 혼자 포인트아피에르의 야생조류보호원에 갔다. 잭슨을 생각하며 돌아다니다 액운이 들러붙었을 때 파파 엘리엇이 쓴다는 요법이 떠올랐다. 나는 젖은 종이에도 손을 베는, 복이라고는 지지리 없는 인종인 듯하니 특별한 도움에 의지해야 할 때인 것 같아서였다. 그게 효험이 있으려면 일곱 그루의 서로 다른 나무에서 일곱 개 가지를 꺾어 와야 했다. 오리와 공작들이 뒤뚱거리는 곳에서 대나무 가지와 푸이poui나무 가지를 조금 꺾었다. 다섯 개가 남았다. 그때 그레이트키스카디great kiskadee 소리가 들리더니 마호가니나무 틈 속에서 아름답고 샛노란 깃털이 눈에 들어왔다. 저기 연못 쪽에는 청회색 풍금조가 캐슈나무 속에 둥지를 틀고 있었다. 정말 예뻤다. 이제 세 개가 남았다. 벚나무를 발견했지만 버찌는 아직 익지 않아 먹을 수 없었다. 나뭇가지 일곱 개를 모으기는 생각보다 어려웠고 문 닫을 시간이 가까웠다. 두 개만 더 모으면 나 자신에게 행운 주문을 걸 수 있을 것이다. 바로 눈앞인데도 안 보였던 것, 바로 야자수였다. 여섯 개를 모았다. 출구 쪽으로 걸어가는데, 짜잔, 열대 딱새가 구아바나무로 나를 인도했고 그렇게 일곱 번째 행운의 가지를 꺾을 수 있었다.

일곱 개의 가지를 모두 태워야 했다. 뒷문 밖에는 마당이라기에는 낯간지러운, 가로세로가 각각 이 피트, 사 피트인 공터가 있다. 나는 나뭇가지들을 쌓아놓고 주기도문을 외운 다음 불을 붙였다. 다행히 이웃 사람들이 내다보지 않았다. 그래도 혹시 몰라서 소곤소곤 말했다. 여기는 항상 누군가가 엿보는 트리니다드니까. 불 앞에서 주문을 외웠다.

이 말의 발화와 함께 액운이 사라지리라

이 말의 발화와 함께 액운이 사라지리라

이 말의 발화와 함께 액운이 사라지리라

왜 잭슨을 지키려고 싸우지 않았는지 생각해봤다. 나는 사과하지 않았다. 용서를 구하지 않았다. 그날 밤 우리 둘 다 종료 호루라기 소리를 들었던 것 같다. 지속할 수 없었다. 이제는 이해가 된다. 그렇다고 아프지 않은 것은 아니다. 모든 게 너무 금세 뒤집혔다. 우리는 서로를 알고 나서가 아니라 알기 전에 '사랑해'를 말했고, 그는 지독하게 자기중심적이었다.

주문을 완성하려면 나뭇가지를 태우고 남은 재를 강이나 근처 흐르는 물에 던져야 했다. 그러면 나의 운도 되돌아올 것이다. 제발 그렇게 되길! 이제 밤이었지만 상관없었다. 나는 차에 올라 노천화장을 하는 샛강으로 향했다.

함께 산 것이 일 년이 넘었는데 거의 그만한 시간이 지나서야 잭슨의 아파트 단지 근방으로 운전하기를 그만둘 수 있었다. 그도 그의 차도 보이지 않았고 아파트는 언제나 칠흑같이 어두웠다. 천만다행이었다. 만약 들키면 그게 무슨 창피란 말인가! 엿보려는 게 아니라면 거기를 또 갈 이유가 없다. 설마 우리가 의논한 대로 아리마로 이사한 걸까? 누구 다른 사람을 만나 갔을지도 모른다. 누가 알겠나? 그가 아직 살아 있는 곳은 그라인더Grindr• 뿐이다. 혹시 들어가 보면 어떻게 될까? 아직 안 해봤지만 솔직히 말해볼까 싶은 밤도 많았다.

내 잘못도 분명 있었다. 매사에 호락호락하지 말았어야 했다. 정말 어떻게 행동하고 무슨 말을 해야 할지 모를 때가 절반은 됐다. 나에 비하면 그는 자신감이 넘쳤다. 시인하기 어렵지만 섹스조차 그랬다. 설명할 수가 없다. 항상 매력 넘치는 남자인 건 맞았다. 처음부터 그는 원하는 것, 하고 싶은 방식이 확실했으며 나는 귀염 받아 신이 난 강아지처럼 감지덕지 따랐다. 그가 탑이었기에 나는 바텀이 되었다. 즐기기는 했으나 그게 진짜 나였는지는 모르겠다. 나는 내게 주어진 것을 취했고 그 이상이나 다른 것을 요구하지 않았다. 그리고 늘 잭슨보다 못한 존재 같았다. 그는 건장했는데 나는 먹는 게 어디로 가는지 언제나 몸이 가냘팠다. 웬만한 사람들은 동성애자라는 걸 못 믿을 것이었다. 나는 매력적이지 않고, 옷도 화려하게 안 입는다. 감사한 일이지만, 문제이기도 했다. 그가 나를 원하는 것이 항상 고마웠는데 그 이유는 정확히 몰랐다.

차를 세우고 샛강에서 다리로 건너갔다. 달도 없는 밤이라 재가 어디로 떨어지는지 보이지도 않았다. 조수를 타고 샛강을

• LGBT를 위한 소셜 네트워킹 앱.

떠나 바다로 흘러갈 것이었다. 이게 사랑이었을까? 나도 모른다. 아픈 건 확실했다. 어쩌면 사랑이란 나 같은 남자에게는 어울리지 않는 것인가 보다.

# 체탄 씨

슬픔은 질주하는 자동차처럼 몰아닥쳐서 아주 더디게 떠나간다. 내가 낙심해 있는 것을 눈치챈 베티 양이 놀러 가자고 성화를 부려 결국 그러기로 했다. 오벌 스타디움 종일 관람권이 있다는 거였는데, 어차피 크리켓을 좋아할 뿐만 아니라 그녀와 함께 가는 건 물론 괜찮아서 그러자고 했다. 그런데 우리 둘만이 아니었다. 그녀 집 앞에 차를 세우는 순간, 일이 잘못 돌아가고 있음을 직감했다. 모르는 차가 집 아래, 내 자리에 주차되어 있었다. 빌어먹을 미스터 잉글랜드는 내 보기에 지나치게 편안해져서 사람들에게 음료를 내주며 자상한 집주인처럼 거드름을 피웠다. 누가 뭐라든 내 생각은 똑같다. 그는 하찮은 개구쟁이, 더도 덜도 아니다. 하지만 베티 양이 미성년자도 아니고, 본인이 앞으로 십 년에서 길면 십오 년 동안 그자와 함께하고 싶다면 내가 뭐라고 참사랑을 막겠는가!
그래도 베티 양은 영원한 내 친구고 그래서 망고 치즈케이크를 갖고 갔다. 미스터 잉글랜드가 날 곁눈으로 바라보았다.

그걸 만들었어요?

내가 입을 열기도 전에 디디가 끼어들었다.

체탄 씨가 빵 굽기의 달인인 거 몰라요? 겉만 번드르르한 제과점은 저리 가라 할 정도예요.

그녀가 내 뺨에 입을 맞추었다. 낯이 화끈거렸다. 나는 사람들이 칭찬을 하면 아직도 어쩔 줄을 모른다.

정말이에요. 달콤한 빵이며 과자들을 너무 잘 구워요. 한동안 스위트브레드, 케이크, 옥수수빵, 브라우니… 온갖 것들을 잘도 얻어먹었다니까요. 특히 솔로가 구워달라고 하면 직방이에요. 그래서 이거 구워달라고 해라 저거 구워달라고 해라, 애를 꼬드겼어요. 정작 먹고 싶은 건 우린데도 말이죠.

미스터 잉글랜드가 코를 씰룩거렸다.

케이크를 구워요? 나는 죽어도 그런 짓은 안 해요.

온몸이 냉랭하게 식었다. 치즈케이크를 그 인간의 낯짝에 쳐던지고 싶기도 했고 그냥 집에 돌아가 버리고 싶기도 했다. 도대체 무슨 의도로 한 말일까? 빵을 굽는다는 이유로 내가 자기보다 덜 남자답다는? 베티 양이 내 손에서 치즈케이크를 낚아챘다.

냉장고에 넣어놓을게요. 정말 제과점에서 만든 것 같네. 고마워요, 자기야.

그녀가 돌아서서 손가락을 흔들었다.

그리고 다들 경고하는데, 한 조각만 달라고 애원해도 소용없어요. 오직 날 주려고 만든 거니까요.

미스터 잉글랜드가 베티 양 뒤로 다가가 상사병에 걸린 개처럼 허리를 잡고 늘어졌다.

그래도 나랑은 나눠 먹을 거죠?

그 멍청한 두꺼비같이 쪼글쪼글한 낯짝을 한 대 갈겨주기를 기대했지만 그녀는 달콤한 미소를 지었다. 맙소사. 아직 샌퍼난도를 벗어나기도 전인데 벌써 그 사람들 전부가 지겨워졌다.

*

기분은 저조했지만 스코시아뱅크 스탠드의 전망만큼은 정말 굉장했다. 윈디스 대 인디아의 경기였고 이만 명 좌석이 만원이었다. 로즈나 에지바스턴 크리켓 경기장은 안 가봤어도 잔치 수준으로 따지면 여기에 못 미칠 것이었다. 그런 곳들은 아마 차나 홀짝이겠지. 여기로 말하자면 트리니 파시 스탠드에서 소카 음악이 귀를 찢었고 여자들이 와인을 마셨다. 우리 스탠드도 뒤지지 않았다. 수많은 트리니다드 국기들이 펄럭이고 있었다. 남자들은 호루라기와 나팔을 불어댔다. 어느 선수가 사 점, 아니 그보다 더해 육 점을 득점하면 함성에 지붕이 날아갈 듯했다. 뿔피리가 없는 사람들은 어떻게 저런 볼도 못 잡느냐고, 크리스crease에서 자고 있는 거냐고, 저 멍텅구리 주장은 대체 누가 데려왔냐고 선수교체를 왜 안 하냐고, 고함을 질러댔다. 베티 양이 내 왼쪽에 앉고 다행히도 오른쪽에는 스탠드를 통틀어 가장 조용한 남자 하나가 앉아 이어폰으로 라디오 중계에 귀를 기울였다.

나는 운동장 사진을 한 장 찍어 솔로에게 보냈다. 축구를 더 좋아하는 아이지만 우리 둘이 여기로 단축형 크리켓인 트웬티 20 게임을 보러 왔던 때를 상기시켜줬다. 그러면서 땅콩팔이 점보Jumbo는 이제 은퇴한 모양이라 트리니다드에서 제일 고소한 소금구이 땅콩은 잊어야 할 것 같다고 덧붙였다. 그가 경기장에서 보여준 모습들이 그리워졌다. 특히 던지기 실력은 대단했다. 땅콩봉지를 손님에게 던지면 정확히 원하는 곳에 떨어졌다. 사람들은 점보야말로 윈디스 사상 최고의 보울러bowler일 거라고 농담을 했다.

어쩐 일인지 우리 편이 그래도 잘 싸우고 있었다. 왼손잡이 타자 브라보가 역시 쇼맨십과 매력을 겸비한 상남자 데네쉬 람딘과 함께 출전하여 인디아 팀의 페이스 보울러pace bowler인 이샨트 샤르마를 압박하기 시작했다. 하지만 오늘은 브라보가 본인 말대로 싹쓸이였다. 강속구를 보더니 손목을 홱 튕겨서 때렸고 삼루수는 옆으로 비켜 가는 공을 잡으려다가 발이 걸려 넘어졌다. 사 점이었다. 좋다. 다음 공도 각도를 잡아 때렸고 이번에는 공이 외야수들 다리 사이로 빠져나갔다. 역시 사 점이었다. 데네쉬도 합세하여 어깨를 확 열고서 육 점짜리를 연거푸 쳤다. 그중 하나는 우리 스탠드 지붕에 떨어졌을 정도로 컸다. 관중석이 뒤집어졌다. 모든 관중이 미쳐 날뛰었는데 미스터 잉글랜드는 아니었다. 내가 몸을 굽히며 물었다.

왜 그러는 건데요?

나는 인디아 편이에요.

아니 잠깐, 여기서 태어난 거 아니에요?

그렇기는 하지만 조상들이 비하르에서 건너왔어요. 바로 저 선수들처럼.

내가 한숨을 내쉬었다.

아, 지지리도 가난했던 옛 조상이 인도 어디서 배를 타고 지구를 반 바퀴 돌아 땡볕 아래 사탕수수 좀 꺾어보겠다고 여기까지 왔는지, 알고 있다 그거죠?

밤낮 영국을 찬양하는 윈드러시Windrush 세대가 어쩌다 다시 돌아왔는지, 그런 이야기도 좀 해줄까 싶었는데 베티 양이 끼어들더니 친구들도 자기도 스태그를 하나씩 더 마시고 싶다고 했다. 나는 돌아다니며 시간을 끌다 바를 향해 걸었다. 그때 아는 얼굴이 내 쪽으로 걸어왔다. 심장이 멎을 것만 같았다. 숨쉬기가 겁났다. 그것은 마니였다. 페이스북 사진들을 많이 봤기 때문에 바로 확신할 수 있었다. 마니가 나를 보고 잠시 멈칫하더니 미소를 지어보였다. 내가 누구인지 기억 못 하는 게 틀림없었다.

마니? 나 기억해? 체탄이야.

뭐? 체탄? 아아, 어떻게 지내? 우리 마지막 본 게 언제였더라? 하도 오래돼 놔서 말이야.

잘 지내지? 한 이 년 전에 우리 페이스북 친구가 됐을걸.

아 맞다, 그래. 이제 기억나.

숨을 제대로 쉴 수 없었다. 지금 행동하지 않으면 영원히 다시 못 볼지도 몰랐다.

맥주 한잔 할 수 있겠어?

카리브 맥주라면.

그가 입고 있는 티셔츠의 로고를 가리키며 싱긋 웃었다.

지금 당장은 근무 중이라 안 돼. 귀빈 몇 분을 모시는 중이거든.

무슨 일을 하는데?

홍보. 뭐 전문적 아첨꾼인 거지. 너는?

심장이 사정없이 뛰고 있었다.

교사. 바로 샌퍼난도에서.

참았던 숨을 내쉬었다.

좋아 보인다, 체탄.

그건 내가 할 말 같은데.

젠장, 괜한 소리를 했다. 정신이 사정없이 엉켜 들었다. 이대로 보내고 싶지 않았지만 달리 할 말도 없어, 그냥 말해버렸다.

얼굴이 안 변했어.

둘 다 웃음을 터뜨렸다.

저기, 이만 가봐야 하거든. 내 전화번호 줄게.

떨리는 손으로 간신히 마니의 번호를 전화기에 찍어 넣었다. 내 번호를 묻는데 머릿속이 하얘지면서 번호가 떠오르지 않았다. 겨우 생각이 나긴 했는데 잠깐이지만 이름을 물었어도 대답을 못 했을 것이었다.

자리로 돌아가자 베티 양이 이상하다는 얼굴로 쳐다보았다.

빈손이네요? 스태그 사러 간 거 아니었어요?

아, 저런. 아는 사람을 만나 이야기 좀 하다가 그만 까먹었네요. 이 분만 기다려요. 바로 갔다 올게요.

그녀가 뭐라 말하려 할 때 내 전화기가 알림 신호를 두 번 울렸다. 마니의 문자였다. 나는 아랫입술을 잘근잘근 씹었다. 협찬기업 박스에 자리가 남아있다며 원한다면 남은 경기를 함께 보지 않겠느냐는, 그럴 거면 아래층에서 만나자는 내용이었다. 집에 가야겠다고 베티 양에게 말하자 전혀 믿지 않았다.

거짓말. 누가 방금 문자 친 것 같은데.

내가 눈길을 내리깔았다.

내 말 틀려요?

화끈거리는 내 얼굴을 그녀가 두 손으로 감싸 안았다.

가요. 얌전하게 놀아요.

*

경기가 끝난 다음 우리는 퀸즈 파크 오벌 경기장에서 멀지 않은 트라가렛 로드의 한 술집에 들어가 쉴 새 없이 웃으며 수다를 이어갔다. 함께 있는 시간이 가까스로 좀 편안해지고 오붓해지려는데 마니가 폭탄을 터뜨렸다. 남편이 있다는 것이었다. 친구도 남자 친구도 파트너도 아니었다. 내가 웃음을 터뜨렸다. 이 나라가 어딘지 알기나 하고 하는 소린가? 여기는 유럽이나 미국이 아니다. 언젠가는 남색금지법이 폐지될 수는 있다. 언젠가는 말이다. 하지만 동성결혼? 그건 아니다. 그건 전혀 다른 차원이다. 그런데 마니 말로는 정말로, 법적으로, 결혼을 했다는 것이었다. 패트릭의 고향인 뉴욕에서 했다며 전화기를 꺼내 결혼식 사진들을 보여주었다. 상처에 소금 뿌리기 그 자체였다. 제법 잘 나가는 모양인 패트릭 자랑도 들어 줘야 했다.

그런데 트리니다드 사람이라고 해도 통할 것 같네?

부모님은 그레나다 출신인데 본인은 미국에서 태어나고 자랐어.

얼굴에 드러나지 않기를 바랄 따름이었다. 마니와 나에 대한 내 조그만 환상은 이제 병아리에게 이빨이 나기 전까지는 실현되지 않을 것이었다. 하지만 왜 굳이 결혼까지 하며 눌러앉은 것일까? 턱에 파인 그 귀여운 홈을 깨물어보고 싶어 줄을 선 사람들이 많을 줄은 알았다. 함께 앉아 있는 동안에도 남녀를 불문하고 그를 훔쳐보는 시선이 많았고 그도 그것을 분명 즐겼다. 하지만 패트릭이 어떻건 간에 지금 그는 나랑 있었고 우리는 나눌 이야기가 많았다.

남자와 결혼했다는 걸 사람들이 아느냐고 물었더니 직장에서는 절대 거론 않지만 그렇다고 패트릭을 숨기지도 않는다고 대답했다. 정말 희한한 것은 그의 가족이었다. 모두 다 이 패트릭이란 작자를 좋아한다는 것이었다. 부모와 형제자매에 할머니까지. 할아버지는 어려웠지만 이제 돌아가셔서 제외해도 된다고 했다.

잠깐만. 그러니까, 패트릭과 너에 대해 가족들이 아무렇지도 않게 생각한다는 거야? 모두 안다고?

그렇기도 하고 아니기도 하지.

무슨 말이야?

섹스 이야기는 안 하거든. 부모님과 그런 대화는 절대로 나눌 생각이 없어. 하지만 패트릭은 모든 가족행사에 참여해. 크리스마스, 부활절, 디왈리Diwali. 그냥 당연히 포함해줘. 네 형을 예로 들자. 사람들에게 패트릭을 뭐라고 소개하지?

그냥 마니 친구라고 하고 말 것 같은데.

내가 의자에 등을 기댔다.

정말 믿을 수 없게 운도 좋다, 너. 저쪽 부모님은 어떠셔?

패트릭네 가족은 되게 괴상해. 우리 가족은 별다른 이야기를 하지 않는데 그쪽은 낱낱이 다 하고 넘어가. 내가 전에 갔을 때 패트릭 여동생이 마침 생리 중이었는데 온 가족이 생리통을 어떻게 다스려야 좋을지 의견을 하나씩 내는 거야. 우리 집에서는 생리라는 낱말조차 입에 안 올리고 사는데 말이야. 내 여동생은 검은 비닐봉지에 생리대를 감출 정도였어.

내가 눈을 굴렸다.

마니, 너는 이렇게 사는데 왜 내 신세는 정반대일까? 어? 이상하지 않아?

내 말을 못 알아듣는 눈치였다.

너희 가족이나 우리 가족이나 같은 나라의 같은 인도인이야. 똑같아. 너도 나도 같은 곳에서 자랐어. 모든 게 다 똑같아. 그런데 왜 너희 가족은 그렇게 개방적인 거지?

그가 내 잔을 바라보았다.

야, 그걸 내가 어떻게 알아. 그냥 사람에 따라 다른 거겠지. 이유가 뭐 달리 있겠어?

아니, 그렇지가 않았다. 우리 둘 다 이유를 알고 있었다. 결국 본질은 사랑이었다. 그의 부모는 그를 무조건 사랑했다. 그는 그들의 아들이었다. 다른 말이 필요 없었다. 나의 부모는 나를 당장 도려내야 할 암 덩어리로밖에 보지 않았다.

마니가 쭈뼛거리며 앉아 탈출구라도 찾듯 실내를 둘러보았다. 그리고 잔을 털어 마셨다.

너는 어떻게 살아?

내 사는 이야기를 들려주었다. 그는 한동안 아무 말 없이 듣기만 했다. 말을 멈추고 내가 물었다.

네가 물어서 대답했는데.

그가 한숨을 쉬었다.

그래, 그런데 나는 그런 일이 있었는지 전혀 몰랐어. 정말로 미안하다. 진짜 몰랐어. 내 잘못도 있는 것 같고….

별소리를. 아니야.

내가 그의 팔을 툭 쳤다.

나 너 되게 좋아했었어.

어떻게 사과를 해야 좋을지 모르겠다. 정말 끔찍했었지. 네가 왜 갑자기 사라지고 연락도 안 하는지 항상 궁금했었어.

그가 고개를 흔들었다.

체탄, 너는 모르겠다만 난 맥주로는 이 소식 감당이 안 되거든. 뭐 마실래?

우리는 조니 워커 블랙으로 갈아탔다. 마니는 모든 걸 알고 싶어 했다.

적어도 이젠 행복하면 좋겠다.

천천히 살아가고 있어. 외로울 때도 있지만 사는 게 그런 거지.

그러자 그가 데이트 상대를 찾기 좋은 웹사이트나 술집들을 마구잡이로 추천해왔다. 그런 거 다 피곤하다고 내가 대답했다.

그냥 누군가 이야기 나눌 상대가 아쉽고 그 정도야. 하기야 너는 결혼했으니 다 알겠지만.

스카치가 들어간 탓인지 갑자기 마니에게 화가 나기 시작했다. 왜 괜히 참견하고 난리야. 저는 집에서 기다려주는 사람도 있으면서. 패트릭에게 얼른 돌아가라지. 나는 작별인사를 했다.

집으로 가는 길은 무척 막혔다. 나는 포트오브스페인에서 차구아나스까지 모든 염병할 운전자에게 욕을 퍼부어댔다. 그것도 피곤하여 시시한 라디오를 들었다. 집에 도착하자 머리가 아팠다. 나는 파나돌 두 알을 꺼내 얼음을 넣지 않은 스카치와 함께 삼킨 다음 침대보 위에 드러누웠다. 참으로 힘든 하루였다.

# 베티

뭐예요? 전화는 이제 장식품인 거예요?

나는 쳐들어가며 거실을, 이어서 그를 살펴보았다. 집도 사람도 꼴이 엉망이었다.

웬만하면 한번 끌어안아 주고 싶은데 샤워기가 어디 있는지도 잊어버린 것 같네요. 그리고 면도도 좀 해요. 얼굴에 그 털 정말 안 어울린다고 몇 번이나 말했는데.

나를 물끄러미 바라보는 눈이 별로 즐거워하지 않고 있음을 말해주었다. 예의상 말은 안 해도 이 여자는 자기가 뭐라고 내 집에 쳐들어와 이래라저래라 난리를 피우나, 하고 있을 거였다. 그냥 가만있는 그의 팔을 내가 잡았다.

어서요. 모처럼 몸에 물 좀 묻혀주는 동안 난 점심 차릴게요.

내가 좋아서 이러는 줄 알아요? 여자도 아이도 없는 몸에, 카니발 연휴예요.

웬 쓸데없는 소리를.

이런 거 젠장맞을 간섭이라고 누가 말 안 해줘요?

당신 말고는 아니에요. 자 얼른 가서 안 좋은 에너지를 다 씻어내요.

성인 남자는 때로 어린애처럼 군다. 목욕하기 싫어서 골을 내는 꼴이라니. 십대보다 못하다. 그리고 내 일에나 신경 쓰라고? 그가 곧 내 일이다. 욕실에서 구시렁대는 소리가 들렸다.

뜨거운 물이 안 나와요.

잘됐네. 찬물로 샤워하면 정신이 번쩍 들며 저조한 기분도 달아날 거예요.

무슨 일로 저러는지 모르지만 내막을 알기 전까지는 여기서 안 나갈 것이다.

그는 한없이 꾸물댔는데 나도 아파트 한 구석부터 손댈 참이었으니 상관없었다. 먼저 침구를 몽땅 벗기고 깨끗한 시트로 갈아 끼웠다. 여기저기 뒹구는 책들을 책장에 다시 꽂고 소파 쿠션들도 가지런하게 정리했다. 엉망이 된 부엌을 보며 비로소 그가 얼마나 의기소침해 있는지 절감할 수 있었다. 지저분한 부엌은 용납하지 않는 그가 먹고 난 그릇들을 되는대로 쌓아놓고 온 집안에 악취를 풍겼다. 물건들을 치우고 닦아 냈지만 평소 수준에는 아직 못 미쳤다. 그래도 여기저기 뭐가 발에 걸리지 않고 살 수 있는 정도는 됐다.

욕실 안에서 물을 잠근 지 한참 됐으니 곧 끝나겠지 하고 있었는데 알고 보니 침실에 숨어 있었다. 그는 어쩐지 몰라도 나는 배가 고팠다. 찬장에서 예쁜 체크무늬 식탁보를 찾아 깔았더니 아주 보기 좋았다. 아침에 만들어 한 냄비 가져온 오일다운 Oil Down에다 그가 좋아하는 망고 탈카리talkari도 조금 있었다. 어떤 음식이나 정성껏 차려내면 더 맛있게 먹는 법이다. 경험해 봐서 안다. 이 오일다운을 텔레비전 앞에서 먹는다면 전혀 다른 맛일 것이다. 이 맛있는 음식을 그렇게 대충 먹어서는 안 된다.

드디어 신데렐라가 등장했다. 면도한 얼굴로 달콤한 냄새를 풍기며 깨끗한 반바지와 티셔츠 차림으로. 그는 말없이 내 정수리에 입을 맞췄다.

언제 이렇게 흰머리가 났어요?

선은 넘지 맙시다, 우리.

그가 내 머리에 다시 입을 맞췄다.

흰머리 괜찮아요. 하기야 나는 흰머리가 한 올도 없는 청년이지만.

내 머리에는 신경 끄고 얼른 앉아요. 염색약을 사기는 했는데 귀찮아서 아직 안 썼네.

요즘에는 흰머리 그대로 놔두는 게 유행이래요. 당신도 백

발에 기품이 넘치는 그런 여자들처럼 보일 수 있어요.

또는 늙은 마녀처럼 보일 수도 있겠죠. 모험은 안 할래요.

그가 아파트를 둘러봤다.

뭘 이렇게 청소까지 했어요? 내가 할 거였는데.

내가 그를 째려봤다.

결국은요. 결국은 할 거였다, 그거죠.

그가 자리에 앉아 모처럼 내가 아는 그 체탄 씨의 눈으로 나를 바라보았다.

전생에 무슨 덕을 쌓아서 내가 당신을 만났을까요?

내가 냄비뚜껑을 열었다.

오일다운을 트리니다드식으로 만들었어요, 그레나다식이 아니라. 냄비요리는 오늘 하나밖에 못 했어요.

냄새 좋네요.

이야기는 이제 그만하고, 어서 먹어요.

자랑이지만 나는 오일다운 만드는 솜씨가 꽤 좋다.

내가 만드는 오일다운과 색이 약간 다르고 맛도 더 진하네요. 어떻게 한 거예요?

내 비법을 미쳤다고 알려줘요?

미소를 짓자 비로소 다정한 체탄 씨다웠다.

타로토란과 돼지꼬리를 충분히 넣고 빵나무 열매를 끓이는데 여기에 체탄 씨는 안 넣을 두 가지를 추가해요. 양념과 코코넛밀크를 부을 때 매기Maggi 고형양념을 한 쪽 집어넣어요. 맞아요, 별것도 아닌 그 매기 양념이요. 그리고 완성되기 오 분 전쯤에 골든레이Golden Ray 마가린 한 스푼 넣어주면 색깔과 풍미가 살아나죠.

맛이 아주 좋아요.

마지막은 망고 카레였다. 손으로 먹어야 하는 음식이다. 손을 안 쓰고 나이프와 포크만 쓰는 인도인들도 있지만 그런 사람들과는 친하게 안 지낸다. 나는 달콤하고 매콤한 과육을 씹고 쪽쪽 빨았다.

이야, 망고 탈카리 직접 만들었어요?

당연하죠. 그럼 누가 만들어요?

혹시 미스터 잉글랜드가 만들었는지 해서.

요리 못 해요.

그 외에는 괜찮은 거죠?

아직 결정을 못 했어요.

그는 단숨에 접시를 다 비우고는 더 먹겠다고 냄비를 휘저었다. 나는 말 없이 미소를 지었다. 가끔 음식을 만들어서 누군가와 함께 먹는 건 기분 좋은 일이다.

왜 웃어요?

체탄 씨 때문에요.

나는 체탄의 제1규칙을 따르고 있을 뿐이에요.

그게 뭘까요?

그가 평평한 배를 쓰다듬었다.

배가 터지더라도 좋은 음식을 버리지 마라.

내가 웃으며 고개를 흔들었다. 오일다운이 좀 들어가자 나의 친구는 이렇게 다시 신이 났다. 나도 좀 외롭던 참이었다. 카니발 월요일인 오늘은 행렬에 합세하여 마스mas를 즐기거나 아니면 그걸 피해 토바고로 달아났거나 둘 중 하나일 것이다. 나는 애매하게 그 중간이었다. 내년에는 나도 친구들에게 합세할지도 모른다. 지금 디디와 글로리아는 알딸딸하게 취해 좋아하는 밴드인 로스트 트라이브의 음악에 맞춰 팔짝팔짝 뛰어대고 있을 것이다.

음식을 먹는 동안 최대한 지나가는 투로 솔로를 화제에 올려보려 했다. 과거는 과거사로 묻고 화내는 일 없이 하리와 이야기를 해보려고 노력해왔다. 그가 솔로에게 잘해준다는 것은 안다. 며칠 전 통화에서는 농담하듯 솔로에게 친구가 없다고 했다. 농담의 형식을 빌렸지만 말하는 투로 보아 전혀 농담이 아니라는 걸 알 수 있었다. 정말 아이를 염려하고 있었다. 아이에게 뭔가 문제가 있다고 생각하는 기미가 목소리에 담겨 있었다.

망고 탈카리 더 줄까요? 솔로 연락은 좀 있었어요?

지난주까지는 통화를 했어요. 괜찮은 것 같더라고요. 말수가 적은 아이잖아요. 내가 별로 도움이 안 되는 것 같아요.

그가 화제를 돌렸다.

미스터 잉글랜드는 어떤가요? 청혼은 했고요?

쓸데없는 소리는. 그 얼간이 이야기는 하고 싶지 않아요.

내가 그의 눈을 들여다보았다.

나 여기 있는 동안 솔로에게 문자 좀 쳐줘요. 어떻게 지내는지 보게요.

그가 손을 씻고는 문자를 쳤다.

주중이니까 아마 바로 회신이 오진 않을 거예요.

기다리는 수밖에 없었다. 눈앞의 이 남자 일에 집중해야 할 때다.

그건 그렇고, 오늘 이렇게 온 건, 저기, 걱정이 좀 돼서요.

도대체 무슨 일이에요?

아무 일도 아니에요.

내가 길게 한숨을 쉬었다.

그러지 말고. 지금 이게 몇 주, 아니 몇 달째예요? 자기 건사도 안 하고 살잖아요. 얼굴도 반쪽이고. 무슨 은둔자처럼 집에 틀어박혀서. 일전에 디디와 얘기하다 체탄 씨가 마지막으로 즐거워 보였던 게 거기 오벌 경기장 갔을 때였다고 내가 그랬어요. 거기서 친구, 그 카리브 맥주회사 사람 만났잖아요. 이름이 뭐였더라?

마니요.

그래, 그 마니랑은 어떻게 된 거예요?

아무 일도 없어요.

아이, 체탄 씨. 나한테는 솔직하게 말해봐요.

함께 설거지를 하면서, 마니를 만나자 옛날 기억들이 머릿속으로 밀려 들어왔다고 체탄 씨가 말했다. 침대에서 나오기조차 싫은 날도 있다고 했다. 나는 말 없이 듣기만 했다.

처음엔 말하기 싫다더니 입에 웬 따발총을 달았나, 그러겠네요.

아니에요. 계속 말해봐요. 늘 모든 짐을 짊어지고 살 수는 없어요. 다 털어놓으라고 친구가 있는 거예요.

당신에게는 이제 미스터 잉글랜드가 있죠.

내가 눈을 동그랗게 뜨고 고개를 흔들었다.

아니에요. 나도 혼자 지내는 게 좋아요. 내 인생에 연애 같은 건 다 종친 일이에요.

전화기가 알림 신호를 울렸다. 솔로일 것이다. 체탄이 화면을 비스듬히 들고 있어 아무것도 보이지 않았다.

추위에 진절머리가 난대요. 겨울이 곧 지나가면 좋겠다. 집에 돌아가는 길이다. 나중에 연락하겠다.

그게 다예요?

그가 전화기를 주머니에 집어넣었다.

원체 말 잘 안 하잖아요. 다음 문자가 오면 알려줄게요.

체탄 씨가 솔로와 둘이서 아직도 가깝게 지내서 얼마나

고마운지 몰라요. 그게 내 유일한 낙이라는 생각이 들 때도 있어요.

## 체탄 씨

실내가 어둑어둑해질 때까지 우리는 계속 이야기를 나눴다. 베티 양은 남은 오일다운을 두고 가며 나를 살짝 끌어안았다. 함께 있는 동안에 한결 밝고 가벼워졌던 기분이 그녀가 차를 몰고 떠나자 열 배는 고약해진 외로움에게 자리를 내주었다. 하지만 그건 잠시 밀쳐놓아야 했다. 솔로에게 무슨 일이 일어나고 있었다. 통화를 해야 했다. 문자가 이상했다. 혹시 뭔가 놓쳤나 싶어 다시 천천히 읽어보았다.

추위가 진절머리 나요. 겨울이 곧 지나가면 좋겠어요. 직

장 동료가 내 돈을 전부 훔쳐 가서 되찾으려 하고 있어요.

도대체 무슨 일이 일어나고 있는가? 누가 감히 아이의 돈을 훔쳤단 말인가? 그렇게 열심히 일하는데.

솔로는 내 문자들을 읽지 않고 있었다. 회신 문자가 들어오는지 틈틈이 확인하며 인터넷을 열었다. 웬 자학행위인지 페이스북과 트위터에 들어가 보았다. 그랬다. 과연 오늘도 마니의 포스팅이 있었다. 표범 무늬가 박힌 초미니 핫팬츠만 걸치고 뭐라도 감춰보겠다는 것인지 앞에 모피 조각이 달랑거리는 작은 벨트를 맨 채 훌륭한 남편 패트릭이랑 축제를 즐기는 중이었다. 벗은 가슴과 배에 표범 무늬를 박고 식스팩을 과시하면서 갈 데까지 가자는 모습이었다. 그게 또 내 눈에는 멋져 보여서 더욱 속이 아렸다. 어쩌겠는가. 그는 자기 인생이 있는 것이고, 나는 그의 행복에 배 아파하지 말아야 한다. 그리고 베티 양의 말대로 나는 이미 충분히 우울해했다. 이제 마니와 그에 대한 모든 것, 우리 가족에 대한 모든 것들을 자하지jahaji 보자기에 싸야 할 때다. 그걸 다 태운 다음 나뭇가지 일곱 개 때처럼 남은 재를 던져버릴 수 있다면 좋겠다. 미치지 않기 위해서라도 이만 잊고 나아가야 한다. 이러다 아수라장이라는 세인트 앤스 정신병원 신세를 지게 되면 안 되는 것이다.

하지만 어떻게 해야 잊고 나아갈 수 있을까? 도움은 어디서 찾을까? 파도처럼 밀려드는 외로움에 정신이 멍해진 채 소파에 주저앉았다. 어느 남자든 그 단단한 몸으로 내 몸을 밀어 붙여 주기를 필사적으로 원했다. 길 필요도 없었다. 십 분, 십오 분 정도면 된다. 전에도 낯모를 사람들과 그러며 살았는데 지금이라고 못한다는 법은 없다. 누군가가 간절히 필요한 밤이었다. 카니발 월요일이었으니 아집에 사로잡힌 술꾼들에게 뒤통수에 술병 세례를 받거나 아예 두들겨 맞지 않게 특별히 조심해야 한다. 나는 아무도 괴롭히지 않건만 나란 존재 자체가 불법, 부도덕, 도착이다. 내가 나쁜 일을 당해도 동성애자라면 그래도 싸다고 사람들은 말할 것이다. 대관절 저런 데서 무슨 짓을 하고 있었던 거냐고 물을 것이다. 밝은 곳에는 진입할 수 없으니까 어두운 곳에 숨는 거라는 사실을 그들은 외면한다.

나는 행동에 조심한다. 유명한 사이트들은 안전하다. 다만 데이트 상대 찾기라는 행위에 잠재된 근본적인 위험은 어쩔 수 없다. 그냥 혼자 있거나 온라인에서 윙크를 보내오는 남자를 만나거나 선택은 두 가지다. 전혀 안 끌리지는 남자지만 찬밥 더운밥 가릴 처지 또한 못 된다. 그리고 또 누가 아는가? 재밌을지도 모른다고 자신을 설득해본다. 거래는 순식간에 성립되었다. 약속장소로 차를 몰며 기분을 돋우려고 해보았으나 효과가 없었다. 뜨거운 섹스 후에 찾아올 해방감을 그리며 가까스로 견뎠다. 잭슨과 마니의 얼굴이 머릿속에서 지워질 날이 오기나 할까?

자정이 조금 지나 프린시즈 타운 뒤쪽 어딘가의 우중충한 술집 앞에 차를 세웠다. 어떤 남자가 손을 흔들며 내 차를 향해 다가왔다. 생각보다 단신이었고 조금도 어울리지 않는 역겨운

살색 티셔츠를 입고 있었다. 차 문을 열자마자 땀 냄새에 뒤섞인 위스키 냄새가 코를 찔렀다. 술에 취한 사람이 이상하게 정중해서 그의 핏발선 눈을 쳐다보았다. 그러지 말았어야 했는데. 그러고도 단번에 거절할 수 없었다.

저기요. 온종일 노신 것 같은데 피곤하시겠어요. 저는 다음에 다시 만나도 괜찮아요.

긴장 풀어요.

아니, 생각이 바뀌었어요.

아, 왜 그래요.

그가 내 가슴에 손을 얹고 쓸어내렸다.

그냥 있어요. 내가 다 할 테니까. 아무것도 안 해도 돼요. 정말이에요.

나는 숨을 내쉬고 차 시트를 뒤로 젖힌 뒤 청바지 지퍼를 내렸다. 하겠다고 한 그 일을 그는 했다. 해방감에다 타인과의 미세한 접속은 찌는 듯이 더운 날 바다에 몸을 담그듯 시원했다.

그날 밤에는 여러 주 만에 처음으로 잠다운 잠을 잤다. 아침에 전화기를 보니 솔로의 회신 문자는 아직 없었다.

## 솔로

트레버의 부모님 집에 두 번이나 가봤는데 두 번 다 할머니 혼자였고 문을 열어주지 않았다. 나는 그냥 물러서지 않고 닫힌 문에다 할 말을 했다. 그녀도 닫힌 문도 옴짝달싹 안 했다. 좋아, 이렇게 나오겠다? 이웃 사람들 귀 떨어지게 한번 떠들어볼까?

얼른 가요. 그리고 이제 그만 와요. 우리 트레버가 무슨 돈을 받았다고 이래요?

그럼 왜 숨었어요?

트레버는 남의 것은 이쑤시개 한 개도 손을 안 댄다고요.

흥, 이쑤시개 좋아하시네. 훔친 돈이 자그마치 얼만데 이러세요?

소용없다는 건 알았지만 달리 뭘 할지 어디로 갈지 알 수 없었다. 설령 내가 죽어 나간다 해도 저들은 도와주지 않을 거였다. 그런 생각을 하자 괜히 웃음이 나왔다. 내가 남의 돈을 훔쳤다면 엄마는 나를 이렇게 보호할 리가 없다. 하나님이 말릴 테니까.

문틈으로 보고 있었거나 노크 소리를 알아듣는 것인지 할머니는 내가 입도 열기 전에 이제 자신은 트레버에 대한 거짓말을 잠자코 듣지 않을 것이고 나는 지금 거짓말을 지껄이는 것이며 열 셀 때까지 더러운 쿨리가 꺼지지 않으면 경찰을 부르겠다고 퍼부었다. 남에게 해코지 한번 않고 사는 점잖은 은퇴자를 왜 이리 괴롭히느냐고도 했다. 나쁜 년. 나는 문을 세게 두 번 차 주고 돌아섰다. 아니, 여기서 쿨리는 또 왜 나와? 미국에 와서까지 인종차별적 자세를 못 버렸군. 우리는 모두 한 가족이라더니 이게 다 뭐야?

지하철역으로 가는 길이 너무 추워서 머릿속까지 다 시렸다. 심심한데 칩스에게 문자나 보내볼까 싶었다. 내친김에 트레버한테도 보내기로 했다. 나는 온몸이 얼어붙는 찬바람을 맞으며 보도에 서서 생각나는 대로 욕설들을 줄줄이 엮어 긴 문자를 보냈다. 보니까 칩스는 그걸 읽었는데 회신은 없었다. 너도 엿이나 먹어라, 개자식아.

여기서 평생 산다 해도 이 넌덜머리나게 추운 날씨에는 적응 못 할 것이다. 아무리 봐도 이건 북극에서 곧장 불어 닥치는 바람이었다. 재킷을 입어본들 소용없는 게 그야말로 뼛속까지 얼어붙는 그런 추위다. 운동화 속도 얼음장이다. 무언가를 잃어야 그게 좋았다는 걸 깨닫는다는 속담이 있다. 무슨 말인지 이제 나도 알겠다. 햇살과 좋은 집과 안락한 생활에 자진해서 작별을 고했다. 아니, 작별을 고해야 했다.

고개를 들자 지하철역 입구가 보였다. 어쩐지 오늘 밤은 다르다는 직감이 왔다. 지하철을 타지 않는다. 탈 수가 없었다. 지하철역에 다가갈수록 내 몸속의 어떤 목소리가 계속 걸으라고 아우성을 쳤다.

하지만 추워죽겠어.

계속 걸으라니까. 도대체 오존 파크에 가서 뭘 하겠다는 거야? 그게 뭐 네 집이라도 돼?

지금은 집 맞아. 시간도 이렇게 흘렀고 엄마랑 맺힌 것도 많은데 돌아갈 수 없잖아.

계속 걸으래도.

그 빌어먹을 강추위 속에 걷고 또 걷는 동안 그 목소리는 끈질기게 나를 괴롭혔다.

네가 사람이기나 하냐? 너처럼 멍청한 놈은 내 평생 처음이다.

모두 끝장나기를 바라면서도 내게 그런 용기가 없다는 것 또한 알았다. 그런 힘이 있었다면 진즉 했을 터였다.

현실을 직시해봐. 너는 누구에게나 짐이야. 젠장, 아무짝에도 쓸모없다고. 돈을 몽땅 잃어버렸다고 하면 체탄 씨가 뭐라고 하겠냐? 딱 엄마 말대로 된 거잖아. 여기서 자력으로 살아내지 못한다는 그 말대로 말이야.

어떻게 해야 할지 몰랐다. 대로를 벗어나서 고가도로를 건너 빈 그네들이 놓인 공원으로 들어갔다. 추위에 오들오들 떨며 커다란 나무쪽으로 걸어가서 그 밑에 주저앉았다. 바지가 나무 껍질에 닿아 축축해졌다. 아무래도 상관없었다. 나는 그저 이 악몽이 끝나주길 바랐다. 내가 얼마나 쓸모없는 머저리인지, 목소리가 굳이 알려주지 않아도 됐다. 그것은 이미 알고 있는 사실이었다.

면도날이 떨어져 더 사야 했다. 지금. 지금 당장. 나는 일어나 다시 대로로 향했다. CVS든 월마트든 아무 데나 괜찮다. 출납원이 하나도 신경 안 쓸 줄은 알았지만 그래도 계산대에 놓인 껌도 하나 집었다. 얼굴을 들지도 않고 그대로 면도날을 계산해줬을 테니까 사실 돈 낭비였다. 남이 어떻게 되든 여기서는 아무도 상관하지 않는다. 맨해튼에서 누가 음독자살했다는 기사를 며칠 전에 읽었다. 거의 일주일 동안 차에서 부패했는데도 아무도 몰랐다고 했다. 이게 내가 사는 나라다.

집까지 어떻게 갔는지 기억이 안 난다. 이걸로 끝이라는 생각만 하고 있었다. 최선을 다했지만 나의 최선은 충분하지 않았다. 보통은 팔을 길게 긋는다. 습관적으로 긋는 자라면 그게 그중 안전하다는 걸 안다. 하지만 그런 걱정은 옛날이야기였다.

호흡이 느려졌다. 가로질러 한번 긋자마자 바로 긴장이 스르르 풀렸다. 이 아득한 구름 속에서만 나는 진정 쉴 수가 있다. 팔을 손목 쪽으로 내리자 핏물이 짧은 평행선들의 고운 패턴을 이뤘다. 그어본 적이 없는 사람은 피와 함께 흘러나오는 순전한 안도감을 이해하지 못할 것이다. 다량의 피다. 다시 침대에 눕자 눈물이 주체할 수 없이 쏟아졌다. 눈앞에 얼굴들이 아른거렸다. 엄마, 아버지, 체탄 씨, 하리 삼촌… 미안합니다. 하지만 너무 얻어터졌나 봐요. 이제 못하겠어요. 더이상 스트레스를 감당할 수 없어요.

하리 삼촌이 나타났다. 어쩔 줄 몰라 했다. 고함소리가 많이 났다. 이언이 운전을 한 것 같다. 하리 삼촌은 도대체 어떻게 된 거냐고 계속 내게 물었다. 설명할 기운도 없었지만 뭐라고 설명을 늘어놓는다고 해도 알아듣지 못할 거였다. 말을 하고 싶어도 목구멍과 가슴에 걸려 입 밖으로 나오지 않았다. 병원 정문을 지나 응급실로 들어갈 때 하리 삼촌이 나를 꼭 끌어안아 주었다.

잘 들어라. 들어가면 이언의 신분증을 제시할 거야. 알겠지? 네 것을 시스템에 입력했다간 수상쩍은 것들이 다 드러나고 바로 경찰이 덮칠 거니까. 이해하지? 대답을 해봐.

나는 대꾸하지 않았다.

이언, 네 지갑을 애한테 주거라. 보고만 있지 말고. 자, 어서.

지갑을 다요?

서둘러. 이 집안에는 생각 있는 인간이 나뿐인 거냐?

나를 맡은 아이티인 간호사가 동맥 하나만 간신히 빗나갔다고 했다. 빗나갔다. 병신 같이 빗나간 거다. 여섯 시간에 걸쳐 상처가 가장 심한 부위에 여섯 바늘을, 다른 곳에 네 바늘을 꿰맨 뒤 온갖 안내문들을 받아든 다음에야 돌아갈 수 있었다. 캐서린이 문을 열고 나를 안아주었다. 나는 따라서 안지 않고 그냥 서 있었다. 하리 삼촌에게도 이언에게도 말 한마디 하지 않았다. 심지어 고맙다는 말도 안 했다. 아니 '특히'라고 해야 맞다. 내가 무슨 낯으로 그들을 보겠는가? 너무 부끄러웠다. 그들은 모든 것을 보았고 모든 것을 알았다. 그들에게 응급실까지 따라오게 하다니. 절대 원치 않은 일이었다. 정말이었다. 내가 저지른 짓 때문에 밤을 홀랑 지새우고 이제 한두 시간 후에는 출근을 해야 했다. 모두 다 나 때문에.

나도 생각에서 벗어나게 일이라도 하러 가고 싶었지만 날씨조차 내가 미운 건지 강력한 눈보라에 뉴욕 전체가 봉쇄되고 말았다. 이런 사태까지 일어난 마당에 더는 이 집에 살 수 없다는 하리 삼촌의 통첩을 기다렸다.

그런데 삼촌은 혹시 필요한 게 있을지 모르니 옆에 있겠다며 의자에 앉았다. 괜찮다고 했지만 움직이질 않았다.

*

오후에 하리 삼촌이 휴대전화를 내밀며 들어왔다.

너랑 통화하기를 원하는 사람이 있다.

어쩔 수 없이 전화기를 받았다. 자살 하나도 제대로 못 하다니….

솔로냐? 아가, 솔로 맞아?

안녕하세요.

엄마야.

몇 년 만에 들어보는 엄마 목소리였다. 더 늙고 슬프게 들렸다. 가슴이 철렁 내려앉았다.

어떻게 지내? 삼촌이 전화하셨어. 몸이 안 좋다고 하시던데… 솔로?

괜히 그러셨네요.

네가 나하고 말을 안 해도 나는 네 엄마고 널 사랑하니까 전화하신 거야. 네 아빠 일로 나를 용서하지 못하는 건 알아. 이해해. 그래도 내가 너를 도울 수 있게 해 다오.

엄마가 울기 시작했다.

살아 있는 한 나는 네 엄마잖아. 그렇지? 엄마는 너를 사랑해. 내가 그리로 갈까? 내일 비행기 탈 수 있을 거야. 내가 가서 돌봐주게 해주겠니?

아니에요.

잠깐이지만 엄마가 불쌍했다.

저 괜찮아요.

엄마의 목소리에 울음이 고여 있었다. 나는 입술을 깨물었다.

솔로, 하리 삼촌이 네 옆에 누가 있어 주는 게 좋겠다고 하셨어. 맛있는 음식도 싸서 가져갈게. 너 엄마 음식 좋아했잖아.

나는 고개를 젓고 눈물을 닦아냈다.

솔로. 이 세상에 너하고 나 둘뿐이야. 그렇지? 하나뿐인 아들이 고통스러워하는데 이렇게 도와주지도 못하는 게 엄마한테 얼마나 힘든 건지 너도 알 거야.

엄마한테 힘들다고? 엄마, 나한테도 힘들어요. 나는 깊은숨을 쉬었다. 이건 너무 심했다.

엄마, 오지 마세요. 나는 엄마를 볼 수 없어요. 만약 그래도 온다면, 아버지 묘에 맹세하는데, 쥐도 새도 모르게 여기를 떠나 다시는 아무하고도 연락 안 할 거예요.

하리 삼촌에게 전화기를 돌려주었다. 대체 왜 이런 짓을 한 거지? 이런 꼴을 엄마에게 보이고 싶지 않다. 내가 완전한 패배자라고 굳이 또 누구에게 광고하란 말인가?

눈보라가 잦아들자 캐서린이 외출했다. 모두 그래 주기를 기도했건만 하리 삼촌 대신 이언이 랩톱을 들고 방에 들어와 앉았다. 하리 삼촌은 귀신에게 쫓기듯 집안을 이리저리 오가며 안절부절못했다. 다정한 캐서린이 나 먹으라고 크리스피 크림 Krispy Kreme 도넛 큰 박스를 사 왔다. 단 걸 밝히는 내가 평소 같으면 혼자 한 박스를 다 먹어치울 테지만 지금은 아니었다. 한 개도 못 먹는다. 이런 걸 먹을 자격이 없을뿐더러 입맛도 쓰다. 이언이 나가고 단 몇 분이나마 소중한 혼자만의 시간을 보내는데 하리 삼촌이 들어왔다.

불 켜도 되냐?

대답하기도 전에 스위치를 올렸다.

무슨 일이냐? 소리가 들리던데. 설마 머리를 짓찧고 그런 거냐?

보통은 매사에 농담조로 말하는 삼촌인데 지금은 아니었다. 내가 담요를 끌어 올렸다. 나를 보는 하리 삼촌의 얼굴에 기이한 빛이 올라왔다. 연민? 아니면 동정?

아무 짓도 안 했는데요.

삼촌에게는 솔직히 말해봐라.

나는 붕대를 감은 내 팔을 바라보았다.

솔로, 네가 아무리 어른이라도 뭔가 잘못된 게 있으면 삼촌에게 말을 해도 되는 거야. 우리는 가족이야. 이언은 너보다 형인데도 나와 온갖 일들을 의논한단다. 무슨 일이냐? 여자 문제냐? 그런 거라면 내가 권위자란다. 겪어보지 않은 게 없거든. 여자가 몸이 달게 하는 거, 내가 몸이 다는 거, 여자에게 애가 생기는 거…. 너는 내가 여자를 버리기만 하는 줄 알겠지만 나도 상사병 꽤 앓았어.

삼촌이 담요 아래 내 발을 잡아당겼다.

무슨 일이야? 이 늙은 삼촌에게 말해주면 안 되겠냐?

말할 수가 없었다. 입만 열어도 비스킷처럼 바스러질 거였다. 머리가 너무 아팠다. 나는 입술을 깨물었다.

솔로. 내가 네 아버지를 대체할 수는 없어. 하지만 아버지가 세상을 떠났으니 너는 내 아들이나 마찬가지야. 그건 네가 나에게 못할 말이 없다는 뜻이고. 네가 어렸을 때 같이 있어 주지는 못했지만 말이다.

그가 말을 멈추고 천천히 침대 끝에 앉았다.

네 엄마 집에서 나오고 싶다고 했을 때 내가 이리로 오라고 했지? 이유 따위는 묻지도 않고. 솔직히 말하자면 나는 네가 베티 밑에서 살면서 대학도 가고 그러는 게 옳다고 생각했어. 오해는 하지 마라. 나도 네 엄마를 그렇게 좋아하진 않아. 수닐과 결혼한 뒤로 그가 다른 가족과는 연을 끊다시피 했으니까. 왜 이런 이야기를 하고 있는지 모르겠구나. 내 머릿속이 어지러운 거 네 눈에도 보이지? 삼촌도 이제 늙어서 그래.

삼촌이 담요 밑의 내 발을 문질렀다.

사실은 네가 여기 미국서 나랑 살았으면 했단다. 내가 가진 것은 없어도 캐서린, 이언이랑 똑같이 너를 대할 것이라는 건 너도 알 거야. 누구를 특별히 귀애하고 그러지 않는다는 말이다.

서로 말이 없는 가운데 나는 침을 꿀꺽 삼키고 있는 힘껏 이를 악물었다. 미국에 도착하고 첫 며칠 이후 이토록 빌어먹게 비참해 본 적은 없었다. 그리고 모든 것이 내 탓이었다. 하리 삼촌이 한숨을 쉬더니 일어났다.

알았다. 좀 쉬어라. 뭐 갖다 줄까?

내가 고개를 저었다. 세상에서 가장 아둔하고 멍청한 놈 아니면 이런 처지가 될 리가 없다. 칩스의 착오일지 모른다. 눈을 질끈 감았다 뜨면 이 악몽이 끝나 있을지 모른다. 트레버와 칩스를 만난 적 없고 은행 잔고를 감쪽같이 털린 일도 없는 옛날로 돌아갈지 모른다.

어둠 속에서 나는 다시 몸을 웅크리고 트리니다드의 내 방과 현관 베란다의 해먹 두 개와 체탄 씨와 두던 체스의 회상으로 빠져들었다. 아저씨는 지금쯤 곤히 잠들었겠지. 하지 말자 하다가 결국 전화를 걸었다. 그렇게 자는 아저씨를 깨워놓고 정작 아무 말도 못 했다. 그냥 울기만 했다. 울고, 울고, 또 울었다. 아저씨가 부드러운 목소리로 집에 돌아올 항공권을 보내주겠다고 말했다. 아니면 직접 올 수도 있다고 했다. 그리고 무엇보다도, '괜찮다'고 말했다. 울음이 잦아들자 나는 간신히 '안녕히 계세요' 라고 말했다. 아저씨는 '사랑한다, 솔로'라고 말했다. 그리고 내가 원한다면 아저씨 집에서 함께 살 수 있다고, 나는 어른이니까 꼭 엄마 곁에서 살아야 하는 건 아니라고 덧붙였다. 나는 통화종료 버튼을 누르고 하염없이 울었다. 계속 이렇게 살 수는 없다.

## 체탄 씨

베티 양의 집까지 보통 십오 분이 걸린다. 차가 적다 싶으면 십이 분이다. 오늘은 딱 구 분 걸렸다. 비상등을 켜고 미친 듯 달렸다. 그녀가 타잔 열 명을 모아놓은 소리로 울부짖으며 뭐라고 말하는데 하나도 알아들을 수가 없었다. 솔로와 자살, 두 낱말만 간신히 들렸다. 아이가 안전하게 살아 있다는 것을 알고 느꼈던 안도감조차 아이가 죽은 줄 알았던 그 몇 분간의 고통을 모두 지워주지는 못했다. 십년감수가 과장이 아니었다. 베티 양의 울음소리에 이웃 여자가 달려왔다. 신경쇠약인 줄 알고 구급차를 부르려는 순간 내가 도착하여 말릴 수 있었다.

베티 양은 쉬 진정되지 않았다. 아이가 죽지 않았다고, 지금 안전하게 잘 있고 보살펴주는 사람들이 있다고 연거푸 되새겨줘야 했다. 베티 양이 도대체 무슨 소리를 하는지 종잡을 수가 없어 하리와 통화도 해봤지만 솔로를 응급실에 데려가기 전 무슨 일이 있었는지는 불분명했다. 왜 아이가 자살하려 하는 건지 도통 모르겠다고 했다. 아직 아이에게서 아무도 아무것도 알아내지 못했다. 기운이 하나도 없을 것이었다. 그런 와중에 당장 공항에 가서 뉴욕행 비행기에 오르겠다는 베티 양을 말려야 했다. 하도 발버둥을 쳐 자동차 키를 빼앗았다. 이런 상태로 운전을 했다가는 관에 실려 돌아올 것이 뻔했다.
하리는 자동차 키를 두고 벌어지는 소동을 듣고 있다가 때는 지금이다 싶었던지 나에게 한바탕 퍼부었다. 이 사실을 알리려 베티 양에게 전화를 하자 그녀가 이게 모두 그의 책임이라고, 그가 자신에게서 아들을 빼앗아가지 않았다면 이런 일은 없었다고 비난을 했고, 그러자 충격을 받아 그러겠지 하며 이해해 주지 못하고 그녀야말로 세계 최악의 부모라고, 애당초 솔로가 왜 트리니다드를 뜨지 못해 안달이었겠냐고 반박을 한 모양이었다.

하리, 모두 다 진정합시다.

진정? 진정이라뇨? 저 마녀 같은 베티가 솔로의 피를 말려 이 모양으로 만들어놓은 마당에 누구한테 진정하라는 거예요?

어떻게 그게 베티 탓이죠? 뭘 잘못했다는 거예요? 네?

제 똥 구린 줄은 모른다는 말이 있어요. 아이를 저렇게 기른 게 누구죠? 우리가 있는데도 친척이라곤 없는 애처럼 혼자서만 기른 게 잘못이 아니에요?

지금은 그런 이야기를 할 때가 아니죠.

죽은 내 형에게도, 형님, 편히 쉬세요, 골치 아픈 여자라고 말해줄 것을…. 그 여자 집안이 어떤지 알아요? 출신은 못 속이는 법이라고요.

하리, 그만하면 됐어요. 그거 인신공격이에요.

하리가 내 귀에 대고 헛소리를 하는 동안 베티 양도 뒤질세라 온갖 고약한 소리를 전화 너머에서 듣도록 내게 악을 써댔다. 나는 어떻게든 중재를 해보려 진땀을 흘렸다. 오 분 후에 다시 전화를 걸 테니 그동안 숨 좀 가다듬고 진정하라고 하리에게 말했다. 베티 양을 보살펴야 했다.

내 아들 봐야 해요. 내 심정은 아무도 몰라요. 아무도 모른다고. 가서 아들을 만나야 해요.

그녀가 다시 통곡을 했다.

내 탓이에요. 수닐을 그렇게 만든 벌인 거야. 틀림없어요.

내가 그녀를 꼭 끌어안아 줬다.

하리하고 이야기를 해야 해요. 다시 전화 걸어요.

지금 두 사람은 통화 못 할 것 같은데요.

부탁하는 거 아니에요. 명령이라고요. 당장 전화 걸어요.

전화기를 건네주며 이번에는 조용히 이야기를 하겠지, 솔로를 바꿔달라고 청하겠지, 했는데 그 예상은 보기 좋게 빗나갔다. 두 사람은 곧장 탓하기 경쟁에 재돌입했다. 싸움을 갈라놓을 수 있게 그녀더러 스피커폰을 켜놓으라고 했다. 스피커폰이 켜지자마자 쌍방향으로 빗발치는 욕설을 들을 수가 있었다. 내가 어떻게 하리 편을 들 수 있겠나? 그의 가족은 수닐이 베티를 심하게 때린다는 것을 알고도 중재는커녕 술을 덜 먹게 말리지도 않았다. 그녀는 솔로가 행복하게 살 수 있도록 최선을 다했을 뿐이다.

하리는 인정하지 않았다. 베티와 결혼한 후 수닐이 달라졌다고 주장했다. 그의 가족과 시간을 보내지 않았고, 술도 베티 때문에 먹기 시작했다고 했다. 게다가 람딘 가의 자손인 솔로를 친가 쪽 사람들과 어울리지 못하게 막았다고도 했다.

두 사람 간의 이십 년 넘게 해묵은 악감정이 부글부글 끓어올라 휴대전화 스피커 밖으로 흘러내렸다.

드디어 베티 양이 솔로와 통화하게 됐을 때 나는 그녀의 등을 쓸어주면서 가까스로 미소를 지어 보였다. 가슴이 찢어질 듯 아팠다. 솔로는 완강했다. 조금도 틈을 내주지 않고 최소한의 대응으로 일관했다. 가련한 여인은 무너져 내렸다. 나도 울고 싶었다. 새끼에게 잡아먹히는 한이 있어도 어미의 사랑은 변함없다는 말은 사실이었다.

나만 솔로와 대화하지 않았다. 하리가 반대했다. 그자에게 화가 나기는 했지만 일리 있는 말이었다. 솔로에게는 시간이 필요했다. 일어나 침대로 가던 베티 양이 휘청거렸다. 얼른 가서 침실까지 부축해줘야 했다. 자리에 눕힌 다음 카밀레차를 끓이려다가 그것으로는 안 되겠다 싶었다. 그 대신 위스키를 한 잔 주었다. 그녀를 두고 떠날 수 없어서 전에 쓰던 방에 들어갔다. 침대도 탁자도 의자도 모두 새것이었다. 나의 작은 보금자리였던 방에 내 흔적이 하나도 남지 않은 게 이상하게 느껴졌다.

꾸벅꾸벅 졸다가 전화기가 한 번 울리자 바로 확인해보니 솔로의 번호였다. 아이는 아무런 말도 없이 엉엉 울기만 했다. 나는 제발 돌아오라고, 내 집에서 편히 살 수 있다고 애원을 했다. 솔로는 대답하지 않았다. 이 아이에게는 자신의 아픔을 들어줄 사람이 필요한 것이구나, 비로소 깨달았다. 나는 아이가 우는 것을 들어주었다. 나도 조용히 울고 있는 걸 아이가 모르기를 바랐다. 전화를 끊은 다음 문자를 쳐 보냈다.

솔로, 웃음과 울음은 한집에 산다는 걸 기억해라. 사랑한다. 체탄.

# 베티

누가 뭐래도 때로는 어디선가 신호가 내려오는 법임을 나는 믿는다. 트리니다드는 본래 지진이 없는 곳이다. 차에서 내려 미용실을 향해 걷는데 별안간 주변이 온통 흔들리기 시작했다. 자동차들이 위아래로 통통 튀어댔다. 커다란 콘크리트 빌딩이 인형의 집처럼 좌우로 기우뚱거렸다. 주위를 둘러보니 다들 나처럼 두렵고 얼떨떨한 얼굴이었다. 유리가 박살나는 소리가 들렸지만 비명은 전혀 없었다. 대지가 있는 힘을 다해 내 몸을 흔들어대도 양발에 힘을 주고 악착같이 버텼다. 오래 계속되는 게 무엇보다 무서웠다. 나중에 뉴스를 보니 7.3 강도의 대지진이었고 이 분간 이어졌다고 했다. 7.3은 믿어지는데, 뭐 고작 이 분이었다고? 그럴 리가 없었다. 무슨 특별한 시계를 사용했을 것이다. 사망자는 없었고 피해 규모도 적은 모양이었다. 미용실에서 머리를 다듬던 중에 빌딩이 무너져 죽었다면 어쩔 뻔했나! 솔로도 다시 보지도 못하고 저승행이었을 것이었다. 하나님은 사랑이시다.

더 큰 지진이 다가오고 있음을 알았어야 했다. 솔로가 제 손목을 그었다. 명백한 자살기도였다. 나는 아직도 어안이 벙벙하다. 나한테는 입도 안 열고, 어떻게 해야 좋을지 모르겠다. 삶을 끝장내는 게 낫겠다 싶게 고통에 시달리는 아들을 위해 내가 할 수 있는 게 없다니! 적어도 하리와 체탄 씨가 있고 그들이 최선을 다해 도울 거라는 위안은 있다. 한 점 혈육조차 지키지 못하는 어미가 무슨 소용인가! 체탄 씨가 며칠 밤을 내 옆에 있어 줬지만 본인의 생활이 있는데 언제까지 그럴 수는 없다.

미스터 잉글랜드가 아마 글로리아에게서 솔로 일을 전해 들은 모양이었다. 어떻게 알았냐고 굳이 묻지도 않았다. 그가 거실에 자리를 잡고 앉았다.

> 베티, 가라고 좀 하지 말고 이리 와서 앉아요. 어서요, 나의 사랑.

내가 한숨을 쉬었다.

> 제발요. 가뜩이나 심란해 죽겠다고요.

그가 소파에서 내려와 내 의자 팔걸이에 걸터앉았다. 그리고 나를 꼭 껴안았다.

그러니 내가 옆에 있어 줘야죠. 당신을 돌봐줄 사람이 필요하니까요. 부드러운 사랑의 손길을 줄 사람이요.

나는 괜찮아요.

아니에요. 당신은 괜찮지 않아요. 내가 필요해요. 내가 여기서 당신을 지켜줘야 해요.

어깨를 주물러주던 그의 양손이 티셔츠 밑으로 들어와 가슴 위에 멈췄다. 돌연 그가 있어 주기를 바랐다. 누군가의 다정한 손길은 너무나 오랜만이었다. 그가 내 귀에 혀를 밀어 넣었다.

있고 싶으면 있어요.

있고 싶다고 이미 말했잖아요. 이제 당신은 내 눈 밖으로 못 벗어나요.

## 솔로

며칠 후 데니스가 날 찾아왔다. 하리 삼촌이 나한테 거실에 함께 앉아 이야기 나누라고 했다. 이번 크리켓 시즌 전망을 놓고 두 사람이 왈가왈부하는 동안 소파 끝자리에 가 앉았다. 데니스가 가져온 조니 워커 블랙은 얼마 걸리지 않아 바닥으로 향했다. 나는 최대한 버티다가 이만 일어나 봐도 되겠냐고 물었다. 최근 며칠간 좋았던 것은 일단 베개를 베고 누웠다 하면 뭐 양의 숫자를 세거나 그럴 필요도 없이 곧장 잠이 드는 거였다. 데니스가 이 주 동안 충분히 휴식을 취한 다음 복귀하라며 결근일 분을 빼지 않고 전액이 그대로 든 월급봉투를 건네주었다. 안 그래도 되는데. 나는 울음이 터질 뻔했다.

낮이고 밤이고 누구든 집에 남아 나를 지켰다. 대장 베이비시터 역할을 맡은 모양인 이언이 코네티컷 주의 뉴케이넌이란 오지로 가서 고객의 컴퓨터를 픽업해야 한다며 드라이브 겸 같이 가자고 했다. 내가 안 가면 캐서린이 퇴근할 때까지 기다려야 하는데 그럼 교통 상황이 아주 더럽다는 것이었다. 나 혼자 있어도 괜찮으니까 굳이 그럴 것 없다고 하자 하리 삼촌이 단단히 지침을 내려서 안 된다는 거였다. 무엇보다 이언의 일을 방해하고 싶지 않았고 음악을 틀어놓고 입 다물고 가면 괜찮겠지 싶었다. 가끔 '이언을 좀 봐'라는 생각을 한다. 그는 조용히 자기 일에 집중하며 살았다. 컴퓨터 샌님이지만 그래도 여자들과 데이트도 나간다. 두세 달에 한 번씩 여자가 바뀌는데 그때마다 '이번은 진짜야'라고 한다. 물론 다음 여자로 갈아치울 때까지지만. 그렇다고 헬스클럽을 드나들지도 않고 평범한 외모인데 스스로 만족하며 사는 듯하다. 왜 나는 저럴 수가 없을까?
점심시간이 되기 전에 허친슨리버 파크웨이에 접어들었다. 차 안에는 '무디맨Moodymann'이 터져 나오고 있었다. 한 시간을 더 달려 포트체스터를 지나자 그가 볼륨을 줄였다.

솔로, 나 좀 도와줘야겠어.

그래, 뭔데?

네가 뭣 때문에 그런 건지 알아내기 전까지는 아버지가 집에 돌아오지 말래. 뭐 때문에 그렇게 힘들어하는 거야?

나는 창밖을 바라보았다.

자, 정확히 말하자면, 필요하다면 보스턴까지 가라고 하셨거든. 사촌 동생을 산 채로 갉아먹는 게 대체 뭔지를 알아내기 전에는 집에 오지 말랬어. 그래서 물어본다. 대체 무슨 일이냐?

가슴이 뛰기 시작했다.

좀 도와주라. 뉴케이넌은 아직 반 시간 더 가야 나와. 컴퓨터를 픽업하고 곧장 집에 좀 가게 해줘. 아니면 계속 북쪽으로 올라가야 하고. 너 하기에 달렸어.

나는 고개를 돌려 도로를 주시하는 그를 슬쩍 보았다. 대형 트레일러트럭이 우리를 추월하며 차가 갈색 진창을 뒤집어썼다. 갑자기 한없이 피곤했다. 침대가 눈에 보이면 바로 쓰러져 잠이 들 것 같았다. 물론 나는 그의 청색 프리우스 안에 사로잡혀 있었다. 어쩌겠는가? 칩스와 트레버의 지겨운 이야기를 죄다 들려주었다. 묵묵히 들어줄 뿐 나더러 아둔하고 멍청하다고 타박하지 않는 게 고마웠다. 우리는 맥도널드 드라이브스루에서 음식을 사와 바로 집 앞에 세운 차 안에서 먹었다.

자, 이제 집에 들어가면 아버지에게 말할 거야. 걱정하지 마. 도와주실 거니까.

나를 쫓아내실까?

치즈가 들어간 쿼터파운더 햄버거에 얼굴 반쪽이 가렸지만 나를 보는 그의 얼굴에서 미소가 엿보였다. 입 양옆으로 케첩을 흘려가며 그가 햄버거를 다 먹을 때까지 나는 기다리고 있었다.

그런 말도 안 되는 생각은 어디서 나온 거야? 수닐 삼촌의 외아들에게 아버지가 어떻게 그래? 정신 좀 차려. 아버지가 캐서린이나 나보다 너를 더 사랑하는 것 같을 때도 있는데 이게 무슨 소리야. 너는 우리랑 완전 엮였어. 알아? 아버지가 이야기를 듣고 나면 칩스와 트레버를 어떻게 하시려나, 나는 그게 오히려 걱정되거든.

이언과 하리 삼촌은 방문을 걸어 잠그고 십오 분에서 이십 분 정도 이야기를 나눴다. 부엌 식탁에 앉아 있는 나에게 하리 삼촌이 다가왔다. 화가 난 기미는 보이지 않았다.

너하고 나, 진지하게 이야기 좀 해보자.

나는 단단히 마음의 준비를 했다.

정말이지 이 두 사기꾼 놈들 중 하나라도 내 손에 잡혔다가는 무슨 꼴이 날지 나도 모르겠다. 너무나 화가 나는구나. 양심도 없는 놈들 같으니. 인간의 탈을 쓰고 어찌 사람을 그렇게 날로 벗겨 먹을 수가 있는지….

나는 고개를 푹 숙이고 리놀륨 바닥의 무늬만 내려다보았다.

하나만 묻자.

내가 고개를 반쯤 들었다.

그놈들 때문에 괴로워서 자살을 하려 했던 거야? 그게 네 인생만큼 값진 거였냐, 솔로? 너처럼 젊은 놈이?

가슴이 무너졌다. 이제 다 밝혀지고 만 거다.

야, 사람은 누구나 실수를 하고 살아. 그럴 때마다 심하게 자책하지 않도록 노력해야 해.

삼촌이 한숨을 쉬었다.

어쨌든, 삼촌에게 아는 친구가 있다. 이런 일을 처리하기에 적격인 사람이지. 연락 안 한 지 좀 됐다만 괜찮아. 내게 맡겨라.

삼촌이 통화를 제법 길게 했다.

너 '팻랜드 갱'이라고 들어봤냐?

내가 어깨를 으쓱했다.

빈민주택단지에서 노닥거리는 치들 말씀이세요?

내 친구 플루토가 대마초를 좀 내다 팔기 시작했어. 그런데 이제 대마초뿐만이 아닌 것 같구나. 웬만하면 혼자 하는 게 좋지만 이건 나 혼자 처리할 수 있는 차원이 아니야. 플루토가 모르는 자라면 별 것 아니라고 볼 수 있을 텐데, 내가 칩스를 입에 올리자마자 대번에 누군지 알더구나.

저 때문에 그런 부탁을 하시고, 정말로 죄송해요.

아니다. 그런 건 신경 쓰지 말고. 너를 돕는 게 바로 나를 돕는 거니까. 하지만 약속 하나만 하자.

눈물을 닦는 삼촌의 목소리가 갈라져 나왔다.

그런 일을 다시는 하지 않는다고 약속해다오. 너 그랬을 때 내 심장이 뜯기는 것 같았단다. 무슨 문제가 있으면 나하고 상의하자. 삼촌 무서운 사람 아닌 거 알지?

이미 신세를 지고 있는데 더 부담되고 싶지 않았어요. 그리고 저 자신이 너무나 부끄러웠고요. 그렇게 허망하게 돈을 잃어버리는 사람은 저 말고는 없을 테니까요.

그렇지 않아. 언젠가 기회 되면 들려주고 싶은 이야기가 있어. 너는 삼촌이 별나게 똑똑한 줄 알겠지?

플루토가 일을 접수했다. 이제 모든 게 그의 손에 달렸다. 그런데 이름이 무슨 플루토지? 트레버를 쉽게 찾기를 바란다. 그를 찾기 위해서 노부모를 두들겨 패는 일은 없기를 하늘에 기도한다. 그가 내 돈을 찾아준다면 그럼 난 이제 거물 마약거래상에게 빚을 지는 셈인가? 겁이 나서 하리 삼촌에게 아무것도 물어볼 수가 없었다. 플루토는 최후의 방책이었다. 나를 위해서 그래 주신 것이다. 나를 위해서.

## 체탄 씨

멋대로 마니에게 생일축하 문자를 보냈다. 역시 페이스북 탓이었다. 아니면 내가 뭐 하러 다시 그에게 연락을 하겠는가? 술집에서의 그날 저녁은 떠올릴 때마다 민망했다. 나를 자기연민에 빠진 낙오자라고 생각했을 것이다. 그런데 놀랍게도 그가 문자를 보내왔다. 파티가 있으니 꼭 오라고 했다. 그냥 친절하게 구는 거라고 생각했는데 후속 문자로 찾아오는 길까지 보내주면서 그동안 연락 못 해 미안하다며 와서 같이 놀자고 했다. 그는 잊었을지 몰라도 백로들의 잔치에 까마귀가 끼어들 수는 없었다. 멋진 남편과 친구들도 다 잘 나가는 사람들일 것이다. 내가 놀 물이 아니었다. 그의 가족들은 또 어쩌고? 날 보면 무슨 귀신 보듯 할 테고 수만 가지 질문이 날아들 것이다.

혹시 기분이 괜찮다 해도 나는 원체 파티 체질은 아니다. 나는 조용한 삶을 산다. 일하고 퇴근하여 책을 보거나 텔레비전을 좀 본 다음 먹고 자는 게 내 생활이다. 이따금 인터넷도 하지만 이제 그것도 지겨워진다. 베티 양은 자주 만난다. 주말에는 마라카스에서, 파도가 너무 거칠면 동쪽으로 더 나가 블랜치수스 해변에서 해수욕을 한다. 그게 전부다. 마니와 그 친구들에게는 한없이 단순한 생활이다.

결정을 내리기 어려웠다. 마니만 만나는 건 괜찮겠으나 제안은 그것이 아니었다. 집에서 여는 조촐한 파티라면 또 모르지만 사십대의 나이로 동성애자들의 파티에 가는 건 다른 이야기다. 어떻게 해야 좋을지 머리가 복잡했다. 한 시간쯤 얼굴만 비추고 나오더라도 가야 할 것 같았다.

기왕 할 거면 제대로 하고 싶었다. 추레한 꼴로 나타날 순 없었다. 토요일 아침 걸프시티 몰로 달려갔다. 예쁘게 보이고 좋은 걸 지녀야 한다는 부담감은 여자들만의 몫이 아니다. 꼭 끼는 옷을 차려입은 건장한 남자들이 일주일에 닷새를 헬스클럽에서 살면 어떻게 되는지를 과시하는 파티는 결코 녹록할 리가 없다. 셔츠 한 장을 고르는 데 모르는 사람들은 결혼예복 고르는 줄 알았을 시간을 썼다. 에스컬레이터를 타고 내려오다 작은 가게 진열장에서 그게 눈에 띄었다. 자못 호화로워 보이는 흰 리넨 네루칼라 셔츠로 팔을 걷어 올리면 뜻밖에 소맷동에 파란색과 흰색 문양이 앙증맞게 박혀 있었다. 딱 내 거다, 싶었다.
다 큰 어른이 십대처럼 안절부절 초조해하고 있었다. 초청장에 따르면 저녁 여섯 시 이후 아무 때나 가면 됐다. 그것은 말하자면 일곱 시 전에는 오지 말라는 말과 같았다. 기껏 일곱 시 반에 맞춰 갔는데 자정 전후에 나타나는 이들도 있었다.
마니는 친절했다. 패트릭과 악수하는 순간부터 마음에 안 들었다. 손이 축축한 것이 영 불쾌했다.

패트릭, 수십 년 만에 크리켓 경기장에서 체탄 만난 이야기해준 거 기억나지?

마니가 내 눈을 똑바로 들여다보았다.

체탄, 네가 내 친구들 중 나이가 가장 많아.

누구더러 나이가 많대? 너하고 나는 동갑인데.

그렇다는 소리야. 우리는 그만큼 오랜 친구라는. 열한 살 때의 나를 기억하는 사람은 많지 않잖아.

자기 남편이 어디서 처음 보는 남부 쿨리 놈에게 이런 말을 하는 게 달갑지 않다는 건 패트릭의 얼굴을 굳이 보지 않아도 알았다. 어쩐지 나에 대해 아는 것 같은 이상한 차가움이 느껴지는 남자였다. 피곤해지고 싶지 않아서 뜻밖에도 나는 긴장을 풀었다. 마니가 나를 사람들에게 소개했는데 나이 든 남자 하나가 내게 추파를 던지기도 했다. 더 놀라운 건 그런다고 아무도 놀라지 않았다는 것이다. 내가 비로소 패거리를 찾았나, 잠깐 생각하기도 했다. 아닐 것이다. 이렇게 친절한 사람들을 만날 수 있는 또 다른 곳으로는 우드브룩의 게이바 같은 데가 있었다. 문제는 모두가 나에 대해 알게 된다는 것이었다. 거기 발을 디뎠다 하면 바로 표적이 됐다.

마니의 집은 아름다웠다. 실내장식을 누가 했는지, 취향이 훌륭했다. 가구들은 시간을 두고 찾았을 법한 질 좋은 마호가니 자재에 심플한 디자인이었다. 이렇게 아름다운 모리스 의자는 이제 돈 주고도 살 수 없으니 물려받은 것임이 분명했다. 돈은 무엇보다도 미술품에 들어가 있었다. 벽마다 뭔가 흥미로운 것들을 걸어놨는데, 특히 '푸른 악마' 카니발 축제에 한창인 남자들의 기가 막힌 사진은 저녁 내내 들여다봐도 좋을 것 같았다. 사진 앞에 선 나를 마니가 보고 말했다.

이거 마음에 들어?

없어진다면 내가 훔친 것으로 알아.

그의 어깨가 내 어깨에 닿았다. 그렇게 움직이지 않고 있었으면 싶었다.

사진작가 마리아 누네스Maria Nunes의 작품이야. 파라민 마을 푸른 악마를 주제로 아예 연작을 발표했어. 인터넷에서 한번 찾아봐.

폼 좀 잡으며 맥주를 홀짝이고 있는데 누가 마니에게 다가와 귓속말을 했고 마니는 급히 자리를 떴다.

무슨 일인지 십 분쯤 후에 패트릭과 마니가 함께 나왔다. 마니는 화가 치민 얼굴이었고 남편은 냉동실처럼 냉랭했다. 옷핀으로 찔러도 피 한 방울 안 나올 듯했다. 첫 대면부터 싫었지만 이제 아주 혐오스러웠다. 마니에게 귓속말을 한 사람이 내 옆에 서 있었다.

아, 이거 참 곤란하네요. 하필 내가 그 장면을 봐버려서. 정말 끔찍하지 뭐예요. 마니 파티잖아요. 친구들도 다 와 있는데.

무슨 일인데요?

화장실인 줄 잘못 알고 손님방 문을 열었거든요. 패트릭이 남자랑 있더라고요. 정말이에요. 내가 이 두 눈으로 봤어요. 쉿. 마니 오네요.

억지로 웃는 얼굴이었다.

모두들 한잔 씩 하셔야죠. 체탄, 뭐 줄까?

나는 괜찮아. 집이 멀어서.

사람들에게 술을 주고 음식을 돌리느라 열심인 마니가 가여웠다. 내 옆 남자가 다시 입을 열었다.

패트릭이 좀 헤프다는 건 누구나 알거든요. 마니만 빼고 전부 다요. 이게 처음이 아니에요. 어쨌든, 저 사람들 일이고, 둘 사이의 일은 둘밖에 모르는 거겠지만.

내게 그날 밤의 파티는 그렇게 돌연 끝나버렸다. 이런 복잡한 사연일랑 알고 싶지 않았다. 인사 없이 빠져나가려 하는데 마니가 보고 배웅을 나왔다.

내가 경호해줄게. 너한테 아무 일도 일어나지 않았으면 좋겠어. 내가 이미 네 인생에 문제를 잔뜩 일으켜놓은 것 같아.

그렇지 않아.

우리는 더이상 말하지 않고 내 차까지 함께 걸어갔다.

초대해줘서 고마워. 집도 좋고 친구들도 멋있더라.

응. 또 연락하자, 오케이?

그래.

나는 운전석에 앉아 주먹인사라도 하려고 창밖으로 손을 내밀었다. 그런데 마니가 내 팔을 확 잡고 아주 날것의 뜨거운 키스를 퍼부었다. 나는 너무 놀라서 제대로 응하지도 못했다. 그가 미소를 지었다.

전화할게.

## 베티

회복하고 나서 몇 주 만에 솔로가 보내온 사진들을 체탄 씨가 공유해줬다. 젖살이 다 빠져 어른이 된 모습이었다. 그리고 정말 시인하기 싫지만 그 나이 때 제 아빠 판박이였다. 그때는 미남이었으니까. 반바지에 티셔츠 차림으로만 보다가 두꺼운 겨울 외투를 입고 눈밭에 선 모습은 약간 충격이었다. 내가 못 보는 사이에 십대에서 어른 남자가 돼버린 내 아들의 사진을 한참 바라보았다. 미스터 잉글랜드에게도 보여주었다.

내 아들이 이렇게 컸어요.

살이 좀 붙어야지 바람만 살짝 불어도 자빠지겠는걸요.

맞아요. 항상 마른 편이었어요. 나는 케이크 근처만 가도 오 파운드가 금방 찌는데 얘는 엄청 먹는데도 살이 안 붙거든요.

스크롤을 내려 다음 사진들로 넘어갔다.

이 얼굴 클로즈업 너무너무 좋아요. 이걸로 스크린세이버 바꿔야겠어요.

흠, 그러니까 내 사진이 아니라 얘 사진으로 스크린세이버를 하시겠다, 그 말씀?

그럼요, 내 아들인데요.

나는 남자친구잖아요.

내가 본인 사진을 스크린세이버로 쓰는지 아닌지 신경 쓰기엔 너무 늙은 거 아닌가요?

미스터 잉글랜드는 아침 내내 얼굴이 퉁퉁 부어 있었다. 점심으로 맛있는 걸 해주어도 한두 마디가 고작이었다. 정말이지 이 남자의 못난 짓을 포용해줄 여유가 지금 내게는 없다. 점심을 먹고 나서도 아무 말 없이 텔레비전만 들여다봤다. 내가 바짝 다가가 앉았다.

자기, 왜 이렇게 조용해요?

알잖아요.

설마 아직도 스크린세이버 때문에요? 아들 사진인데요.

그래서요? 나는 뭐 안 중요해요?

나는 깊은숨을 쉬었다.

나 정말 피곤한데 당신도 재미없는 것 같고… 우리 내일 얘기할까요? 오후에 어디로 드라이브 가도 좋고요.

지금 나를 내쫓는 거예요?

그런 건 아니지만 나랑 같이 있는 게 싫으면 집에 가는 게 낫죠.

안 갈 거예요.

속에서 뭔가가 뒤틀렸다. 말다툼할 힘도 없었다. 오직 침대에 눕고 싶었다. 그가 가든 안 가든 상관없었다.

깜빡 잠이 들었었는데, 그의 성기가 내 엉덩이를 밀어붙이고 다리 사이로 손가락들이 들어오는 바람에 깼다.

아 정말, 자고 있는 거 안 보여요?

자기, 내 사랑. 줄 게 있어요.

나중에요. 한숨 자고요.

화나게 하려는 거 아니었어요. 내가 이 세상 누구보다도 당신을 사랑하기 때문이에요. 나도 어쩔 수가 없어요.

그가 내 몸 위로 올라왔다. 나는 성가시고 피곤했다. 오늘은 못 하겠다고 하자, 그는 내 몸에 올라탄 채 나를 얼마나 사랑하는지, 노래까지 불러줬다. 음정이 좀 안 맞았지만, 어쩌겠는가? 지성이면 감천이다. 그는 원하는 걸 얻었다. 그것도 아주 제대로.

*

기도모임을 목요일에서 화요일로 바꿨다. 가끔씩 바꿔가며 사는 게 좋을 때도 있다. 다들 탠티라고 부르는 고정 멤버가 일요일 아침 예배에 나오지 않기 시작했다. 그녀를 붙잡고 물어보자 저녁 여섯 시 예배로 바꿨다는 거였다. 기분 나쁘게 할 생각은 없지만 아침 예배에 비교하면 내용의 품질이 반의반도 안 되는 예배였다. 오르간 연주자와 성가대가 서로 박자도 못 맞춘다. 루크 목사님은 장로에게 저녁 예배를 맡기기 때문에 설교도 완전 복불복이다. 좀 더 캐물었더니 아들의 목숨에 대고 비밀을 지키라며 털어놓은 사연은 이랬다. 탠티의 아들이 약물 중독으로 감옥을 뻔질나게 드나드는데 지난번 출소한 후로는 그녀 집에 살면서 글쎄 그녀 몫의 곗돈을 훔쳐 갔다고 눈물이 그렁그렁해져서 말했다. 집수리용으로 모아뒀던 마지막 돈까지 아들의 마약 값으로 날아갔다는 거였다.

그녀는 고통을 겪다가 도움을 찾았다고 했다. 나는 비밀을 지켜야 했다. 비밀인 것도 이해됐다. 힌두 문화를 잘 모르는 내게도 그건 피의 희생 따위의 온갖 사악한 악마숭배로 느껴졌다. 탠티는 어떻게 이런 걸 하면서 기독교인을 자처할 수 있을까? 그녀는 내친김에 다음 일요일 투나푸나에 있는 사원에 함께 가자고 내게 권했다.

내가요? 미쳤어요? 탠티, 나 그런 거 안 믿어요.

자기가 칼리Kali 숭배를 잘 몰라서 그래요. 피의 희생제의 같은 건 다 헛소리예요.

입술이 뒤틀려 올라갔다. 안 그래도 박복한 몸인데 이제 오비 귀신까지 들일 수는 없었다.

어차피 비밀도 털어놓았으니 계속 나가자 싶은 건지 탠티는 나를 붙들고 늘어졌다. 어떻게 교회에 나오면서 그런 피에 굶주린 여신을 모실 수 있느냐고 내가 물었다.

베티, 이차소견이란 말 못 들어봤어요?

뭔 소리예요?

하나님에게 뭔가 비는데 무슨 귀가 먹었나, 도통 소식이 없을 때 있잖아요. 그렇게 곤란할 때 다른 누군가가 있으면 좋겠다고 생각해본 적 없냐고요.

나는 행복한 베티 얼굴을 해 보였다. 억지 미소라 안 믿겼던지 그녀는 말을 계속했다. 나는 화제를 돌리려고 해봤다.

탠티, 그건 그렇고, 살 빠졌어요?

십오 파운드 뺐죠. 오 파운드만 더 빼면 목표달성이에요.

피부도 매끈하고 아주 좋아 보여요.

입 다물어요. 다 늙은 여자 그만 놀려요.

그녀가 몸을 구부리고 들어와 소곤거렸다.

약 같은 건 안 먹었어요. 그냥 칼리 머더Mudder께 헌신기도를 올렸을 뿐이에요. 사원에 가기 사흘 전부터 고기와 술, 섹스는 끊어야 해요.

무엇보다도 아들이 다시 재활원에 들어갔다고 했다. 시름시름 볼품없는 꼴로 기도모임에 나오던 여자였다. 그런데 달라졌다. 그런 미친 짓들을 교회 안으로 들여오지만 않는다면, 그녀 인생이 잘 풀리는 건 좋은 일이라고 생각했다.

이제 풀려난 줄 알았는데 매주 그놈의 기도모임이 끝나면 이 여자가 나를 붙들고 이야기를 늘어놓았다. 자기 말고도 힌두교도가 아닌데 칼리 푸자에 오는 사람들이 많다고 했다. 천주교도, 성공회신도, 침례교도, 심지어 회교도까지 보았으며, 모두 저마다의 신앙이 있지만 도움이 조금 더 필요하여 칼리 머더를 찾아온다는 것이었다. 머더를 모시는 데는 흑인, 인도인, 아메리카 원주민, 아프리카 동인도 혼혈인 등등 인종도 가리지 않는다고, 한번은 백인 청년도 보였는데 알고 보니 연구조사차 방문한 것이었다고 했다.

칼리에게 도움을 청할 날이 온다면 모쪼록 미스터 잉글랜드가 떨어져 나가게 해달라고 빌어볼까도 싶다. 나를 사랑하는 건 안다. 그건 의심의 여지가 없다. 오히려 약간 너무 사랑하는 게 문제라면 문제고 그가 원하는 걸 내가 줄 수 있을지 자신이 없다. 늘 내게 들러붙고 늘 문자를 보낸다. 내가 오 분을 가만히 있지 못하게, 득달같이 지금 어디 있는지 혹시 헤어지려고 하는 것은 아닌지 안달하는 것이다. 농담은 그만두고. 칼리에게 정말로 빌고 싶은 건 아들의 귀환이다. 그렇게만 해줄 수 있다면 밤낮을 가리지 않고 경배를 올릴 것이다.

## 솔로

의리는 강력한 녹아웃 펀치다. 플루토의 주먹 몇 개에, 짠, 하리의 조카는 되살아났다. 플루토가 아니었다면 나는 아직도 돈을 되찾을 가망도 없이 헤매고 있을 것이다. 그리고 그건 진짜 주먹이었다. 플루토가 트레버를 직접 두들겨 팬 것은 아니다. 쉰 가까운 나이에 머리가 아기처럼 벗어져 있고 배까지 튀어나온 터라 트레버 같은 강인한 사내에게 상대가 안 될 것이었다. 그렇다고 시도도 못 할 정도는 또 아닌 게, 왼쪽 손에 세 개, 오른쪽 손에 네 개 끼고 있는 커다란 금반지 중 어느 하나든 머리에 정통으로 꽂혔다가는 즉시 의식불명에 빠진다. 그가 손수 트레버의 턱을 박살내지 않은 건 그놈이 플로리다의 애엄마에게 가서 지내고 있어서였다. 뉴욕이 극한의 한파에 붙들려 있는데 누군들 '햇빛의 주'가 싫겠는가? 게다가 남의 돈으로 즐기는 휴가이니 더 말할 필요도 없었으리라. 보카라톤에 사는 플루토의 동료 손에 응급실 신세를 지게 됐을 때는 내 돈의 절반이 이미 날아가고 없었다.

칩스는 그보다 유연했다. 플루토가 찾아다 준 이천에다 착수금 명목으로 달아둔다던 천을 더해서 이번에는 특별히 출생증명서 비용 완불로 쳐주겠노라고 했다. 나는 그렇다고 오 분의 삼짜리 출생증명서를 받지 않을 거라는 걸 확인받고 싶었다. 이번에도 같은 식당에서 나는 커피를, 그는 오렌지주스를 앞에 두고 만났다.

진짜 맞아요. 트리니 친구, 그런데 플루토네 사람이란 얘기를 왜 안 했어요? 그랬다면 처음부터 할인을 해줬지, 내가. 왜 그분 앞에서 나를 나쁜 놈을 만든 거야? 무슨 말인지 알죠? 그쪽이 누군지 내가 몰라서 그랬다고 꼭 전해줘요.

걱정하지 말아요. 플루토는 좋은 사람이니까요.

문제 생기지 않게 오해 꼭 풀어줘요. 나는 그냥 돈 버는 평범한 비즈니스맨일 뿐이니까.

그쪽을 난처하게 만들진 않았어요. 출생증명서만 잘 나오면 돼요. 그뿐이에요.

지금 급행으로 처리 중이에요. 그러니까 플루토에게 말 잘 넣어줘요. 아무한테도 원한 사고 싶지 않으니까. 무슨 말인지 알죠?

안심해야 했었다. 이제 하리 삼촌과 플루토까지 개입되었으니 얌전히 기다려야 했었다. 오직 자해절단만 도움이 됐다. 포기할 수가 없었다. 내가 견뎌내는 길이다. 면도날을 꺼내도 수치심과 죄책감은 누그러들지 않았지만 이 방법밖에는 없었다. 위스키는 속을 뒤집었다. 이언과 대마초를 두어 번 피워봤는데 식욕만 치솟을 뿐 아무 효과가 없었다. 그은 사실을 들키지 않는 법을 하나 터득했는데, 바로 두피였다. 문제는 머리가 떡이 져도 어쩔 수 없다는 사실이다. 한번 까먹고 머리를 감다 샴푸가 상처에 들어갔다. 맙소사, 말도 못 하게 쓰라렸다.

응급실에 실려 간 그날 밤 이후 하리 삼촌은 내 방을 점검한다. 내가 모르는 줄 알지만 여기저기 흔적이 남는다. 바닥에 놓아뒀던 책이 마술처럼 책장에 꽂혀 있거나 의자에 던져놨던 청바지가 말끔하게 옷걸이에 걸려 있는 식이다. 사라진 프라이버시가 그립다. 이제 나는 방에 면도날을 늘어놓지 않는다. 삼촌이 그걸 찾으려면 내 뒷주머니에서 지갑을 꺼내 뒤져야 할 것이다. 피 묻은 티슈들은 변기에 넣고 물로 내리거나 바깥 쓰레기통에 버린다. 베갯잇에 피가 묻은 일이 한두 번 있었는데 그러면 중국인들이 운영하는 빨래방을 이용하면 된다.

칩스는 약속대로 출생증명서를 해주었다. 엄마 말마따나 하나님은 사랑이시다. 진짜 서류, 진본이었다. 사회보장국 일도 마치고 나니 숨이 제대로 쉬어졌다. 합법 신분을 얻었다고 자해 절단 충동이 덜해지는 건 아니었다. 그냥 그게 나인가보다. 체탄 씨에게 문자를 쳐 소식을 전했다. 아저씨는 내가 기쁘다면 자기도 기쁘지만 보고 싶다고 했다. 하리 삼촌처럼 아저씨도 내가 괜찮은지 안심이 안 되는 모양이었다. 어느날 삼촌이 자해 절단을 그만뒀는지 단도직입적으로 물었다. 나는 그렇다고 대답했다. 삼촌에게 거짓말을 하고 싶지는 않았다. 그만둘 수가 없다. 아니면 그만두고 싶지 않은 것일까? 모르겠다. 피곤하다. 하리 삼촌은 자기 서류가 완비되기라도 한 듯 기뻐했다.

콩 심은 데 콩 난다는 말을 나는 믿는다.

무슨 말씀이세요?

너는 철저히 네 아빠 아들이야. 람딘 가문의 피가 진하게 흐르고 있어. 뉴욕에 온다고 모두 성공하지는 못해. 배짱이 있어야지. 여기 왔다가 반년도 못 버티는 놈들을 수두룩하게 봤어. 우선 몹시 춥거든. 그리고 식료품점 재고관리나 청소 같은 일은 너무 후지다고 생각하지. 두고 온 여자도 그립겠다. 핑계가 끝이 없어. 그런데 너는 꿋꿋이 버틴 끝에 이렇게 보상을 받은 거야.

또한 우연찮게도 이 출생증명서는 내 실제 생일 겨우 며칠 전에 도착했다. 우리, 다시 말하면 하리 삼촌은 축하해야 한다며 사람들을 초대하기 시작했다. 음악 소리 요란한 집이 사람들로 꽉 들어찼다. 고작 하룻밤이란 사실을 자신에게 상기시켜야 했다. 노땅들이 좀 놀겠다는데 어쩌겠는가? 삼촌이 친구들을 부른 것에는 다른 이유가 있다 싶었다. 셰리와 다시 합칠 모양이었다.

솔로, 이언한테 셰리를 말대가리라거나 흡혈마녀라고 좀 부르지 말라고 해라.

제 말을 들을까요?

셰리한테 영 마음을 안 열더라.

신경 쓰지 마세요. 삼촌이 좋아하는 여잔데 자기도 따라야지 어쩌겠어요?

삼촌이 나를 쿡 찔렀다.

나는 이제 늙어서 뭐든 새로 적응하기가 귀찮아. 그런데 셰리는 나를 이미 속속들이 알고 있거든. 확 쓸어내기에는 새 빗자루가 좋아도 구석구석 꼼꼼히 쓸기에는 헌 빗자루가 나은 법이지.

그녀는 토요일에는 웬만하면 찾아오고 간혹 금요일에 돌아와 보면 일찌감치 와 있기도 하다. 같은 실수를 두 번 하진 않는다. 그녀가 와 있으면 되도록 눈에 띄지 않으려고 노력한다. 이언은 어쨌거나 신경을 안 쓰는데, 달라진 건 캐서린이어서 둘은 이제 친하게 지낸다. 하리 삼촌이 게을러터졌다고 불평을 하는 셰리에게 캐서린이 맞장구치는 소리를 지나가다 들었다.

야, 네 아빠 흉이지만, 아니 주중에 나를 보고 싶으면 본인이 와서 보면 되잖아. 내가 이 나이에 남자 꽁무니나 쫓아다녀야 맞아? 왜 나만 왔다 갔다 해야 하냐고?

그러게요. 시대가 변했다는 걸 남자들이 깨달아야 할 텐데요. 아줌마, 힘내세요.

한집에 산 지 몇 년 만에 캐서린이 정말로 엄마가 있었으면 좋겠다고 생각한다는 걸 알았다. 셰리를 빼면 집안에 여자라곤 본인 하나다. 그것을 물어봐 줄 생각도 못 하고 살아왔다. 사촌들의 엄마가 어느 돈 많은 남자를 찾아 삼촌과 그들을 두고 떠났다는, 그 남자가 그들은 원하지 않았다는 정도가 내가 아는 사연이었다. 정신 나간 우리 엄마도 그런 짓은 안 할 것이다. 엄마가 좋아했던 그 남자 이름이 뭐더라? 데브? 그래, 데브였다. 데브도 우리 둘을 갈라놓지 못했다.

파티 시작은 한 시였다. 그게 트리니다드 시간이 아닌 미 동부 시간임을 밝혀뒀어야 했다. 세 시가 되어서야 하리 삼촌의 친구들이 슬슬 나타나기 시작했다. 사람들 목소리가 집안을 채우면서 내 방에까지 들어왔다. 응급실 경험 이후 주변에 사람들이 너무 많으면 불안해진다. 손님들로 집이 찰수록 긴장이 발바닥에서 다리를 타고 자꾸만 위로 올라왔다. 아래층에는 대화와 술이 넘쳐나고 있으니 부디 아무도 내가 자리를 비웠다는 사실을 눈치채지 못하길. 잠시 후 두피를 닦아내고 물건들을 치웠다. 머리카락은 외가 쪽에서 물려받는다고들 한다. 다행히 엄마는 머릿결이 좋다. 숱이 풍성하고 검다. 이제 흰머리가 났을까?
데니스가 도착해 거실 의자에 자리를 잡고 앉더니 럼이나 위스키 병을 집으려고 손을 뻗을 때를 제외하고는 조금도 움직이질 않았다. 플루토가 주빈인 파티였는데 아침까지만 해도 참석한다 했으나 일이 생겨서 못 온다고 연락이 왔다. 난 괜찮았다. 솔직히 그 금반지들이며 두꺼운 금목걸이들이 어쩐지 부담스러웠다. 가장 웃기는 일은 플루토가 보냈다며 어떤 남자가 들어와 실례가 안 된다면 집에서 만든 맛있는 트리니다드 음식을 좀 얻어갈 수 있겠느냐며 준비해온 스티로폼 용기들을 내민 사건이었다. 넉살이 대단한 게, 파티에는 못 오지만 사람을 보내서라도 음식은 먹어야겠다, 그런 거였다.
점심 초대였으나 카리브해인들은 그게 무슨 뜻인지 모른다. 밤 열한 시가 넘어서야 끝까지 남은 이들이 굉장한 파티였다며 마침내 미적미적 나갔다. 모두 손을 보탠 덕분에 뒷정리가 금세 끝났다. 자정 무렵엔 집 꼴이 원래로 돌아갔다. 하리 삼촌이 내 등을 두드렸다.

재미있었냐?

네, 삼촌.

이렇게 거나하게 놀아본 것은 내 오십 살 생일 후로 처음인 것 같구나.

삼촌이 눈을 찡긋했다.

바로 며칠 전이지.

정말 감사합니다. 모두 삼촌 덕분이에요.

야, 그럼 가끔 좀 웃고 그래. 너 얼굴은 늘 너무 심각해.

삼촌이 나를 끌어안고 귓속말을 했다.

특별선물이 있다. 좀 기다렸다가 다 자러 가고 나면 그때 이야기하자.

나도 그냥 똑같이 자러 가고 싶었다. 무슨 선물이기에 이렇게 남들 안 보는 데서 주겠다는 것일까? 피곤한 몸이 납처럼 늘어졌다. 잠이 선물일 것이었다. 늘 나를 감시하지 않는 게 선물일 것이었다. 건강보험이 선물일 것이었다. 그은 곳이 아파 며칠 전 병원에 갔었다. 일주일 항생제를 먹으면 나을 가벼운 염증이었다. 거기서 십오 분 있었는데 하루 일당이 날아갔다. 대기실이 꽉 차 있었으니 그야말로 갈퀴로 돈을 긁어모으는 곳이었다.

셰리와 캐서린이 먼저 들어갔다. 이언은 밖에서 담배를 피웠다.

솔로, 이리 와봐라. 이언이 대문 옆에 있으니 안 들릴 거야. 자, 이야기 좀 하자. 남자 대 남자로 말이다.

남자 대 남자라니, 예감이 좋지 않았다.

네가 처음 왔을 때는 간신히 기저귀 신세 면한 어린애였지.

삼촌, 저 그때 열아홉 다 됐었어요.

그래, 나이는 그랬다만 누가 봐도 철부지 애송이였어.

얼굴이 화끈 달아올랐다. 무슨 소리래? 이게 어디로 가는 대화지?

스트레스는 받지 말고.

삼촌이 이마를 닦았다.

너 여기 와서 어떻게 된 게 집에 여자 한번 데리고 온 일이 없잖아. 혹시 우리에게 밝히기 곤란한 여자 친구가 있는 거냐?

아니에요.

그렇다면, 네 나이도 있고, 일반적으로….

삼촌이 한숨을 내쉬었다.

네 나이에 나는 이미 결혼한 몸이었다. 너는 아직 연애관계란 게 어떤 건지 맛도 못 봤고. 캐서린하고 이언에게 너 좀 데리고 나가 사람들 만나게 해보라고 귀에 딱지가 앉게 말했어. 그런데 애들 말이 여자가 좋다는 눈치만 보여도 너는 줄행랑을 친다는 거야. 야, 언제까지 그렇게 숨어만 살 수는 없지 않냐.

그런 게 아니고, 그냥 혼자가 좋아서요.

삼촌이 턱을 문질렀다.

사람을 하나 물색해놨다. 경험이 있는 여자야. 먼저 한번 만나본 다음 캐서린 친구들을 만나는 것도 좋겠지.

그건 안돼요. 제가 그 여자 맘에 안 들면 어떡하게요? 뭐, 저도 여자가 맘에 안 들 수도 있고요.

아, 너를 맘에 들어 할 거다.

그건 모르는 일이죠.

내 말 믿어라.

삼촌이 바짝 당겨 앉았다. 위스키 내가 풍겼다.

프로거든. 알아듣겠지? 그렇다고 나쁘게 보지는 말고. 잘 아는 사람이라 호의로 해주는 거야. 거절해서 삼촌 곤란하게 만들지 마라. 알았지?

현기증과 두통과 메스꺼움과 무기력증이 한꺼번에 덮쳤다. 하리 삼촌이 주머니에서 꺼낸 종잇장을 힐끗 봤더니 지렁이 기어가는 필체로 이름과 주소, 그리고 일요일 오후 네 시라는 글자가 적혀 있었다. 삼촌이 그 쪽지를 내 청바지 주머니에 쑤셔 넣었다.

지하철로 여기서 사십오 분 거리야. 긴장하지는 말고.

긴장하지 말라고? 내가 동정남이라는 걸 삼촌이 아는 것과 그런 나를 매춘부와 맺어주는 것 중에 뭐가 더 수치스러운 일인지 감이 잡히지 않았다. 몸 파는 여자라니…. 하리 삼촌을 속상하게 하기는 죽기보다 싫었지만, 젠장, 이건 나가도 너무 나갔다. 삼촌다웠다. 체탄 씨라면 절대 이런 일은 벌이지 않는다.

제정신인가? 나는 고개를 흔들었다.

아니요. 이건 못하겠어요. 죄송해요. 안녕히 주무세요.

야, 심각하게 생각하지 마. 아무것도 아니야. 그냥 한번 즐기면 된다고.

주무세요.

알았다, 알았어. 민망하겠지만, 삼촌 앞에서 뭐가 부끄럽다고 그래? 내일 다시 이야기하자. 그리고 솔로, 언젠가 내가 고마울 거다.

베개를 베고 눕는데도 머리가 핑핑 돌았다. 아니, 절대 못 한다. 창녀를 찾아가라고? 그보다 더 후줄근한 일은 없다. 뭐, 고마울 거라고? 동정을 받는 게 고마울 일인가? 솔로 정말 불쌍해. 숫총각 딱지도 아직 못 뗐잖아. 그래서 삼촌까지 나서서 여자랑 재워주려고 난리라던데.

꿈속의 나는 미드타운 맨해튼에서 쪽지에 적힌 주소를 찾아가고 있었다. 빌어먹을 악몽이었다. 모두 정상적으로 옷을 입고 다니는데 나만 벌거숭이 알몸이었다. 여자의 아파트는 좀체 찾아지질 않았다. 이제야 찾았구나 하고 어느 건물에 올라가 보면 번호가 뒤바뀌어 있었다. 끝없이 집을 찾아 헤매다녔다. 마침내 찾아 올라가 보니 초인종이 없었다.

잠에서 깼다. 침대가 차고 축축했다. 꿈에서 빌어먹을 매춘부를 찾아 헤매느라 하도 땀을 흘려서 티셔츠가 흥건히 젖어 있었다. 시트도 베개도 축축했다. 나는 벌떡 일어나 지갑을 찾고 머리 가르마를 타 두피에 면도날을 그었다. 꿈결 같은 안식이 몸속을 흘러 지나간 뒤에 나는 녹초가 되어 다시 침대에 쓰러졌다. 돈 주고 하는 섹스는 아무도 관심 없는 루저들이나 할 짓이다. 하지만 돈도 안 받고 누가 나와 섹스를 하고 싶을까? 그랬다. 내 온 낯짝에 '루저'라는 도장이 커다랗게 찍혀 있었다.

## 베티

이제 이민 문제는 해결됐으니, 솔로가 부디 잘 정착하고 제 몸 건사하기를 빈다. 가장 받아들이기 어려운 것은 나 아닌 아이의 마음의 평화를 위해 내가 거리를 유지해야 한다는 것이다. 체탄 씨는 장담하건대 일 년 안으로 나와 솔로의 관계가 회복될 것이라고 한다. 그 장담이 실현되기를 바란다. 아이를 다시 보려면 몇 해가 걸릴지 모른다고 생각하면 아직도 눈물이 난다. 그래도 가끔 하리에게 전화를 걸어 근황을 물어본다. 솔로를 위해 우리 사이의 묵은 감정은 묻기로 했고, 나이를 먹을수록 뭐 그렇게 대단하다고 원한을 품고 사나 싶기도 하다. 인정할 것은 인정해야 하는 게, 하리는 솔로에게 삼촌이기보다는 아버지 노릇을 해주었다. 인생이란 참 살아봐야 안다. 수닐의 제멋대로인 동생에게 이런 말을 하게 될 줄 누가 알았겠는가! 내 기도 명단에 들어 있다고 말해주자 하리는 웃음을 터뜨렸다. 솔로는 물론 기도에서 절대 빠지지 않는다. 체탄 씨도 그렇다. 미스터 잉글랜드도 간신히 턱걸이를 했는데 얼마나 더 갈지는 나도 모른다. 함께 밤을 보내자는 말에 친구들과 카지노에 가서 놀고 싶다고 했더니 토라졌다. 편안하게 감싸주지는 못하고 엉겨 붙기만 한다.

이번 주도 탠티는 기도모임이 끝나자 전할 말이 있다며 나를 잡아 세웠다. 푸자리pujari가 점괘를 봐주었다는 것이었다.

아니 점괘는 뭐고 푸자리는 또 뭐래요?

사원에 오면 다 알게 되겠지만, 어쨌든 푸자리는 제사장 같은 거예요. 점괘는 그의 입에서 나오지만 사실은 칼리 머더가 그의 입을 통해 하는 말이에요. 베티, 머더가 당신을 찾아요.

그 여자가 날 왜 찾아요? 뭐, 베티 람딘이 어떻게 사는지 말해봐, 그러던가요?

농담이 아니에요. 푸자리 말이 내 주변에 치유가 간절히 필요한 여자가 있으니 꼭 사원에 데려오래요. 누구를 데려오라는 건가 모르겠더라고요. 그러자 걱정하지 말래요. 머더가 곧 알려줄 거라면서. 그 말을 듣자마자 당신 얼굴이 보름달처럼 또렷하게 머릿속에 들어왔어요.

탠티, 헛소리 좀 그만 해요. 난 아파본 지도 오래됐고 치유 그딴 거 필요 없어요.

본인은 모르겠지만 그렇지가 않아요. 그리고 이건 저항할 수 없어요. 머더가 찾고 있으니까요.

*

탠티는 확실하게 못을 박았다. 한번 들러보는 사람들도 환영받지만 진짜 효험을 보고 싶으면 정성을 기울여야 한다고 했다. 뭔가 필요할 때만 찾는 사람을 예수님이 좋아하지 않으시듯 그들이 말하는 머더도 정기적으로 사원을 찾아 단식을 하고 공물을 바쳐야만 도와준다는 것이었다. 그리고 내게 치유가 필요하다고 자꾸만 주장했다. 아무런 문제도 없다고 신물 나게 반박했지만 그녀는 굽힘없이 머더는 다 알고 계시며 내게 치유가 필요하다고 머더가 생각하셨다면 의사도 알아보지 못한 무슨 문제가 분명 있는 거라고 단언했다. 그러다가 너무 늦으면 손도 못 쓴다고, 그렇게 위험을 감수한 채 가만있을 거냐고 겁도 주었다.

일전에 미스터 잉글랜드 생각은 어떤지 떠보려고 칼리 이야기를 슬쩍 꺼냈다.

칼리요? 아, 안 돼요. 절대 가까이 가지 말아요, 베티. 낙후

된 사람들이나 하는 짓이거든요. 예배를 드린다는 건 허울이고 잘 보면 럼이나 마시고 진탕 놀기나 한다고요.

그가 내 눈을 들여다봤다.

왜요? 칼리를 믿어요?

아니에요. 기도모임의 탠티라는 여자가 이차소견을 위해 거기에 가본 친구 이야기를 해서요.

무슨 이차소견요?

일을 그만둬도 되는지, 다가오는 재판이 어떻게 될지, 아무 거나요. 뭐, 애들은 어떻게 될지, 그런 거.

당신은 이차소견이 필요한 무슨 문제가 있는데요?

없어요. 그냥 궁금해서요.

가지 마요. 내 말 믿어요.

그가 다시 의자에 등을 기댔다.

비밀 말해줄까요, 귀여운 베티? 머더의 혼이 내리면 숫제 미쳐들 돌아가요. 나도 할머니 따라 칼리 사원에 한번 가봤거든요. 나중에 아버지가 아시고 할머니에게 아주 크게 화를 내셨어요. 절대 가면 안 돼요.

탠티가 그러는데 그걸 '진동'이라고 한대요. 마약을 먹는 건 아니래요. 탠티만 봐도 사실 그럴 리가 없어요. 마약에 빠진 아들 탓에 고생을 얼마나 했는데요.

당신이 거기 안 가면 좋겠어요. 아니, 아예 그 탠티라는 여자와 어울리지도 말아요.

잠깐만. 내 일은 내가 결정해요. 괜히 나서서 감 놔라 배 놔라 그러지 마세요. 내가 칼리 사원에 가고 싶으면 내 차 타고 내가 갈 거니까.

당신을 보호하려고 그러는 건데 왜 이렇게 화를 내요?

굳이 알려주지는 않을 거지만 자꾸 보내는 문자에 회신을 안 하면 미스터 잉글랜드도 눈치챌지 모른다. 나는 탠티와 갈 것이다. 그의 말에 일리는 있다. 칼리 사원에서 그 어떤 광란이 펼쳐지는지 나는 모른다. 하지만 알아보고 싶다. 아들이 소년에서 성인이 되는 과정을 이미 놓친 나로서는 결혼하여 아빠가 되는 것까지 놓치고 싶지 않다. 그리고 나는 지쳤다. 내 아들이 돌아오기를 바란다. 머더에게 기도 두 번 올려서 도움을 받을 수만 있다면 얼마든지 할 테다.

# 체탄 씨

한번 붙었던 불을 되살리기는 쉽듯,

옛사랑은 쉽사리 다시 뜨거워진다.

애스워드Asward의 노래가 머릿속에서 계속 맴돈다. 마니의 생일파티 날 밤에 시작된 것이 아직까지 멈추지 않는다. 문자가 쉴 새 없이 오갔다. 일주일 새에 마니는 내 아파트에 찾아와 달콤하고도 살짝 매콤한 시간을 함께했다. 남편에게 무슨 핑계를 댔냐고 묻자 어깨만 으쓱했다. 어쨌든 그건 두 사람의 일이다. 내가 만든 음식을 먹고 노는데 둘 사이의 공기가 팽팽하게 부풀어 올랐다. 잠가뒀던 꼭지가 열리자 우리는 자유자재로 흘러

가며 몇 시간이고 서로를 욕망했고 모든 게 고갈되고서야 간신히 멈추었다.
솔직히 말하겠다. 나는 그에게 아주 제대로 빠져버렸다. 대화도 잘 통해서 뭐든 감추지 않고 말할 수 있다. 단단한 육체의 섹시함에 턱의 그 보조개가 발하는 귀여움까지 겸비했다. 잭슨은 근육질이었고 몸으로만 보자면 더 나을지도 모른다. 하지만 그는 고집불통에 매사에 자기중심적이었다. 마니는 그렇지 않다. 페이스북만 보면 현란하지만 사실은 온화한 영혼이다. 세련된 교양에다 예민한 감수성에 나는 머리가 어찔하다. 얼간이처럼 히죽대고 다닌다. 전화 목소리에서 뭔가 다르다는 걸 솔로가 짚어냈을 정도다. 노년에 결국 여자를 만났냐고 아이가 농담을 걸어왔다. 두 가지가 틀렸다. 사십대 초반이란 나이는 이십대 초반에게나 늙은 나이다.
다른 사안은 잠깐 생각을 해봐야 했다. 이제 아이도 알아야 할 때였다. 내가 사랑에 빠진 사실을 온 세상에 고하고 싶었다. 그렇게는 못 하더라도 소중한 아이에게만큼은 내가 사랑을 찾았다고, 아니 첫사랑이 돌아왔다고 알려줘야 옳았다. 쓸데없이 생각이 복잡해지기 전에 전화를 걸었다.

솔로, 할 말이 있다. 오래전부터 말해줘야지 해왔던 거야.

나는 깊은숨을 쉬었다.

노년에 결국 여자를 만났냐고 네가 농담했지?

내 말이 맞았어요? 그렇죠?

누가 있는 건 맞아. 다만 여자가 아니야. 그 사람의 이름은 마니. 내가 동성애자라는 걸 너한테 말해주고 싶었던 것이 벌써 한참 됐단다.

오케이. 별일도 아닌데요.

믿어지지 않았다.

정말이냐?

그럼요. 내가 뉴욕에 사는 거 잊었어요? 그런 건 걱정하지 마세요. 마니는 어떻게 만났어요?

전화를 끊고 나는 자리에 앉아 통화 내용을 돌아보았다. 마음은 가볍고 행복한데 이상하게 눈물이 흘러내렸다. 누가 의심이라도 할까 봐 감추며 긴 세월을 살아왔는데 솔로는 아무렇지도 않아 했다. 꼭 끌어안아줄 수 있게 아이가 옆에 있다면 정말 좋겠다. 즉흥적으로 부엌에 들어가서 뭔가 구울 것들을 끄집어냈다. 솔로는 브라우니라면 사족을 못 쓴다.

밀가루, 베이킹파우더, 코코아, 설탕을 계량하며 그냥 배경음으로 텔레비전을 켰다. 천주교, 이슬람교, 힌두교 등의 주요 종교 지도자들이 차별금지법에 근거하여 성소수자들을 보호하지 말 것을 정부에 촉구했다는 주요뉴스가 나왔다. 이게 말이 되는가? 솔로에게 커밍아웃한 지 한 시간도 안 되어 이런 증오의 목소리를 들어야만 하다니. 신을 섬긴다는 자들이 어떻게 나 같은 사람들이 사회를 '감염'시킨다며 보호하지 말라고 할 수 있는가? 종교란 본디 그 반대여야 하지 않는가? 베티 양이 왜 자꾸 숨냐고 물으면 '나는 어느 신의 아이도 아닌 것 같아서'라고 대답해줄 것이다.

*

마니에 관해 솔로와 베티 양에게 털어놨다. 잭슨에 관해서는 아무도 몰랐다. 적어도 마니만큼은 둘 다 알게 되었고 내친김에 우리 둘의 사진도 보내줬다. 베티 양에게 소개하고 싶다고 했더니 마니는 우리에게 주어진 모든 시간을 둘이서만 보내고 싶다고 했다. 그는 나의 전부다. 같이 외식을 하고 해변 드라이브도 하고 싶건만 그는 아파트를 나가려고 들질 않았다. 그래도 별 탈 없는 비결이 있다. 내가 좋아하는 중식당이 숭스 그레이트 월Soong's Great Wall이라 함께 가자고 졸라댔더니 이번에는 바로 거기서 테이크아웃으로 중국음식을 사들고 온 것이다.

지난 반년 동안에 일이 하도 잘 풀려 그랬는지 나도 모르게 마니에게 나랑 있는 이유를 물었다. 그의 남편은 부자인 데다 나보다 잘생기고 모든 것이 나보다 나았다. 그런데 그는 왜 내 침대에 이렇게 알몸으로 누워 있는 것일까? 패트릭보다 나를 더 사랑하기 때문이라고 대답해주길 바라고 있었는데 그는 첫 남자는 절대 못 잊는 거라는 농담으로 답을 대신했다.

야, 마니, 내가 바본 줄 알아? 나도 돌아가는 상황을 좀 알아야겠어.

왜 괜히 이런 얘기는 하는 거야?

내 생각을 말해줘? 남편이 너를 배신해서인 거야. 그리고 내가 불쌍했기도 하고.

그가 내 몸에서 굴러내려갔다.

나도 몰라. 둘 다일지도 모르지. 우리 사이에는 끝마치지 못한 일이 있었으니까.

그가 천장을 쳐다보았다.

혹시나 해서 말해주는데 나 패트릭이 다른 남자들이랑 자는 거 아무렇지도 않아.

나는 그의 어깨를 돌려 내 얼굴을 직시하게 했다.

내가 아둔한 건지 모르겠는데 네 남편이나 너나 한눈이나 팔려면 결혼은 왜 한 거야?

결혼했다고 평생 한 사람과만 섹스하라는 법은 없어. 그 사람이나 나나 다른 사람들을 만나도 돼.

헛웃음이 나왔다.

그러니까 내가 그 '다른 사람'인 거네? 너는 다른 사람이 몇이나 되냐?

나야 늘 여기서 지내는데 언제 다른 사람을 만나? 패트릭

밖에 없지. 내가 그 사람과 헤어질 거라고 생각하는 건 설마 아니지?

일어나 앉지 않을 수가 없었다.

우와, 카로니 강 이북은 정말로 딴 세상인 모양이구나.

망할 녀석이 빙긋 웃었다. 방금 본인이 내게 치명타를 날렸다는 것을 알게 하고 싶지는 않았다.

그래, 마니. 솔직한 건 좋다. 내가 공연한 환상을 품지 않게 말이야.

마니가 눈길을 돌렸다. 얼굴에서 웃음기도 사라졌다.

그동안 기회가 나지 않아 말을 못 했어. 이제 알겠지? 그래도 나는 널 만나는 게 좋아. 이러는 거 너도 괜찮지, 체탄?

참 어렵구나. 이러다가 말로는 나를 원한다면서 잠은 너의 그 다른 사람들이랑 자는 날이 오는 거 아냐?

그가 눈을 굴렸다. 나는 아직 말이 끝나지 않았다.

궁금하잖아. 나는 이런 복잡한 관계는 익숙하지가 않아. 경험이 없어서.

그가 손을 뻗어 내 손을 잡았다.

자기야, 진정해.

내가 강한 사람이라면 당장 그를 내쫓고 전화번호도 지웠을 것이었다. 아무리 어려서부터 사랑한 사람이라지만 그는 결혼을 했고 남편과 아주 복잡한 관계를 유지하면서도 그를 떠나지 않을 거라는 걸 내게 분명히 했다. 하지만 나는 약한 인간이었고 그를 정말로 사랑했다. 나는 그가 내민 손을 잡고 다시 침대로 들어갔다. 그가 뜨거운 동작으로 나를 덮쳐왔다. 그가 떠날 때 나는 호주로 이민이라도 보내듯 그와 입을 맞췄다.

*

마니가 나타나기 전까지 나는 내 삶이 괜찮다고 여기며 살아왔다. 그런데 그가 짜잔, 내 인생에 뛰어들었다. 패트릭을 떠나지 않을 거라고 못을 박고 나서는데도 그를 포기하기 싫었다. 나는 마니와 사랑에 빠져 있다. 삶은 참 쉽지 않다. 마니 같은 근사한 남자를 만났으나 방해물이 있는 것이다. 아무 곳에서나 모르는 사람이랑 조급한 섹스로 갈증을 달래며 늙어가고 싶지는 않다. 생각만 해도 암울하다. 게다가 범죄가 갈수록 심해지는 요즘 사회를 보면 그건 강도들에게 제발 내 대가리에 총알을 한방 박아주세요, 비는 것과 같다. 과장이 아니다. 블로그에서 읽어봤고 잭슨도 같은 말을 했었다. 살인 피해자가 동성애자일 것 같으면 경찰도 수사에 별로 성의를 안 보인다는 것이었다. 베티 양에게 하소연을 했더니 입술만 샐쭉거렸다.

머리는 모자 쓰려고 달았어요? 책이랑 텔레비전도 그냥

장식품이냐고요. 솔직히 옛날 알던 남자를 스토킹하다 사귀는 거잖아요. 그 남자가 우리 사귀자 하니까 두말없이 응한 거고요.

그래서 어쩌면 좋을 것 같아요? 그만 만나요?

대신 만날 사람은 있어요?

없죠.

그럼 그냥 뛰어들어요. 불장난이죠. 그거야 이미 알고 있겠지만요.

## 솔로

멀지는 않지만 먼 편이다. 그리고 무엇보다 온전하게 내 거다. 그 문을 닫는 순간 아무도 나를 건드리지 못하고 아무것도 감추지 않아도 된다. 물론 체탄 씨에게 알리자 좋은 결정이라고 말해줬는데 실제 아파트 사진을 보면 어떻게 생각할지는 미지수다. 아저씨가 여기 있으면 좋겠다. 자기 아파트를 그렇게 깔끔하게 꾸며놓는 걸 보면 여기도 그렇게 해줄 텐데. 하리 삼촌은 내가 이사하는 게 싫어서 온갖 수를 써가며 뜯어말렸다. 삼촌 눈에는 동네 자체가 꺼림칙하고 위험해 보였다. 삼촌 집에서 겨우 십 분 거리라고 하자 십 분 거리가 일반 시민과 폭력배들을 갈라놓는다고 했다. 바퀴벌레를 두 마리나 봤다며 빌딩도 불결하다고 했다. 약을 뿌리면 아무 문제없는데. 마치 내가 북극에서 살겠다고 떠나는 것처럼 마음이 불편했다. 솔직히 말해 상태가 안 좋아도 내 거처를 찾아야 했다. 신분 문제가 해결되고 얼마 안 되어 셰리가 완전히 돌아왔다. 곧이어 이언이 이번에는 확실하다며 집에서 나가 여자와 동거를 시작했다. 둘이 서로 죽고 못 사는 걸 보면 그런가보다 싶기도 하다. 매주 그들을 본다. 무슨 일이 있어도 일요일에는 모두 집에 모여 시간을 보낸다.

다들 늘 내게 만나는 여자가 있는지 나를 들볶아댄다. 누구를 만나기는 하는데 심각한 사이는 아니라고 내가 말했다. 반만 맞는 말이다. 하리 삼촌이 로레타와 엮어준 것이 일 년은 됐을 텐데 이제 그녀와 나는 서로를 이해한다. 그녀를 정기적으로 만나는데 그것은 내가 자해절단을 그만두는 데 도움이 됐다. 속이 철조망으로 몹시 뒤엉켜 숨도 못 쉴 것 같으면 퀸즈에서 기차에 올라 브루클린으로 간다.

*

오늘은 철조망이 심하게 뒤엉켜 살을 파고 나올 것 같았다. 플랫부시 애비뉴에서 내리자 목이 몹시 말랐다. 다행히 발이 절로 스톱앤숍을 향했다. 눈가리개를 해도 3번 통로의 케이크 섹션은 찾아갈 수 있다. 가게가 조용하면 눈을 꼭 감고 생일케이크를 찾으려고 해본다. 물론 양초도 빠뜨리면 안 된다.
에디Eddy's 세탁소 위에 있는 로레타의 아파트 앞에서 초인종을 누를 때는 뒤엉킨 철조망이 뇌 속까지 파고든다. 이가 바득바득 갈린다. 인터폰으로 들리는 그녀의 목소리에 철조망이 배를 옥죈다. 머릿속이 멍하다. 로레타가 진녹색 페인트칠이 뜯겨나간 현관문을 열 때는 고통 속에 있다기보다 고통 자체가 되어 있다.

안녕? 잘 왔어, 솔로.
나는 고개를 끄덕이며 그녀의 지친 얼굴을 바라본다. 붉은 잠옷 틈새로 보이는 창백한 젖가슴이나 제모를 한 음부는 두려워 외면한다.

맨해튼의 그 새 의료센터 일은 끝났어?
이 서늘한 가을 저녁, 나는 그녀에게 약간 건들거리는 진짜 남자로 보이고 싶었는데 막상 입을 열자 횡설수설만 쏟아진다. 거울에 비친 나는 방금 귀신이라도 본 듯 휘둥그레진 눈에 야윈 몸집의 인도인이다.

내게 주는 거야?
스톱앤숍 봉지와 작은 봉투를 그녀에게 건넨다. 봉지에 뭐가 들었는지 정확히 알면서 빤하게 놀란 시늉을 한다.

어머나, 생일케이크네! 잠깐만. 상자를 꺼낼게.
낡은 재킷을 걸고 나는 침실로 건너간다. 더블베드를 벽에 붙이고 좁은 공간에 플라스틱 의자와 작은 흰색 탁자까지 들여놨다. 이것과 똑같은 의자가 내 아파트에도 하나 있다. 운동화와 양말을 벗어 침대 밑에 밀어 넣는다. 어느새 로레타는 음정이 안 맞는 소리로 노래를 부르고 있다.

해피 버스데이 투 유.

해피 버스데이 투 유.

해피 버스데이, 디어 솔로.

해피 버스데이 투 유.

그녀가 작은 탁자 위에 양초 다섯 개가 꽂힌 케이크를 조심스레 올려놓는다. 한번은 내가 케이크를 가져오지 않자 '괜찮아, 자기' 하며 초콜릿 칩 머핀에 전에 쓰고 남은 양초를 하나 꽂아준 적이 있다. 부끄럽지만 큰 소리로 불만을 표시했던 기억이 난다. 여자는 어떻게든 잘해보려고 했던 것뿐인데. 하지만 아니었다. 나는 케이크 하나와 양초 다섯 개가 필요했다.

소원을 빌어. 나한테 말하지는 말고. 그럼 안 이루어지니까. 자, 어서 자기.

나는 허리를 굽히고 숨을 들이마신 뒤 사방에 침을 튀겨가며 촛불을 모두 껐다. 로레타가 박수를 친다.

우와, 대단하다. 착하기도 하지. 정말 솔로는 착한 아이야.

소원을 빌어, 엄마 말소리가 들리는 듯했다. 아버지가 나에게 이렇게 말했다는 것 같다. 솔로, 이놈아, 이제 결혼도 하고 럼도 마시고 아이도 낳고 그러다 죽어야지.

부탁을 할 필요도 없었다. 로레타의 손가락들은 우리를 위해 내가 맨 특별한 혁대를 풀고 있었다. 그녀가 내게 명령했다. 바지를 벗어. 못한다고 내가 말한다.

바지를 벗어. 내가 벗으라면 당장 벗는 거야. 내 말을 거역하는 거야?

내가 고개를 돌린다. 혁대가 뒷다리를 찍어 내린다.

짝.

또 한 대.

짝.

엉덩이를 맞는다. 그녀의 말소리에 장단을 맞춰 혁대가 움직인다.

바지를. 벗으라고. 했잖아.

착한 아이답게 청바지를 내리는데도 그녀는 날 때린다.

이건 어떠냐.

짝.

고통이 심할 때는 온몸의 철조망이 단단히 조여든다. 로레타는 어떻게 해야 날 풀어줄 수 있는지 정확히 안다. 혁대가 내 벗은 엉덩이를 후려칠수록 머릿속 소음은 잦아든다. 바닥의 청바지를 주우려 들자 즉시 또 한 대가 내려온다.

짝.

옷을 걸어야 한다. 집에 갈 때 입을 옷이다. 내 의도를 알고도 그녀는 멈추지 않는다. 내가 청바지를 던져 의자에 건다.

짝.

아이쿠, 불알을 치면 어떡해요?

매도 한 대 못 맞고. 그러고도 네가 남자냐?

짝.

짝.

셔츠도 벗어.

혁대는 내 몸만이 아니라 리놀륨 바닥도 사정없이 때려 갈긴다. 아래층 세탁소 사람들의 귀에 이게 들리지 않을까 궁금하다.

솔로! 이리 와. 남자답게 맞아봐.

야윈 몸집치고는 제법 매질이 세다. 등짝을 세게 얻어맞고 움찔하는데 곧장 다리에 혁대가 내리꽂힌다. 몸을 웅크리지만 그녀는 인정사정없다.

짝.

때리지 말아주세요. 이제 말 잘 들을게요.

짝.

나약한 놈 같으니.

짝.

호모 같은 놈.

짝.

어서 일어나 남자답게 매를 맞아. 호모 새끼야.

이건 진짜 아팠다. 살이 불타듯 얼얼하여 나는 엉엉 운다. 이제 더는 못하겠다 싶을 때 매질이 잦아들다 멎는다. 머릿속을 채우고 있던 안개가 걷힌다. 매 한 대 한 대가 철조망을 톡톡 잘라냈다. 잠깐, 그녀의 목소리가 들린다.

준비됐어? 자기 해주고 싶은데.

내가 침대 위로 기어 올라간다. 눈물에 가려 앞이 잘 안 보인다. 내가 얼마나 고마운 심정인지 그녀는 알까? 아름다운 로레타. 얇은 잠옷을 벗어 던진 그녀가 천사처럼 웃는다. 저 멀리 세인트루시아에서 뉴욕으로 건너온 빌어먹을 추잡한 천사. 그녀가 여기 있어서 내게는 얼마나 고마운지. 아무리 애걸하기로서니 야무지게 후려쳐준 다음 뒤로 넣기도 해주는 여자는 흔히 찾아보기 어렵다. 그녀가 내 눈을 똑바로 들여다보았다.

퀸즈까지 절름거리고 돌아갈 정도로 세게 해줄 테야.

로레타는 과연 진국이다. 할 말은 꼭 지키는 여자다.

# 베티

미스터 잉글랜드는 내가 어디를 가고 누구랑 함께 있는지 귀찮아 죽겠을 만큼 캐묻는다. 내가 누구랑 있기나 하다면 또 모른다. 자기 사촌과 놀러 간다고 해도 마치 버림받는 아이처럼 안색이 변한다. 그리고 체탄 씨를 매우 싫어한다. 창피한 소리지만 며칠 전 미스터 잉글랜드가 느닷없이 찾아왔을 때 나는 집 안에 숨어버렸다. 오랜만에 혼자 있는 토요일이었다. 마침 부엌 창문 앞에 서 있다가 그의 차가 들어서는 걸 본 게 다행이었다. 집 문은 항상 철통같이 잠가둔다. 대문도 잠겨 있고 현관문도 마찬가지였다. 나는 식탁에 앉아 숨을 죽였다. 그가 경적을 울리더니 이어서 고함을 질렀다. 아마도 현관 베란다에서 쉬고 있었을 옆집 사람에게 뭐라고 외치는 소리가 들려왔다.

차가 있으니 아마 집에 있겠지만 혹시 친구랑 외출했을 수도 있다고 옆집 사람이 대답했다. 나는 숨도 크게 쉬지 않으려고 애쓰며 안에서 이 소리를 듣고 있었다. 그때 전화기가 생각났다. 황급히 진동으로 돌리자마자 그의 부재중 전화 알림이 화면에 올라왔다. 그는 반 시간, 그러니까 자그마치 삼십 분을 기다리고 앉았다가 마침내 포기하고 떠났다.

이번 일요일에는 교회 일에다 이것저것 할 일이 태산이라고 말해뒀지만 사실 탠티와 사원에 갈 거였다. 칼리 숭배라는 게 수상쩍은 데가 있어 무슨 숲속 같은 데서 예배를 하지 않을까 싶었는데 도착한 곳은 분주한 투나푸나 도심이었다. 들어가기 전부터 소리가 요란했다. 북소리가 끝없이 울렸는데 드럼의 깊고 풍부한 소리와는 달랐고, 우와, 리듬이 맹렬했다. 여자들이 힌디어로 된 노래를 고음으로 불렀다. 알아들을 수 있는 유일한 단어는 칼리였다. 인도 축제 비슷한 느낌이었다. 신발을 벗어야 한다는 규칙을 탠티는 내게 알려줬어야 했다. 때는 늦었지만 후딱 보니 발이 건조하기는 해도 발톱은 괜찮았다. 건조한 발은 그렇다고 해도 검은 바지와 초록색 윗도리는 눈에 확 띄는 색상이었다. 탠티를 포함하여 대부분 노란색을 입고 있었다. 온통 노란색 도티, 노란색 티셔츠, 노란색 사리, 노란색 바지, 노란색 스커트, 노란색 윗도리로 출렁거렸다. 나도 인도인이지만 위화감을 느꼈다.

세 젊은이가 치는 납작한 타푸tappu 드럼에서 그 리듬이 뿜어 나오고 있었다. 드럼 주자들 앞에 여자 둘이 깔개를 깔고 앉아 마이크에 대고 노래를 불렀다. 가까이에서 누군가가 소라고동을 부는데 잘 보이지 않았다. 노래와 북소리가 가슴을 치며 현기증이 나기 시작했다. 중앙에 다가가자 사방 벽 둘레에 피워 놓은 불에서 연기가 올라오는 것이 보였다. 장뇌 피우는 냄새에 코가 시큰거렸다. 그때 보였다. 눈을 가린 남녀들이 부들부들 떨면서 닥치는 대로 몸을 내던지고 있었다. 콘크리트 바닥에 머리를 부딪쳐도 상관없다는 기세였다. 여자 하나는 긴 머리채를 흔들어댔다. 다른 여자는 합장하고 기도를 하는데 미친 것처럼 몸을 떨었다. 갑자기 어떤 여자가 울음을 터뜨리자 다른 사람들도 덩달아 소리를 질러댔다. 소리를 지르다 멈추고 다시 소리를 지르다 멈추었다. 고통 때문이 아니라 몸 안의 무언가를 끄집어내려는 것 같았다. 눈을 가린 채 북소리와 노랫소리에 황홀경에 빠진 그들은 죄다 약에 취한 것처럼 보였다. 내가 탠티에게 몸을 기댔다.

저기 마구 몸을 던져대는 젊은 여자는 누가 말려야지 안 그러면 머리가 깨질 것 같은데요.

신도들이 다치지 않게 살피는 역할을 하는 사람들이 있어요. 만약 다친다면 머더를 거역했다는 뜻이죠. 사원에 오기 전에 술을 마셨다던가.

이게 그 진동이란 거예요?

그녀가 고개를 끄덕였다.

진실하고 순수한 상태로 서약을 하면 몸속의 머더를 느끼게 되고 그러면 진동하는 거예요.

진동을 해봤어요?

당연히 해봤죠. 그것도 여러 번.

머더의 혼에 빠진 사람들을 보면서 질투가 났다. 설명할 수는 없다. 심각한 분위기가 느껴지는 장소지만 동시에 이 진동은 축제 같았다.

노란 물결을 살펴보았다. 탠티가 이미 말해주긴 했어도 아프리카 동인도 혼혈인 여자 두 명과 중국 혼혈로 보이는 남자 한 명이 수많은 인도인들 틈에서 진동하는 걸 보자 새삼스럽게 놀라웠다. 럼도 대마초도 손대지 않은 사람들을 머더는 어떻게 이처럼 자유롭게 풀어줄 수 있었을까? 그걸 알고 싶었다. 서약은 안 했지만 나도 그 기운은 느낄 수 있었으니까. 혹시 샤크티Shakti•일까? 그게 무엇이든 마치 내 몸속 열기처럼 무언가에 연결된 느낌이었다. 이 트리니나드 땅에 이것 말고 내가 몰랐던 다른 무엇이 또 있을지 궁금했다.

---

• 힌두교에서 우주에 스며드는 역동적인 힘을 대표함.

*

하리는 솔로가 따로 살 거처를 찾고 있다는 것을 알았지만 실제로 이사 갈 때가 되자 몹시 힘들어했다. 속상하고 낙심한 모습을 보면 솔로가 그의 외아들인 줄 알았을 만도 하다. 세상에, 내가 그를 달래야 했다. 벌써 여러 해 솔로를 못 보고 사는 내가. 우울해질 때마다 하리는 전화를 했다. 솔로 이야기야 얼마든지 해도 좋았고 하리가 아이를 그렇게 아끼는 게 고맙기도 했다. 물론 솔로가 이사하는 동네가 어떤 곳인지 내가 알 리 없으나 그래도 걱정하지 말라고, 자주 들를 거라고 하리를 안심시키려 했다. 하리는 늘 아이가 사람들에게 이용당할까 봐 걱정이었다.

트리니다드 사람들이 말하듯 부모가 자식, 또는 조카의 인생을 대신 살아줄 수는 없는 거라고, 저희가 직접 살아내야 하는 거라고 내가 말했다. 아이가 십대 나이로 내 집을 떠났을 때 내 심정이 어땠을지 이제야 알겠냐고 말해주고 싶었다. 그러고 싶었지만 참았다. 이제 우리 둘 다 늙어서 그런 대립은 귀찮았다. 하리는 내게 두어 주 와서 놀다 가라고 초청까지 해줬다. 나는 사양했다. 솔로를 괴롭히고 싶지 않았다. 그 아이가 나를 보고 싶을 때 돌아오면 된다. 언젠가, 그런 날이 오기를 기도한다. 내가 보기에 체탄 씨가 가서 솔로를 만나고 와야 한다. 뉴욕 항공권이 요즘 너무 싸서 너도나도 날아가 가족도 만나고 나가 떨어질 때까지 쇼핑도 한다는데, 물론 뉴욕 갈 시간이 있을지 의문이기는 하다. 다른 계획이 있을지도 모른다. 도대체 요즘 어떻게 지내는지 통 모르겠다. 나야 그저 빼놓지 않고 그를 위해 기도할 뿐이다.

탠티는 기도모임에서 볼 때마다 사원에 다시 같이 가자고 졸라댄다. 가고 싶기도, 가고 싶지 않기도 하다. 강렬한 분위기는 부정할 수 없는데, 교회나 이웃 사람들들이 내가 칼리 사원에 드나드는 걸 알면 한바탕 난리가 날 거라는 문제가 있다. 미스터 잉글랜드는 또 어떻고? 좋아하지 않는다. 교회는 머더를 받드는 것은 진리가 아니라고, 진리는 오직 우리 주 예수 그리스도를 통해서만 얻어진다고 말할 것이다. 이웃 사람들들은 이미 내가 혼자 사는 것에 대해서도 뒤에서 군소리들이 많을 터였다. 게다가 칼리 이야기까지 떠돌면 베티 람딘이 흑마술에 빠졌다는 소문이 들불처럼 번질 게 분명했다. 디디, 글로리아, 체탄 씨조차도 뜨악해할 것이다. 평생 장로교를 믿으면 아무도 뭐라 하지 않는다. 그건 올바른 신앙이니까. 하지만 이건 다르다. 너무나 무모하다. 내가 칼리 사원을 드나드는 건 아무도 몰라야 한다. 아무도. 그러자 더욱 가고 싶다.

의사도 손을 못 쓰는 병을 머더가 고쳐줬다는 증언들을 들었다. 사원을 출입하는 이들의 반은 좋은 신랑감이나 자식의 시험 합격을 빌러 온다. 솔로를 돌려보내 달라고 머더에게 빌면 어떨까? 나는 너무 지쳤다. 나는 어쩌면 혼자 살거나 미스터 잉글랜드 같은 사람들에게 진을 빨리며 살 운명인가보다. 어떤 밤에는 베개에 얼굴을 묻고 울다 지쳐 잠든다. 나는 가족을 잃은 여자다. 체탄 씨도, 솔로도 떠나고 없다. 남은 사람이 없다. 그렇다, 살아갈 수는 있다. 하지만 그게 무슨 소용이 있나?

*

사원은 사람들로 붐볐다. 인도에서 온 진짜 인도인 푸자리의 말도 들어보자고 탠티가 꼬드겨서 왔다. 아직 아무런 말이 없어 탠티와 나는 양초 한 자루와 우리 집 벚나무에 열린 버찌를 공물로 바쳤다. 얼마 전만 해도 혀를 빼문 채 피를 뚝뚝 흘리는 해골들을 손에 쥔 무르티murti가 무서워 쳐다보지도 못했었다. 이제는 여전히 무섭기는 하지만 그 나름대로 의미가 있다는 것은 이해할 수 있다. 머더는 악의 처단자다. 어머니이고 여성이다. 그녀는 나 같은 여자들이 남자들의 부당한 처우를 참을 필요가 없다는 걸 알려주려고 시바Shiva의 가슴을 발로 밟고 있다. 적어도 나는 그렇게 본다. 어떤 남자가 나를 짓밟으려 하고 있다. 어떻게 되는지 두고 볼 일이다.

나는 북장단이 내 영혼을 괴롭히는 그것을 끌어내 물리쳐주기를 바라며 드럼 주자들 가까이 섰다. 주변의 향과 장뇌 연기가 눈을 찔렀다. 근처에서 앞뒤로 몸을 흔들며 진동하던 여자가 갑자기 두 다리를 쳐들고 드러누워 엉엉 울면서 아기를 밀어내듯 엉덩이에 힘을 주는데 배를 보니까 사다 로티 빵처럼 평평하기만 했다. 그 여자에 정신이 팔려 푸자리가 다가와 내 어깨에 손을 얹을 때에서야 그를 바라보았다. 그도 진동하고 있었다. 그는 황홀경 속에서도 머더의 발밑으로 나를 이끌고 가서 장뇌 덩어리에 불을 붙여 놋쇠 접시에 올려놓았다.

> 어둠의 머더가 네게 명하노니, 불순한 생각과 행위를 파하라. 머더의 자비심 앞에 엎드려라. 네가 충성을 바치고 신심을 보여줄 때 머더는 너를 도와 네 안의 진리를 볼 수 있도록 해주시리라.

그는 이어서 나는 못 알아듣는 힌디어로 기도문을 읊고 장뇌가 타고 있는 접시를 내 얼굴 앞에 들이밀었다. 불타는 장뇌 덩어리를 입에 넣는 사람들을 보았던 나는 굉장히 겁이 났다. 거기 데이면 끝장일 것이었다. 베티. 내가 스스로에게 말했다. 한번 해보자. 나는 장뇌 덩어리를 집어 들었다.

> 준비됐어요.

나는 눈을 감고서 불타는 덩어리를 혀 위에 던져넣고 입을 단단히 닫았다.

아무렇지도 않았다.

눈을 뜨고 입에서 장뇌를 꺼내 놋쇠 접시에 올려놓았다. 얼마 만인지도 모를 정도로 오랜만에 가슴 깊숙이에서 미소가 올라왔다. 나는 진동하고 싶었다. 지고 다니던 온갖 근심을 춤을 추며 벗어던지고 싶었다. 발 디딜 틈 없고 시끄럽고 연기 가득한 그 사원에서 나는 돌연 자신이 생겼다. 북장단에 나를 맡기고 샤크티의 기운이 핏줄을 흘러 돌아 온몸이 달아오를 때까지 기다렸다. 마침내 그것이 배꼽에 이르러 폭발한 순간, 나는 벌떡 일어나 눈을 감았다. '될 대로 돼라'였다.

나는 내 몸을 내맡긴다.

풀린 머리 사이로 바람이 지나간다. 내가 타고 있는 백마는 너무 빠르게 질주하지만 나는 떨어지지 않는다. 내가 휘두르는 단검에 한 그루의 나무가 아닌 숲 전체가 내려앉는다. 산정에서 나는 한 남자의 몸에 올라앉아 비명을 지르며 섹스를 한다. 머더는 나를 공기처럼 가뿐히 들어 올려 피 묻은 혀로 핥는다. 나는 그녀의 다리 둘레에 감기고 싶다. 나는 아기를 들어 올려 옷 속에 넣는다. 허리케인이 닥치고 있다.

# 체탄 씨

언제부터인지도 모르게 부엌 찬장에 놓여 있던 접시를 돌려주러 베티 양의 집에 들렀다. 집안에 들어가자마자 불평이 쏟아졌다. 이제 자기에게 쓸 시간은 없고 오로지 마니, 마니, 세상에 마니밖에 없는 듯 군다는 것이었다. 문제는 그가 언제 올지 내가 모른다는 데 있었다. 마니가 언제 짬을 낼지 모르니 B 양과 놀 약속을 잡기가 어려웠다. 속이 상한 그녀는 입안에 황소개구리라도 문 듯 볼이 부어 있었다.

상사병 걸린 청춘처럼 그러지 좀 말아요.

내가 언제요.

무슨 귀가 막혔나, 내가 그런 사람에게 온 인생을 걸지 말라고 몇 번을 말했어요. 참 고집불통이라니까.

우리가 수십 년 만에 다시 만난 건 기적이에요. 포기 못 해요. 그리고 사실 그 결혼이란 것도 그렇게 견고하지 않아요. 나한테도 본인 이야기만 하지 패트릭 이야기는 거의 안 해요.

정말 어리석은 소리 더는 못 듣겠네요. 커피 끓일게요. 마실 거죠?

부글부글 화가 난 나를 놔두고 그녀가 부엌으로 갔다.

물론 처음 시작할 때는 마니가 심각하지는 않았어요. 그런데, 야, 그게 벌써 일 년이 다 됐어요.

정말 진심을 담아 사랑한다고 말하던가요?

생각을 좀 하고 대답했다.

날마다 하죠.

이제 뭐 귀에 헛소리가 들려요?

내가 눈을 굴렸다.

마음대로 생각해요, B 양. 그런데 왜 이렇게 기분이 안 좋아요?

알았어요. 대신 나중에 그 사람 때문에 마음을 다쳐도 나한테 달려오지 말아요.

그녀가 커피잔을 건넸다. 나는 화가 나 손이 떨렸다.

내가 언제 내 문제 갖고 당신에게 달려왔는데요?

아, 미안해요. 이름은 모르겠는데 마니 전에 당신을 버리고 떠난 남자가 있었지요. 내가 그때 찾아가 돌봐주지 않았던가요? 수프 끓여서 갖다 주고? 그러고 보니 내가 해주는 일은 뭐든 보잘것없는 모양이네요.

저기요. 나는 접시를 돌려주려고 왔을 뿐이고, 그만 가봐야 겠어요.

그래요. 정말이지 그래야 할 것 같네요.

그녀에게 키스도 해주지 않고 이렇게 박차고 나오기는 처음이었다.

*

마니와 나는 우리가 함께 자란 그 외진 마을, 포인트포틴을 회상하며 즐거운 대화를 나누었다. 이제는 매끄러운 녹색 포장도로가 쫙 깔린 번화한 도시가 되었지만 우리가 살 때는 아무도 관심 없는 소읍이었다. 찾아가기도 어려웠다. 도로에 구멍이 파인 것이 아니라 구멍들을 끼고 도로가 조금 난 격이라고들 했다. 마니는 가족과 함께 이사한 후 한 번도 돌아가지 않았다. 우리 가족은 아직 거기 살지도 모른다. 아닐지도 모르고. 그동안 나는 그곳을 지날 일이 있어도 절대 멈춰 들르지는 않았다. 추수감사절 연휴는 패트릭이 출타할 예정이라 우리 단둘이 지낼 수 있다. 마니에게 맡겨 두면 헬스클럽에 가고 집에서 쉬는 것이 다일 것이다. 직업상 행사가 워낙 많은 탓에 개인 시간이 나면 아무 데도 가고 싶지 않는 것 같다. 하지만 나는 나가야 한다. 섹시한 귀염둥이야, 제발 포인트포틴에 같이 가자, 응? 자기…. 내가 애원을 했다. 대신 저녁에 마사지를 해주고 사다 로티와 토마토 초카tomato choka, 호박 카레, 그리고 바이간 초카baigan choka로 브런치를 만들어주겠다고 약속을 해야 했다. 어차피 그건 내가 다 할 것이었으므로 괜히 그래 보는 거였고 그 자신도 그걸 알았다.
마니가 생각보다 일찍 헬스클럽에서 돌아와서 저녁 준비를 서둘렀다.

끝마치는 동안 나가 쉬고 있어.

도와줄게. 나도 손 있어.

그래, 그럼 토마토 초카를 네가 만들어. 나는 로티에 집중할게. 바이간 초카랑 호박은 벌써 됐으니까 다 되면 알려줄게.

하이파이브를 나눈 다음 나는 밀가루 반죽을 만들었다. 밀가루를 적시는 동안 마니가 가스 불에 대고 토마토를 구웠다. 그는 너무 태우지 않고 구운 토마토들을 나와 함께 껍질을 벗긴 뒤 잔뜩 으깼다. 옆에서 이런 일상적인 일들을 하는 그를 볼 때면 나는 아직도 행복감에 어쩔 줄 모르겠다. 채 썬 양파와 매운 고추 반 개, 약간의 다진 마늘을 토마토 위에 올렸다.

토마토 청케이하는 방법 알아?

야, 나도 엄마 요리하는 거 보고 자랐는데 설마 청케이를 모르겠냐?

그가 다른 재료와 섞어 준비해둔 토마토에 펄펄 끓는 기름을 붓고 양파가 기름에 살짝 볶이게 놔둔 다음 소금을 조금 넣어 다시 섞는 걸 내가 지켜보았다. 그는 맛을 보더니 포크로 조금 찍어 내게 먹여주었다. 괜찮았다. 거의 내 바이간만큼 맛있었다.

가스레인지 위의 타와tawah 번철이 끓어오르는 동안 나는 반죽을 세 개의 작은 덩어리로 나눴다. 어쩌면 타와를 이렇게 깨끗이 쓸 수 있느냐고 마니가 물었다. 나는 눈을 찡긋만 했다. 내 비밀을 다 알려줄 필요는 없다. 정답은 180번 사포질이다. 나는 첫 번째 덩어리를 납작한 원형으로 밀어 뜨거운 타와에 펼쳐놓고 익혔다.

로티가 부풀면 보게 좀 알려줘.

마니, 내 로티는 건들지 마. 제발.

삼십 초쯤 지나서 그걸 뒤집어 익혔다. 이게 정말 어려운 고비다. 타와를 옆으로 기울이자 가스 불이 보였다.

보고 배워, 마니. 보고 배우라고.

로티 가장자리를 불 위에서 돌려주자 완벽하게 부풀어 올랐다. 그가 내 코에 입을 맞췄다.

넌 식당을 열거나 출장요리 사업을 해야 해.

그런 스트레스를 어떻게 감당하라고?

두 번째 로티를 굴리고 있을 때 내 휴대전화가 울렸다.

손에 밀가루가 묻어 받기 어려우니까 누가 건 건지 좀 보여줄래?

베티 양이었다. 지난번 언쟁 이후 나도 전화 안 했고 그녀도 처음으로 연락하는 거였다.

통화해. 둘 다 애들처럼 그러지 좀 말고.

받지 않았다. 곧바로 알림 신호음이 울렸다.

이 아줌마가 도대체 나를 가만 안 놔두는군. 뭐라고 썼는지 좀 보여줘.

지금 집 앞이에요. 집에 있어요? 소렐sorrel 가져왔어요.

그가 눈을 들어 바라봤다.

들어오라고 해. 나도 좀 만나보고 싶어.

내가 한숨을 내쉬었다.

알았어. 집에 있다고 회신 쳐줘.

마니가 문을 열고 자신을 소개했다. 그녀는 그런대로 예의를 지키고 있었다.

요리하고 있어요? 그냥 지나가는 길에 들렀어요. 크리스마스 닥치기 전에 모처럼 소렐 한번 만들었는데 되게 좋아하는 사람 생각나서 갖고 왔어요.

나는 붉은 소렐 두 병을 들고 선 그녀를 보고 이어서 마니를 보자 그가 웃으며 고개를 끄덕였다.

놀다 가요, 베티 양. 로티 하나만 더 만들면 되니까 같이 먹어요.

로티가 아주 부드럽게 잘 구워졌네요. 초카 없이 그냥 먹어도 맛있을 것 같아요.

내 로티는 최고였지만 너무 뺏기고 싶지 않았다. 마니와 나는 하나를 갈라 그냥 먹었다.

사업을 해야 한다고 그렇게 말을 해도 들은 척도 안 해요. 요리 정말 잘하고, 경기와 상관없이 트리니다드 사람들은 먹는 데는 돈을 안 아낄 거니까요.

내가 눈을 굴리며 소렐을 잔에 따랐다. 마니가 입맛을 다셨다.

베티, 이 소렐은 아주 톡 쏘네요.

신선한 넛메그를 넣었거든요.

마니가 한 모금 더 마셨다.

아직 아침만 아니라면 럼을 조금 넣어 마실 텐데. 하지만 술을 안 넣어도 기가 막히네요.

베티 양은 칭찬을 흔쾌히 받아들였고, 두 사람은 금세 주거니 받거니 대화에 몰입했고 나는 '흠' 같은 추임새조차 얹을 틈이 없었다. 마니가 곁눈질로 살짝 윙크를 해보였다. 음식을 먹어가며 둘은 최근 공무원 감원 사태에 대해 논쟁하더니 느닷없이 파랑parang•으로 화제가 전환되었다. 마지막 남은 초카 국물을 로티에 찍어 먹다 솔로만 여기 빠졌다는 사실이 문득 머리에 들어왔다. 아이가 지금 여기 있다면 완벽할 것이었다. 나는 제 엄마가 손으로 적은 라벨이 붙어 있는 소렐 병의 사진을 찍어 문자에 실어 보냈다.

너만 빠졌어. 크리스마스에는 돌아와.

아이가 바로 회신을 보내왔다.

생각 좀 해볼게요. 가능할 것 같아요.

---

• 베네수엘라 이민자들이 트리니다드 토바고에 전래한 대중음악.

## 베티

몇 주를 요리조리 피하다 결국 집으로 쳐들어온 미스터 잉글랜드에게 붙들리고 말았다. 상태가 좋지 않아 보였다. 옷도 잔뜩 구겨져 있고 며칠씩 면도를 거른 얼굴이었다. 커피를 내어주자 단지 터놓고 이야기하고 싶을 뿐이라고 했다. 나는 마음의 준비를 했다.

어처구니없게 그러지 말아요. 당장 결혼하자는 게 아니에요. 기다릴 수 있어요. 뭐가 문제인가요? 말을 해봐요. 뭐든 할게요.

이미 말했잖아요. 당신 탓이 아니에요.

허튼소리 말아요. 내가 뭘 해줘야 해요? 말해주면 그렇게 할게요.

그가 팔을 뻗어 내 손을 잡았다.

베티, 모든 게 순조로웠잖아요. 그런데 갑자기 나를 퇴짜 놓는 이유가 뭐냐고요. 어떻게 해야 하는지 알려줘요. 당신이 원하는 건 뭐든 다 하겠어요.

마음이 하도 불편해 변명을 늘어놓았다.

미안해요. 속상하게 할 생각은 없었어요.

사과 안 해도 돼요. 지난 몇 주간 무슨 일이 있었든 잊어버리고 다시 시작하면 되니까요. 나는 당신뿐이에요, 베티. 당신밖에 없어요.

그는 남아서 저녁과 디저트를 함께했다. 쓸데없이 화근을 만들고 있다는 걸 알고 있었다. 내가 원하지 않는 것이었으니 용기를 내서 오늘 밤 끝장을 냈어야 옳았다. 그가 코를 골고 자는 동안 살금살금 방에서 나갔다. 탠티가 준 작은 머더 무르티를 선반에서 내려와 거실 탁자에 올려놓고 그 앞에 촛불을 켠 다음 무릎을 꿇고 만트라를 읊었다.

옴 자얀티 망갈라 카알리

바드라 칼리 카팔리니 두르가

크샤마 시바아 다아트리

스바하 스바다 나모스투테

탠티가 말한 대로 내 인생에서 모든 어둡고 불순한 생각들을 제거하는 것 같은 효과가 느껴졌다기보다는 나로서는 곧바로 마음을 가라앉히는 방법이었다. 아마도 두 번 읊고 멈췄다. 타푸 드럼이 필요했다. 유튜브에서 금방 하나를 찾아 박자에 맞춰 몸을 흔들어댔다.

옴 자얀티 망갈라 카알리

바드라 칼리 카팔리니 두르가

머더에게 빌었다. 그렇게 강력하다면 왜, 대체 왜, 내 아들을 돌려보내 주지 않으세요? 제발 데려와주세요, 제발이요.

크샤마 시바아 다아트리

스바하 스바다 나모스투테

박자와 기도문에 몸을 맡기고 소파와 의자들 틈새에서 춤을 추었다. 벽에 부딪혀 나자빠진들 아무 상관 없었다. 머더가 내 몸 안에서 진동하며 정신을 씻어내고 육신을 비워주었다.

이게 무슨 난리야? 베티! 지금 뭐 하는 거예요? 베티! 무슨 오비 귀신에 비는 거예요?

그가 내게 말하고 있다는 걸 알았지만 내버려뒀다. 만트라를 다시 외웠다.

옴 자얀티 망갈라 카알리

이 빌어먹을 부두 짓을 당장 그만둬요! 대체 이게 무슨 짓이야?

나는 바닥에 쓰러져 데굴데굴 구르며 기도문을 계속 읊었다.

바드라 칼리 카팔리니 두르가

베티, 무서워 죽겠어요. 당장 그만둬요. 그만두라고. 이건 흑마술이야.

그가 나를 잡는 게 느껴졌지만 무서워하지 말라고 머더가 내게 일렀다. 그가 있어도 없어도 나는 혼자고 외로운 건 똑같다. 나는 이 빌어먹을 남자가 필요치 않다. 나는 그의 팔을 물었다.

이런 염병할! 나를 물었어. 무슨 짓이야? 정말 어이가 없군.

나중에 신령이 떠난 다음 주위를 둘러봤다. 미스터 잉글랜드는 가고 없었다. 돌아오지 않을 것 같다.

## 솔로

뉴욕은 엄청나게 크지만 내가 사는 곳은 그냥 동네 느낌이 난다. 세탁소랑 잡화점 사람들은 내 얼굴을 알아보고 항상 인사를 한다. 내가 잘 아는 곳이라는 편안한 기분으로 걸어 다닐 수 있다. 내 아파트도 대단치는 않지만 마음만 먹으면 페인트칠도 새로 하고 소소하게 몇 군데 고쳐도 된다. 집주인이 구두쇠라 부탁하기도 지쳤다. 돈을 좀 들여 화사하게 꾸며놓으면 훨씬 더 큰 행복감을 대가로 얻을 수 있으리라 싶다. 한 달 후에는 내가 원하는 대로 바꿔놓을 것이다. 하리 삼촌이 와서 돕겠다고 했지만 정작 일은 내가 다 하고 삼촌은 그냥 앉아 잡담을 늘어놓으며 본인 농담에 만족하여 웃기나 할 것이다. 체탄 씨에게 와달라고 여러 번 졸랐다. 우리 집에서 지내면 된다. 나는 소파에서 자도 아무렇지 않으니 아저씨가 내 방을 쓰면 된다. 내가 사진 두 장을 부탁하자 아저씨가 보내주었다. 하나는 아저씨 최근 사진, 다른 하나는 우리가 함께 찍은 옛날 사진이었다. 그것들을 캔버스에 인쇄하여 최초로 벽에 걸 것이다. 다음 일요일에는 모두 흰옷을 입고 점심식사를 하러 나가 가족사진을 찍기로 했다. 잘 나온 게 있으면 그것도 벽에 걸 것이다.
주중에는 하리 삼촌의 집에 잘 가지 못하는데 아저씨가 이언의 방을 함께 고치자고 했다. 일을 끝내고 가서 보기로 했다. 여섯 시, 여섯 시 반쯤 도착하자 셰리가 곧바로 저녁을 차려주려 했다. 나야 공짜 밥은 거절하지 않는 주의고 이 집 밥은 특히 그렇다. 그러고 보니 생각났는데 애틀랜틱 애비뉴에 가서 냉동 모래무지가 있는지 찾아보아야 한다. 요리법도 모르는 주제에 언제 일요일에 만들어주겠노라고 덜컥 약속을 했다. 체탄 씨에게 비법을 좀 물어봐야 할 것 같다. 어쨌든 거기 도착한 지 오 분도 안 돼서 전화벨이 울렸고 전화를 받은 셰리가 나더러 받으라고 했다. 이 집에서 나간 지 꽤 되었기 때문에 장난인 줄 알았다. 게다가 요새 누가 집 전화로 전화를 건단 말인가? 내 아파트에는 집 전화를 아예 설치조차 안 했다. 그런데 셰리가 속삭였다. 너희 엄마야. 눈을 굴리는 나를 하리 삼촌이 쏘아보았다. 내가 전화를 받았다.

여보세요, 솔로냐? 솔로, 너 맞아?

엄마?

솔로, 아가야. 갔다, 가셨어.

엄마가 울음을 터뜨렸다.

무슨 소리예요? 가다니, 누가 어디를요?

체탄 씨가….

엄마가 하도 엉엉 울어서 대체 무슨 말인지 알아들을 수 없었다.

강도가 들어왔어. 트리니다드가 그렇잖니. 물건이나 가져갈 일이지 어찌 사람까지….

엄마가 코를 풀었다.

무슨 말이에요?

돌아가셨어, 솔로. 그놈들이 들이닥쳐 다짜고짜 칼로 찔렀대.

엄마가 다시 울었다.

아니에요. 엄마가 잘못 안 거예요.

사실이야.

아니에요.

사실이야, 솔로.

아니에요. 경찰이 실수했을 거예요. 어제 아저씨한테 문자 받았다고요.

아니야, 아들아. 사실이야. 아저씨가 너에게는 아빠와 같았는데. 이를 어쩌면 좋으냐.

아니에요. 못 믿겠어요. 아파트 건물만 같지 다른 사람이었을 거예요.

하리 삼촌 계시니? 좀 바꿔다오.

하리 삼촌과 셰리가 나를 바라보고 있었다. 나는 수화기를 건네고 자리에 앉았다. 사실이 아니었다. 사실일 리 없었다. 어제 오후 두 시 반에 보낸 아저씨의 농담 문자가 아직도 휴대전화에 박혀 있었다. 트리니다드에 물난리가 심각하지만 누구나 알듯 트리니다드인들은 곤란한 형편에도 유머를 잃지 않는다며 이렇게 적었다.

홍수 후에 맨디스Mandy's 로티 가게 앞에 걸린 안내문:

밀가루보다 물이 많아서,

오늘 휴업합니다.

이런 농담 문자를 보낸 게 불과 몇 시간 전인데 뭐 돌아가셨다고? 그럴 리 없다.

나는 울지 않았다. 엄마가 정말로 그렇게 말한 게 틀림없냐고 하리 삼촌에게 묻고 또 물었다. 체탄 씨가? 나의 체탄 씨가? 돌아가셨다고? 그럴 수는 없었다. 하리 삼촌이 무어라 말을 했다. 셰리도 그랬다. 하지만 내 귀에는 한마디도 안 들렸다. 나의 체탄 씨가? 말도 안 된다. 돌아가셨다고? 다시는 못 본다고? 이건 사실이 아니라고 끝없이 혼잣말을 했다. 체탄 씨가 죽었을 리 없다. 엄마가 잘못 들은 것이다. 아저씨가 아니다. 아저씨는.

아니다. 속에서 비명이 올라와서 나는 꺽꺽거렸다. 온몸이 불타는 것 같았다. 집에 가고 싶었다. 집에 가야 했다. 지금 당장.

# 제3부

LOVE AFTER LOVE

## 솔로

달이 아무리 달아나도 결국에는 해에게 붙잡히는 법이다. 나는 생각할 시간도 없이, 한없이 잘못된 이유로, 집에 와 있었다. 우리는 온갖 곳을 다녀야 했다. 살인사건이어서 체탄 씨의 시신은 시내 페더레이션 파크 인근의 과학수사원에 보존돼 있었다. 엄마가 차를 세우고 함께 문을 열고 나오자 역한 냄새가 훅 끼쳤다. 건물 전체에 지독한 냄새가 그득했다.

맙소사, 무슨 냄새가 이렇게 지독하다니?

저도 모르겠네요.

옆에 지나가던 남자가 우리 대화를 듣고 끼어들었다.

저 뒤쪽은 더해요. 콧구멍에 빅스Vicks를 발라놓지 않으면 그 방에 못 있어요.

과연 그랬다. 하지만 그 전에 우리는 앉아 기다렸다. 한없이 기다렸다. 아침 여덟 시에 꼭 오라더니 여덟 시는 그냥 지나갔다. 아홉 시도 그랬다. 열 시가 되어서도 아무 소식이 없었다. 악취가 풍기는 접수구역에서 그렇게 오랜 시간 동안 대기했다. 거기에 강한 포르말린 냄새까지 섞여 떠돌았다. 아무것도 실감이 나지 않았다. 나는 여기 있으면서도 여기 없었다. 체탄 씨가 죽었고 그의 시신이 저 뒤 어딘가에 있다는 것을 머리는 알고 있었지만 머리만 그랬다. 나머지는 온통 멍했다.

여기는 주말과 공휴일에 폐관인 곳이어서 체탄 씨를 비롯한 일부 시신은 지난 사흘간 어디 다른 곳에 보관되어 있었을 거라고 사람들이 말했다. 점심을 먹고 올까? 엄마가 내게 물었다. 나는 눈을 굴렸다. 어떻게 먹는 생각이 나지? 냄새 때문에 이렇게 속이 뒤집히는데.

트리니다드에 돌아온 건 어제였지만 아침부터 제대로 맞는 날로는 첫날을 이런 끔찍한 곳에 처박히고 말았다. 엄마를 다시 본 게 하도 오랜만이라 무슨 말을 해야 할지 몰랐다. 이곳에 있는 이유를 떠올리기 싫어서 전화기를 꺼내 놓았다. 엄마는 허공을 응시했다. 좋아서 여기에서, 게다가 이렇게 넋을 놓고 기다리는 사람은 아무도 없었다. 화풀이할 상대가 달리 없어서겠지만 접수대 여자들이 애먼 욕을 먹었다. 도대체 가난한 사람들에게는 관심이 없는 자들이라고, 이 화요일 아침에 우리 모두를 무시하고 있다고 노인 하나가 그들에게 말했다.

이름만 그럴싸한 곳이라니까. 세상을 떠난 우리 누나를 이렇게 냄새나는 곳에다 처박아놓고. 이것 봐요, 유가족들을 이렇게 처우하는 법이 어디 있어요? 우리집 닭을 잡아먹는 옆집 말라깽이 개도 이렇게 형편없이 대하진 못 하겠네.

사람들이 일제히 웃음을 터뜨리며 분위기가 약간 부드러워졌다. 이윽고 정오가 지나자 안내가 나왔다. 세상에, 우리가 여태 기다렸던 이유가 검시관이 한 명도 출근을 안 했기 때문이라는 것이었다. 주검시관은 아파서 결근했고 다른 하나는 섬 밖으로 출타 중이었다. 조금만 더 기다리면 토바고 검시관이 날아와 모쪼록 업무를 시작할 것이라고 했다. 트리니다드가 이 정도일 줄은 몰랐다.

화가 난 남자 둘이 밖에서 이 검시관이 정말 오는지 기다려야겠다고 했다. 여자 하나는 이런 기가 막힌 상황을 CNC3 채널과 i95.5 라디오와 시너지 텔레비전의 이언 알린Ian Alleyne에게 제보하겠다고 말했다. 정부는 사랑하는 이를 잃은 사람들의 고통에 무자비하다고, 가뜩이나 힘든 사람들에게 누가 출근을 안 했다고 종일 기다리게 하다니 이게 무슨 미친 짓이냐고. 그 여자가 악을 쓰는 동안 밖에서 욕하는 소리가 들렸다. 이 소란 속에 어린 소녀 하나가 뛰어 들어오며 외쳤다.

싸움이 벌어졌어요. 도와주세요!

눈 깜짝할 사이에 사람들 반이 뛰어나갔고 나머지 반은 창밖으로 누가 누구를 패나 지켜보았다. 자동차들에 시야가 가려 나는 네 어미가 이 자랑 붙어먹고 네 어미는 저 자랑 붙어먹고 하는 소리만 들을 수가 있었다. 일어나 제대로 보려는데 엄마가 손을 잡아끌었다.

바깥의 저 소동에 끼어들지 말자꾸나.

나는 엄마를 쏘아보고 손을 뿌리쳤다. 자기가 뭔데? 일부러 아예 문 앞까지 나갔다. 엄마가 다가왔다.

요새는 너도나도 총을 갖고 다닌다더라. 잘못해서 총에 맞기라도 하면….

나한테 이래라저래라 하지 마세요. 혼자 힘으로 산 지 몇 년짼데요.

엄마가 말없이 자리에 돌아가 앉았다. 경찰이 들이닥쳐 싸움을 뜯어말렸다. 듣자 하니 부검을 앞둔 시신의 장례 절차를 두고 사자의 아버지와 아내 사이에 싸움이 벌어진 모양이었다. 나는 엄마한테서 한 자리 건너 앉아 다시 전화에 코를 박았다. 이후 엄마는 중간에 디너민트Dinner Mint를 하나 건넨 것 외에는 나를 가만두었다. 나는 싫다고 했다.

세 시가 한참 지나서야 부검을 진행하기 전에 시신을 확인하라는 호출이 왔다. 텔레비전 드라마에서 부검 장면을 하도 많이 봤기에 익숙할 거라고 생각했다. 텔레비전은 그저 텔레비전이었다. 말도 못 하게 역겨웠다. 사방에서 악취가 지독하게 풍겼다. 시체를 담은 들것들이 여기저기 널려 있었다. 시체들은 전부 다, 체탄 씨의 것을 포함해서, 피 묻은 시트 아래 놓여 있었고 정말이지 끔찍한 냄새가 났다. 지옥이 어떻게 생겼고 어떤 냄새가 나느냐고 누가 묻는다면 이 방을 보여줄 것이다. 엄마를 힐끗 보니 대단히 침착하게 시신을 확인했다. 그리고 화장실로 달려가더니 한참 동안 나오지 않았다. 나는 당장은 괜찮았지만 면도날을 아주 간절히 원했다. 체탄 씨에게 자해절단을 그만둔 지 오래됐다고 했는데 그건 사실이었다. 이렇게 유혹을 느끼는 게 얼마 만인지도 모르겠다. 아저씨를 생각해서라도 참아야 하고 최소한 참으려고는 해야 한다.

어둑어둑해지는 다섯 시가 돼서야 시신 매장 서류에 서명을 했다. 그동안 내내 우리는 기껏해야 한두 마디 나누며 거기 앉아 있었다. 엄마에게 물을 말이 많았지만 체탄 씨가 어쩌다 이렇게 되었는지 자세한 내막을 엄마한테 들을 수도 없었다. 트리니다드에 돌아와서 고분고분 말을 잘 듣는다 싶으면 엄마가 또 무슨 꿈을 꿀지 모를 일이었다. 세상에, 최소한 깨끗한 시트로 덮어줄 수는 없나? 엄마랑 이야기를 나누지 않아 다행이다 싶기도 했다. 살짝만 건드려도 수많은 사람 앞에서 어린아이처럼 울음을 터뜨려 망신을 당할지도 몰랐다.

마침내 샌퍼난도로 돌아가는데 교통이 기억한 것만큼 나쁘지는 않았다. 고속도로의 상당 부분이 새로 포장된 듯 보였다. 비싼 고급 차들이 수도 없이 씽씽 달리는데 이게 새로운 현상인지 원래 그랬는데 어려서는 의식하지 못했던 건지 가늠이 안 되었다. 하지만 새로운 병원이며 길, 쇼핑몰들 따위가 지난 몇 년간 체탄 씨와 떨어져 살다 이렇게 아저씨가 돌아가시고 나서야 여기 돌아온 슬픔을 달래줄 순 없었다. 아저씨는 정말 죽은 건가? 그랬다. 시신을 내 눈으로 봤다. 들것에 누운 아저씨의 모습을 기억에서 씻어낼 약이 있는데 지난 오 년간의 삶과 맞바꿔야 준다면 두말없이 받아 삼킬 것이었다. 나는 눈을 감고서 살아 있는 아저씨를, 어느 일요일 럼 펀치 잔을 옆에 두고 해먹에 누워 책을 읽는 아저씨를 떠올려봤다. 오후가 되면 나는 좀이 쑤셔서 체스를 두자고 아저씨를 귀찮게 하곤 했다. 아저씨는 언제나 내게 시간을 내줬을 뿐만 아니라 나와 노는 걸 좋아하셨다. 장례식에 입을 옷이 있느냐는 엄마의 말에 생각이 뚝 끊겼다.

뭔 소리예요? 내가 옷도 없는 것 같아요? 엄마는 돈을 얼마나 버는데요?

엄마가 곁눈으로 나를 슬쩍 보았다.

무슨 말이 그러냐, 솔로?

엄마보다 돈을 많이 벌 나한테 옷 있냐고 물었잖아요.

서두르느라 검은 바지와 단정한 셔츠를 못 챙겨 왔을까

봐 물었을 뿐이야.

자, 한 가지 분명히 해두자고요. 이 일이 일어나지만 않았어도 나는 여기 오지 않았어요. 체탄 씨 때문에 온 것일 뿐이고 장례식이 끝나면 바로 뉴욕으로 돌아가요. 엄마 보러 온 게 아니에요.

엄마는 아무 말이 없었다. 나는 창밖으로 눈길을 돌렸다. 피와 침묵이 강철 팬처럼 귓전을 두들겼다.

라디오 켜도 되니?

엄마가 속삭이듯 말했다.

그래요. 마음대로 하세요.

엄마가 차 문을 열어서 불이 들어왔을 때 엄마 낯을 한번 살폈다. 완전히 지쳐 빠진 얼굴이었다. 언성을 높인 것이 미안했지만 사과할 만큼 미안하진 않았다. 나는 그저 샤워를 하고 싶었다. 내 옷과 머리와 피부에서 그곳 냄새를 벗겨내고 싶었다. 내 일은 장례 계획을 세워야 한다. 조금도 기다려지지 않는 일이다. 아버지 장례식은 전혀 기억에 없는데, 있었으면 좋겠다. 몹시 부담스럽다.

## 베티

우리는 보통사람들이라 신문에 대서특필되지 않으니 경찰이 느긋하다. 따라서 수사를 통한 정의 실현을 위해 누구에게 도움을 요청해야 하는지 알아야 한다. 게다가 이건 단순한 강도살인이 아니었다. 누군지 모르지만 범인은 당사자를 증오했다. 누가 잡혔고 체탄 씨를 살해한 걸 자백했다고 한다. 경찰 말은 그렇다. 강도질을 하려고 침입했다는 허무맹랑한 소리였다. 그런데 체탄 씨가 자신을 덮쳐왔고 정당방위를 행사하다 보니 상대가 죽었다는 거였다. 법정에서 그런 주장이 통하리라 기대한다면 그놈은 정말로 멍청한 놈이다. 경찰이 우리에게 알려주는 사실은 많지 않다. 찔끔찔끔 뉴스 보도가 나왔고 우리도 그 이상은 모른다.

체탄 씨라는 사람이 살고 있다는 것도 몰랐던 기자들이 마치 살아 있을 때 그를 알았던 것처럼 그에 관해서 떠들어댄다. 물론 내가 알려준 것은 하나도 없다. 그자들에게 이렇게만 쏘아붙여줬다. 그는 점잖고 착한 사람이었고, 만일 신문을 팔기 위해 허위로 죽은 자를 욕보인다면 각자 양심의 심판을 받아야 하리라고. 어느 신문은 이런 표제를 달아 살인사건을 보도했다. '호모들이여, 조심하라. 동성애자였기에 그는 죽어 마땅했을까?'

이런 구역질 나는 짓을 한 놈의 낯짝은 어떻게 생겼을지 한번 보고만 싶다. 어느 악마가 죄 없는 사람을 마흔여덟 번이나 찌른다는 말인가? 그렇다, 마흔여덟 번이다. 부엌에 가서 칼을 들고 도마를 마흔여덟 번 때려봤다. 그게 얼마나 긴 시간과 많은 에너지를 필요로 하는지 아는가? 그러고 나니 손에 힘이 하나도 남아있지 않았다. 단지 지갑과 휴대전화를 훔쳐 가려고 그런 짓을 한다고? 설사 빼빼 마른 체탄 씨를 상대로 자신을 방어해야 했다고 해도 단 두 번이면 족했을 것이다. 게다가 죽은 자의 피를 가지고 침실 벽에 '호모'라고 쓴 것은 또 뭔가? 사건이 발생하고 며칠 후 다른 신문에서 강도가 체탄 씨의 등에 '계집년'이란 글자를 새겨 넣었다는 기사도 읽었다. 나는 경찰서를 찾아가 그게 사실이냐고 물었다. 아직도 답을 못 듣고 있다. 나는 체탄 씨가 마지막 몇 시간 동안 겪었을 일을 상상하는 게 너무나도 힘들다. 즐겁게 살아가다 돌연 한순간 그런 끔찍한 일이 터졌다. 이런 일들은 다른 사람에게나 일어나는 거였다. 우리는 평범한 사람들이다. 아무도 괴롭히지 않는데 눈 깜짝할 사이에 모든 게 망가진다. 그의 시신에 덮여 있던 피 묻은 시트는 영영 기억에서 사라지지 않을 것이다. 하나님이 자비하신 분이라면 내가 그 피멍 든 시신을 보기 훨씬 전에 체탄 씨의 영혼을 거둬가셨을 것이다.

그의 직장 동료들이며 이웃 사람들은 코빼기도 보이지 않았다. 안 봐도 뻔하다. 사람들은 속닥거린다. 자기가 웬 호모랑 친구였다는 사실을 알리고 싶지 않은 것이다. 염병할 위선자들. 우물 바닥에 빠져 있을 때라야 누가 밧줄을 내려줄지 알게 되는 법이다. 누구였는지 지금 기억 안 나는 어떤 사람이 주님은 우리가 견딜 수 있는 만큼만 주시므로 내가 괜찮을 거라는 이메일을 보내주었다. 무슨 말도 안 되는 멍청한 소리냐고 답장을 보내고 싶었다. 우리에게는 항상 견딜 수 있는 이상이 내던져진다. 항상 그렇다. 그저 어쩔 수 없을 뿐이다. 입에 발린 소리나 지껄여대는 한심한 인간들 같으니라고. 이 사건은 그냥저냥 무마될 일이 결코 아니다.

아침에 눈을 뜰 때마다 무언가 나쁜 일이 일어날 것이라는 예감이 곧장 든다. 이제 안전한 느낌은 못 느낀다. 그는 바로 곁에 이웃들이 사는 그런 곳에서 살았는데도 살해당했다. 나는 이 집에 덩그러니 혼자다. 지금이야 솔로가 있지만 오래는 아닐 테고 한쪽에 틀어박혀 꼭 필요한 때 아니면 나를 보지도 내게 말을 걸지도 않는다. 콩 카레와 로티로 아침을 만들어줄까 묻자 툴툴거리며 싫다고 했다. 그리고 제가 먹을 샌드위치를 만들어 방으로 들어가서 먹었다. 나와 단 오 분 마주 앉아 있는 것조차 솔로에게는 참아내기 힘든 일이다.

솔로가 아직도 화가 나 있는 것도 어떻게 보면 그럴 수밖에 없다. 내가 미쳐 돌아가 칼리에 빠지지만 않았더라도 체탄 씨는 살아 있을 것이었다. 나는 정확히 솔로를 집에 돌려보내 달라고 머더에게 빌었다. 그리고 이렇게 돌아왔다. 내 기도를 들어준 것이다. 머더는 무언가를 빼앗지 않고 거저 주지 않는다는 걸 알았어야 했는데. 그렇게 손이 여러 개인 이유가 바로 한 손으로는 주고 다른 손으로는 빼앗기 위해서였다. 맞교환인 것이다. 하지만 왜 아무도 괴롭히지 않은 체탄 씨여야 했을까? 그리고 왜 그토록 고통받게 했을까? 주님, 제가 무슨 짓을 저지른 것인가요?

머릿속에서 한 영상이 계속 돌아간다. 전화가 왔다. 나는 울지 않았다. 현실 같지 않았다. 그의 아파트에 다다라 경찰차들이 불을 번쩍거리고 사람들이 거리에 잔뜩 모여든 장면을 보고서야 알았다. 다리에 힘이 풀려 주저앉았다. 그들이 그의 시신을 내 올 때에는 미친 듯 악을 썼다. 내가 방해를 하건 누가 내 비명을 듣건 상관하지 않았다. 내 몸에서 나는 소리는 인간의 것이 아니었다. 멈추지 못할까 봐 두려울 정도였다. 모르는 사람들이 나를 일으키려 했지만 나는 그들을 밀쳐냈다.

경관 하나가 간신히 나를 일으켜 세우고는 조용해질 때까지 옆에 있어 주었다. 어쩐지 진심이 느껴졌다. 내가 겪고 있는 그것을 자신도 조금이나마 느낀다고 그가 말했다. 경찰 일을 하다 보면 이런 일들과 너무 자주 맞닥뜨린다고 했다. 워커 경관. 잭슨 워커 경관이었다. 부검 다음 날 그가 집에 들렀다. 마침 솔로가 이웃집에 가 있어 사건의 진실을 숨김없이 알려주었다. 범인이 욕실 창문을 통해 침입한 뒤에 뭔가를 훔치려고 하는데 체탄 씨가 잠에서 깬 것으로 경찰은 추정하고 있다고 했다.

정말 이걸 다 듣고 싶으신가요, 람딘 부인?

그럼요, 경찰관님. 모두 말해주세요.

그가 한숨을 내쉬었다.

칼은 부엌에서 가져왔을 것으로 보입니다. 그리고 피해자를 욕실에 결박했어요.

경관이 말을 멈췄다.

그 정도면 된 것 같습니다. 나머지는 아실 테니까요.

나는 눈에 고인 눈물을 닦았다.

다 듣겠다고 제가 그랬잖아요.

그가 고개를 흔들었다.

두 남자가 입을 맞추는 8x10인치 크기의 사진이 있었어요. 그게 범인을 자극한 것으로 보입니다. 이미 알고 계시듯 부상 수위로 볼 때 그렇습니다.

등의 계집년이란 글자도 그놈이 판 건가요?

워커 경관이 바닥을 바라봤다. 그렇다는 대답이 간신히 들려왔다. 법정은 매사 진행이 느리므로 마음의 준비를 해두라고 그가 말했다. 잘해야 이 년 안에 재판이 시작될 것이라고 했다. 게다가 피해자가 동성애자라는 사실은 곧 아무도, 변호사도 그렇고 판사는 더욱, 이 사건에 우선순위를 두지 않을 것을 의미한다고 했다. 미리 그러겠거니 알아두는 게 좋다고 했다. 하지만 이 사건이 살아남도록, 어딘가에 묻혀버리지 않도록, 할 수 있는 모든 일을 할 거라고 약속했다. 그는 나가기 전에 자신도 예를 표하고 싶다면서 장례식 일정을 물어봤다.

*

목사님이 집에 들렀다. 장례를 어떻게 할 건지 물어서 예배는 안 한다고 대답했더니 눈을 휘둥그렇게 떴다.

베티, 직장 동료들과 친구들, 그리고 우리 공동체가 모두 예를 표해야 해요.

조용한 사람이었어요. 온갖 사람들이 호기심에 차서 오는 걸 원하지 않을 것 같습니다.

호기심은 또 무슨 말인지…. 체탄 씨는 좋은 사람이었어요. 좋은 기독인이었지요.

나는 하고 싶은 말을 참았다. 체탄 씨가 여기 있다면 웃음을 터뜨렸을 것이다. 아마 아기 때 침례를 받은 이후 다시는 교회에 발도 안 들여놓은 것으로 안다. 체탄 씨, 어떻게 하고 싶은가요? 죽으면 어떻게 해주길 원하나, 그런 이야기는 할 필요도 없다고 생각했죠, 우리는. 아직 너무 젊었으니까. 한참을 더 살 줄 알았으니까. 머리가 백발이 될 때까지. 그래도 나는 변함없이 당신이 최고 고수인 스위트브레드를 만들어내라 주문을 할 거였으니까. 일요일 오후에는 마당에서 나무콩을 따고는 나랑 마주 앉아 허리가 아프다고 구시렁거릴 거였으니까. 그럼 내가 그 나무콩으로 점심 스튜를 차렸으니 그만 좀 종알대라고 쏘아붙이고 당신은 평생 내 스튜를 맛도 못 봤던 사람처럼 그릇 바닥까지 핥아먹을 거였으니까.

장례식을 비공개로 하고 싶으면 전날 저녁에 간소하게 경야를 치르는 건 어떻겠어요? 내가 와서 몇 마디 위로의 말도 하고 다 함께 찬송 두 곡 부르고 작별을 고하게요. 베티도 한 말씀 하면 좋고. 아니면 아들이라도. 미국에서 돌아왔다고 하던데.

내가 고개를 들고 눈을 감았다. 목사님의 말도 일리가 있었다.

모두 한 번은 들러서 하고 싶은 말을 하라고 한 뒤 끝내는 것도 괜찮겠다.

월요일에 매장이에요. 경야를 일요일 저녁에 하면 되겠네요.

그건 내가 어렵고. 일요일에 여기 없어요. 예배가 끝나자마자 갈 행사가 있어서. 토요일 저녁은 어떤가요?

안돼요. 다른 분 중에 되시는 분 안계신가요?

내게 맡겨요. 알아볼게요. 장로가 경야에 참석하고 내가 장례에 오는 건 괜찮아요?

안돼요, 목사님. 장지에서 예배를 올리지 않을 거예요.

최후의 기도조차 안 한다고요?

네. 그 사람은 교인이 아니었어요. 제가 갑자기 교인으로 뒤바꿔놓을 수는 없어요.

알겠어요. 그렇게도 하는지는 모르겠는데 베티가 상주니까요. 나는 나 혼자 기도를 올리리다. 마침 이렇게 와 있으니 체탄 씨의 영혼에 자비를 내려주십사 함께 기도합시다.

기도를 하고 나자 그는 나에게 용서에 대한 설교가 필요해 보인다고 말했다. 그래, 용서라 했다. 자신을 십자가에 못 박은 자들을 용서함으로써 어떻게 살아야 하는지의 본보기를 보여준 예수처럼 나도 자신에게 체탄 씨의 목숨을 앗아갈 신성한 권리가 있다고 결정한 인간을 용서해야 한다고 했다. 성직자고 나발이고 없이 목사를 내쫓았다. 교회 다니는 교인으로서 어쩌고저쩌고 멋대로들 지껄이라고 해라. 어차피 이제 나는 교회에 소속감조차 없다. 용서? 나가면서 목사는 내 머리에 손을 얹고 슬픔 탓임을 알기에 내 무례한 행동을 용서한다고, 내 영혼을 위해 기도하겠다고, 이게 다 하나님의 예정이니 더 굳게 믿어야 한다고 말했다. 그토록 끔찍하게, 살려달라고 애원하며, 체탄 씨가 세상을 뜨기를 저 위의 누가 원했다고 상상해보라. 세상에서 가장 부드럽고 친절하고 다정한 남자에게 그런 악에 희생되게 하는 것이 무슨 거룩한 예정일 수 있는가! 개뿔, 용서 좋아하시네!

## 솔로

내가 뉴욕에 있었다면 체탄 씨의 죽음이 이렇게 고통스러울 만큼 현실적으로 느껴지지 않았을 것이었다. 어제는 웬 목사란 사람이 와서 체탄 씨의 의자에 앉았다. 그게 특별한 의자라는 걸 알 턱이 없었겠지만 나 보라고 일부러 그런 것 같아 화가 치밀었다. 체탄 씨는 거실에서 텔레비전을 볼 때 항상 거기 앉았다. 목사가 와 있는 동안 내내 어서 그놈의 궁둥이를 그 의자에서 떼기만 기다렸다. 더는 견딜 수 없어져서 나는 그자에게 아무 말도 하지 않고 방에서 뛰쳐나갔다. 체탄 씨가 이사를 나간 게 여러 해 전이기는 했지만 내게 그 다른 집은 존재하지 않는 곳이었다. 내게 아저씨는 언제나 바로 여기 있을 것이었고 이것은 아저씨의 의자일 것이었다.

목사가 앉았던 자리가 아직 뜨뜻할 즈음, 마니가 도착했다. 체탄 씨가 보내준 사진들에서 봤기에 누군지 바로 알았다. 나는 내 온몸과 마음을 그에게 던졌다. 그는 양팔을 벌려 오래된 친구처럼 나를 꼭 껴안았다. 체탄 씨가 이 사람을 좋아한 것도 당연했다. 그는 엄마 옆자리 소파에 앉아 엄마의 등을 쓰다듬었다. 엄마가 울음을 터뜨렸다. 나는 그들 맞은편, 체탄 씨의 의자에 앉아 눈물이 그렁그렁해지는 마니의 눈을 바라보았다. 나는 대화를 끌어내는 사람이 아니다. 예전부터 그랬다. 그런데 속에 무슨 영이 내린 듯 절로 말이 튀어나왔다.

어린 시절의 체탄 씨는 어떤 사람이었어요?

마니가 옷소매로 눈물을 닦고 몸을 세워 앉았다.

놀라겠지만 두 사람에게 보여줄 게 있어요.

그가 지갑을 꺼내 흑백사진을 엄마에게 보여주었다. 나도 일어나 가서 보았다. 나이가 들었어도 마니도 체탄 씨도 어린 시절 얼굴이 그대로 남아있었다. 아마 열셋, 열넷쯤 됐을 두 소년이 어깨동무를 한 채 해변 자갈밭에 앉아 있는 사진이었다.

이카코스에 갔을 때 찍었어요. 우리 가족이랑 같이 갔죠. 우리 아버지가 새로 산 폴라로이드 카메라로 찍어주셨어요.

나는 사진을 한참 들여다봤다. 그가 손을 내밀었다. 돌려주고 싶지 않았다.

내가 인쇄해서 하나 줄게.

엄마가 불쑥 소리쳤다.

그건 솔로가 가져갈 테니 나도 한 장 주세요. 혹시 옛날 사진 더 있어요?

아니요. 이것뿐이에요.

그가 나를 보고 미소를 지었다.

너는 어려서 모르겠지만 사진 찍는 게 귀했던 시절이 있었단다.

그가 전화기에 저장된 사진들을 내려가며 훑어보았다.

수백 장은 되겠네. 함께 있을 때 셀카를 너무 많이 찍는다고 체탄이 불평하곤 했는데 이렇게 되고 보니 말 안 듣기를 잘했네요. 지난 며칠간 줄곧 이 사진들을 들여다보며 우리에게 남은 시간이 얼마나 짧았었는지 생각했어요.

그가 울음을 터뜨렸다. 엉엉 우는 울음이었다. 이제 엄마가 그를 안아주어야 했다.

마니, 둘이 나눈 건 아무도 앗아가지 못해요. 체탄 씨는 영원히 내 가슴에, 마니 가슴에 남아있을 거예요.

마니와 엄마가 껴안은 모습에 약간 질투가 났다. 체탄 씨를 본지가 하도 오래인 나는 아저씨를 그리는 방식이 그들과 달랐다. 나는 아저씨와 놀지도, 함께 영화관에 가지도 않았다. 어렸을 때 이후로 아저씨가 만든 음식을 먹지도 못했다. 문자로는 늘 연락을 주고 받았지만 이 두 사람이 누린 것과는 비교할 수 없었다. 나는 말하자면 유령을 그리워하고 있었다. 유령이건 아니건 아저씨가 그렇게 죽었다는 사실은 여전히 고통스러웠다. 아직 자메이카보다는 낫지만 이 나라의 폭력은 이제 간과할 수 없게 심해졌다. 아저씨의 시신을 보는 일은 끔찍했다. 그 장면이 떠오를 때마다 면도날을 찾아 그어대고 싶다. 이 아픔을 어떻게 지울지 수 있을지 모르겠다. 문제는 자해절단은 체탄 씨를 욕보이는 짓이므로 할 수 없다는 사실이다. 절대 그건 안 된다.

마니는 한동안 앉아 이야기를 나누다 느닷없이 경야를 계획해야 하게 되었다. 나는 용기를 짜내 말했다.

마니, 내일 나하고 이것들을 좀 처리하면 어때요? 둘이 힘을 합치면 훨씬 빠를 거예요.

내가 아홉 시에 데리러 올게.

## 베티

그저 침대에 누워 아무도 보고 싶지 않건만 할 일들이 많아 나대지 않을 수 없었다. 마니와 솔로가 목록을 만들기는 했으나 물론 내가 점검해야 하고 또 남의 손에 맡길 수 없는 다른 일들도 있다. 경야에 손님이 얼마나 올지 모른다. 열 명에서 백 명까지도 될 수 있는데 음식이 동나 빈손으로 서 있는 사람이 있어서는 안 됐다. 미장원 여자에게 달푸리 로티를 주문했다. 어느 게 본업이고 어느 게 부업인지 모르겠는 게, 밀가루 범벅이 된 손으로 내 흰머리를 염색해준 일만도 꽤 된다. 고기 준비는 디디가 조카 결혼식 때 고용했던 남자에게 맡겼다. 닭 스무 마리와 염소 한 마리다. 글로리아가 차나와 알루, 호박, 망고 카레를 맡겠다고 했다. 동네 회교도 가족이 장사를 시작했는데 그들에게 일거리를 주고 싶다고 했다. 현금을 한 다발 찾아와 비용을 계산해주려 하자 모두 한 푼도 받지 않으려고 했다. 가슴이 뭉클했다. 세상이란 참 알다가도 모를 곳이었다. 죄 없는 남자가 살해당했지만 그래도 이렇게 더 도와주고 싶어 소매를 걷어붙이는 착한 사람들도 아직은 있는 곳.

마니와 솔로는 샴쌍둥이처럼 나란히 술을 준비하고 의자를 빌리고 집 양옆에 방수포를 깔아 추가 공간을 확보한다. 내 아들이 나하고도 같이 일을 나눠서 한다면 얼마나 좋을까 싶다. 그래도 마니 옆에서는 행복해 보여 다행이다. 아이를 볼 때마다 아이가 여기 와 있다는 게 믿기지 않는다. 그리고 이제는 장성한 남자다. 여릿여릿한 애송이였던 애가 늘 그랬던 듯 앞장서서 물건들을 고치고 가구를 나른다. 나는 아이에게 어떤 실용적인 일도 가르치지 않았고 체탄 씨는 온갖 응석을 다 받아주었다. 그런데 이제 전선을 깔아 음향을 점검하고 올라가서 천막도 손본다. 나는 입을 떡 벌리고 쳐다보기만 했다. 훌륭하게 자라주었다.

온다, 못 온다, 확인을 안 해주던 학교 동료들이 하나씩 찾아들었다. 쇼크 때문이었을 수도 다른 동료들의 눈치를 보는 것이었을 수도 있다. 여자 음악선생은 휴대용 키보드와 자신의 걸밴드를 데려와 기타를 치며 노래를 하게 했다.

이틀이 더 남은 날, 마니가 나를 불러 세웠다. 둘이서만 이야기하고 싶다고 했다. 집안은 드나드는 사람들로 너무 붐벼 대형 중국 식료품점 옆의 커피숍으로 갔다. 좋은 일 같지가 않았다.

베티, 자신이 뭘 원하는지 체탄이 말해준 적 있어요?

어떤 면에서 말인데요?

매장을 원하는지 아니면 화장을 원하는지, 그런 거요.

아니요. 그런데요, 내가 묫자리 찾느라고 정말 얼마나 힘들었는지 몰라요. 파라다이스 공동묘지에 자리가 없어 내가 묻힐 용으로 사뒀던 자리를 주기로 한 거예요. 한동안은 내 묫자리를 다시 살 일이 없기를 바라면서.

그래서 말인데요. 체탄이 내 안전보관함에 넣어두라고 서류를 좀 준 게 있었어요. 까맣게 잊고 있다가 오늘 아침 들여다봤더니 존엄사 희망 유언장을 만들어놓았더라고요. 그게 뭔지 아시죠?

뭔데요?

직접 결정을 내릴 수 없을 때를 대비하여 의료적으로 무엇을 원하는지 밝혀놓는 문서인데요. 사고로 뇌사를 당하거나 뭐 그럴 때 유효한 거죠.

그래서요?

그런데 거기다가 매장이 아닌 화장을 원한다고 써놨더라고요.

뭐라고요? 화장이요? 이제 와서 어떻게요?

그러니까요. 하지만 그게 체탄이 원한 것이었어요. 저 샛강에서 노천화장으로요.

체탄 씨가 작성한 서류를 그가 건네주었다. 그의 필체가 분명했다. 마니 말이 사실이었다. 나는 고개를 가로저었다.

맙소사, 이게 무슨 일이람.

나는 심호흡을 했다.

그게 체탄 씨가 원한 거면 당연히 그렇게 해야겠죠.

장의사는 이처럼 느닷없는 변동에 익숙한지 별로 놀라지도 않았다. 다만 수브잘리 장의사에 관공서를 찾아가 월요일 화장을 신청할 직원이 없다는 게 문제였다. 오늘 시파리아에 사망증명서를 가져가서 모든 걸 한꺼번에 해치우는 게 최선일 것 같았다. 공중보건 계통에 아는 사람이 있는지 생각을 해보았다. 머리가 뒤죽박죽이어서 사원 사람들 중에 그쪽으로 누군가 아는 사람이 있을 거라는 짐작이 한참 만에 들었다. 힌두교도들은 화장만 하는데 그중에서도 칼리를 섬기는 사람들은 이번 삶에서 변화하여 벗어나는 데는 불이 필수라고 믿는다. 탠티가 친구에게 전화를 하자 화장 자리가 딱 하나 남았다는 답변이 돌아왔다. 화장 시간은 월요일 열 시지만 지금 당장 와서 비용을 내야 한다고 했다. 한 시간만 달라고 했다. 물론 교통을 생각하면 마니가 헬리콥터를 빌려오지 않는 한 그렇게 빨리 도착할 수는 없다고 생각했는데, 그럴 필요가 없었던 것이 마니의 BMW는 속도가 제법 났다. 그저 우리의 몸도 차도 성하게 도착하기만을 기도했다. '시파리아에 오신 것을 환영합니다'라는 안내판이 눈에 들어오자 차가 불쌍했다. 하지만 구멍투성이 도로조차 체탄의 화장터를 받아내겠다는 마니의 굳은 의지를 꺾을 수는 없었다.

시파리아를 찾아간 것까지는 오히려 쉬운 쪽이었다. 공중보건당국 안내판을 따라 가보니 보건소였는데 어느 사무실로 가야 할지 경비원도 몰랐다. 그의 말대로 뜨거운 땡볕 밑을 걸어 다른 건물로 갔는데 거기도 화장터에 대해 아는 사람들이 없었다. 살이 통으로 익는 것만 같았다. 마침내 누군가가 거의 다 왔다고 알려줬다. 이 분만 이 길을 따라 내려가면 오른쪽에 분홍색 건물이 나오는데 출납원이 한 시부터 두 시까지 점심시간이라고, 그녀가 점심을 먹는 동안에는 계산이 전면중단되니까 서두르라고 했다. 21세기에 관공서가 이런 꼴로 운영된다는 게 믿어지지 않았다. 하지만 공연히 입을 나불거려 공무원의 심기를 거슬러서는 안 될 날이라 꾹 참았다. 문을 열고 들어갔을 때는 십 분 남짓 남아 있었다. 좋은 징조라고, 체탄 씨가 화장을 원해서 우리가 시간에 맞춰 여기 도착한 거라고 생각하며 자신을 달랬다. 출납원의 점심시간이 끝날 때까지 기다리려면 화장터를 얻기 위한 결제 마감시간을 놓치게 될 것이었다. 영수증을 경찰서에 갖고 가야 화염사용허가증이 나오는데 허가증 발급 마감시간은 또 세 시였다.

다음은 체탄 씨가 우리를 굽어보아 경찰서를 찾게 도와주기만 하면 되었다. 언덕 위에 커다란 파란색 건물이 보였는데 그게 경찰서일 것 같았다. 그건 반만 맞았다. 경찰과 관련은 있었으나 그놈의 화염사용허가증을 발급받을 곳은 아니었다. 정문 옆의 남자가 왔던 길을 되돌아 내려가라고 했다.

왼쪽에 구두점이 보일 거예요. 그걸 지나면 작은 길이 나와요. 그리로 가지 말고 그다음 길을 타요. 죽 가면 첫 우회로가 나오는데 오른쪽으로 보듬듯이 꺾어요. 큰 빵나무를 지날 텐데 하기야 며칠 전엔가 거기 나무들을 좀 자르더라고요. 어쨌든 오른쪽 세 번째 건물이에요. '지정주차공간'이라고 표시된 칸에는 높은 분들이 주차하니까 차 세우지 마세요. 벌금이 즉석에서 오백 달러인가 그럴 거예요. 건물 앞 길거리에 주차하고 걸어가는 편이 나아요.

그에게 고맙다고 손을 흔들고 언덕길을 내려가면서 다 기억하겠냐고 마니에게 물었더니 웃음을 터뜨렸다.

그런 것 같긴 한데 경찰서 안내판이 나오면 그걸 따라가도록 하죠.

경찰서가 하도 오래되고 낙후된 건물이라 그냥 지나쳤다가 도로 꺾었다. 내가 못할 건 아니지만 여자보다는 누구든 남자 말을 잘 들어줄 테니 나서서 말을 하라고 마니에게 부탁했다.

안녕하세요, 경관님. 화염사용허가증을 받으려고 왔는데요. 도와주시겠어요?

화염사용허가증 용도는 무언가요? 화장인가요?

우리는 함께 고개를 끄덕였다.

화장이 언젠데요?

월요일입니다.

월요일요? 그런데 지금 신청하러 왔어요? 나를 만난 걸 다행으로 아세요. 금요일에는 차가 막혀서 보통 일찍 퇴근하는데.

친구가 살해당했는데 원하는 대로 해 주려고 최선을 다하는 중입니다.

경관이 우리를 쳐다봤다.

둘 중 누가 최근친입니까?

내가 고개를 끄덕였다. 경관이 기지개를 켜며 일어났다.

공중보건당국 영수증 가져오셨고요?

네, 여기 있습니다.

체탄. 이름이 낯이 익네. 모두들 페날에서 철물점 하는 체탄 일가신가요?

아니에요. 저는 산도 쪽이에요.

그럼 관계가 어떻게 되십니까? 가족 중에 변호사가 있으세요?

아니요.

금요일 아침도 아니고 금요일 오후에 와서 화염사용허가증을 받아가겠다고요?

경관이 입꼬리를 올리며 뒤쪽 사무실로 가더니 십오 분이 지나서야 돌아왔다.

그럴 줄 알았어요. 상관 말씀이 서장님이 귀가하셔서 허가증에 서명할 사람이 없답니다. 월요일 여덟 시에 다시 오세요.

열병에 걸린 듯 속에서 뜨거운 기운이 올라와 온몸이 활활 탔다.

경관님, 그렇게는 못 해요. 화염사용허가증이 있어야 장의사가 시신을 운구합니다. 도와주세요. 화장하는 이분은 뉴스에 나왔어요. 범인이 살해한 뒤 등에다 피로 뭐라고 새기기까지 한 사건 기억하시죠?

경관이 입이 축 늘어졌다.

잠깐만요. 지금 남자 친구한테 칼에 찔린 호모 말하는 거예요? 그런데 어떻게 댁이 최근친이죠? 누나라도 됩니까?

곁눈으로 보기에 마니가 폭발할 태세였다. 내가 그의 손을 잡았다.

경관님, 검거된 살인범은 남자 친구가 아닙니다.

그가 라임이라도 씹은 듯 입술을 일그러뜨렸다.

알았습니다. 기다리세요. 상급자한테 말해볼게요.

다시 이십 분이 지났다. 경관이 술집이라도 가듯 태평스레 걸어 나왔다.

서장님이 외근이 잦아서 비상용으로 빈 허가증 몇 장에 서명을 좀 해두시거든요. 상관 말씀이 그중에 하나를 쓰랍니다. 엄청 봐 드리는 겁니다.

앞니에 금을 박은 경관의 추한 얼굴이 갑자기 그날 최고의 미남으로 보였다. 마니는 어려운 상황에 크게 도움을 준 것에 대한 감사 서한을 서장에게 발송하겠노라고 약속했다. 나는 수브잘리 장의사에 전화를 걸었다. 다 해결됐다. 체탄 씨는 월요일 아침 열 시 정각에 불에 탈 것이다.

## 솔로

체탄 씨와 무슨 관계냐고 묻는 사람들이 많았는데 상당수는 아저씨가 남자 쪽으로 기호가 바뀌기 전 엄마랑 사귀었다고 생각하고 있었다. 어쩌면 그렇게 멍청한 소리를 할 수 있는지 기가 막혔다. 그냥 솔직하게 대답했다. 아저씨는 우리와 여러 해 동안 가족처럼 살았다고. 미국인이라면 그쯤에서 질문을 마치는 게 예의란 걸 알 것이었다. 트리니다드 사람들은 달랐다. 남의 일을 다 알 권리가 있는 듯 굴었다. 어떤 여자가 입에 케이크를 잔뜩 문 채로 다가왔다.

그분 아들이에요?

아니요. 아저씨는 자식이 없으셨어요.

누가 총각 아버지라던데.

아니에요.

트럭에서 의자를 내리는 걸 도우러 나오는 나를 여자가 따라 왔다.

그럼 무슨 관계인데요?

나는 못 들은 척했다.

망자와 어떤 관계냐고요?

내가 의자를 내려놨다.

그쪽은 체탄 씨를 어떻게 아십니까?

나요? 나야 모르죠. 글로리아 양이 주문한 꽃을 배달하러 왔는데 어머니인 듯한 분이 케이크를 주시더라고요. 정말 친절하시던데요.

이만 실례할게요.

번개같이 안으로 들어가 아무도 나를 귀찮게 못 하도록 방문을 잠가버렸다. 다만 십 분이라도 혼자 있고 싶었다. 해야 할 일이 있었지만 이 모든 소란으로부터 잠깐이나마 떨어져 있어야 했다. 나중에 마니를 보았을 때 그런 여자들에게 뭐라고 해야 옳은지 물어봤다.

신경 쓰지 마. 네가 아저씨 조카라고, 엄마가 그의 누나라고 하면 끝이야. 나는 예상했던 일이야. 그래서 일찌감치 체탄의 누나라고 해버리면 참견들 안 할 거라고 네 엄마한테도 말했거든.

체탄 씨에게 진짜 조카가 있고 그 조카가 나타나면 어떡해요?

그 아무짝에도 쓸모없는 가족에서 조카가? 단언컨대 코빼기도 안 비칠 거다.

마니가 나를 조카로 승격시켜준다면 나야 좋았다. 체탄 씨와 연결된 공식 호칭을 나도 갖고 싶었다. 이제부터는 간단하다. 하리 삼촌처럼 아저씨도 나의 삼촌인 거다.

밤이 되어 모두 돌아가자 나는 전에 쓰던 침대에 몸을 웅크리고 누웠다. 나는 이 방을 좋아했었다. 내 옛날 옷과 학교 다닐 때 쓰던 책 따위를 엄마가 그대로 놓아둬서 이상한 기분이 들었다. 전부 선반에 깔끔하게 정리되어 있었다. 그때 내 삶은 너무나도 달랐다. 나는 엄마에게서 떨어지려고 안간힘을 다 썼고 엄마도 그걸 받아들였다.

잠이 오지 않는다. 조그만 안식을 줄 면도날이 필요하다. 울고 싶지는 않다. 이게 무슨 느낌인지, 그냥 불편하고 고통스럽다는 것밖에 모르겠고, 나는 그게 멈춰주기를 바란다. 뉴욕 가족들에게 내일 경야를 치른다고 그룹메시지로 알린 다음 구글로 체탄 씨를 검색해봤다. 애도를 표하는 사람이 하나면 열 명은 갖가지 꾸며낸 이야기를 속닥대고 있었다. 마니는 인터넷 블로그나 코멘트들을 읽지 말라고 경고했었다. 하지만 어쩔 수가 없었다. 체탄 씨에 대해서 모두가 하고 있는 모든 이야기를 낱낱이 읽어보고 싶었다. 아저씨를 알지도 못하는 자들이었다. 어떤 블로그는 '내부소식통'이 확인해준 바에 따르면 '호모 둘이서 사랑싸움을 한 것'이고 '성인 남자 둘이 싸우면 한쪽은 죽게 된다'는 것은 당연한 이치라고 했다. 다른 블로그는 거친 섹스 게임이 과도해지며 벌어진 사건이라고 주장했다. 정말 좋은 동성애자란 죽은 동성애자뿐이다, 이것은 체탄 씨를 향한 하나님의 벌이다, 식의 정말 악질적인 포스팅도 있었다. 아저씨의 죄는 같은 남자와 간음한 것이라며 트리니다드의 모든 호모도 주님이 똑같이 벌하실 것이니 똑똑히 봐둬야 할 거라고 했다.

나는 마니에게 전화를 걸었다. 너무나 화가 나서 이 빌어먹을 얼간이들 하나 하나에게 저주를 퍼붓고만 싶었다.

진정해, 솔로. 그런 겁쟁이들은 모른 척하고. 우리는 진실을 알잖아. 그게 중요한 거야.

어떻게 이렇게 얼굴에 철판을 깔고 감쪽같이 거짓말을 할 수 있죠? 사과하고 인터넷에서 내리게 만들 수 없는 거예요?

하나 물어보자. 체탄이 여기 있다면 네게 뭐라고 했을까?

나는 한숨을 쉬었다. 나의 체탄 씨는 이런 세상에서는 너무 착한 사람이었다.

그런 사람들 신경 쓰지 말라고 했겠죠.

맞아. 가슴이 아픈 건 알아. 나도 가슴이 아파. 하지만 댓

글을 달고 트윗을 하고 뭐 그래봤자 결국 사람들의 자만심만 키워주는 셈이 돼.

마니?

응.

데리러 와줄래요? 오늘 밤에는 여기 못 있겠어요.

무슨 일 있어?

아니요. 그냥 이 집에 있기가 힘들어요. 외로워요. 아저씨 방이 바로 가깝거든요. 엄마랑 나는 같은 공간에 있을 수가 없고요.

마니를 처음 만난 게 불과 며칠 전인데 이러고 있다. 내게 어딘가 이상이 있다고 생각할 것이다.

둘 사이에 긴장이 조금 엿보이기는 하더라.

내가 웃었다.

조금요? 올 거예요?

반 시간 후 도착할 거라고 했다. 내가 부스럭대는 소리를 엄마가 들은 모양이었다.

밤중에 뭐 하고 있어? 왜 여행가방은 꺼내놓고?

마니 집에서 지내려고요.

왜? 무슨 일 있었니?

여기 있기 싫어서요.

어색한 분위기 속에 긴장이 차올랐다.

이 배은망덕하고 이기적인 놈 같으니. 왜? 여기가 너한테는 그렇게 부족하더냐? 그래서 다른 데서 지내겠다는 거야?

엄마가 언성을 높여 놀라기는 했지만 대응하지 않았다. 옷장을 열어 옷을 챙겼다.

엄마 말이 안 들려?

그냥 좀 놔두세요.

아니. 이런 때 엄마랑 있기 싫어 마니에게 간다는 게 너야. 서로에게 위로가 되어줘야지, 솔로. 위로가. 내 힘으로 널 기른 어미에게 이게 네 보답이냐?

음, 더는 못 참았다. 속에서 폭탄이 터졌다. 내 살을 갈가리 찢어발기고 그 핏물로 체탄 씨의 시신을 덮었던 것과 같은 시트를 흠뻑 적셔 엄마에게 선물로 주고 싶었다. 여러모로 고맙네요, 엄마.

엄마는 빌어먹을 위선자예요. 거울을 한번 들여다봐요. 체탄 씨 장례를 준비한답시고 온갖 착한 척은 다 떨고. 아버지도 그렇게 해줬어요? 네? 대답해 봐요. 아버지 때는 뭐 눈이나 깜짝했냐고요?

엄마가 울음을 터뜨렸다.

미안하다. 미안해. 엄마가 미안하다.

아버지는 눈곱만치도 신경 안 썼겠죠?

나는 목에서 올라오는 울음을 삼키고 눈물을 억눌렀다.

아버지를 그렇게 계단에서 밀어도 된다고 생각했어요? 체탄 씨를 죽인 개자식들하고 다를 것도 없어요. 알아들어요? 차이가 있다면 엄마는 아직 잡히지 않았다는 것뿐이에요. 아직은.

엄마는 통곡하듯 울었다.

내가 어떻게 살았는지 그렇게 알려주려고 해왔는데 너 정말로 무정하구나. 오로지 그 귀한 아버지뿐이지, 너한테는. 새끼에게 잡아먹히는 한이 있어도 어미의 사랑은 변함없다는 말이 있다.

나한테서 아버지를 빼앗았어요. 내가 엄마를 얼마나 증오하고 있는지 알아둬요. 하리 삼촌이 아니었다면 아버지는 장점은 하나도 없었던 사람으로 알고 살았겠죠. 나는 엄마를 증오해요. 듣고 있어요? 증오한다고요.

엄마가 손등으로 눈을 닦았다.

그래, 솔로. 알아서 하렴. 네 뜻대로 하라고.

엄마가 코를 풀었다.

경찰을 부르고 싶으냐? 마음껏 부르렴. 내 속으로 낳은 자식이 나를 증오한다는 소리를 들을 날이 올 줄은 미처 몰랐다.

엄마가 돌아서서 자기 방으로 들어갔다. 나는 세면도구를 여행가방에 던져넣었다. 엄마든 뭐든 그 염병할 머리에 향수병을 던져버리고 싶었다. 아기 적 나를 안은 엄마의 액자 사진이 보여 대신 향수병을 던져 박살을 냈다. 유리조각이 방바닥과 침대에 흩어지면서 온 방에 좋은 냄새가 퍼졌다. 엄마가 문간에 돌아와 있었다. 거기 서 있는 게 느껴졌다. 나는 반짝이는 유리조각들을 바라보았다. 요란한 소음이 사라지고 모든 게 고요했다. 오른손으로 뾰족한 날이 뻗은 큼직한 조각으로 골라 든 다음 왼손을 뻗고 손목을 그을 준비를 했다. 이번에는 제대로 그어 엄마에게 보여줄 것이었다.

어떻게 된 건지 모르겠다. 엄마는 닌자라도 되듯 단숨에 내 손에서 유리조각을 빼앗고 나를 문간으로 밀쳐냈다. 나는 죽 미끄러져 나가 반은 방 안에 다른 반은 바깥에 나자빠졌다. 엄마가 나를 보고 고래고래 악을 썼다.

누굴 죽이고 싶거든 차라리 날 죽여라! 날 죽이고 다 끝내라고!

나는 천천히 일어났다. 오른쪽 손바닥이 긁혀 피가 나고 있었다.

자, 이제부터 손목은 긋지 않아도 된다. 나랑 당장 경찰서 가자. 자백서에 서명하면 감옥에 가두겠지. 그럼 오늘 밤으로 이 고통도 끝난다. 가자, 솔로. 내가 벌을 받기를 바란 게 벌써 몇 년째더냐? 그 소원 풀어주마.

열린 문밖으로 전조등 불빛이 보이고 시동 꺼지는 소리가 들려왔다. 아이고, 고마워라. 나는 여행가방을 들고 뛰어나갔다. 마니가 나를, 그리고 이어서 엄마를 보았다.

무슨 일이에요, 베티?

마니, 솔로는 성인이에요. 원하는 걸 하고 살아야죠. 나는 이제 못하겠어요. 오늘 밤 아주 활활 타오르네요.

엄마가 돌아서서 현관문을 잠갔다. 나를 밖에 놔두고 정말 문을 잠갔다.

## 베티

솔로는 어젯밤을 마니 집에서 보냈다. 나를 골탕 먹일 셈으로 일부러 경야에 불참할 것이 아니라면 오늘 여기로 돌아온다. 오늘은 체탄 씨를 위한 날인데, 같은 말을 하도 많이 해 나는 이제 지쳤다. 솔로에게 달렸다. 나를 방해하지만 않으면 뭐든 제 하고 싶은 대로 해도 된다. 내 외아들이지만 나도 당할 만큼 당했다. 뉴욕으로 돌아가 내가 세계 최악의 엄마이자 최악의 인간이라는 생각으로 살아가고 싶다면, 그 또한 제 선택이고 나는 그저 잘 살아나가길 바랄 수밖에 없다. 죽기 전 체탄 씨가 남겨준 교훈을 실천하며 살 생각이다. 오늘을 허송하지 말라. 오늘 죽는대도 내가 세상으로부터 숨지 않고 살았다는 자부심은 지닌 채로 죽고 싶다. 그리고 나의 삶에 평화나 작은 안식을 가져다주지 못하는 자는, 그게 미스터 잉글랜드건 솔로건, 모쪼록 비켜주길 바랄 뿐이다. 체탄 씨가 항상 그랬듯 친절과 존중으로 나를 대해주는 사람들만 내 삶에 포함할 것이다.

행사가 시작되기 두 시간 전에 마니가 나타났다.

어떻게 된 거예요? 솔로는 안 온대요?

패트릭과 함께 와요. 먼저 와서 돕고 싶었어요.

너무 순조롭게 진행돼서 분명 뭔가 까먹었지 싶기만 해요.

어젯밤은 정말 힘들었겠어요. 서로 잠시 떨어져 있는 게 두 사람 다한테 좋을 것 같아 우리 집에서 자게 했어요.

고마워요. 오늘만큼은 솔로의 경거망동을 받아줄 여유가 없어요.

그럼요. 이걸 잘 마쳐야죠. 하지만 내가 솔로 편을 든다고 생각할까 봐 신경이 쓰였어요.

마니, 걱정하지 말아요. 그보다 프로그램은 어디 뒀나 좀 찾아봐요. 그리고 손님들에게 그걸 나눠줄 수 있겠어요?

패트릭이 하면 되겠네요.

솔로와 패트릭이 들어오자 내가 인사를 했다. 아들놈도 답례인 듯싶은 소리를 웅얼거렸다. 어쩌겠는가? 이해를 강요할 수는 없다.

목사님이 모두가 엉클 베이비라 부르는 장로를 보내줬다. 나도 하도 오랫동안 그렇게 불러와서 그의 진짜 이름을 모르고 있었다는 걸 깨달았다. 혹시 알았다 해도 전혀 쓰지 않아서 잊어버렸을 것이었다. 디디에게 물어봤지만 그녀도 다른 사람들도 엉클 베이비라는 이름만 알았다. 다가가 이름을 묻기가 민망해 패트릭에게 부탁했다.

잠깐만요. 그쪽은 이 지역 사람으로 안 보이니까 부탁하는 건데요. 저기 흰 셔츠 입고 땀을 뻘뻘 흘리는 사람 보이죠? 오늘 식을 진행할 분인데 본명이 생각 안 나서요. 가서 좀 물어봐 주실래요?

곁눈으로 보니 패트릭이 자기를 소개한 다음 엉클 베이비와 이런저런 이야기를 나누는 듯 보였다. 어쨌든 패트릭이 돌아와 내 귀에 대고 속삭였다.

키스 바찬 씨예요.

키스 바찬? 고마워요, 패트릭. 전혀 아는 이름 같지가 않군요. 키스 바찬이 어쩌다 엉클 베이비가 됐을까?

시작 십 분 전. 주위를 둘러보며 나는 가슴이 벅차올랐다. 집안이 조문객으로 가득 들어차 입석밖에는 남아있지 않았다. 하늘에서 체탄 씨가 이 장면을 내려다보면 좋겠다. 이 사람들이 대체 누구이고 어떻게 자신의 경야에 찾아온 것인지 의아해할 것이다. 정각이 되자 키스 바찬, 엉클 베이비가 예배 시작을 알렸다. 음악선생과 그녀의 걸밴드가 첫 찬송 '내 맘의 주여 소망 되소서Be Thou My Vision'를 이끌었다. 다음은 솔로가 첫 성경

낭독을 할 순서였다. 작은 연단으로 올라가는 품이 제법 의젓해 보여 자랑스러웠다. 우리 둘 사이의 일은 제쳐두고 이곳을 떠날 때는 수줍은 소년이던 솔로가 어른이 되어 돌아온 것이었다. 나는 눈을 감고 나와 내 아들을 다시 하나 되게 해달라고 체탄 씨에게 간절하게 빌었다.

솔로는 전도서 3장 1절부터 8절까지를 낭독했다. 교인은 아니었지만 체탄 씨가 좋아해 즐겨 인용하던 구절이었다. 솔로가 '죽일 때와 치료할 때'를 읽을 때는 전율이 일었다. 이 와중에 느닷없이 선글라스를 찾아 온 집안을 뒤지던 날이 떠올랐다. 머리에 얹어둔 걸 보고도 체탄 씨는 아무 말도 하지 않았다. 더 뒤질 곳이 없어 보이자 그가 나를 매우 심각한 낯으로 바라보며 말했다.

> 세상의 모든 일은 다 정한 때와 기한이 있느니라. 얻을 때와 잃을 때. 다만 베티 양, 오늘은 그대가 선글라스를 잃을 날은 아닌 듯하오.

그러더니 내 머리에서 선글라스를 내려 건네주었다. 나는 아마 신경질을 길게 부렸으리라. 얼치기처럼 머리에 이고 다니는 걸 뻔히 알고도 그렇게 구석구석을 뒤지게 놔두는 법이 어딨어요? 이제 다시는 나와 그렇게 웃고 농담을 할 수 없다니…. 그는 살아 있어야 한다. 어떻게 그가 그런 구역질 나는 쓰레기에게 참혹한 죽임을 당한 것일까? 왜 그가?

시편 121편은 프로그램에 참여시켜달라고 신신당부한 교장이 낭독했다. '내가 산을 향하여 눈을 들리라, 나의 도움이 어디서 올까. 나의 도움은 천지를 지으신 여호와에게서로다.' 결국 우리는 모두 같은 하나님에게 기도한다. 비록 나의 하나님은 나를 저버렸지만.

마니가 내게 헌사를 해달라고 청했다. 내가? 나는 말주변이 없다. 체탄 씨가 나에게, 그리고 그를 알았던 모두에게 얼마나 훌륭한 사람이었는지 사람들이 알아야 한다. 하지만 연단에 올라 많은 조문객 앞에서 슬픔을 주체 못 해 무너져 내리지 않고 말을 이어갈 자신이 없다. 나는 마니에게 애원했다. 배운 사람인데다 두 사람의 인연은 한참 오래되었으니 본인이야말로 적임자 아니냐고 했다. 그는 과연 멋지게 해냈다. 무슨 세상을 떠난 성자로서가 아닌 생생한 인간으로 체탄 씨를 그려냈다. 우리는 '하나님의 나팔소리When the Roll is Called Up Yonder'를 그것도 예상 외의 정확한 음정으로 불렀다.

이제 엉클 베이비가 짧은 묵상을 이끌 시간이었다. 귀가 막혔는지 짧게 하라고 최소한 열 번은 경고해야 했다. 성직자들은 백 명의 입을 다문 청중 앞에서 마이크를 잡았다 하면 시간관념을 상실한다. 텔레비전에서 미국 목사들의 설교 모습을 본 것이 확실했다. 십오 분이 지나도 워밍업 단계였다.

형제자매들이여, 체탄 씨가 천국에 간다고 생각합니까?

몇몇이 그렇다고 대답을 했고 뒷줄의 여자 하나는 아멘, 하고 아우성을 쳤다.

정녕코 체탄 씨는 천국의 문을 곧장 통과할 테니, 왜냐하면 주님께 용서만 구하면 그렇게 해주실 것이기 때문입니다. 우리 주님은 그런 분이십니다. 우리가 이 땅에서 어떤 죄를 범했건 항상 용서해주십니다.

나는 그를 노려보았다. 체탄 씨가 동성애자여서 죄를 지었다는 말을 한 마디만 더 하면 당장 마이크를 빼앗아버릴 것이었다. 내가 몸집도 작고 멍청해보일지 모르지만 적어도 오늘만은 건드리지 않는 게 좋았다. 음, 엉클 베이비는 생각보다 끈질겼다.

자, 한 가지 생각해 봅시다. 지난 수천 년간 사람들이 곳곳에서 죽어갔지요? 몹시 많은 수예요. 생각을 해보세요. 그 많은 사람이 어떻게 다 천국에 올라가 살 수 있을까요? 지금 체탄 씨에게 남은 자리나 있겠어요?

지상에서 이렇게 고생을 하고 나면 끝일 줄만 알았지 죽고 나서까지 땅과 집을 찾아 전쟁을 치러야 하리라고는 생각도 못했었다. 엉클 베이비가 모두 진정들 하시라며, 요한계시록 21장에 천국의 면적이 나와 있는데 어마어마하게도 평방 천사백 마일이라고 했다.

그 말은 가로가 천사백 마일이라는 거고.

그가 허공에 선을 그었다.

또 세로가 천사백 마일이라는 겁니다.

그의 손가락이 또 비슷한 길이의 선을 그었다.

그게 얼마나 큰지 모두 아시겠어요? 아무나 깃들 자리가 있는 겁니다.

그게 끝이 아니었다. 체탄 씨는 트리니다드가 몸살을 앓고 있는 강력범죄의 피해자라며 요한계시록을 보면 우리 구세주님은 우리가 걱정할 줄 알고 계셨다고, 천국은 커다란 광장일 뿐 아니라 이백 피트 높이의 벽옥 담이 올라가 있다고, 요즘 곳곳에 세워지는 외부인 출입제한 주택지보다 훨씬 낫지 않느냐고 했다. 디디가 내 손을 쥐며 귀에 대고 말했다.

그런다고 나쁜 놈들이 못 들어온다니?

그녀는 어쩌자고 이런 상황에 나를 낄낄대게 만드는 것인가? 그녀가 다시 속삭였다.

트리니다드 사람들은 영리해. 살인범과 강간범, 마약상들은 담 밑에 굴을 파서라도 들어올 거야. 아, 거짓말에 도둑질을 일삼는 정치인들도 천국에 땅 한 자리씩 얻으려고 설쳐댈 테고.

오랜만에 진짜 웃음이 쏟아져 나오려는 것을 가까스로 삼켰다. 내가 그녀의 손을 지그시 눌러줬다. 엉클 베이비는 그 후에도 삼십 분은 더 떠들었는데 사람들이 이건 약과라고 했다. 목사님의 부재로 통제할 사람이 없다 치면 자기 목소리에 도취해

한 시간은 거뜬히 넘긴다는 거였다.

조문객들은 음식을 배불리 먹었으며 술도 떨어지지 않았다. 어떤 남자들은 구석에서 카드놀이를 했다. 주변을 둘러보며 모든 게 순조로이 끝났고 예를 표하러 많은 사람이 온 것을 보고 체탄 씨도 흐뭇할 것이라는 생각을 했다. 솔로는 나한테서 멀찌감치 떨어져 마니 곁에서만 맴돌았다. 나는 기다린다. 아무리 솔로라도 영원히 이러지는 못할 것이다. 특히 지금은. 체탄 씨는 나와 솔로가 남남으로 지내는 걸 원치 않을 테니까.

## 솔로

이제 아저씨는 재가 될 것이다. 그 사실이 도무지 이해되지 않는다. 하리 삼촌의 전화가 왔다. 나를 생각하고 있다고, 차차 나아질 거라고 삼촌은 말했다. 마니는 하나씩 하나씩 헤쳐나가자고 말했다. 체탄 씨가 나에 대해 얼마나 걱정했고 얼마나 내 이야기를 했는지 마니를 만나고 나서 비로소 깨달았다. 그것 때문에 너무 괴롭다. 진작 와서 아저씨를 만났어야 했는데, 그러질 못한 거다.

솔로, 체탄이 자기가 가진 것을 모두 너에게 남긴다는 유언장 써놓은 거 아니?

아니요. 정말로요? 늘 내가 아들 같다고, 아저씨 것은 모두 내 것이라고 말씀은 하셨지만 정말 그러실 줄은 몰랐는데요.

그게 체탄의 진심이었던 거야.

실례한다고 말하고 화장실로 달려갔다. 이것은 너무했다. 차디찬 타일 바닥에 쪼그려 앉아 손 닦는 수건을 질끈 깨물었다. 울음소리가 마니의 귀에 들어가게 할 수는 없었다.

꽤 오래 그러고 있었던지 마니가 노크를 했다.

솔로? 솔로, 그렇게 숨어서 울지 않아도 돼. 괜찮아.

나는 얼굴을 씻고 문을 열었다. 마니가 소파에 앉아 있었다.

이리 와서 앉아봐. 네가 그 안에서 우는 동안 나도 여기서 울었단다.

나는 최대한 미소를 지어 보이고 그의 옆에 주저앉았다. 그가 곧바로 어깨동무를 했다.

이제 곧 화장인데 마음의 준비는 됐니?

모르겠어요.

힘들 거야. 엄마한테도 힘든 날이니까 잘 해드려야 해.

엄마랑은 아무 관계 없이 살고 싶어요.

마니가 한숨을 쉬었다.

그렇게는 안 되지.

우리는 말 없이 앉아 있었다. 엄마에 대해 털어놓을까? 이 사람을 믿어도 될까? 누군가에게 털어놔야 한다면 그것은 바로 이 사람일 것 같았다.

체탄 씨는 엄마랑 내가 왜 어긋났는지 알았어요. 혹시 무슨 말 하던가요?

아니.

내가 하는 말, 절대 비밀이에요. 패트릭한테도 말하면 안 돼요.

약속할게. 너희 집 가정사를 내가 뭐 하러 온 세상에 까발리겠니?

저기요, 아저씨랑 말하는 것이 체탄 씨랑 말하는 것과 비슷해요. 체탄 씨가 주었던 그 침착하고 든든한 느낌이 아저씨한테서도 느껴져요.

그가 미소를 지었다.

단연 내가 들어본 최고의 칭찬이구나.

마니가 내 머리칼을 흐트러뜨렸다. 체탄 씨는 가고 없지만 마니가 있어 얼마나 다행인가! 나는 심호흡을 한 다음 엄마가 저지른 일을 모두 말해버렸다. 이상하게도 마니는 충격을 받지 않은 모습이었다.

엄마가 자기 죄의 대가를 치러야 한다고 생각하지 않아요?

뭐라고? 네 엄마가 감옥에 가야 한다는 거야?

그렇게 말하자 기분이 상했다.

솔로, 주제넘다고 생각할지 몰라도 내가 보기에 너는 네 엄마와 아버지 사이에 있었던 일을 깊이 들여다보지 않는 것 같다. 죽은 자를 욕하고 싶지 않지만 네 아버지 같은 남자들을 나는 아주 많이 봐왔어. 평소에는 괜찮은 사람이었을지라도 술만 들어가면 딴 인간으로 돌변했던 거야.

하지만 내 생각에 엄마는 아버지를 건드릴 권리가 없었어요. 더구나 자빠지면 죽을 줄 뻔히 알고서 밀치는 것은 더 그렇고요.

엄마가 불쌍하지 않니?

나는 잠시 가만히 있었다.

아버지는 늘 고함을 질렀어요. 나도 무서웠던 기억이 나요.

그렇게 말을 하면서도 어쩐지 불편하고 아버지를 배반하는 기분이었다.

나나 엄마에게 나이스하지는 않았던 것 같아요.

솔로, 나이스하지 않다는 말은 고속도로 휴게소에서 옥수수 수프를 사먹었는데 소금이 덜 들어갔다거나 할 때 쓰는 말이야. 네 엄마가 겪은 건 지옥이었어. 네 아버지에게 당한 부상으로 아직도 여기저기가 쑤시고 아프다는 얘기를 체탄을 통해 들은 적 있어. 골절에 두부 자상 등등, 아내는 말할 것도 없고 기르는 개한테도 해서는 안 될 짓들이었지. 체탄이 베티를 그렇게 좋아했던 이유 중에는 고난을 이기고 살아남아 묵묵히 너를 위해 평탄한 삶을 개척

했다는 사실에 경탄한 것도 있어. 네 엄마는 강인한 척해도 어디서도 찾기 힘든 선한 분이시란다. 내 말 꼭 믿어주길 바란다.

엄마의 편지들이 눈앞에 어른거렸다. 말을 하는 건 마니인데 내 눈엔 체탄 씨가 보였다. 아저씨가 보고 싶었다. 마니가 의자에 등을 기댔다. 뭔가 걸리는 게, 말하고 싶었던 게 있는 것 같은데 그게 뭔지는 짚어낼 수 없었다. 마니가 한 손으로 뒷목을 주물렀다. 문득 생각이 났다.

그런데요. 말하고 싶었던 중요한 게 있어요, 마니. 아버지가 돌아가신 날. 그날은 내 생일이었어요.

마니가 세상 짐을 다 진 듯 한숨을 내쉬었다.

너를 깔본다는 오해가 없었으면 한다.

마니의 손이 무릎으로 돌아갔다. 나는 주먹을 쥐었다. 물어뜯은 손톱이야 이미 다 봤겠지만 그래도 굳이 보여줄 건 없었다.

자, 내가 너를 찾아가 흠씬 팼다고 하자. 네가 그 자리에서 나를 팬다고 해도 아무도 뭐랄 사람 없겠지. 다들 내가 먼저 팼으니 너도 나를 팰 권리가 있었다고 할 거야. 그런데 항상 너를 윽박지르고 폭력을 휘두르는 사람하고 산다면 말이다. 그러면 지치게 돼. 아주 사소한 일에 완전히 폭발할 수도 있어. 네 엄마가 여러 해 동안 그런 학대 속에 살았다면 그날 밤 왜 못 참고 터졌는지는 아무도 몰라. 혹시 엄마한테 여쭤봤니? 내가 볼 때는 다치게 하고 싶었을지는 몰라도 죽일 작정은 아니셨어. 권총을 들고 머리를 박살낸 건 아니잖아.

마니가 일어났다.

샤워를 해서 물을 깜짝 놀래켜야 겠다. 체탄이 자주 쓰던 표현이란다.

그가 내 머리칼을 다시 흐트러뜨렸다. 나는 감정을 주체하지 못한 채 그의 배에 머리를 묻고 허리를 껴안았다. 얇은 티셔츠 사이로 따뜻한 체온이 느껴졌다. 그도 나를 안아주었다. 내가 포옹을 풀 때까지 그렇게 해주었다.

솔로, 너는 좋은 사람이야. 체탄은 너를 자랑스러워했지. 이 고비를 헤쳐나가자. 너는 지금 앞으로 어떻게 살 것인지 결정해야 할 기로에 선 것 같아. 베티를 말하는 건 아니야. 너를 말하는 거지. 우리는 나이가 들수록 우리 인생에서 우리를 아껴주는 한두 사람에게 특히 감사하게 된단다. 우리를 정말로 아껴주는 사람 말이야. 네 엄마는 이 세상에서 그런 선한 사람들 중 하나야. 단점이야 왜 없겠냐만 너를 위해서라면 무슨 일이든 하실 분이고.

그가 복도 너머로 사라지는 걸 보며 뭔가를 깨달았다. 아버지가 죽지 않았다면 체탄 씨는 우리와 함께 살지 않았을 것이다. 나는 제2의 아버지를 만나지 못했을 것이다. 그를 모르고 살았다는 상상은 하고 싶지도 않다. 삶은 정말 기묘한 방식으로 전개되는 것 같다. 체탄 씨는 갔지만 이제 내게는 또 다른 수호천사 마니가 있다. 체탄 씨, 보고 싶어요. 천국에서 우리 아버지를 만나면 꼭 인사 나누세요. 아버지가 떠난 후 아저씨가 저를 이어받았다고, 제가 그러더라고, 하세요. 아저씨는 저에게 다음번 아버지였어요.

## 베티

경야에 온 조문객들이 화장 시간이 언제냐고 물어서 불쾌하게 받아들이지 않길 바라지만 알 필요 없다고 대답했다. 이 경야 외에 다른 예배는 없다. 직장 사람들만 초대하고 교회 사람들은 빼거나 그 반대거나 그런 것이 아니라 아무도 초청하지 않은 것이다. 유일하게 탠티에게만 와달라고 했다. 사원을 드나들며 생강 노천화장을 겪어보았을 테니 도움이 될 듯했다. 다른 사람들은 경야가 체탄 씨에게 예를 표할 유일한 기회였다. 그거면 충분하지 않은가? 친절한 경관도 참석했다. 솔로와 마니와도 이야기를 나누며 제법 오래 남아있었다.

엉클 베이비는 화장터가 공공장소이므로 혹시 오고 싶으면 올 거라고 말했다. 맞는 말이기는 하지만 한심하게도 정말 얼굴을 들이밀면 가만히 안 있겠다. 교장 등 다른 사람들도 비슷한 말을 하길래 샛강에서 로티를 나눠주거나 그런 일은 없다고 했더니 교장이 웃음을 터뜨렸다.

그럴 거였으면 음식을 좀 싸서 나눠줘야죠. 로티랑 염소 카레랑 그런 것들 넣어서 주면 가져가 집사람이랑 먹을 텐데 말이야.

내가 고개를 가로저었다. 사람들이 낯짝 참 뻔뻔해. 내가 뭐 테이크아웃 식당이라도 하는 줄 아나?

그거야 농담이고, 왜 아무도 못 오게 하는 건데요, 베티? 호기심으로 참견하러 오려는 게 아니에요. 그리고 좀 의지할 데도 필요하지 않아요?

고맙습니다. 하지만 솔로와 마니가 함께 가니까요. 디디와 글로리아도 오고 싶어 하는데 부를지 말지 아직 못 정했어요.

에이, 오라고 해요. 시신이 떠나는 걸 봐야 제대로 작별인사를 한 것 같을 때도 있더라고요.

그건 안 되겠어요.

뭐, 신경 쓸 것도 많고, 그럼 좋을 대로 해요.

*

여섯 시 꼭두새벽에 글로리아의 전화가 왔다.

디디랑 상의해봤는데 네가 못 오게 해도 가기로 했어. 우리 친구이기도 했잖아. 너 귀찮게 안 하고 그냥 있기만 할게. 게다가 너 정말 절대로 운전하면 안 돼. 몇 시에 데리러 가면 되니?

대답할 수가 없어 대답하지 않았다. 지금까지는 눈앞의 일에 몰두하면서 잘 버텨왔다. 오늘 아침은 눈물이 그치지를 않는다.

나 지금 옷 입고 있어. 바로 갈게. 걱정 마, 베티. 내가 널 자매처럼 사랑하는 거 알잖아. 금방 간다.

수브잘리 장의사까지는 울지 않고 갈 수 있었다. 마니, 패트릭, 솔로가 벌써 와서 어두운 얼굴로 밖에서 기다리고 있었다. 고별관으로 걸어가는데 탠티의 차가 들어왔다. 시신이 품위 있게 안치되어 있었다. 아직 경찰수사중이라 나는 그의 아파트에 들어갈 수 없었고 마니가 시신에 입힐 새 의복을 준비했다. 관속의 그는 이 모든 것이 너무나 엄연한 현실임을 말해주고 있었다. 허리를 굽혀 그에게 입을 맞추려는데 다리에 힘이 착 풀리면서 쓰러지고 말았다. 솔로가 나를 일으키고 글로리아와 디디가 팔 한쪽씩을 단단히 붙들었다. 슬픔을 못 이기고 전신이 들썩거렸다. 디디가 함께 손을 맞잡자고 하더니 짧은 기도를 했다. 솔로를 안아주고 싶었다. 그래도 아이 양옆으로 마니와 패트릭이 있어주었다.

샛강에 나가보니 왜 터를 예약해야 하는지 이해가 됐다. 바다를 내려다보는 언덕 위 각 구획에 장작더미가 쌓여 있었다. 장의사 사람들이 바퀴를 이용하여 관을 장작더미에 올리기를 원하는지 전통 방식대로 들어 올리기를 원하는지 선택하라고 했다. 솔로와 마니, 패트릭이 들어 올리고 싶다고 대답했다. 관을 어떻게 잡을 것인지 그들이 장의사와 의논하고 있을 때 잭슨 워커 경관이 나타나서는 최후의 예를 표하게 해달라고 청했다. 어떻게 안 된다고 하겠나? 사건 직후에 시신을 보았으니 충격이 컸을 것이었다. 장의사와의 절차 의논이 계속되었다.

　　남자 넷과 나, 영구차 운전사, 이렇게 여섯 명이 관을 운반

　　하겠습니다.

탠티가 내 손을 꼭 쥐었다. 내가 그녀에게만 했던 그 말을 상기시켜주었다. 그녀의 따뜻한 손이 내게 용기를 주었다.

　　나도 관을 들고 싶어요.

장의사가 곁눈으로 나를 바라보았다.

　　안됩니다. 얼마나 무거운데요. 남자들에게 맡기세요. 우리

　　가 할 테니까 뒤에서 따라오세요.

내가 고개를 흔들었다.

　　아니에요. 나도 체탄 씨의 시신을 운반하겠어요. 그를 위해

할 수 있는 마지막 일이에요. 아무도 막으려고 하지 마세요.

말을 끝맺을 즈음 목소리가 갈라지면서 다시 눈물이 나왔다. 글로리아가 장의사에게 으르렁댔다.

키순으로 하면 제일 작은 베티가 맨 앞이에요. 내친김에 나도 옆에 서서 여섯을 채울게요.

왜 괜히 복잡하게들 이러세요? 방식이 그게 아니에요.

저기요. 우리는 우리 방식대로 합니다.

손님들을 보호하려고 하는 소리예요. 혹시 관이 떨어져 누가 다치기라도 하면 내 보험은 적용이 안 된다고요.

마니가 끼어들었다.

선생님, 알겠습니다. 저희가 모든 책임을 질 테니까 다함께 관을 운반하게 해주시죠.

영구차에서 체탄 씨의 시신을 들어 올린 뒤 우리는 장작더미를 향해 걸어 나갔다. 내가 맨 앞에서 글로리아와 어깨를 맞대었고, 다음은 마니와 솔로, 그다음은 패트릭과 잭슨 워커 경관이었다. 탠티는 나지막이 기도문을 읊으며 디디와 뒤따랐다. 트리니다드 전역에서 장례식이란 장례식은 다 가보았어도 여자가 관을 운반하는 건 처음 봤다며 정말 자랑스러웠다고 그녀들이 나중에 말했다.

장작더미 한가운데 구멍이 나 있었다. 관을 밀어 넣기 전, 장의사가 뚜껑을 열었다. 우리가 옆으로 비켜서자 그가 장작에 연료를 끼얹었다. 마니가 뭐라고 물었는데 귀가 먹은 듯 한 마디도 안 들렸다. 태양이 달궈지고 있었다. 글로리아와 디디가 내 팔꿈치를 단단히 붙들었다. 남자들이 장작더미 맞은편에 모여 섰다. 마니가 다가왔다.

불을 붙일 시간이에요.

마니가 해야죠.

아니에요. 하세요. 체탄에게는 베티가 최근친이었어요. 가족이었죠.

마니, 체탄 씨는 마니가 가장 오래 알았어요. 마니가 체탄 씨를 가장 오래 사랑했고 체탄 씨도 마니를 사랑했어요. 그러니 불을 붙일 권리는 마니에게 있어요.

체탄 씨가 이생에서 다음 생으로 잘 떠나도록 보살펴주시라고 기도하면서 탠티가 머더에게 공물을 헌납했다. 붉은 히비스쿠스와 쌀 조금, 렌즈콩과 바나나 한 개를 바나나나무 잎 위에 올려 칼리에게 바치며 그의 영혼을 불쌍히 여겨달라고 했다. 그녀가 바나나나무 잎을 시신 위에 얹으니 온 세상이 고요해지는 것만 같았다. 마니가 횃불을 붙여 장작더미에 던졌다. 가슴 속에서 입 밖으로 비명이 새어 나왔다. 샛강 건너편까지 들렸을 것이었다. 탠티가 내게 말했다.

베티, 죽음도 삶의 일부라는 사실을 잊지 말아요. 두려울 것 없어요. 부자든 가난뱅이든, 남자든 여자든, 육신 있는 자라면 누구나 겪는 일이니까요. 마음껏, 얼마든지 울어요.

베티는 믿지 않을지 모르지만 머더가 그의 영혼을 받아주실 거라는 걸 나는 알아요.

바람이 살짝 불며 그의 시신 주위로 불길이 치솟았다. 거기서 타고 있는 그가 보였다. 불길 너머로 반대편의 솔로를 보았다. 패트릭과 마니가 붙잡아주고 있었다. 탠티는 장작불을 향해 말을 하고 있었다.

체탄 씨는 고통을 하도 많이 받아서 다음 생은 평탄할 거예요. 그리고 이 죄를 지은 마귀들은 머더가 처단하실 거고요.

들릴락 말락 한 소리였다. 나는 슬픔에 압도되어 쓰러질 것만 같았다.

이 불에 체탄 씨의 영혼이 풀려나고 있어요. 삶도 죽음도 떼어놓을 수 없는 하나일 뿐이에요.

장작불에서 딱딱 소리가 요란하게 울렸다. 천막 아래 의자를 준비해두었으니 가서 쉬라고 장의사가 말했다.

필요한 만큼 앉아 계세요. 다 타기까지 시간이 좀 걸려요. 재를 다 거두어둘 테니 내일 와서 찾아가시고요.

이후 한 시간 동안 장작불에서 눈을 떼지 않고 지켜봤는데 사분의 일 정도가 탔다. 아직 그의 시신이 보였다. 패트릭이 자리를 뜨더니 차가운 청량음료가 담긴 아이스박스를 갖고 돌아왔다. 나는 붉은색 병을 집어 들었다.

솔로, 너 좋아하는 거 여기 있다. 차가운 레드 솔로Solo.

솔로가 천천히 일어나서 내 쪽으로 몇 발짝을 걸어왔다. 나를 원하지 않는 나의 자식을 내가 바라보았다. 애정을 강요하는 일은 이제 끝났다. 가까이 오지 않아도 되게 손을 뻗어 병을 내밀었다. 그런데 아이가 나에게 안겨왔다. 나는 깜짝 놀랐다. 우리는 둘 다 아무 말 없이 꼭 끌어안은 채로 울었다.

사방에 죽음이 만연한 가운데 해가 중천에 떠올라 바다를 밝혀주었다. 이후 두 시간 동안 아들과 나는 나란히 앉아 불길에 실려 영원히 우리를 떠나가는 체탄 씨를 지켜보았다. 그의 육신이 타는 광경과 냄새는 절대 잊지 못할 것이다. 그의 육신 말이다. 뜨거운 화염들이 그의 몸을 천천히 삼키며 장작불은 차츰 사위었다. 이십 피트 거리에서도 이마의 땀을 연신 닦아야 했다. 노천화장을 보는 건 내겐 처음이었다. 땅에 묻거나 화장시설을 이용했다면 그가 떠났다는 사실이 이토록 또렷하게 각인되지는 않았을 것이다. 그는 떠났다. 잘 가요, 체탄 씨. 다음 생도 행복하고요. 이번 생은 어땠냐고요? 왜, 이렇게들 말하잖아요. 철사가 구부러지고 이야기는 끝난다.

# 사랑 다음의 사랑

첫판 1쇄 펴낸날 2023년 10월 31일

지은이 | 잉그리드 퍼소드
옮긴이 | 김재성
펴낸이 | 박남주

종이 | 화인페이퍼
인쇄·제본 | 한영문화사

펴낸곳 | (주)뮤진트리
출판등록 | 2007년 11월 28일 제2015-000059호
주소 | 서울시 마포구 토정로 135 (상수동) M빌딩
전화 | (02)2676-7117 팩스 | (02)2676-5261
전자우편 | geist6@hanmail.net
홈페이지 | www.mujintree.com



ISBN 979-11-6111-123-0 03840